华章
传奇派

品味无限不循环的人生

六星纪元
盟战时代 上

玫瑰叔 著

重庆出版集团 重庆出版社

图书在版编目（CIP）数据

六星纪元：盟战时代 / 玫瑰叔著. -- 重庆：重庆出版社, 2024. 11. -- ISBN 978-7-229-19010-1

Ⅰ. I247.5

中国国家版本馆CIP数据核字第2024AH2077号

六星纪元：盟战时代
LIUXING JIYUAN：MENGZHAN SHIDAI

玫瑰叔　著

出　　品：	华章同人
出版监制：	徐宪江　连　果
特约策划：	边江工作室
责任编辑：	王昌凤
特约编辑：	贾　磊
营销编辑：	史青苗　刘晓艳
责任校对：	彭圆琦
责任印制：	梁善池
封面设计：	王照远

重庆出版集团
重庆出版社　出版

（重庆市南岸区南滨路162号1幢）

北京毅峰迅捷印刷有限公司　印刷
重庆出版集团图书发行有限公司　发行
邮购电话：010-85869375
全国新华书店经销

开本：880mm×1230mm　1/32　印张：23.375　字数：400千
2024年11月第1版　2024年11月第1次印刷
定价：78.00元

如有印装质量问题，请致电023-61520678

版权所有，侵权必究

推荐序

初识玫瑰叔,源于我们共同喜爱的一部神作,乔治·R.R.马丁的奇幻巨制《冰与火之歌》。2018年美剧《权力的游戏》席卷全球,我在某音频平台开启对这部奇幻著作的解读,经读者提及意外地发现了一位叫玫瑰叔的UP主也在视频网站上做同样的事。

出于对作品的喜爱和对彼此讲解方式的赏识与认可,我们迅速成为网上挚友,时常交流彼此的观点体会。2019年我的新书《银行局》在北京首发,玫瑰叔作为特邀嘉宾出席我的读者分享会,儒雅的书生气质和幽默明快的表达风格给我留下了深刻印象。

后来我才知道,玫瑰叔作为一位资深的奇幻科幻迷,不但凭借作品解读视频成为B站上的超人气UP主,自己也有写一部科幻小说的梦想,这令我着实激动。从文学著作的品评人到作品创作者,我深知其难度,要把评判的视角、解读的意识转化成叙事的表达、兼顾故事的情节和张力,更重要的,还要有科幻作品必须具备的想象力和人文情怀,这其中的困顿难以言表。令我惊喜的是,玫瑰叔做到了。

玫瑰叔的这部《六星纪元：盟战时代》发生在宇宙中的某个恒星系，那里的六颗宜居行星彼此接近，其中五个演化出文明。科技的发展使五个文明发现彼此，经过两次星际战争终于和平共处且共同殖民开发第六颗行星。五十年后第六星宣布独立，六星间的政治格局逐渐明朗，演化为两个联盟，虽然表面上维持和平，但一直摩擦不断，每个文明内部也有自己的政治派系和内部矛盾，表面上的和平其实非常脆弱，一次突发事件让所有文明陷入空前危机……

文明发展，权力争斗，殖民掠夺，战争机器……它们存在于地球进化的每一个时代，听起来或许耳熟能详，在本书中却因身处外太空和遥远的星系而越发神秘和充满魅力。在这部作品中，我隐隐看到了《银河英雄传说》和《星球大战》的影子，更让我惊喜的是其中洋溢着中国文化特有的元素，时时提醒着我，这是属于中国人自己的"太空歌剧"。

从科幻小说的狂热爱好者、解读者，到自己迈出创作的第一步，将久久萦绕在脑海中的星际故事写成纸面上激扬的文字，赋予其"太空歌剧"般的传奇和使命，我认为这样的状态是一种理想模式，让创作的初心和作品本身更加纯粹，也更容易创造惊喜。

所以，同样是从爱好者、解读者到创作者的我，真诚地向读者们推荐玫瑰叔这部《六星纪元：盟战时代》，我也期待玫瑰叔更多新的创作。

1

星海浩渺，人若浮尘。

龙女神教大司台印无秘有言："龙女神是真实存在的，六星之主也是真实存在的，比人的思想、记忆和灵魂更为真实，是六星宇宙最接近永恒的存在。"这句话后来通过第三教典评议会的认可，进入了龙女神教六星宗的增补教义中。

那是五年前的事了。

也是在那一年，十三岁的男孩路予悲进入太空战略进修中学，结识了同学夏平殇和方-夏梦离。五年过去了，路予悲总是忍不住想，龙女神是不是真实存在的？他不知道，但他已找到了自己的女神。

"马上就要开打了，你们到底行不行？"路予悲一根手指敲着桌子，不耐烦地说。训练室宽敞明亮，虽不豪华，却也舒适。

此刻，三个年轻人围坐在圆桌旁，神态有别，各怀心事。

"我没问题啊。"夏平殇喝了一口咖啡，淡定地说，"我看是战神你有点儿躁。"

"我躁什么？你看她这样子，什么都不跟我说。"路予悲扬了扬眉毛，用下巴指了指方-夏梦离。

女孩盯着手里的杯子，咬了咬嘴唇，又像是做出什么重大决定一样，长长吐出一口气，说道："不会影响训练赛的，我会把该做的都做好。"

"我就是烦你这种有话不说的样子，什么都憋在心里。"路予悲心里的一部分只想冲过去拉起她的手，但理性的那一部分阻止了他，"还有，老夏你以为我看不出来？你明明什么都知道。你们两个总是这样，就像串通好了要隐瞒我。你们到底有没有把我当朋友？"

"事情很复杂。"夏平殇淡淡地说，"不是我们不把你当朋友，但家里的事嘛，总不好在外面说。"他和梦离是表兄妹，但外貌上并无太多相像之处。

方-夏梦离有一张极漂亮的俏脸，五官精致，世间少有——至少路予悲是这么觉得的。此时她轻皱着眉，呆呆地盯着自己的指甲，似乎上面有什么脏东西。其实什么都没有，无论是纤细的手指还是光滑的指甲，都是如艺术品般令人赞叹的存在——至少路予悲是这么觉得的。

夏平殇则细眉小眼，鼻子和下巴尖得过分，一头棕黄色短发配合较矮的身高，像是从小营养不良。他似乎从来不会惊慌失措，总是一副慵懒闲散的样子。

大猫在一旁插嘴道："用不用再过一遍战术？"

路予悲不耐烦的一瞥让他闭嘴，然后又转向夏平殇和方-夏梦离："你们家里怎么天天都有事？我确实不懂贵族那一套，但是……那是大人们要操心的事吧，咱们才十八岁，还在上学呢，也帮不上忙啊。想那么多干吗？"

"十八岁不小了。"夏平殇突然转移话题,"你家的小天才最近怎么样,有没有搞出什么新名堂?"

"那个小魔头啊,和她那帮小跟班搞了个不伦不类的小茶会,简直是搞笑……"路予悲嫌弃地撇撇嘴,猛地看到梦离心事重重的样子,又把话题拉了回来,"其实我也不是什么都不知道,内阁又要向盟会让步了,对不对?虽然我也不太明白,但听爸爸和小魔头聊过几句,还有什么盟会入阁。我爸倒是挺高兴的,但是对你们大贵族来说恐怕不是什么好事?"

梦离看了表哥一眼。夏平殇不动声色,杯中的咖啡腾腾冒着热气,盘旋升到空中,凝固着不安的气氛。

路予悲觉得自己猜中了一部分,努力回忆着父亲和妹妹的只言片语:"但我爸也说了,一切都要慢慢推动,什么温和变革,什么三权制衡。小魔头也说,至少一百年内,贵族还是贵族。所以归根结底,这些事跟咱们关系不大,不用瞎操心了吧?"

"是……"方-夏梦离喃喃地说,"但跟我们还是有关系……"

"准备开战了,还有5分钟。"一直坐在舱里的果子提醒道。大猫也早就在舱里就位。

"好,打完再说吧。"路予悲站起来,整理了一下驾驶服,又忍不住多看了几眼身着同样驾驶服的方-夏梦离。她穿什么都好看,穿紧身的驾驶服更显得身材玲珑有致。

梦离正抬起双臂,用束发器把一头红色长卷发扎在头后,察觉到路予悲在看自己,便毫无怒气地瞪了他一眼,然后坐进舱里,戴上头罩。夏平殇喝完最后一口咖啡,放下深棕色的杯子,如往常一样最后一个就位。舱门一一关闭,舱内进入真空状态。

训练室里安静下来，五台零重力真空舱像五颗巨大的雪龙鸟蛋，厚厚的舱壁把舱内外完全隔离开，舱内已成为另一个世界。

五个地星标准分后，他们已经身处黑暗的宇宙之中。在现实中间距不到五米的五个人，在这片如黑色荒漠般的太空中，彼此间已有数百千米之遥。

路予悲操纵三十二艘前锋舰躲在一颗小行星的背面，像一群小憩的郊狼。这些战舰中的三十一艘都是无人舰，只有一艘是他驾驶的本舰，但路予悲并不感到孤独。他正在把战斗脚本程序下发到三十一艘无人舰上，让它们按照一定的规则行动。他的本舰混杂其中，从外观上看不出任何区别，但只有本舰拥有一层昂贵的粒子护盾，能承受一次致命伤害。

真实的宇宙，其冰冷和寂静皆可谓极致，人工模拟出的宇宙尚有不及，但差别极小，足以让身在其中的人分辨不出现实还是虚拟。路予悲藏身的这颗小行星也是系统模拟出来的，但外观、质量和轨道数据都做得非常逼真，与真实的小行星一般无二。自从幻星向另外五大行星传授了宇宙模拟技术和零重力超导悬浮技术，各星族便纷纷开始在虚拟宇宙中进行军事训练。纵然模拟系统开销巨大，但训练成本依然比太空实舰训练低得多。不仅是正规军，就连军校及资金充裕的贵族学校也已经开始了模拟系统训练。得益于此，有天赋的年轻人在十二三岁就能崭露头角，路予悲就是其中之一。他在这所贵族学校训练了五年，不出意外的话明年就将毕业，以他的模拟战水平，可以直接进入高级军校，走上军官之路。但此时的他完全想不到，这将是他们这支小队最后一次模拟战。

"老夏，我这边准备好了。"路予悲发完最后一条指令，通过头盔内部的通信系统告知司令官夏平殇,"给他们点颜色看看吧!"一上了战场,路予悲就像换了一个人,所有俗事都被他赶出脑海,连方-夏梦离的俏脸也不例外,只留下"战斗"二字。

夏平殇不慌不忙地问:"战神今天状态怎么样?"

"至少七分吧。"路予悲冷静地评估,他对自己的集中力和反应速度都有十分清晰的认识,当然还有手速。他观察自己的状态,就像观察沙滩上的脚印一样清晰。但看得到不代表改变得了,主动调整状态是另一回事,像沙滩上的沙蛇一样出没难测,无法捕捉。

"七分啊。"夏平殇一边输入指令一边说,"我很想说七分够了,但对面有两个难缠的家伙,不能掉以轻心。"

"墨渊龙嘛。"路予悲故作不屑,"需要提防他的是你,不是我,可别被踢了屁股。"

"还有魏轻纨呢。"夏平殇说。魏轻纨和他一样,都是司令官,也是小队的灵魂。

"不足为惧。对了梦离,墨渊龙的历史数据呢,你事先分析了没有?发来看一下。"方-夏梦离是小队的数据官,分析数据的事都是由她负责的。

一阵沉默之后,梦离的声音才传来:"我忘了。"

"你怎么搞的,不想赢了?"路予悲不满地说,随之而来的又是一阵尴尬的沉默。

有那么一瞬间,路予悲察觉到有什么事情不对劲。但这种感觉稍纵即逝,他马上便又全身心地投入战斗准备中。开局已经一段时间,初期的布阵和探寻工作都接近了尾声,敌人随时都有可能出现在他面前。

"探测到敌方舰船。"果然,护卫官果子在通信频道中汇报了探寻结果,"数据已发送。"

"开始分析数据。"梦离应道。

"我先换个地方。"夏平殇操纵旗舰开始移动,"梦离自动跟随。"

"老夏这么勤快?真难得。"路予悲忍不住说,"你不是最喜欢猫在一个地方偷懒?"

"对面的刺杀官毕竟是墨渊龙,基本的尊重还是要有的。"夏平殇懒洋洋地说,"大猫,你自由行动吧。争取在我被干掉之前,先刺杀掉对面的司令官魏轻纨。"

"明白。"

"战神!"夏平殇的双眼突然睁大了一下。

"看到了。"路予悲也暗暗吃了一惊,对方的舰群竟突然出现在他的视野中,即将把他和他藏身的小行星一并包围。

方-夏梦离也急道:"三十二艘前锋舰和十八艘护卫舰全都去了,这是——"

"——蜂巢阵型二型。"夏平殇替她说完,心里已经有了主意,"四十八对三十二,太吃亏了,先带他们兜兜圈子。大猫,对面司令官放空,这场真的要看你的了。"

"反对!"路予悲喊道,双手不停地更改无人舰脚本,"让我跟他们杀个痛快!"

夏平殇早已猜到路予悲的反应,此时镇定地说:"不行,服从命令。"

"老夏,你——"路予悲紧皱眉头。但是没办法,如果这时候违抗司令官的命令,就算以少胜多,甚至赢了比赛,学院老师也会记下他不服从命令，逼他在全校面前反思认错。

"哈。"果子干笑一声，但他至少懂得及时捂住嘴。

"前锋路径规划已完成。"梦离把计算结果发给路予悲，"弹道计算准备就绪。"

路予悲气归气，但还是按照梦离给出的路线，放弃小行星掩体开始迂回。对方的舰群也调度有方，分几个方向朝路予悲包抄过来，很快双方的一部分舰船射程交叠，无人舰开始自动攻击。

"本舰安全，开始多舰巡控作战！"路予悲虽然不能跟敌方放手一搏，但局部战是免不了的，"数据官，辅助瞄准！还有优先击破！"

"在算了！"

"算快点！"路予悲远程操纵一艘交战区的无人舰躲避敌方电磁炮。

"已经尽快了！"女孩急得快要哭出来，"你就知道冲我嚷，你来做数据官试试啊！"

"那有什么难的，我又不是没做过，比你现在这个样子强！"路予悲嘴上说着，双手操作不停。

"打完这盘我就退队，你满意了吧！"

"不满意！别孩子气！"

"你才孩子气，你到底要我怎么样？"

"要你拿出真本事！"路予悲的目光在几块光子屏幕上快速抖动，"你的极限不只这样吧？"

"好了好了，别吵了。"夏平殇这个司令官的一大任务就是调和路予悲和其他队员之间的矛盾，平时不显山不露水的他也确实能拿出那份威严。路予悲和梦离果然都不说话了。

夏平殇观察着大局，心里盘算着对策，又看了看时间，说道："时间差不多了。果子，在我和梦离周围布雷吧，他要来了。战神提醒过我，不要被他踢了屁股。"不用他说，每个人都知道他说的是墨渊龙。这位刺杀官的水平在全校有口皆碑，刺杀率高得惊人，任何有脑子的司令官都不敢轻视。

"梦离辅助果子布雷。"夏平殇下令。

"啊，那我怎么办？"路予悲又损失了一架无人舰，脾气越来越大，"梦离今天简直像在梦游，不如就改名叫方-夏梦游吧？"

"你……"梦离气得咬住嘴唇，"讨厌！"

"我相信战神，就算没有数据辅助，你也能跟他们周旋个十几分钟，对不对？我们全都靠你了！"夏平殇无奈地哄着路予悲，谁让他是王牌战神呢。如果说墨渊龙在全校都享有名声，那么路予悲这个前锋官则是能在校史上留下一笔的人。

"我是可以。"路予悲似乎中了激将法，但又没完全中，"但你又不让我跟他们全面开战，边跑边打太吃亏了。"

"你之前怎么说的来着？对方的前锋官很弱，简直是送的，对不对？"

"还有护卫官呢。"路予悲不爽地说，"现在差距已经从十六舰扩大到十九舰……啊，二十舰啦！可恶！好吧，拖延十几分钟不成问题，但还不如让梦离帮我，跟他们正面杀个痛快！"

"别太认真，战神。"夏平殇懒洋洋地说，"放松一点，这只是场比赛，或者说是个游戏。你能不能……咦？"

每个人都看到了电子屏上的信息，是裁判发来的通知。对方司令官提出局中申请，请求双方都启用智心副官参战，等待夏平殇同意。

路予悲兴奋得喊了出来:"同意,同意!必须同意啊!跟咱们比副官,这不是找死吗?希儿已经迫不及待了。"

"只是你迫不及待了吧。"夏平殇应付了一句,心里已在盘算:我方有三名智心副官,夏竹、泰和希儿。特别是路予悲的希儿,能力超群,全校罕见。对方只有两名副官,居然提出这种申请,看来魏轻纨确实胆子够大,要把赌注全押在墨渊龙和他的副官上了。

方-夏梦离也希望靠副官减轻自己的压力:"我也同意。"路予悲听了大喜。

"好吧。"夏平殇知道自己别无选择,如果拒绝的话,士气将受到打击,这恐怕也是魏轻纨战术的一部分,"同意了,十秒后启动副官。"

"明白!"路予悲的副官一直戴在他的左耳上,但战斗中本来是禁用的状态,"希儿,你听到了吗?"

"听到了,主人。"与普通的电耳相比,智心副官的外形构造更加精巧,设计也十分美观。纤细轻薄的一片银色贴在他耳郭上,延伸到鬓角及眼角,像一朵半开的花,又轻若无物。

夏平殇接下来的命令让路予悲更加兴奋:"改变战术,战神全力迎战,尽快全歼对方。"

"明白!"路予悲知道,只要希儿参战,一切就都不一样了。

"启动!"光子屏幕上的倒计时一结束,三名副官同时接通操作网络,滑入操控台中。

"希儿,老战术,前六后五,侧翼回旋,火力半开!"路予悲对副官下令。

"是，主人。您辛苦了。"数码模拟出的温柔的女声通过极点振动产生定向声波，送入路予悲的左耳，就像一个真实的女孩在他耳边说话一样。

"你好好打，我就不辛苦了。"路予悲笑道，"我的希儿可是无敌的。"

"过奖啦，主人。"智心科技比它的前身人工智能强大许多，是真正能与人类流畅沟通的机器人。

路予悲彻底兴奋起来，他能明显感觉到自己的肾上腺素如电流般冲击着他的大脑和指尖，虽然还不算是最佳状态，但也足够对付面前这帮喽啰了。

夏平殇的副官夏竹也开口了，声音宛如一位成熟女性："主人，影舰分离吗？"与传统的被动型智能机器人不同，智心副官可以主动提出见解，并具备一定创造性。

"分离。"司令官下令。

"好的。不过这样一来，您就没法偷懒了。"夏竹显然十分了解自己的主人。

"嘿嘿，有你在，我多少还是能偷点懒的。"

"唉，好吧，只能偷一点哦。"夏竹的语气像是年轻女教师面对一个颇有天分却又懒散难救的学生，纵容得很勉强。

随着夏竹的操作，一艘较小的战舰从旗舰上飞出，那是专为司令官配备的影子舰。此时夏平殇到底身处旗舰还是影子舰，只有他自己和他的副官知道。夏平殇已经完全想明白了——魏轻纨敢申请副官参战，就是因为他相信墨渊龙在副官的帮助下一定能干掉夏平殇。这种信任的程度甚至超过了夏平殇信任路予悲的程度。

"墨渊龙应该已经来了，护卫官，是时候把他揪出来了。启动慢波，4到6区方向发射真知射线。"夏平殇虽然一向淡定，但此时还是忍不住嘴里发干，"数据官辅助护卫官，同时自己注意走位。"

如果说前锋舰的战斗是明处的大开大阖的厮杀，那么刺杀舰就是黑暗中的匕首，藏起锋芒、不露痕迹，直到机会来临，出其不意地直取敌方首脑，一刀毙命，结束战斗。刺杀舰不仅惊人的小巧，而且配备最先进的反探测系统。在茫茫太空中定位一艘刺杀舰，难度无异于在厚重的云层中找到一片透明的雪花。但另一方面，为了做到隐蔽和出其不意，也要付出相当大的代价。首先是武器极少，少到只能用"拮据"或"吝啬"来形容——只有五发"绣花针"，学名是穿刺冷爆弹。这种武器连粒子屏障也无法抵挡，但必须在离敌舰非常近的地方发射才能发挥爆破威力，几乎要贴身使用。与其说是高科技太空武器，更像是蛮荒时代的近身冷兵器；另一个代价是，刺杀舰一进入敌方领域就要切断和己方队友的一切通信，严格来说是只能接收，不能回复。因为回复发出的电磁波很可能被对方的数据官捕捉到，导致暴露位置，功亏一篑。所以刺杀官是个孤独的暗杀者，不仅对手不知道他在哪儿，连队友都不知道。

方-夏梦离的智心副官泰已经接管了一半数据系统，计算速度和精确度都不在主人之下。她难得地放松一会儿，但心情比开战之前更加沉重。

"泰。"她暂时关闭小队频道，单独与副官说话。

"我在。"一个沉稳的男声应道。

"你说……我到底要不要告诉他？"

泰一边继续为果子提供计算结果，一边道："我只是智心副官，不应该给您的生活提供建议，何况这涉及大恒帝国的政治机密。"

女孩无声地叹了口气。

"但如果作为朋友，只从理性的角度出发，我给您的建议是，暂时不要告诉他。"泰温柔地说，"我知道这并不轻松，但生存是一切的基础，没有人会责怪您。"

梦离苦笑了一下："和平殇说的一样。我明白了。继续作战吧。"

"检测到疑似敌舰！"护卫官果子第一个发现痕迹，"8区慢波有扰动。"

"是影舰。"泰沉稳地说，"真舰可能在15区，概率超过65%。"

"轮廓弹幕打击15区方向。"夏平殇迅速调动旗舰武器，旗舰炮口喷射而出的飞弹像一把沙子洋洋洒洒地飞向目标区域。副官夏竹已经调整过弹道，确保这次攻击能最大限度地发挥作用。

"未命中。"夏竹很快得出结论，夏平殇已经采取了下一步策略，命令果子主动引爆一部分太空水雷，黑暗的宇宙中亮起一片闪光，分析爆片轨迹的烦琐工作交给梦离和泰完成。

"有不自然波动。"泰很快给出答案，无须夏平殇下令，夏竹已经发射了五发旗舰侧炮，精确覆盖产生波动的范围，两位智心副官也是多年的老搭档，配合流畅如同一人的左右手。

"打中了！"梦离不禁兴奋，"粒子屏障击破反馈！"

"追踪打击。"夏平殇下令，虽然这个行为一般来说不会有效果。

又是五发侧炮打出。"未命中。"夏竹的回应不出所料。

夏平殇依然是一副悠然自得的样子："好，第一回合是我们赢了，扒掉他一层皮，下一击就可以彻底搞定了。梦离注意走位，现在他有很大的可能会先对你下手。"

"为什么？"

"有些野兽被逼得急了，会孤注一掷地攻击猎人。有些人则正相反，越是处于不利地位，越要稳妥行事。"夏平殇解释道，"我相信墨渊龙是后者。"

正如他所料，墨渊龙的刺杀舰被打中，失去了粒子屏障，相当于两条命已经丢了一条。在他看来，对方的护卫官像没头苍蝇一样乱转，几乎形同虚设；数据官方-夏梦离水准不错，但是应变能力稍有不足；最可怕的无疑是司令官夏平殇。所有人都说这支小队的核心是王牌战神路予悲，但是对于刺杀官来说，夏平殇的头脑更加致命，而且极为谨慎。纵观这一队的历史战绩，夏平殇输给刺杀官的概率低到离谱。

另外，夏平殇的影子舰脱离旗舰的时机恰到好处，现在很难分析出他在哪一边，需要博弈。而数据舰只有一艘。于是一向求稳的墨渊龙决定了战术，先对数据官下手，毁了对方的眼睛，再图头脑。

夏平殇估计墨渊龙卷土重来的时间差不多了，对表妹说道："要不要易位控制，我来替你跟他较量？"

"是司令官的命令吗？"梦离反问。

"呃，不是，一个建议而已。"

梦离倔强地反对："那不要！我自己应付得了。而且他说不定直接对你下手呢，我可承担不起旗舰被刺的责任。"

夏平殇其实也猜到了表妹会是这种反应，于是也没再坚持，转向果子说道:"第二回合马上开始,护卫官可以再大胆一点开火,不用怕伤到我们。"

"真的吗?那好吧。"果子应道,十六艘护卫舰散得更开,覆盖了梦离的数据舰背后一大片区域。

"咦,战神竟然在往回走,难得一见啊。"观察到路予悲的动向后,夏平殇略感吃惊。

"没办法,少了我这个王牌帮忙,怕你们全灭。"在副官希儿的协助下,路予悲已经绝地翻盘,干掉了对方的前锋官和护卫官,自己的前锋舰竟还剩十艘,却并没有向敌方旗舰进军。

"你是真的担心我们,还是想跟墨渊龙交手?"夏平殇一针见血地戳穿他。

"你……你说什么呢,我当然是为了保护梦离啊!"话一出口,他才发现气氛变得更尴尬了,他确实幻想着从墨渊龙手中救下梦离,有种英雄救美式的史诗感——但这个想法怎么能说给梦离听到呢!

"果子,你怎么搞的,没吃饭吗?要保护好数据官和司令官,你可得再加把劲啊!"路予悲赶紧拉一个垫背的,况且他从不吝啬对队友的批评。

"是是是……遵命,战神大人。啊,探测到疑似敌舰!"果子喊道,"我开火了!"

泰补上一句:"可能是影子刺杀舰,概率超过56.3%。"

"厉害。"夏平殇赞道。影子刺杀舰是刺杀官放出的诱饵,没有装备武器,只为掩护刺杀舰而存在。"能把影子舰操控得这么逼真,应该是副官完全控制了,而且和墨渊龙的同步率非常高。"

"哦,我刚想起来,那家伙也有副官。"路予悲说道,同时也有点儿明白了对方的策略。

方-夏梦离也越来越紧张,墨渊龙及其副官的水平超出了她的预期。

"攻击吗?"夏竹也不像刚才那样自己决定,而是谨慎地向夏平殇请示。

司令官马上做出决策:"果子跟我对付这个,泰继续寻找另一个,梦离专心位移,夏竹策应全场。"

"是!"两人两副官齐声回应。

这是一场名副其实的硬仗,为了胜利,每个人都一丝不苟地执行自己的任务。虽然夏平殇只出了六分力,但对他来说已经算是相当认真了。旗舰三角区成了一片围猎场,猎人们调动所有的资源围追堵截,猎物只是一艘几乎隐形的刺杀舰,和一个非常逼真的诱饵。

"60区和32区排除。"泰汇报。

果子又引爆了一批水雷,但是没有上次那么理想的成效。

"梦离你位移动作再快点,墨渊龙如果有我的水平,你已经死了!"路予悲还在赶来的路上,观察到的小队数据让他心急如焚。

梦离没有理会他善意的提醒。

"战神。"夏平殇只用了简短的两个字就让路予悲闭了嘴,"数据官做得很好,继续保持。"

"寒先生,请向51区方向发射散射弹,它有71%的概率朝那边逃了。"夏竹对果子说,果子本名姓寒,"电磁炮已经准备完毕,申请发射。"后半句话是对夏平殇说的。

"发射。"夏平殇下令,他正忙着调整影子舰和旗舰的位置,电磁炮的精确操作可以完全交给夏竹。

果然又没打中。方-夏梦离心里不由得一阵失望。此时她是全队集中保护的对象,但是她讨厌这种感觉,她不是那种娇气的女孩,有自己的尊严和骄傲。她知道即使自己被刺杀出局,夏平殇和果子也不会怪她,也只有路予悲会唠叨几句。但她会忍不住自责,连续几晚睡不好觉,不停地怀疑自己是不是小队里拖后腿的那一个。所以,她现在承受的压力比其他四位队友加起来还要大。

"放松。"夏平殇恰到好处地提醒表妹,"只是场练习赛而已。"

在夏竹的帮助下,果子把那艘不知是刺杀舰本体还是影子舰的目标逼到角落里了,夏竹没有错过时机,三道激光闪过,敌舰应声被击穿,一团火光炸开,碎片四下飞散。

全队顿时欢欣鼓舞,果子大声叫好:"漂亮!一击毙命,是不是本舰?"

梦离也松了一口气,操作慢了下来。只有夏平殇不为所动:"墨渊龙可能会主动送掉影子舰来麻痹我们。以他的实力,完全干得出这种事。梦离,再坚持一会儿。泰,概率多少?"

"正在算,51.1%。"智心副官的声音一如既往地冷静。梦离和果子的心却凉了半截。

夏平殇神经突然紧绷起来,如果墨渊龙精心策划到这个地步,那么他最有可能发起奇袭的时机就是现在了。

果然,夏竹用超快的语速示警:"方-夏小姐,35区方向!"

在她说话的同时,夏平殇已经打出了五发电磁炮。

但墨渊龙做得更漂亮,没人看到他是从什么地方冒出来的。他潇洒地躲过了这波攻击,以极刁钻的角度贴上梦离的数据舰。

一下心跳之间，"绣花针"就要刺出——

一道厄尔光束凭空闪过，就像用白色画笔在黑暗的宇宙背景上画出的一条死亡之线，干脆利落地将墨渊龙的刺杀舰击穿。同时被击穿的，还有梦离的数据舰。

夏平殇和果子同时愣住，数秒后才明白那一击原来是路予悲的杰作。他刚刚赶到战场边缘，这一击几乎是极限射程开火，而且厄尔光束有发射延迟，需要相当精准的预判。就算考虑到副官希儿的辅助，也极为艰难。在场的所有人都不得不承认，路予悲的反应速度和射击天赋都高得离谱，连运气都站在他这一边。

方-夏梦离和副官泰已经出局，从通信频道中消失。一时间，小队无人说话，只有夏竹冷静地称赞道："精彩的一击，不愧是路先生。墨渊龙已确认退出赛场，我方胜率提升至95%。"智心副官的声音和语气都非常接近人类，但很明显某些地方还是有着决定性的不同。

"哈哈哈哈！"路予悲对这一击也颇为得意，"我就知道你们会松懈，果然还是得靠我！唉，不过连累了梦离，不能全员存活完胜了，不够完美，可惜可惜。都怪墨渊龙这家伙，走位实在恶心，机会就那么一瞬间，实在没办法。老夏，怎么样，这一下能进年度十大不？"

"你说能进就能进。"夏平殇默默摇了摇头，开始想象赛场之外的另一场战斗，同时下达了最后一道指令，"好了，去结束战斗吧。注意对方的司令官魏轻纨也有副官，还是要小心点应付。"

10分钟后，对方司令官宣布投降，战斗结束，夏平殇小队获胜。

路予悲兴奋地跳出驾驶舱，才发现梦离早就走了，只剩夏平殇坐在圆桌边，手里端着咖啡，一脸无奈地看着他。

2

路予悲穿着一身蓝色正装，站在镜前看来看去。

"果然有点儿小了……"

"在您试穿之前，我就提醒过您了，还给您看了效果图。"希儿说道。

"是，但我不亲眼看看，总是难以相信。这可是去年新买的。"

"您这一年长高了三厘米，也重了两千克。"希儿补充了一句，"这是好事。"

路予悲悻悻地脱下外套："我记得还有一件紫斑外套，也是去年买的？"

"前年。"

"放哪了？"

"最左边的柜门，最上面的格子，黑色袋子里。"

"幸亏有你。"路予悲真心感谢希儿。他打开柜门，正要把袋子拿下来，希儿却说道："也小了，而且今天这个场合恐怕不适合穿它。"

路予悲无力地躺到床上，看着天花板："怎么回事？出席个正式场合，衣服这么少。难道要我现在买吗？你替我挑一件吧，款式大小你都知道。价格嘛，你也了解我的，可以比平时多花一点。"看似简单的日常助理工作，但为了让人工智能毫无障碍地做到这些小事，地星人足足花了五十多年的时间。

"可以，但要半小时后才能送来，恐怕他们等不了那么久。"希儿赶在路予悲发火之前补充道，"您父亲有一套蓝黑双色条纹正装，您现在穿着也比较合适。裤腿会稍长八毫米左右，但无伤大雅。五年前买的，在他的卧室旧衣箱里第二层。要我现在告诉先生吗？"

"我自己去拿。"路予悲从床上弹起来。10分钟后，他已经在父亲房间里换好了衣服，对着镜子打量自己。镜子里的少年已经有了几分成熟的男人气。这身衣裤价格不菲，用的是双色海纹布料，在蓝黑两色之间变换，阳光下会变为天蓝。腕饰和领饰都是他第一次佩戴，还有一副浅色目镜，显得郑重又前卫。他把头发用定型素向后梳去，与未脱稚气的脸不太匹配。他还特地留了点胡茬在下巴上，显得比十八岁的实际年龄成熟一些。

他的父亲路高阙坐在旁边的单人沙发上，朝儿子点了点头："挺不错的嘛，有我年轻时的感觉了，甚至更帅一点。"

"那是自然，毕竟妈妈那么漂亮……"一提到过世的母亲，路予悲不自觉地停了下来。六年了，他还是没有习惯。

"是的，你的嘴和她的一模一样。"路高阙替儿子把话说完，"走吧，你妹妹早就准备好了。"

路予悲忍不住哼了一声，心想那个小魔头最会演戏，今天这个场合最适合她表演虚伪的戏码。

"对了，先去把胡子刮了。希儿，下次帮我提醒他。"

路予悲脸上一红，乖乖听了父亲的话。

等父子二人走到楼下大客厅，一个打扮得像洋娃娃一样的可爱女孩从沙发上站起来。

路予恕还不到十六岁，比同龄人稍矮一些，但更显得乖巧可爱。两条高挑的细眉之下，一双大眼睛极为灵动，墨绿色的瞳孔仿佛一泓湖水，眉目之间尽是秀气。俏丽的小鼻子与红润的小嘴稚气未脱，仿佛随时可以用清脆悦耳的声音说出无限甜蜜的话来。而当她真的开口说话时也确实如此，没人能忍心拒绝她的请求——除了她凶恶愚蠢的哥哥。她的刘海儿修剪得十分整齐，两边鬓角却倔强地翘着，更增了几分调皮。这张脸上唯一让她本人不满的就是脸蛋还保留着一点婴儿肥，但为她更增了三分粉嫩可爱的感觉。

每次兄妹斗嘴的时候，路予悲经常说最适合她的职业是乞丐："你去要饭绝对天下第一！去吧去吧，快去！"

"谢谢你夸我长得可爱。"路予恕总是昂首还击，随即又摇头叹气，"某些人就不同了。唉，真可悲，要饭都没人正眼看你。"

今天她穿了一身天蓝色衣裙，配上繁复的白色蕾丝缀饰，如蓝天上点缀着白丝絮般的云彩，却只让路予悲觉得头晕。白色丝袜象征纯洁，墨色小皮鞋则显得精神。最巧妙的是她头上戴的淡紫水晶头饰，堪称点睛之笔，配上黑色顺滑的长发，显得格外高雅尊贵。她全身上下唯一不协调的就是那对翘起的鬓角，暴露了她的顽皮狡黠。路予恕已经放弃了将其拉直，完全徒劳，因为它总是会再翘起来。

路予悲只消看一眼，就能准确理解到妹妹今天所要扮演的角色和她要表达的感觉。在他看来，妹妹的漂亮和可爱都具有很强的欺骗性。她既可以像邻家女孩一样可爱讨喜，让你觉得她的甜美是只属于你一个人的宝藏；也可以美得高贵冷峻，让你敬畏她如同遥不可及的星辰。哼，但那都是她灌输给别人的假象，可骗不了路予悲——在这副好看的皮囊之下，藏着一个不折不扣的小魔头。

"看什么看，真是粗鲁，一点礼貌都不懂！难怪你交不到女朋友。"大概全天下的妹妹对哥哥说话时语气都不会太好，路予恕则无疑是其中最极端的那一种，与乖巧可爱的外表形成极大反差。

"滚！"路予悲根本没过大脑，习惯性地予以回击。他伸手摸了摸妹妹夸张的裙摆，不解地问，"这是用什么东西撑起来的，在你腿上支了木棍吗？"

"蠢货，别乱动。"路予恕给了哥哥最嫌弃的一瞥，"裙撑都不懂，有教养的贵族小姐都用这个。这还是伊甸国的最新款呢，三层支网，高度可调。"她轻轻按了按裙摆，撑起的高度果然降下去一点，看起来没那么夸张了。

路予悲想了想，他们兄妹就读的虽然是贵族学校，但管理严格，贵族女孩也都只穿校服，方-夏梦离也不例外。偶尔周末和梦离见面，自己也几乎没留意过她穿的是什么，反正没有这种夸张的裙子。幸运的是，他们学校的校服也挺好看的，特别是女生的夏装，有变色紧身上衣和银色短裙。路予悲回想起梦离穿银色短裙的样子，不由得有些呆了。

"白痴，又在想什么变态事情了吧？"路予恕坏笑着说。

路予悲急忙反击回去："哼，你这小魔头还想学贵族小姐？真是不知天高地厚。"

"爸，你听大蠢蛋又叫我小魔头，像话吗？"

"你应该叫他哥哥。"路高阙捏着眉心,暗暗摇头,他早已习惯了这两个孩子的相处之道,"今天这么重要的场合,你们在外边可别吵个没完啊。"

见两个孩子都板着脸,路高阙先拉过路予恕:"让我看看这个可爱的女孩子,真是我的女儿吗?"

"我当然是。"路予恕满脸欢喜,"爸爸觉得这身衣服怎么样?"

"非常完美。"路高阙摸了摸她的头发,"我想不出怎样才能更完美了。不管离得多远,我都能一眼认出我的完美女儿。"

听到爸爸的称赞,路予恕心花怒放,又朝哥哥做了个鬼脸。

路高阙见路予悲有点儿失落,又对他补了一句:"如果今天有哪位贵族小姐看上我儿子,我也是绝对不会感到意外的。"路予悲脸上做出不在意的样子,心里奢望的只有特定的那位贵族小姐的青睐。

路高阙今天也穿得格外潇洒,手工裁缝的黑金色双领正装非常合身,显出匀称的身材和优雅的气质。他今年刚满五十岁,但看起来不过四十出头。棱角分明的脸庞依然留有年轻时的七分帅气,下巴上的胡须修剪得十分整齐,和乌黑的头发一样没有一根白丝。最让同龄人羡慕的是,他的发际线几乎还未后退,而且小腹平坦,背部挺拔。六年前太太去世后,他身边不乏优秀的女士对他表示好感,年轻的和年长的都有,就连两个孩子也都知道。但他一直没有再娶。

今天是他第一次受到军务大臣方-夏公爵邀请,携子女参加内阁大臣们的茶会和晚宴。虽然贵族内阁逐年式微,但方-夏公爵依然说得上权倾朝野。所以对路高阙这位外阁议员来说,这是非常难得的社交机会。

三人上了飞车，路予恕的裙子即使收到最紧，也非常不好安放。她小声埋怨了一句后座空间太小，并且故意让父亲听到。司机今天也格外兴奋，因为要去的地方是真正的贵族领地，寻常百姓通常不得入内。

一路上，路予悲心里惴惴不安，不知道梦离是不是还在生他的气。前天那场太空模拟战很快就成为学校里的热门话题，路予悲狙杀墨渊龙那出神入化的一击，毫不意外地让他王牌战神的名号又增色不少。讨厌他的人则叫他无情战神，因为他同时干掉了梦离的数据舰——方-夏家大小姐在学校里的追求者不可计数。除了无可争议的美貌，她显赫的家世背景也让男生们趋之若鹜，她的父亲正是方-夏公爵。

路予悲、方-夏梦离还有夏平殇三人同年入学，又分在同一班，五年下来已经是最亲密的伙伴，更是配合默契的战友。因为交情太铁，他总是忘记那两位都属于所谓的穹顶集团，地位尊贵，家境殷实。路高阙虽然名头甚响，又身为议员，但其实并无实权，财力也只居中产中流，与方-夏家族差着不止一个阶层。但年轻人的感情总是不受世俗的约束，路予悲和梦离之间早已培养出了若有似无的感情，只是两人一直没有把话说破，就僵持在一个不上不下的阶段。夜深人静的时候，或者在梦中境界，路予悲也没少暗自呼唤女孩的名字。

讽刺的是，路予悲最擅长的太空模拟战，也是阻碍两人关系发展的另一大障碍。公平地讲，他平时还算温和有礼，潇洒大方；但一进入战场就变成了另一个人——冲动易怒，自大狂妄，对队友也十分严苛。战斗到忘我之时，他高明华丽的控舰技巧令敌人震颤，而不留情面的斥责喝骂也让队友难堪。说好听点叫霸气十足,说不好听就是臭脾气不小。"王牌战神"四个字就像一把双刃剑,既斩敌人,亦伤队友。全靠夏平殇化解矛盾、安抚情绪,这支小队才不至于因为他而分崩离析。

而他这次的战绩,就是一次典型案例——为了赢得胜利,为了打败敌人,展现自己的实力,他毫不犹豫地牺牲掉梦离,完全没考虑到她的感受。明明他最初的动机是英雄救美,但一到关键时刻,这些浪漫的想法全部抛在脑后,变成了英雄弑美。第二天是周六,梦离一整天没有搭理他,不接他的通信请求,泰和希儿之间的私人通道也关闭了。路予悲就算再蠢也知道梦离生气了,而且气得不轻。

然后就到了星期日,也就是今天。路予悲正好要和父亲一起去参加方-夏公爵的茶会和晚宴,地点就是梦离的家。路予悲在飞车上暗想:一会儿就能见到梦离了,不知道她是不是还在生气。唉,女孩子真奇怪,这么点儿事有什么可生气的,我本来是想救她的嘛,但是当时的情况……实在没有办法。要怪只能怪墨渊龙的位置太刁钻了。父亲常常教育我,要我学会换位思考。如果我和她的位置交换,我肯定不会生气的,甚至还会第一个称赞她了不起,出手果断,技术高超,甚至因此而……爱上她也说不定。

路予悲摇了摇头,把奇怪的念头赶出脑海。坐在旁边的妹妹皱眉道:"你没病吧,一会儿哭丧着脸一会儿傻笑的,还摇头。头皮屑都甩过来了,恶心。"

"闭嘴,哪有什么头皮屑?"路予悲扶了扶目镜,瞪了她一眼。说真的,他害怕妹妹看穿自己的心事,更糟的是,他知道妹妹有这个能力。路予怨讨厌归讨厌,智商确实高得离谱,似乎什么事都瞒不过她那双邪恶狡猾的大眼睛。

路予恕继续嘲笑他:"又做了什么蠢事?嘿嘿,赶紧去跟人家磕头赔罪吧,否则你就是天下第一大蠢蛋。"

"小魔头,你……"

"别吵了。"路高阙回头说道。两个孩子只好乖乖听话,但不时对彼此怒目而视。

过了一会儿,路予恕忽然问父亲:"爸,听说盟会入阁的日程要加快了,是真的吗?"

路高阙点点头:"这是民心所向,大势所趋。今天方-夏公爵邀请我参加大臣茶会,也有这方面的原因。"

路予恕也学着爸爸的样子点点头:"很明显,帝国已经从贵族政治逐渐向盟会政治过渡,门阀贵族们要主动跟各大盟会高层结交,才能保住自己的政治影响力。"谈论这些时,她总是摆出一副一本正经的大人模样,让路予悲觉得有点儿好笑。但是爸爸看着她的目光充满赞许,又让路予悲羡慕不已。

于是路予悲也试探着问道:"爸会进入内阁吗?比如说……当首相?"

路予恕发出一声不屑的嗤笑。路高阙则解释道:"盟会入阁之后,还需要很长时间才能触及权力中枢。除非发生翻天覆地的变化,否则未来二十年内,首相和三重臣还是会被穹顶垄断。如果运气好,十年后也许……算了,还是不太可能。"

"那也很棒了。"路予悲开心地说,同时瞪了妹妹一眼,"还有印叔叔呢,他好像不喜欢当官,那晁爷爷当财政大臣,曲阿姨可以当首席法官。"

"你以为内阁是龙吟阁自家开的吗?"路予恕摇着头说,看哥哥的表情就像在看一只臭水蝇。

路高阙苦笑着说:"地联恐怕不会答应,还有宇内一心会和逝水盟也都……唉,不说这些了。一会儿到了那边,你们也不要乱说话。和贵族孩子打交道要多观察,少说话,明白吗?"

"明白了。"

"一会儿先跟紧我,向各位爵爷致敬。等公爵小姐邀请你们,就跟她走。之后不要打扰我们谈话,也不要乱跑,晚宴不要迟到。"

"知道了。"兄妹二人齐声应道。路予悲心跳微微加速,父亲口中的公爵小姐自然就是方-夏梦离。

飞车终于抵达了方-夏庄园外,庄园附近都是私人领地,禁止平民进入。正门外的广场巨大而冷清,高高的围墙向两边蔓延到目力所不能及的地方。一扇黑色大门精致而沉重,上面镂空雕出方-夏家族的家徽,左边是方家的三颗流星,右边是夏家的卷尾金狐。

围墙虽然不高,但飞车绝不能从墙上飞过,那属于非法入侵,警卫可以直接开火。路家的飞车在大门口降落,切换到地面行驶模式。大门打开后,配备震击枪的警卫检查了飞车,才允许他们进入。飞车一路深入庄园,蜿蜒经过了三重门墙,才在一座巨大的喷泉前停下。喷泉共分四层,顶层中央伫立的雕像似乎是个剑客,右手持剑做挥砍之姿,左手的盾牌上刻着三颗流星。路予悲下了车,看到眼前是一座单层建筑,似乎就是他们要进去的地方了。这座楼虽然比普通的单层平楼高出不少,但远没有他想象中的豪华。来之前,他一直把方-夏庄园的主楼想象成一座高大的宫殿,金碧辉煌,恢宏壮丽。这才配得上千年贵族的奢华,堪比先皇住过的御宫。但这座平楼从外面看去并没有过多装饰,让路予悲略微失望。

"赞美先皇。"一位富绅模样的华服男子走下台阶迎了过来,肥胖的身材意外地灵活,满脸的笑意无比自然,"这位想必就是路高阙教授,果然仪表不俗,气概非凡,'龙吟四杰'当真名不虚传。令公子和令媛也都声名远扬,今日一见果然都是人中龙凤。"这一番话说得恭敬而又不虚伪,让人感觉到满满的诚意和热情。路予悲正在猜测此人是哪位贵族爵爷,对方已经自报了身份:"小人是方-夏府三席管家夏愚,请允许我带您前往主会客厅。"如此仪表和谈吐,竟然只是管家,还是三席。路予悲不禁暗暗咋舌。

在夏管家的带领下,三人上了台阶,进了大门,穿过一条长廊,又经过两扇门,终于抵达了会客厅。按照管家的说法,这是主会客厅,除此之外还有其他很多个会客厅。途中某处如果左拐,可到达家族历史展馆,夏管家说期待教授一家以后常来,他会很荣幸地花一个下午时间带他们参观展馆。路高阙客气地说一定一定,但连路予悲都看出了父亲的心口不一。

路予悲已经发现,这看似平常的单层平楼,实际上有一种低调的奢华。不仅大得离谱,而且楼中有院,院中又有楼。从长廊右侧的窗户望出去是一片偌大的花园,亭台湖泊点缀其中,美不胜收。阵阵花香飘来,让人心生喜爱。夏管家告诉路予悲,后山还有溪流和瀑布,但想要好好游玩的话恐怕需要一整天。

他们抵达主会客厅时,这里已经有不少贵客,三三两两地聚在大厅里各个地方。中间的长桌上摆着许多精致糕点和茶饮,每一样看似平常,实则都是外面绝对买不到的精品。穿变色衬衫的侍者们不停地穿梭于宾客中间,悬浮托盘上摆着各色美酒。见到这么多穹顶集团的大人物，路予悲紧张起来，脑子里一片空白。在父亲的提醒下，他才想起摘掉目镜。路予恕也比他好不了多少，一双大眼睛到处张望，掩饰不住惊讶与好奇。

夏管家请三人稍等片刻，然后通过电耳小声说了几句。不一会儿，公爵夫妇迎了出来，一脸笑意。

路予悲在新闻里见过公爵夫妇很多次，他发现梦离长得更像母亲，但是希望将来不要变得和她母亲一样胖。

路高阙一家向公爵夫妇致敬，对方回礼毕，公爵笑着说："赞美先皇，路教授今天真是仪表非凡，两个年轻人也光彩照人！"

"赞美先皇，女神与他同在。"路家三口同时应道。路高阙强迫自己说些恭维和客套话，路予悲则紧张地不知怎么办好，只好心里不断地说：他们只是梦离的父母，这里只是梦离的家，说不定她小的时候就常在这个大厅跑来跑去，玩皮球什么的。但是无论怎么看这都不像是小孩玩闹的场所，大概是在外面的花园吧。

公爵夫妇热情地带着他们往里走，把他们一一引见给已经在场的各位爵爷。虽然路高阙不是贵族，但贵族都听说过他，其中有些人已经与他打过交道了。

终于，路予悲的视线捕捉到了梦离。她正在和几个贵族子女亲切地说着话，每个人穿得都很精致美丽，但以方-夏梦离为最。路予悲一时看呆了。如果说路予恕打扮得像个可爱又高贵的洋娃娃，那么梦离就像是下凡的龙女神本人，说她"可爱"都像是种侮辱。她身着一袭紫色长裙，蓝宝石和小钻石点缀其上，一缕白色半透明披肩覆着她雪白的双肩，三条黄金细链垂在颈下。左手腕戴一只精致小巧的表，一望便知是凡星制造的高档货。脸上只化淡妆，依然动人，酒红色的长发高高盘起，一片白色水晶发饰巧妙地戴在一侧，其精致程度让路予恕头上的紫水晶像是玩具一样。

路予悲偷偷看身边的妹妹，发现她也在盯着梦离看，脸上露出极为罕见的艳羡神色。察觉到哥哥在看她，路予恕急忙收拾表情，狠狠地瞪了他一眼，用极小的声音说道："她跟我们根本就不在同一个世界，想追她，你还是死了心吧。"

"闭嘴。"路予悲回了一句，声音却十分无力。

路予恕欣赏着哥哥表情的变化，见公爵夫妇和父亲聊得正欢，越发大胆地欺负哥哥："瞧瞧你，眼睛都直了。啧啧，恐怕直的不只是眼睛吧。"

这一句实在太过分。路予悲倒吸了一口凉气，费了好大的力气才忍住没有当场大骂"小魔头"。这女孩虽然才十六岁，居然已经会拿这种事情开玩笑了。他给了妹妹恶毒的一瞥，咬牙说道："你这么下流，将来交了男朋友，还不知道要怎样不检点……"

"我才不需要什么男朋友。哼哼，抢走你的女朋友倒是不错。"

有那么一瞬间，路予悲脑子里出现了奇怪的画面。父亲突然咳嗽了一声，原来是公爵夫人正在称赞他们兄妹二人容貌清俊，而且一望便知兄妹感情很好。兄妹俩只好顺从地露出笑脸，甚至用这副笑脸对视一眼，心里同时暗骂对方虚伪到令人作呕。

路予恕突然发现大厅的角落里有个人正盯着她。那是个高个男子，一头灰红色长发随意地披散下来，发间露出一双阴戾的双眼，露骨地盯着路予恕看。虽然穿着得体，服饰高贵，但全身上下散发着一种让人不舒服的放肆感。

路予恕感到一阵恶寒，悄悄问哥哥："那个人是谁？"

路予悲顺着她的目光看去，也皱了皱眉，说道："有点儿眼熟，好像是梦离的某个哥哥，同父异母的哥哥。希儿？"

"是的主人，他叫方-夏世然，是梦离小姐的二哥。"希儿答道。

"其他信息呢？"

"查不到其他信息，全都是冰堡内的高级保密信息。"希儿的回答并没让兄妹俩意外，有点儿地位的人通常都是这样的，梦离小姐的信息也是查不到的。

"那你怎么认出他的？"路予悲问。

"三年前您远远见过一次，梦离小姐当时说了名字，我就记住了，没有说更多信息。"

"一看就不是好东西。"路予恕瞪了那个男人一眼，又看了看梦离，"有个这样的哥哥，梦离小姐简直比我还可怜。"

"你一点都不可怜，你有天底下最好的哥哥，是你不识好歹。"

"呸，真不要脸。"

路予悲不再跟妹妹斗嘴，转过头继续远远欣赏自己的战友。头发盘起后的方-夏梦离，脸颊到颈部的美丽曲线一览无余，白得像是在发光。路予悲暗想，如果此时自己站在她旁边，怎么才能忍住不去亲吻她雪白的侧脸、耳后和脖颈。

唯一让路予悲感到熟悉的，是她左耳的智心副官泰，轻薄的金属从耳郭蔓延到眼角，作为装饰品来说也足够精美。他想起自己和梦离还有一种交流方法，便悄悄呼唤自己的副官："希儿。"

"是，主人。"希儿的声音也压得很低，只有路予悲能听到。

"泰的通道还关闭着吗？"

"打开了，要接过去吗？"

"接。"

"好的主人，"希儿停顿了三秒，"已经接通私人频道。"

"路先生，我是泰。"泰的声音透过希儿传来。

"泰，让我跟梦离说话。"路予悲试探着说，不确定梦离是否会答应。

他看到梦离微微一怔，不易察觉地向他这边瞥了一眼，然后嘴唇微动，对泰轻轻说了句什么。

泰的声音传入路予悲耳中："主人说不必了，她马上过来。"

果然，没过一会儿，梦离暂时离开了那几位朋友，裙摆轻扬，携着满室光芒向他走来。

3

今天的方-夏梦离和平时在学校的样子完全不同，妆容精致，衣裙华贵，竟让路予悲有些不知所措。他心想：我这么平凡，她却如此耀眼。见鬼，我真的跟她做了五年的同学吗？

这时方公爵正好对路予悲说道："对了，予悲和梦离在一个小队吧，常听梦离提起你。"

路予悲急忙回过神来，想起父亲之前教的话术，略有些紧张地说："是我的荣幸！公爵小姐极为出色，而且平易近人，让我们这些普通的同学也倍感自豪。"他此刻丝毫不认为这话虚伪，只觉得完全正确。

"谦虚了，谦虚了。"方公爵赞许地点头，和蔼地微笑。

路予悲一时间觉得，这位公爵虽然看年纪比自己父亲大了至少十岁，腰围也大了一倍不止，但绝对是一个可亲可敬的好人。将来他如果能成为自己岳父的话，今天岂不就是第一次翁婿会面？哎，我到底在胡思乱想些什么呀！

方-夏梦离刚好走到他们身边，笑道："在说我什么？我听见了。"她现在的表情是在学校里从没出现过的，只属于贵族小姐的亲切笑容，虽然是在笑，但只局限于脸部中央不算大的一部分区域。路予悲不用看就知道妹妹一定正在暗中学习这种表情。

夏女爵拉过女儿的手，微笑着说："人家都把你夸上天了。"

"那还真是……多谢了。"梦离的表情有一瞬间地不自然，像是贵族小姐的礼貌面具多了一道裂缝，对路予悲来说反而是露出了一丝亲切的真相。

"好了，梦离你替我们招待两位小同学，路教授请跟我们往这边来，我们有些公事要谈。"公爵侧过身，把动作有些僵硬的路高阙往里请，又转头提醒女儿，"晚宴不要迟到。"

梦离顺从地带路家兄妹离开。路予恕盯着她的裙服看了一会儿，开口问道："这是天芒竹丝裙？"

"你看得出来？"梦离略有惊讶地点点头，"你喜欢吗？我送你几件吧。泰？"

"是，小姐。路予恕小姐的尺寸已经量好了。"

路予恕急忙推辞，但梦离只是笑着说："回头我挑几个款式，几种颜色发给你，你喜欢就多挑几件。"见她是发自内心的慷慨，路予恕也只好欣然接受了。

路予悲不解地问："什么天芒竹丝？"

梦离故意转过头不理他。路予恕也暗暗摇头，悄悄告诉哥哥，那是天芒星特产的材料，制成的衣服轻巧灵动，柔中带韧，如同有生命一般。

她没说的是，这种材料的寿命只有短短的一个月，过期了就会变得脆弱不堪，一碰就破。考虑到采集竹丝，运输到地星，再制成衣服，上架贩卖，这其中每一步都需要时间。所以最后实际能穿上身的时间只有五到七天，几乎等于一次性，与昂贵的价格极不相称。天芒星人都很务实,天芒竹在当地只是一种稀有食材,根本不会被做成只能穿几天的衣服。不料这种食材传到地星之后成了贵族小姐制作华服的材料,既美观大方,又能充分体现身份和地位,于是天芒竹丝也就成了天芒星向地星的出口物资中的珍品。

而这样奢侈的服装,梦离谈笑间就要送路予恕几件,每一件的价格都抵得上路予恕所有衣服的总价。就连路予悲也看得出妹妹心花怒放的同时,又有一些受人恩惠的不甘。她最后还是反复对梦离补充强调,只要一件就够了。看着妹妹略显卑微的态度,路予悲暗想:如果梦离将来真的和自己在一起,倒是不必担心她会被刻薄的小姑子欺负。啊,我又在想些有的没的了!

方-夏梦离先礼节性地把路家兄妹介绍给那一批贵族子女。路予悲根本记不住那么多名字和爵位,只好机械地一一握手,说一些冠冕堂皇的蠢话。路予恕的表现则自然得多,和每个人都能聊上几句,可爱的娃娃脸也吸引了大部分男生的目光。

"乌引星的事听说了吗?"一个高个男子说道,路予悲记得他是某个小侯爵,"天芒星可能要动武了。"

"天芒星很弱的,连凡星都打不过,更打不过我们。"另一个胖胖的男孩说道,"弱者就活该被欺负。"

"听我爸说,这件事再演化下去,地星可能也会参战,那就好玩了。我等不及想教训教训那些天芒畜生。"这次说话的是路予悲认识的人,学校里比他大一级的女生,也是颇有实力的前锋官。她突然转向路予悲:"路同学,你也是这么想的吧?"

"这个……我是很喜欢模拟战啦。"路予悲勉强回答,"但是真要打仗的话……"

"王牌战神原来只会模拟战,真打仗就怕啦?"那女生有些轻蔑地说。有两三个人跟着一起笑了。路予悲就算年轻气盛,也懂得这个时候闭口不语,任他们说。

一个看起来已满二十岁的年轻男子说道:"时大人说得好,战争是最迷人的游戏,还能带来真正的幸福和安全。"路予悲听了忍不住露出怀疑的表情。

"我不喜欢时大人。"一个瘦瘦的女孩犹豫着说。

"因为你爸爸不喜欢?"刚才嘲笑过路予悲的那个女生说道,"你爸爸是担心盟会入阁之后,时大人抢了他的位子吧?但从客观上说,我也支持时大人的观点,'战争能给予我们的幸福,是和平给不了的'。路同学,你觉得呢?"

见路予悲不答,路予恕接过了话:"这句话是一百多年前的一位军事家说的,时大人只是引用。"

几个人都沉默了,场面一度有些尴尬,直到刚才那个瘦瘦的女孩说:"我爸爸说,除了地联,宇内一心会也很厉害,还有逝水盟。"

"龙吟阁呢?"那位年轻男子问,似乎对路予恕的见解颇感兴趣,"路教授是龙吟四杰之一,不知有什么高见?"

路予恕犹豫了,她想起父亲不让他们乱说话,而这些小贵族,也许都是父母的耳目。

"路教授今天也是家父的贵宾。"方-夏梦离替他俩解了围,"想问的话不如直接去问他本人,可惜今天没请时大人,看不到双雄辩论啦。"

路家兄妹心里感激,听出梦离的言外之意是今天请了路教授,但可没请时大人,暗示年轻人注意说话的倾向性。另外,路高阙只是龙吟阁的首席学术顾问,时大人却是堂堂的星联合战线的盟主,不仅是思想家,还是演讲家、社会活动家,身家和地位都远超路高阙,梦离竟称二人为双雄,实在是抬高了路高阙。

虽然公爵小姐已经暗示得很明白,但那位刚才嘲笑过路予悲的女生还是不依不饶地想继续追问。

"哟,战神!"夏平殇不知从哪儿冒了出来,救了路家兄妹。他今天穿一件白衬衫、黑色镂空马甲和造型长裤,头发梳得也比路予悲整齐得多。他右手插兜,左手端着一杯冒着热气的咖啡,那副老年人的神态简直像是夏伯爵的弟弟,而不是儿子。

"老夏。"在这种场合下见到老友,路予悲顿时心花怒放。他就像一个在黑暗森林中迷失的孩子,突然看到了森守塔顶的蓝光。

夏平殇给了路予悲一个轻轻的拥抱,然后又拉起路予恕的右手轻轻一吻,笑道:"小神童今天也格外光彩照人,这刘海儿很可爱。"

路予恕美美地还了一礼:"神童不敢当,夏小伯爵才是我学习的目标。"说完两人心照不宣地以贵族表情对视而笑,又同时不那么贵族地扬了扬眉毛。

因为哥哥的缘故,路予恕和夏平殇、方-夏梦离也早就认识。她欣赏梦离,就像欣赏一件精致的艺术品,而和夏平殇之间则是一种聪明人的互相认可。

"听说小神童的五国军棋又精进了,改天一定要指点指点我。"夏平殇说道。

"指点可不敢当,不敢当。"路予恕飞快地看了哥哥一眼。路予悲心里暗暗叫苦,开始后悔在夏平殇面前吹嘘妹妹的五国军棋又提升了一个段位的事。

夏平殇转身对其他几位小贵族说道："抱歉啊各位，我和梦离要带路予悲去别处转转，还有一些学校的事情要商量。想必各位可以谅解。小神童怎么说？"

"我在这边就好，机会难得，自然要跟这几位尊贵的新朋友多聊聊，你们去吧。"路予恕大方地说道，仿佛她是哥哥的监护人一般。

道别之后，小队的核心三人组转身走进一条走廊，走廊两边挂着不少烟染画和铜版画，路予悲却无心欣赏。

"老夏，你来的真巧，话说得也妙。那几位真是厉害，不，是可怕。"路予悲解开上装的扣子，挠了挠有些发痒的头皮，为摆脱社交场合松了一口气，"让小魔头自己应付去吧，希望她别说错话。"

"她不会的。"夏平殇喝完了咖啡，随手把杯子交给擦身而过的男仆，淡定地回答，"我也不喜欢这种场合，特别是不喜欢古家姐弟。对了，墨渊龙和魏轻纨一会儿也来，应该快到了，我赶紧叫走你俩也是怕见面尴尬。"

路予悲这才想起墨家也是贵族。魏家一直都是墨家的下属，虽然只是最底层的贵族，但也勉强算是穿顶集团。

方-夏梦离一直默不作声，刚才的贵族笑容一扫而空，脸色十分不友好。她今天穿着高跟鞋，几乎和路予悲一样高了，夏平殇则比二人矮了半头。

"关于前天的事……"路予悲边走边说，但是被夏平殇制止了："一会儿到了地方再说。"

"到什么地方，咱们这是去哪儿？"

夏平殇看向方-夏梦离："去你那儿吧。"

梦离不置可否，带着他们从一扇边门出了这座迷宫般的平楼，坐上一辆自动低空车，沿着一条长廊跨过一片小湖，进了一个树林环绕的院子，优雅静谧，颇有离群索居的感觉。院内是一座超现代风格的三层阁楼，一楼的开放式客厅直接通到院子里的花圃。一位老人正在照看缤彩菊，路予悲本以为是花匠，多看了几眼才认出是梦离的私人医生，去过学校几次，和路予悲算是认识。

"韩医生，您好。"路予悲主动打招呼。

韩医生微笑着点头，老人已经七十多岁，但眼聪耳明，身体硬朗。自打梦离出生起，老医生就一直照顾她，算是她最亲近的人之一。

进入客厅后，路予悲又和好几位女仆一一打招呼。

"我们去楼上聊一会儿，有人过来的话先通报泰，没我的允许不得打扰。"梦离留下一句话，就带着二人沿着螺旋自动楼梯上了二楼，在走廊上拐了个弯，进了一间宽敞的房间，阳光充足，装饰时尚，还有一股清香扑面而来。梦离小声跟泰说了句什么，所有窗帘都缓缓拉上，巨大的水晶吊灯亮起，发出宜人的舒适光芒。

"哇，这就是你自己的房间？真大。"路予悲踩着脚下柔软的地毯，惊叹道，"你睡哪儿，床呢？哇，这沙发比我的床还大！"

"房间？"夏平殇摇摇头，"这整座楼都是她的房间。这是她的休息室，之一。"

路予悲愣了一会儿，不知道说什么好。梦离的居所虽然豪华,但事后回想起来,还是刚才那座一层平楼更让路予悲感到敬畏,虽不显山不露水却暗藏古韵。

"坐。"女孩把白色披肩扯下来丢到一旁,高跟鞋也甩飞出去好远,然后爬到柔软的白色大沙发上,非常不淑女地蜷起腿。夏平殇则走到长长的半工吧台后面,熟练地从柜子上拿下一套咖啡器皿:"喝什么?有夜影、苦心、卡赫庄园,还有白银时代。"

"苦心就好。啊不,还是白银吧。"路予悲也在沙发上坐下,没敢和梦离挨得太近。这是他生平坐过的最舒服的沙发,一坐下就不想站起来了。他转头问夏平殇:"你是梦离的表哥,经常来这儿吗?"

"偶尔来。"夏平殇磨完了咖啡豆,闻了闻,"这支白银怎么说呢,光是看一看,闻一闻,我都要流泪了。"

"真的吗?让我闻闻。"路予悲微微起身,又被夏平殇一个眼神按了下去。

泰提示梦离有语音接入,她听了两秒后回答:"不用,什么都不用端上来。对,真的。"随后恢复沉默。

夏平殇耸耸肩:"好了,就咱们仨了,可以像平时一样说话。先解决前天的问题。战神,开始吧。"他边说边把咖啡粉用薄纱隔开三层,然后缓缓注水,神情如此专注,胜过打模拟战时好几倍。

路予悲本能地想说"什么问题""开始什么",但还是忍住了。他偷偷看了一眼梦离,犹豫着说道:"前天……哎哎,怎么说呢……是……是我错了?"他的语气是七分陈述加三分疑问。

"你没错,我错了!"梦离瞪了他一眼,大声道。路予悲反而松了一口气,确实是他熟悉的那个女孩儿。

"王牌战神怎么可能有错？赢了比赛全靠你，像我这种累赘只会拖累你。"梦离咬了咬嘴唇，"累赘"两个字似乎有毒一般。

"啊？这是两码事……"路予悲看到夏平殇对自己狂使眼色，急忙中途改口，"啊不对，谁说你是累赘了？我听见你不同意老夏易位控制，非常酷！是有这回事吧？"这句话总算夸到了点子上，证据是梦离的表情稍微缓和了一点，轻轻地哼了一声。

"……要是你被刺杀了，老夏肯定也要完，所以你是关键中的关键啊，能不能赢全都看你，你才是最大的功臣。"路予悲摸到了路子，越说越起劲。

梦离又哼了一声。路予悲一不小心便盯着她迷人的侧脸发呆，竟忘了该说什么。

女孩被他看得有些害羞，说道："谁信你这些鬼话。"但是语气已经柔和多了，"我这么重要，你还打我？"

"我打你了吗？哦，我打你了。不对，我不是打你，是……是……对了，是墨渊龙那个浑蛋打你，我替你报仇啊。"路予悲说得简直自己都要信了，夏平殇险些把喝进嘴里的一口咖啡吐出来。

"报仇？你把那个叫报仇？"梦离也哭笑不得，还是努力板着脸说，"他还没干掉我呢，被你抢先了！"

"我知道他马上就要得手了，而且我把他也干掉了呀！这叫……这叫……预判性报仇！"

"哈哈！"这下梦离终于忍不住笑出声来，夏平殇更是配合地大笑，走过来把一杯咖啡塞到路予悲手里。路予悲接过咖啡，松了口气，知道这一关算是过了。

梦离笑过之后叹了口气，语气彻底软下来："我也不是三岁小孩,不用你说这些话哄我。我也想赢,我也知道墨渊龙厉害,要是我能和他一换一,一点都不亏,反而还赚了。这些道理我都懂。"

"就是就是。"路予悲擦了擦头上的汗,拢了拢头发,"你看得这么明白,还生什么气嘛。"

"我气的是,我气的是……你……你心里……"她突然脸红,说不下去了。

夏平殇刚在沙发对面的一张软椅上坐下,突然又弹了起来,好像软椅烫屁股一样:"啊,我爸在叫我了。肯定又是被哪位爵爷问住了,他总是这样,什么事都要问我。那我先回大厅啦。"他碰了碰耳朵上的夏竹,煞有介事地嘟囔着一些话,开门走了出去,关上门的一刻朝路予悲使了个眼色。路予悲感动得想哭:真是好哥们,这次的助攻没说,绝对可以入选年度十大精彩操作!

"咳咳,你刚才说,你气的是什么?"夏平殇离开后,路予悲轻声问,同时往梦离身边挪了挪,心里暗暗埋怨沙发太大了。他闻到她身上淡淡的香水味,既甜美又清爽,像是冰莲花的香味,这也是他在学校里从来没闻到过的。房间里只剩他们两人,气氛突然变得暧昧起来。

梦离幽怨地看了他一眼,又不安地移开目光:"我气什么?连果子都知道怕伤到我,平殇说要跟我易位,也是想保护我。唯独你,连个招呼都不打,说开火就开火。你是爽了,极限操作,出尽了风头,精彩啊精彩……可我呢?我为什么生气,还不是气你心里没我!"像是借助惯性一般,她一口气把最后一句话也说出口。两个人的心跳同步加速,脸也同时泛红。几年来培养出的朦朦胧胧的青涩爱意,终于到了不得不面对的时候。就像两个终于贴近敌方旗舰的刺杀官,既兴奋不已,又必须小心,最后一击不容有失。

"啊……我……"路予悲开心得不知怎么办,像是周围有一百只金歌鸟在欢唱,让他直想跳起来手舞足蹈。但是他刚刚切实地感受到方-夏家族的恐怖财富,脑子里回想起路予恕那句话:"她跟我们根本就不在同一个世界,想追她,你还是死了心吧。"他心里突然产生了巨大的不安。

方-夏梦离见他表情忽喜忽忧,忽明忽暗,还以为他只是太紧张了。两人之前也有过几次类似的时刻,独处时突然的安静对视,无意间的身体碰触,或是情不自禁地牵手又分开,但每次都不了了之。似乎两个人都在害怕前方未知的迷雾中潜伏着什么可怕的怪物。

"希儿,完全关闭。"路予悲把耳郭上精巧的银色装置摘了下来。这代表他之后要说的话,连希儿也需要回避。梦离也默契地完全关闭了泰。

路予悲试探着开口:"梦离,你知道,我……我们家不是贵族,我爸虽然有点儿名气,但说到底也只是个议员。他自己也说,'龙吟四杰'的名号不能当饭吃。听说……听说盟会要进驻内阁了,将来我家说不定……不知道,也许能比现在好一些吧。"

梦离轻轻嗯了一声。

"我知道你们家已经是几百年的穹顶贵族,可能上千年了,方家和夏家都是吧,我不知道,老夏一定知道,那个什么家族历史展厅我以后会去好好看看。而且我们家没什么钱,为了给我买希儿简直倾家荡产,妈妈走了之后就更……总之跟你们家完全没法比。喀，我的意思不是……我是说……唉，可能是我自作多情了。"他急得摘下目镜揉了揉眼睛，心想：还没确定梦离到底有没有那个意思呢，怎么自己先假设成了两情相悦，然后说起门当户对的事情来了。太蠢了，实在太蠢了，小魔头说的没错，我确实是天下第一大蠢蛋。

梦离沉默了一会儿，咬了咬嘴唇，说道："大贵族有什么好，上千年有什么用？还不是江河日下，愁云惨淡。后山的遥香湖周围好大一片地方就要卖给高尚者同盟了，我小时候很喜欢去那边露营……算了。"

路予悲没去过她家的后山，更不知道遥香湖有多大，但能听出她家里的财务状况似乎也出了问题："唔，如果你觉得为难的话，天芒竹丝什么的就不用给小魔头买了。"

"哦，那倒没什么。"梦离不无尴尬地说，"几件衣服还是买得起的。"

路予悲也尴尬地挠了挠头："我看你家里很和睦啊，你爸妈……我是说，公爵阁下和女爵阁下都很亲切。"

"家庭和睦？"女孩的脸瞬间板了起来，"这可能是你今天说过的最傻的话。你不知道我妈妈瞒着爸爸都做过什么。对不起，我不能细说。哦，爸爸也许都知道，但他假装不知道，毕竟他自己也……还有我的两个哥哥，一个是冷血动物，另一个是人渣败类。唉，我真不想说他们的坏话，也不应该跟你说，你就当我没说过吧，还好泰和希儿都关了。"梦离不自觉地紧紧抓住裙子，"我真是受够了。"

"呃……我妹妹也很差劲。"路予悲不太懂她说的话，只想尽量安慰她。他察觉到，跟方-夏家族的内部冲突相比，路予恕和自己之间的吵闹也许根本不值一提。不，说不定他俩算得上模范好兄妹了。路予悲突然后悔让路予恕一个人留在外面跟那些人闲聊，自己的名声可能要完？不对不对，现在不是走神的时候！

"你妹妹？予恕很好啊，她今天穿得很可爱，就是有点儿……嗯嗯。"梦离无缝转移到另一个话题，"你今天穿得也很好看。"

"谢谢。"路予悲犹豫了一下，还是决定不告诉她自己穿的是父亲的衣服。"你的衣服也好看。"他有点儿心不在焉地说，随即看到梦离渐渐阴沉的脸，赶紧补充道，"特好，你这身简直太漂亮了！小魔头都看呆了。"

"我还没穿过这种款式的，我觉得有点儿……有点儿太大胆了……"她低头摸着裙子，又摸了摸肩膀，声音越来越小。

路予悲这才发现，摘下披肩后，她脖颈到双肩裸露的部分确实有点儿多。在水晶吊灯的照耀下，天芒竹丝竟有了一种半透明的感觉，她的腰肢和大腿也在裙下若隐若现，空气中弥漫起荷尔蒙的气息。说真的，他之前根本就不敢直视这些部位。

"今天是特地穿给你看的。"梦离终于嚅嗫地说了出来，眼睛紧紧盯着裙子，脸红得宛若艺术品。

路予悲心跳停顿了一拍，然后急剧加速，只感觉喉头发紧，血液冲击大脑，眼球肿胀作痛。他不得不咬着牙让自己平静下来，深吸一口气，声音微颤地说："能让我……好好看一看吗？"

女孩意外地顺从，无声地起身，双臂在胸前交叠。微微低头，目光滑落一边。路予悲呆坐在沙发上，抬不起头，只敢盯着她那一对白得发亮的纤足。也太好看了吧，好想扑上去亲一亲。他壮起胆子，视线缓缓向上游走，看她的纤腿、腰肢、胸部，最后是那张含羞的脸。

我在干什么，我……怎么回事，这是真的吗？现在的一切是真实发生的事情吗？

他也站起来，与梦离面对面。两人离得很近，呼吸可闻。他说不出任何赞美之词，脑子已经无法转动，只有双手缓缓地抬起来，轻轻放到女孩的双肩上。碰触到她裸露的皮肤时，二人同时像触电般轻颤了一下。

路予悲再次闻到女孩身上冰莲花香水味，香而不熏，甜而不腻，清爽宜人，他发誓会一辈子记住这种味道。女神在上，先皇在上，管它的！他盯着方梦离娇嫩的嘴唇，慢慢地靠过去，靠过去，却停在途中。这段距离好长，长到他感觉一生都无法企及。

梦离却突然凑了过来，双唇在他唇上一碰，离开，然后又贴了上来。

4

　　那天剩下的时光,路予悲都记不清了。他陷入了一种半昏迷半呆滞的状态,他的大脑产生了微妙的、难以解释的变化。在之后相当长的一段岁月里,每当他回想起这一天,记忆都会变得一片模糊,又像是蒙上一层半透明的纱,即使拼了命想让它变清晰,也只能得到一堆碎片——而在他放弃努力之后,又会在不经意间闪现出一个零碎的片段。简而言之,就像是一场梦,却是真正发生过、存在过的梦,而他一直在刚刚醒来和醒了很久的状态之间不受控制地切换。

　　方-夏梦离换了一件深红色紧身裙服,上面缀有白色花纹和金色家徽。从休息室下来后,她淡定地跟女仆们说了会儿话,便带着路予悲去主宴会厅参加晚宴。那天剩余的时间里,二人再也没有说上话。

　　晚宴入场的仪式就颇为讲究,路予悲魂不守舍,只会盲目地听从安排。他跟在父亲后面,和另外一位只记得姓初的男爵小姐挽着手步入宴会厅,身体僵硬得像一座雕像,引来女伴不满的瞥视。宴会厅也大得惊人,餐桌长得离谱。按照爵位和资历,公爵夫妇坐在首位，梦离坐在母亲旁边，路高阙一家则坐在长桌靠末尾的位置，路予悲只能远远地望着她。路予恕悄悄冲他抱怨，梦离的长发哥哥还在露骨地盯着她看，但是路予悲精神恍惚，只是象征性地点点头。

在来之前，路予悲本来决心要细细地品味贵族家庭特供的上流美食的。但现在他连用餐两个字都说不上，只是机械式地进食，大部分时间盯着面前的一小块桌子，用人端过来什么就吃什么，小部分时间偷看远处的公爵小姐。后来自然是完全不记得都吃过些什么。

唯一让路予悲略有触动的事，就是夏平殇端着红酒过来和他碰杯，同时悄悄指了指梦离斜对面的一个男人。路予悲认出那正是墨伯爵家的二少爷墨渊龙，看他跟梦离隔着桌子聊得正欢，真想一发厄尔光束把他轰成尘埃——当然这次不会再连累梦离。

墨渊龙小队的司令官魏轻纨也在场，长相颇为俊美，吸引了全场半数年轻女孩的目光，连路予恕也忍不住多看了他几眼，问了问他在学校里的事。但是路予悲不记得是怎么回答的了。

晚宴刚一结束，路高阙就向公爵请辞。公爵象征性地挽留了一下，然后微笑着拍了拍他的肩，在他耳边最后说了句什么，就命夏愚管家送他们出去了。到了外面上车之前，路予悲像是意识到了什么，猛地转身，果然看到一个深红色的影子正站在门口。

路予悲完全沉浸入这梦幻般的一刻，所有感官都在大口呼吸。天已经全黑，只有门内射出的柔光勾勒出女孩迷人的轮廓，门廊顶上的幻光灯照亮她酒红色的长发，也微微照亮她的脸。空气中弥漫着奶百合的甜腻气息，但他似乎还能闻到梦离身上清爽的冰莲花香。远处湖边传来提琴蛙和百声虫的合唱，稍显烦乱却不刺耳。路予悲看到女孩在对自己微笑。她逆着光，太暗了，看不真切，但一定是在微笑。那是一个意味深长的微笑，目光满含柔情，眉间却有落寞，微张的小嘴似乎有话要说，整个人似乎都在呼唤他的拥抱。

这是幅什么样的画面啊！

路予悲下意识地想冲过去，把她抱在怀里用力地亲吻——最终却被父亲轻扯了一下，只好魂不守舍地回身上车。

飞车缓缓向外驶去。路予悲隔着车窗一直看着梦离，直到她的身影越来越细小，最后消失在那一片光芒之中。

路予悲麻木地看着车窗外，眼前一片黑暗，脑海中雾气氤氲。路予恕则发现，父亲全程板着脸一言不发。她有些担心，却不敢发问。

到家之后，路予悲回到房间关上门，呼唤智心副官："希儿。"

"晚上好，主人。"希儿的声音传来，"时候不早了，您现在休息还是玩一会儿游戏？需要我帮您准备吗？"

"不用。"路予悲犹豫着说，"希儿，帮我接通……唉……还是算了，你退下吧。"

"是。"

路予悲躺到床上，全无睡意，脑子里全是梦离的影子。他想和她说话，又不知道说什么好。他甚至不知道明天上学要怎样面对她，该怎么打招呼，一切的一切都变了。

我们现在是恋人了。

这一发现令他震惊，他猛地坐起来，过了一会儿又缓缓躺下。有了梦离，我之后的人生就是另一幅画面了，就像由黑白变为彩色，由独奏变为合奏，由单调平凡变为辉煌绚烂。这样想也许对不起爸爸和小魔头，但是……真的，我有了梦离，那……那可是梦离啊。

就这样胡思乱想着，不知不觉已到凌晨四点多，天色由纯黑变成了墨蓝。

路予悲正迷迷糊糊地快要睡着，突然听到希儿轻轻地唤了句："主人，先生来了。"然后是敲门声。

路予悲挣扎着爬下床，给父亲打开门。正要开灯，却被父亲阻止了："别开灯，给你20分钟收拾一下，带几件衣服和必需用品，还有微机。我们20分钟后出发。对了，希儿给我。"

"出发？现在？"路予悲把希儿摘下来递给父亲，"去哪儿？"

"没时间了，路上再解释，总之我们必须马上就走。别开灯。"路高阙又提醒了一遍，转身走了，留下路予悲一脸茫然。

20分钟后，路予悲拎着一个小行李箱下了楼，客厅里也没有开灯，整栋房子一片暗沉。但他隐约看得到父亲和妹妹已经在等他了。用人在旁边揉着眼睛，路高阙让他回房休息，天亮前不要再出来。

"好了，他下来了，您说吧。"妹妹催促父亲，看得出她也不知道发生了什么，大概是路高阙说等路予悲下来再一块儿解释。

"走吧，先上车再说。"路高阙拎起自己的行李箱往外走。路予悲心里发紧，不管是什么事情，他有不好的预感。

路边停着一辆空的飞车，路高阙打开后备厢，把三人的行李放了进去，然后自己坐到驾驶位。

"怎么要您自己开车，司机呢？咱们的飞车呢？"路予悲好奇地四下打量。

"司机靠不住，形势危急，现在谁也不能信任。"路高阙一边解释一边发动飞车离开地面,"这是我让希儿悄悄租来的无人车,智心副官这条线路还没被监视。"路予悲这才看清父亲的脸,他好憔悴啊,似乎一夜之间老了十岁。

"监视?被谁监视?"路予悲迷茫地问。

"先把这个戴上。"路高阙掏出两个手掌大的圆形装备交给兄妹二人,像是钢制的盘子,有一定厚度,"会用吗,戴在左臂上。"

"粒子盾?"路予悲认得这个高级装备,甚至一度想要买一个,但是价格实在昂贵,便没有跟父亲提出。没想到现在以这样的方式拿到手。只要轻按一个区域,这面小巧的盾牌就会向四周和前方喷射出波瓦粒子,形成一面圆形粒子屏障,像是全息影像一般,用手摸上去可以直接穿过。它的正式称呼太长了,通常简称为粒子盾,是最好的防弹装备。太空战舰使用的粒子屏障与之原理相似,但造价更为昂贵,所以只有军官的坐舰才会配备。

"我们到底要去哪儿?什么时候回来?"路予悲有无数问题想问,但父亲竟然连粒子盾都准备了,情况一定相当凶险。

"离开这座城市,走得越远越好。"路高阙的回答很简洁,却让路予悲浑身冰凉。我明天还要去上学,还要见到梦离呢。他想着这些,却说不出口,只问了句:"为什么?"

"说来话长,我简单解释一下。"路高阙轻轻挥手,把车子的控制权交给希儿,"我现在的处境十分危险,可能有性命之忧。"

"什么?!"兄妹俩齐声惊道。

"不只我,印无秘和曲犹怜也一样,晁八方稍好一点。"

"龙吟四杰?"路予恕轻轻问道。

051

"没错。"路高阙此时却自豪不起来,"事情的复杂性超出了我们的想象和控制。地星联合战线已经和宇内一心会暗中联手,天亮之前,安全局的人就会来抓我。我们现在只有不到两个小时的时间了。"

"凭什么?"路予悲觉得自己像在做梦,"您犯了什么……?"

"大蠢蛋。"路予恕白了他一眼,"还不明白吗,安全局大概已经被地联的时大人控制了,要给爸爸罗织个罪名太容易了,欲加之罪,何患无辞啊!"

"你怎么知道?"每当路高阙自以为了解了女儿的认知水平,路予恕就会又一次让他惊讶,"你说得没错,安全局早就开始替时大人铲除异己了,只不过一直都只对一些无关痛痒的小角色下手。没想到真的会突然跟我们撕破脸,甚至不惜打破规则。印无秘一直说时大人是条毒蛇,这确实是毒蛇的猎食风格,又快又狠,一击致命。"

"龙吟阁不是很有势力吗?"路予悲问道,"老阁主还有副阁主呢,不能保护你们吗?"

路高阙叹了口气,说:"老阁主病危,副阁主恐怕也已经被收买了。"

"人文大学那边呢,不能帮您吗?"路予悲追问。

路高阙摇了摇头:"帝国的学术机构早就被边缘化了,没什么影响力。大学也救不了我。"

"那晁爷爷……好吧,他也自身难保。每条路都被封死了。"路予悲终于明白事情的严重性了。路予恕则若有所思地扯着鬓角。

"我们还是低估了对手，或者说是高估了自己。"路高阙脸色苍白，双眼无神，"你妈妈早就提醒过我，环境只会越来越危险，黑白之争愈演愈烈，让我不要冒进。可惜……唉……"

天已经蒙蒙亮，车子在离地十米的高度快速飞行。路予恕观察了一会儿车外暗淡的风景："我们这是要去太空港？"

"没错。"路高阙说。

路予悲大吃一惊。他本以为父亲说的暂时撤退，只是躲到另一座城市，大不了去另一个国家，甚至离开北大洲去往南大洲，结果竟然要去太空港。这意味着他们要离开地星，逃到别的星球。

"我们去哪个星球，去找姐姐吗？"连路予悲自己都没想到，他第一个反应竟然是这个。他们都知道姐姐在幻星，但没有更多信息了。路予恕也少有的眼睛发亮，似乎赞同哥哥的意见，等着父亲回答。

"不是。"路高阙打碎了他们的梦想，"我们去第六星。"

"第六星？"路予悲的心仿佛沉入一片冰凉的湖底，那是离地星最远的宜居行星，也是最荒凉的。他知道爸爸的一部分工作就是钻研六星语，但他实在无法对那颗星球产生好感。课本上说，那里会聚七大星族的人，都是五大行星流放的罪犯、驱逐的乞丐和不要的废人，简直就像这片六星宇宙的公共垃圾场。据说那里杀戮与欺诈横行，电幻毒品泛滥，妇女和儿童都是商品，正派的人士沦为禽兽，弱小者毫无尊严地死去。近年来，大恒帝国甚至和第六星断了外交往来，根本不把他们视为一个同等地位的国家政权。可想而知，那是怎样的一个星球啊！可以的话，路予悲一辈子都不想去那个鬼地方。但父亲的话不像是开玩笑，听他的语气，这件事已经定了。

"那我们什么时候回来,要躲多久?"路予悲颤声问道。

又是一段时间的沉默,路高阙才缓缓开口:"至少五年吧,如果五年不行,就再五年。"

"不行!"路予悲冲动之下脱口而出,"我是说……不好吧,那我上学怎么办?我明年就要毕业了,小魔头也要上学啊。"他情急之下忘了修正对妹妹的称呼。

"第六星也有学校。"

"垃圾场里能有什么正经学校?"路予悲急得发狂,到了这个地步,他只好把话说透,"而且没有梦离啊!您不知道……我……我喜欢她,我爱她,我将来要娶她!"

又一阵沉默降临,这句话就像僵在空中。但这次的气氛不太一样。路高阙回过头,半惊讶半好奇地看着儿子。路予恕也看着哥哥,目光里说不出是钦佩还是鄙夷。若是平时,她肯定毫不犹豫地从至少八个角度全方位地嘲笑哥哥,但是现在她笑不出来,甚至萌生出一种前所未有的感觉:能像路予悲这样当个彻头彻尾的大傻瓜也挺好的。

路高阙感受到了儿子汹涌澎湃的情感,但他必须克制住心里的不忍。如果现在给了儿子希望,反而是害了他,还不如让他彻底死心。

"你们可以互相喜欢,但她不会嫁给你。"

"她……"路予悲不知道该从何说起,"我和她……"

"我知道你和她的事,知道的比你以为的更多。"路高阙暂时顺着儿子的想法说,"如果换了另一个世界,也许你们真的能在一起。但是现实就是现实。儿子,在心里上一把锁吧,把这份心意珍藏起来吧,我相信这一定是宝贵的回忆。然后向前走,去创造新的回忆,会有更美好的在前面等你。"

路予悲像是被重重打了一拳,肚子里翻江倒海,眼前一阵发黑。他知道父亲一向沉稳果断,说一不二,这几句话无异于给路予悲刚刚开花的爱情判了死刑。

"为什么?我知道现在情况危急,但是您也说了,将来有机会我们还会回来,而且会战胜敌人的,对不对?"路予悲真的急了,他还是想做最后的争取,"好吧,五年也好,十年也行,无论多少年,我们都可以等的,梦离她也爱我!不管您信不信,如果我告诉她五年之后我会回来,她会等我!希儿,跟泰说……"

"路予悲。"父亲打断了他,一字一顿地叫他的名字。

路予悲停了下来,他知道父亲接下来说的话,自己也许不想听到。

"希儿什么都不会跟泰说。"路高阙坚决地说,随即语气稍微缓和下来,诚恳地告诉儿子,"如果你坚持,就留着这个念想吧。如果真的如你所说,她也爱着你,那么说与不说也没什么差别。"

"当然有差别!"路予悲脱口而出,"我怎么能不告而别,一走了之?就在我们刚刚……"

"你们刚刚什么?"路高阙回过头盯着儿子。路予恕也屏住呼吸,眼睛睁得大大的。

"我们……刚刚接吻了。"路予悲脸上发烫。

路高阙像是松了一口气,说道:"我明白,我明白。这对你来说很残酷。但是我不能让你给方-夏公爵小姐留言,这太危险了。不仅是威胁到我们三个,也会连累公爵小姐。"

"连累梦离……"路予悲不是很明白,但他至少明白了另一件事,他只能不告而别了。路予悲的头脑嗡嗡作响,心里彷徨无助：我根本不应该跟父亲出来，我应该赖在家里不走……对了，我现在是不是在做梦？睡得太晚了果然不好，做的梦竟然这样奇怪。

"喂喂，你怎么啦？"被妹妹晃了晃，路予悲睁开眼，发现还是在飞车中，窗外的天空已经越来越亮。巨大的失落和悲伤让他不再想哭，反而想笑。

"听着，予悲，予恕，爸爸很抱歉。"路高阙诚恳而又温柔地说，"你们还年轻，有权选择想要的生活，我也一直都给你们完全的自由。但是命运让我有幸成为你们父亲，让你们成为我的子女。你们是我的骄傲，我也相信你们将来都能做出一番事业，成为比我更好的人。但是现在，我没法骗你们这件事和你们无关。事已至此，我不能留在这里，你们也不能。孩子们，能原谅爸爸吗？"

两个孩子静静地听完，都点了点头，轮流探身吻了父亲的脸。路予悲抬手按住胸口，在两层衣服之下，一颗心形宝石吊坠紧贴着他的身体。那是梦离刚刚送他的，她自己也有一颗一样的。

方-夏梦离当时这样说："款式有点儿老气。但是，我很喜欢。这两个小玩意里有微型感应装置，一会儿希儿和泰启动之后可以记录下来，咱们就可以随时知道对方在哪儿啦！"

"那有什么用？"路予悲端详着这颗指甲盖大小的红宝石，"你随时问我，我都会告诉你。"

"仪式感嘛，我们一直戴着一样的东西，这样才像一对儿……"她没有说出口"情侣"二字，只说，"而且最好不要让我发现，你偷偷跑去某个女生的家里。"

接着便是一阵欢笑。路予悲当时已经开始不太清醒了，所以刚刚想起这颗宝石。他决定不把这件事告诉父亲,如果以后都不能再让希儿和泰联络,这就是他跟心爱的女孩最后的一缕秘密关系。

到了太空港,路高阙让希儿清除掉车上所有关于他们的记录,然后戴上一副深色目镜遮住半张脸孔。在黎明前的冷风中,三人走进宏伟的太空港出发站。

时间还早,大厅里人不多,他们没费什么力气就找到了去往第六星的超快直达客运舰的出发通道。这条线路每天只有两班,每艘承载三十名旅客,票价高得吓人,速度也比普通客舰快得多。大恒帝国和第六星已经断交多年,来往两地的游客和商人少得可怜。路高阙早已通过希儿付了款,现在可以直接登舰了。

路予悲默默地跟在父亲后面,低着头,沮丧得像是连输掉十场太空模拟战。他情愿以后所有模拟战全部输掉,以换来和梦离在一起的机会,不,仅仅是当面正式告别的机会也好。他真的好想梦离。他从来没有像现在这样思念那个美丽又高贵的女孩,那个颇有实力,自尊心又极强的数据官。

"什么?"路高阙突然停住脚步。希儿刚刚告诉他,他的身份代码已经被锁定限制出境。别说离开地星,他现在想离开大恒国,乃至想离开中都市都难。

路高阙把情况告诉两个孩子后,路予悲马上兴奋起来:"那我们可以不走了是吗?"

路予恕瞪了哥哥一眼:"大蠢蛋,这说明情况变得更严重,现在更是非走不可。回去的话可能连命都没了。"

路高阙叹了口气:"很不幸,予恕说的是对的。"

"这么严重吗?那现在走不了了,要不然找……找人帮忙?"路予悲本来想说找梦离和夏平殇帮忙,但话到嘴边还是咽了回去。

"还有最后一个办法。"路高阙语气沉重地说,"我在这里还有唯一一个能信任的人,她提醒过我可能会有这种事情发生,并且跟我约了一个地方见面。作为最后的方案,她可以带我离开中都。但是这条路更危险,需要先去……不行,你们知道的越少越好。"

几个心跳之后,路予恕马上明白了父亲的意思,手指一松,手提箱掉到了地上:"您的意思是说……"

"是的。我坐不了这艘舰,但是你们可以。"路高阙摘下目镜,露出了一天以来最痛苦的表情,声音也变得颤抖,"孩子们,我们要暂时分开了。"

路予悲睁大了眼睛,几乎不敢相信父亲的话。他在这半天的时间里经历了太多事情,先是幸福从天而降,随后被打击得万念俱灰。心里剩下的最后一点小小的火苗,就是至少还跟父亲在一起。现在竟连这点火苗都要被踩熄!

出发大厅里的人渐渐多了起来,路家三人找了个不起眼的角落,做最后的告别。

三个人都弯下腰,路高阙搂住两个孩子的肩膀,轻声说道:"听我说,那个能帮我的人,尽最大努力也只能藏起我一个人。那是一条艰辛的路,带上你们的话,我们可能谁都逃不掉,所以我本来没想去找她。对你们来说,去第六星也是更好的选择,比这里安全得多。孩子们,相信我,如果不是被逼无奈,我绝对不会出此下策。想到要跟你们分开,简直比要我的命还难受。"说到真情流露之处,他痛苦地摇着头。

路予悲从来没有见过父亲显得这样苍老,老到他几乎不认识了。

"但是记住,我们只是暂时分开,一定会再见的。我找到安全的路子就去第六星找你们,也许很快。"路高阙抬起头,眼中确实有希望的光芒在闪烁,"现在,好好记住我接下来说的每一句话。到第六星之后,下了快舰就是首都诺林,你们到联星太空运输集团找一个叫廉施君的人,这个人可以信任,一切听他的安排,记住了吗?"

"诺林市,联星太空运输集团,廉施君,记住了。"路予恕感觉像是游戏里开启了什么新的任务线一样,只能借此找到一丝乐趣。

"如果可能的话,你们要在那边继续上学。予悲,你要继续发挥你的特长,在这条路上能走多远就走多远。如果有必要的话,加入六星籍也可以,第六星欢迎所有人。我知道我儿子是王牌战神,对不对?"他边说边拍了拍儿子的肩膀,"哦,对了,是不是该叫你无情战神了?"

路予悲慌得脸都红了,尴尬地点了点头。他还以为父亲忙于工作,完全不关心他在学校里的表现,没想到父亲竟然一直默默关注着他。至于加入六星籍,那是什么意思?

"予恕,你是个天才,将来一定大有作为。其实我最希望的是,你用这份才能来让自己过得幸福惬意就好,但你自己恐怕不会满足于此。"路高阙无比怜爱地抚摸爱女柔顺的黑发,"爸爸已经失去了一个女儿,最怕的就是连另一个也失去。"

路予悲惊讶地看到一向要强的妹妹竟然哭了,大颗大颗的泪珠滑下稚嫩的脸庞。她紧闭着嘴,尽力不发出声音,但还是忍不住偶尔抽一下鼻子。

"你们两个，"路高阙一手一个，把一对子女搂进怀里，头顶着头，"以后你们就是彼此最亲近的人了，不管你们再怎么喜欢吵嘴，那都是在小事上。在大是大非的问题上，一定要团结，说相依为命也不过分。予悲，你要多疼爱妹妹，而不是拿她当对手。予恕，你也是，要保护哥哥，不要欺负他。他没有你细心，所以正需要你帮帮他，弥补他的缺点。然后你就会发现，他比你想象的可靠得多。你们两个齐心协力，绝对是六星宇宙最强大的兄妹俩。"

路予悲和妹妹对视了一眼，哭红了眼睛的路予恕不太好看，但在路予悲眼里比平时可爱一千倍。

路高阙从耳朵上摘下希儿，递给路予悲："你戴着她。"

"啊，您比我更需要希儿啊？"路予悲不解地问，"您留在这里，比我们危险得多，希儿可以帮您。"

路高阙摇了摇头："我那个朋友会借我一个新的副官，不用担心我。希儿，你的至高主人是谁？"

"是路予悲。"希儿答道。

"其他主人呢？"

"路予恕小姐，还有您，路高阙先生。"

路高阙点点头："再见了，希儿。看在庭香的份上，你要好好照顾他们俩。"

希儿回答："再见，路先生，我会的。"

"如果有一天，情况有了变化，我们可以回来的话，您一定要告诉我们。"路予悲犹豫再三，还是忍不住说出了这句话，哪怕被妹妹看不起也无所谓。

"我会告诉你们的。"路高阙点点头，苦笑着说，"但是儿子，你要学会顺势而为。现在是敌人得势，我们失势，所以只能艰难求生。势的得失自有其周期，有朝一日敌人失势，我们得势，就可以扳回局面了。但这个周期至少要三年，也许是五年，甚至十年。而且那时候的大恒帝国早已不是现在的大恒帝国，方-夏家族要么成为我们的敌人，要么已经被我们的敌人消灭了。"

路予悲的眼睛变得干涩，大脑逐渐麻木，嘴也似乎不听使唤了。路予恕则一边抽泣，一边用心记住了父亲说的每一个字。

"很抱歉打扰你们，但是还有10分钟就停止登舰了。"希儿用三个人都能听到的声音说道。

路高阙全身一震，又忍不住把儿女抱进怀里，最后拍了拍他们的背。

"接下来的一段时间可能不方便通信，等我找到机会，会用希儿的识别码给你们写信。如果有人冒充我骗你们回来，要擦亮眼睛，不要轻信。我一定会去找你们的，我爱你们。"

"我也爱您。"兄妹二人异口同声地说。

路高阙放开兄妹俩，拎起自己的箱子，退开两步，勉强地挤出一个笑容，最后朝他们点了点头，再不说一句话，戴上目镜转身走了。他很快便消失在越来越密集的人潮之中。

确信父亲不会再回头之后，兄妹二人心中一阵抽痛。他们就这样站了一会儿，又转头相对而视，这才发现两人的手竟然拉在一起，于是像有某种默契般的同时松开。

路予恕擦干了眼泪，拎起自己的行李箱，用听不出语气的含糊声音说了句："走吧。"

两人顺利进了发射站台，登上了那艘客运舰。舰上的服务人员带他们进入一个窄小的房间，小归小，但足够容纳四个人居住。在确认二人有过星际旅行的经验之后,服务员就只简单介绍了一下增压服使用方法,以及进入太空后如何固定睡袋。现在地星和第六星的相对位置较近,所以他们这趟旅程只需10个地星标准日。两颗行星距离最远的时候要飞38个地星标准日,那段时间一般会暂时停飞。为了帮助乘客打发时间,舰船上有几间娱乐室,但微机上的游戏不多,主要是棋牌类。

路予悲问服务员有没有太空模拟战的游戏设施,得到了肯定的回答,但只有简易游戏舱。路予悲心里一阵失望,对他这种用惯了最顶级的零重力舱的职业级专家来说,游戏舱根本是小孩子的玩意儿,体验完全不同。

服务员走后,离起飞还有20分钟。兄妹二人在起降座位上坐好,扣好安全带,然后各自陷入了沉思。与父亲分离的痛苦暂时缓解之后,路予悲又开始想念梦离,从而陷入了另一轮痛苦。

他突然有了个想法,跟旁边的妹妹商量:"起飞之后就不能联网通信了,我想现在通过希儿给她留个言。我发誓只是简单告个别,什么信息都不透露,应该可以吧?别那样看着我……一句话不说就走,我还算什么男人?"

"明智的男人。"路予恕不假思索地回答,"成熟的男人。你还不明白吗,咱们家现在处于生死存亡的紧要关头,命都要没了!"

"梦离比我的命重要!"

"那爸爸的命呢?"路予恕翻了个白眼,"天哪,我居然要跟你这个大蠢蛋一起去外星生活,而你还在说这种蠢话。"

"那我问你,到底发生了什么事?你也不清楚,对吧?如果跟梦离没关系的话……"

"跟她父母有关系。"路予恕斩钉截铁地说,目光也变得严厉,"你清醒一点吧,方-夏公爵可不是什么模范岳父,就算他现在还没被时大人收买,也是迟早的事。到时候可能就因为你的这句道别,查出咱们的整个行程,甚至连累爸爸。昨天晚宴的时候,爸爸跟公爵说话时的表情就很奇怪……哦,我忘了当时某个人正魂不守舍地盯着人家的小姐。对了,现在轮到你回答我一个问题,为什么方-夏梦离跟你出来之后,好像故意地不再看你?"

路予悲的脸腾地一下红了,这个小魔头真是太可怕了:"我不是说了吗,我们……接吻了。"好在路予恕放了他一马:"好吧。总之,咱们的行踪绝对不能暴露给方-夏家族。唉……接受现实吧,我也很喜欢梦离小姐,但是……听过那句话没有,现实就是铁锹砸脑袋。"

"没听过,谁说的?"

"我刚琢磨出来的。你的脑袋很欠砸。"

"你才欠砸。"路予悲想起小时候妈妈教导他要做个勇敢的人,后来爸爸常说要三思而后行。姐姐离家出走前,嘱咐他不必太听爸爸的话,要遵从自己的本心,没想到现在妹妹也来教育他,说什么现实就是铁锹砸脑袋。他已经快到十九岁了,已经是个男人了,如果还像个孩子一样犹犹豫豫拿不定主意,也未免太丢脸。但是……那是梦离啊,他这一走,她该有多伤心!

一阵沉默之后,他还是妥协了,只是摸了摸藏在胸前的红心:如果梦离发现这颗宝石不在大恒帝国,甚至不在地星了,她就会明白了。她那么聪明,一定能想到,我是有多么不得已,才这样不辞而别。还有我现在有多么想她,多么愧疚。唉,真的要像爸爸说的那样,在心里上把锁吗?

广播里传来智能服务的声音,提醒乘客舰船马上要起飞,会有强烈的超重感,请务必系好安全带等等。

　　路予悲突然被巨大的疲惫淹没,他这才想起自己一夜没睡了。一直高度紧张的心脏现在终于放松下来,困意如同海水,冲刷着他渐渐稀薄的意识。

　　客运舰船隆隆地起飞,奋力离开地星冲向茫茫太空。被超重压入座椅的路予悲,想念着那个女孩,沉沉地睡去了。

5

　　星际旅行不是一件轻松的事，未经训练的人很难适应在失重的环境下生活几天。这方面路予悲毫无困扰，他在学校里一直经受最专业的太空模拟战训练，零重力舱里的环境和真实宇宙相差无几，所以早已习惯了失重状态。而路予恕就惨得多了，很快患上了星旅不适症。

　　他们踏上旅程的第一天，大恒帝国就传出爆炸新闻——龙吟阁多个中高级干部被逮捕，罪名千奇百怪各不相同，包括贪污、逃税、商业犯罪、发表不当言论甚至猥亵女性。也有几个被冠以政治罪名，另有几人畏罪潜逃，被列为通缉犯。龙吟四杰里有三位赫然出现在通缉名单中，路高阙自然是其中之一，罪名是涉嫌间谍罪。

　　"间谍罪？荒谬！"路予悲愤怒地说，骂了句粗口。

　　"如果爸爸走慢一步，现在也已经是阶下囚了。"路予恕叹了口气。

　　路予悲看了好几遍名单，被捕的人里有七八个是父亲的朋友，印无秘的罪名也是涉嫌间谍罪。另外还有许多龙吟阁成员为保前途而宣布退会。

"龙吟阁这下完了。"路予悲摇了摇头,"好在晃爷爷没事,还是他厉害。"

"晃八方一手建起了一个商业科技王朝,被称为五十年内最成功的商人。"路予恕指出,"大恒帝国还需要他,大贵族和时大人都不敢轻易动他。"

除了聊这些新闻,这十天里兄妹俩并没有太多交流,大部分时间两个人各想各的心事。路予悲既挂念父亲,又想念梦离,两种痛苦都还很新鲜,像心上刚划出的伤口,不时汩汩流血,却又不舍得愈合。

宇宙里不分白天黑夜,但旅客们还是按照地星上的标准时间生活。路予悲偶尔去娱乐室打发时间。那里有四台太空模拟战的简易游戏舱,操作难度和真实感都远远低于专业零重力舱,对他来说自然是太简单,无法过瘾。他随便打打智能敌人,把四台游戏舱的分数都刷到最高,高到其他乘客看了都怀疑是系统故障的程度,十年内不太可能被人突破。

路予恕则缩在房间里整天看书,她的微机里存有很多电子书,足够她看几年的。但她渐渐发现,地星的出版物对其他五大行星介绍得都比较模糊,甚至会有前后矛盾之处,特别是第六星,资料少得可怜。她又试着查询爸爸关于第六星的论文和著作,发现竟有很多已经消失了。

第五天睡觉前,路予悲犹豫着问妹妹:"龙吟阁怎么会这么轻易就垮了呢,明明是上百年的大盟会,不是很有势力吗?"有很多事情他都想不明白,但不到万不得已,他不会向妹妹请教。

路予恕回答:"晃爷爷有句名言,'百年老店也会一朝玩完'。盟会也是这个道理。龙吟阁的势力是货真价实的,但对手更强。"

"对手?你是说地星联合战线?"

"还能是谁?"路予恕反问,"你知道黑白之争吧?"

"知道。"路予悲点点头,"政治倾向的谱系,黑色是地星独尊,白色是六星共荣。爸爸就被称为白派。"

"龙吟阁整体都偏白,地联则是最黑的。每个盟会都能在黑白之间的灰度上找到一个刻度,甚至每个人都能。如果说爸爸是最靠近纯白,那么时大人就是最靠近纯黑。"

"时大人不就是个哗众取宠的小丑吗?"

"你真是一点都不关心政局啊,夏小伯爵没教你?"路予恕故作老成地说,"时大人可是真的很厉害。没错,他一开始是靠骂贵族和幻星人赢得了黑派声望。但这几年不一样了。他和地星联合战线鼓吹的幻星威胁论有了一定理论基础,就连咱们学校里的很多老师也信了那一套,还给内阁写联名信要求对幻星开战呢。"

路予悲有点儿明白了:"好像是有这回事,难怪最近好多同学在谈论他。"他想起在梦离家那些小贵族说的话,但想到梦离,又牵起一阵心痛。

"时大人是个天生的骗子,也是天生的领袖。"路予恕不甘心地承认,"他太懂得怎么去煽动情绪,个人魅力也很强。地联就是在他的领导下越做越大,一步步超过了宇内一心会和龙吟阁。但是曲阿姨说得好,她有一次跟爸爸聊到时大人——我不小心听到的啦——她说,时大人越过了从魅力到欺诈的边界。"

你是怎么记住这么多说辞的。路予悲暗暗纳闷,但嘴上只说:"所以龙吟阁就是被时大人整垮的,爸爸和咱们都是被他害的?"

"可以这么说吧。如果你一定要找个人责怪，怪他总是没错的。"路予恕点点头，"这次盟会入阁就是契机，本来是几大盟会一起……嗯，怎么说呢，就说瓜分内阁吧。但是黑派突施暗算，搞垮了龙吟阁，他们就能独揽大权了。当然，这只是简单的说法，实际上复杂得很，反对时大人的人也还有很多。但是这次的危机来得太突然，如果还要硬撑就有点儿愚蠢了。所以我非常理解爸爸的决定。他们虽然暂时撤退，但都是勇敢的人。"

"晁爷爷和曲阿姨也很了不起。对了，你觉得曲阿姨跟爸爸到底是什么关系？"这件事路予悲一直不敢问爸爸。

路予恕看了哥哥一眼，不屑地说："连你也相信那些花边新闻？"

"我当然不信！"路予悲赶紧解释道，"但是……妈妈生前跟爸爸吵架的时候，好像偶尔也会提到曲阿姨。"

"妈妈是有点儿多疑。"路予恕有些黯然地说，"虽然这样说有点儿对不起妈妈，但是这件事上我相信爸爸。曲阿姨跟爸爸应该没有什么，那些绯闻都是别有用心的人搞的鬼。"

"妈妈在的时候，我也相信爸爸。"路予悲脱掉裤子钻进睡袋，"但是这几年，爸爸确实跟曲阿姨走得比较近。如果爸爸真的想……其实我也没意见。"

"转过去。"路予恕命令哥哥，然后脱掉衣服，只穿内裤钻进睡袋，露出脑袋，"你以为爸爸像你一样，脑子里整天想着下流的事情？"

"爸爸也是男人啊。"

"明显跟某些下流胚子不一样。"

"小魔头，你又欠骂了吧！"

"闭嘴，大蠢蛋！"

路予悲没再回骂，他突然怀念起以前和妹妹天天吵架的日子。那些平淡又美好的日子，虽然兄妹俩像是仇人，但其实根本没有什么大矛盾。现在一下子遭遇剧变，有家不能回，连爸爸也不在身边了。两人带着同样的伤痛，漂泊在冰冷的宇宙中，去往一个陌生的星球。这伤痛和妈妈去世时不一样，和姐姐离家时也不同，因为当时他们还有父亲可以依靠，而现在则只剩彼此了。

"你感觉怎么样，好点了没有？"路予悲忍不住问道，他知道妹妹的星旅不适症这两天最为严重。

路予恕沉默了一会儿，小声回答了一句："吃过药，好点了。"

这一刻，兄妹俩目光交会，终于有了相依为命的感觉。

十天之后，舰船如期抵达第六星。兄妹俩早已憋坏了，离舰之后感觉呼吸畅快了许多，路予恕的星旅不适也很快好转。路予悲一路上一直很不安——第六星既肮脏又野蛮，他们在这种地方到底要怎样生活？离舰之前他甚至把希儿藏了起来，怕被卑劣的外星人当街抢劫。

路予恕因为先看了一些资料，所以对第六星的了解比哥哥多得多。她告诉疑神疑鬼的哥哥："其实这里的科技不比地星落后。你看这个太空港，不比地星差吧，而且好像还更干净呢。"

"哼。"路予悲怀疑地左顾右盼，但不得不承认妹妹说得对，"也许只有这里能看吧，毕竟是国家的窗口。咦，这里的重力好像比地星小一点。"

路予恕不得不承认，她根本没察觉到重力的变化，还以为是下了飞船的不适应。而哥哥只走了几步就发现了，他在这方面真的很敏锐。

"看,外星人。"路予恕悄悄对哥哥说。虽然他们已经做足了心理准备,但真正面对外星人的时候,特别是如此之多的外星人,他们还是感受到了巨大的冲击。

路予悲盯着几位金色眼睛的幻星女士,小声嘀咕:"幻星人长得还挺好看。"

看到哥哥的眼睛越睁越大,路予恕忍不住骂道:"别丢人了,就连最恶心的变态也不会对外星人有感觉的。"

"谁说我有感觉了,我只是欣赏一下,就像欣赏一只漂亮的猫。啊,那边的人真的好像猫。"

"那是芒格人,男的像豹,女的像猫。"

"哦对,我想起那个笑话了,想养外星宠物吗……"

"闭嘴!"路予恕打断了哥哥,"在这里不能说那种笑话,想挨揍吗?你这是星族歧视!"

"那鹰和驴的笑话也……"

"不能说!"路予恕往天上指了指。路予悲也被这些飞在空中的外星人吸引了:"是鹰人,好多只!"

"是天罗人,而且不要用'只'这种量词啦。天罗人自尊心最强,而且有暴力倾向,真的会来揍你哦!"

"有没有言论自由啊。"路予悲撇撇嘴,"大恒帝国好得多,连先皇的笑话都能讲。"

"那不一样,既然来了这儿就要遵守这儿的规矩。这里可是五大行星的七大文明混在一起生活,规矩肯定不少。"路予恕也比较发愁,她也没从书本上学到多少东西,只能来了之后再慢慢学。

"他们都是住山洞的吧,简直是个野生动物园。"路予悲担心地说，"在这种鬼地方到底要怎么活，咱们也去住山洞吗？是不是先要搞一些防身的家伙？"

"无可救药的大蠢蛋，我看你迟早挨揍，什么家伙也不管用。"路予恕摇了摇头，脸上露出鄙夷的表情，"去那边的大厅看看。"

两人走进太空港的出入大厅，路予悲顿时目瞪口呆。内部的装饰相当华丽气派，颇有几分梦离家豪宅的感觉，而且干净得一尘不染。有一些装饰的元素明显是来自外星，但并不显得突兀难堪，完美地融入了整体。

"那边商店里的小个子是凡星人，他们很聪明，擅长做生意和制造机器。凡星的手表你听说过吧。"

"当然听说过，梦离就有一块。"

"那边那位是摩明人，旁边的是幻星人。嗯……好像没有多尔人，他们几乎都生活在地下的永夜城，很少跟其他星族交往。"

其实路予悲在地星也见过一些外星人，但数量极少，只觉得他们都是难民，来地星避难和享福的。此时一下子见到这么多奇形怪状的种族，与他们同处一个空间，呼吸同一片空气，一股股不适感直冲脑海。

他正想着，一个豹人——不对，是芒格人——朝他们迎面走来，服饰整洁，姿势怪异。路予悲正想避开，没想到对方竟然是朝自己来的。

芒格人比地星人稍微矮一些，眼睛呈黄色，瞳孔在强光下会缩成一条竖线，脸上布满白色或黄色绒毛，黑色纹路穿插其中。但是仔细看时，能发现他们的鼻子和嘴部并不像豹那样突出，耳朵也不在头顶，而是和地星人一样在两侧，只是位置稍高一些。

如果给地星人脸上化化妆，也不难装扮成芒格人。他们的上肢很强壮，两腿则像马的后腿一样弯曲，据说他们是真的可以四肢着地飞速奔跑的。

"需要搭飞车吗？"芒格人的声音嘶哑刺耳，而让路予悲大为震撼的是，那张丑嘴里说出的语言竟然是大恒帝国的恒语，就像动物园里的豹子突然张嘴说人话一样奇怪。

"几钱？"路予恕拎着箱子，从容不迫地跟芒格人交流。

"你们去哪儿？来旅游的？"芒格人的恒语有很重的口音，很多该往下的声调转而往上，显得充满了不必要的好奇。

"去联星太空运输集团。"路予恕逐字重复父亲的话，"你听过吗？"

"听过，很有名。呵呵，你们要去那儿？先找个酒店可好？"芒格人认定两人是来旅游的，打开小巧的随身微机，"我可以给你们介绍几家？"

"不必了，就直接去吧，多少钱？"路予悲终于缓过劲来，也开口跟这只豹一样的生物交谈。他尽量不去看对方毛茸茸的脑袋和形状古怪的四肢，但是目光实在无处安放。没想到他第一次跟外星人交流，竟然是这样的场景。

"十二尼克。"芒格人说出了一个路予悲不懂的价格。

"太贵了。"路予恕竟然已经开始讨价还价，"八尼克足够了吧。"

芒格人愣了一下，似乎终于发现两人之中这个小个子女孩更有主见。他咧嘴笑了笑，发出呵呵的声音。路予悲听得毛骨悚然，害怕下一秒就被要对面的怪物吃掉，双手不自觉地握拳。芒格人笑过之后说道："小妹妹，我是芒格人，不是凡星人，不会报高价骗你们。用你们恒语怎么说来着，'宰人'，对不对？芒格人不会那样的。不过我喜欢你，所以给你便宜点，十尼克，怎么样？"

路予恕大度地点了点头："那就十尼克吧。恒币收吗？"

"不收，你们得去银行换成新星的卡拉。"新星是第六星人对自己星球的爱称，卡拉是这里最大的货币单位，下面是尼克和特克。

"但我们现在只有恒币。"

"没关系，三天之内付款就行。"芒格人露出一个可怕的笑容，似乎终于捉到破绽，看出二人不知道在第六星怎么生活。

如果路予恕也感到心虚，至少完全没有表现出来，只是轻轻点头道："那走吧，我们赶时间。"

"希望二位不是特别赶时间，因为得先到那边的服务窗口录入临时身份。你可知道，这样才能延迟付款？新星虽然可以自由来去，但必要的流程还是要办。"芒格人边说边领他们过去。窗口里坐着一位摩明人柜员，看不出性别。

柜员要他们出示证件。路予悲和妹妹迅速商量了一下，觉得伪造身份的可行性不大，于是就出示了真实证件。之后被几个微光装置对着一通扫，就算办完了。效率之高又令路予悲吃了一惊。

"二位要现在兑换卡拉吗？"摩明柜员用低沉浑厚的嗓音说道，"我有义务提醒二位，地星恒国的商品流通性不好，恒币的汇率越来越低。"

"先不用了，谢谢。"既然能延迟三天付款，路予恕决定先找到要找的人再说。

出了太空港，路予悲发现太阳正高挂在头顶。如果说第六星和地星有什么共同之处，首先就是共享同一个太阳。但最大的差别也在这里，从这里看到的太阳要小得多。虽然是晴天，阳光却不怎么强烈，甚至直视太阳也不会觉得刺眼。

芒格司机带他们走到一辆飞车边："上车吧。"

路家兄妹吓了一跳，这辆飞车比地星的大很多，而且很高，像是一辆房车，但车内只有六个座位。司机解释说这种设计是为了能坐下六个摩明人，他们体形高大，男性身高普遍在两米左右。"但实际上我这款车只能装三个摩明人，另外三个还必须是凡星人，哈哈！"他似乎对自己的幽默感颇为满意，路家兄妹也只好跟着勉强地笑一笑。

一路上，路予恕不停和这位芒格司机攀谈，以了解更多第六星的情况。而这位司机也和大恒帝国的出租车司机一样，从天气好坏聊到星际政治，无所不知无所不晓。从司机口中，路家兄妹知道了第六星的计时法与地星标准历法是两套并行的历法。

现在是六星历158年……路予悲不情愿地记下了这个数字。在大恒帝国，人们使用的还是帝国纪年法，根本不关心什么六星历。

更奇怪的是，因为公转和自转周期都和地星不同，第六星的一天有28小时，为了取整对齐，每一秒都比地星的一秒长一点点，每个月和每一年也比地星标准历长一些。这里的一年大概等于地星的一年再加55天。

正当路予悲盘算每天多出的四小时怎么过的时候，司机竟夸口说他连地星的事情都很了解。

"大恒帝国你也了解？"路予悲忍不住好奇地问，"那你说说看，帝国最大的盟会是哪个？"

"地星联合战线嘛，老大叫时悟尽，时大人。对不对？"

路予悲和妹妹对视一眼，这个名字还是会让他们感到不快。于是路予悲又问："那第二大盟会呢？"

"龙吟阁嘛，最厉害的是龙吟四杰。"芒格人咧着嘴说，"这里的凡星人很多崇拜晃八方，幻星人欣赏印无秘。如果问我的话，呵呵，我最敬佩的是路高阙教授，他真是个了不起的人。"

路予悲和路予恕同时心头一热，没想到在这么远的外星，一个异族出租车司机竟然也会景仰他们的父亲。

"你认识他？"路予悲忍不住问。

"还没有那种荣幸。"

路予恕也问道："你敬佩他什么？"

"你们不知道吗？他是位语言学家，七大星族的语言都会说，真是个天才，对吧？他完善了六星语，发音和语法都调整得恰到好处，让所有星族的人学起语言来都简单了许多，所以现在这里人人都会六星语，以前可没这么好用。他有三次周游六星，每到一个地方都引起轰动。可说的太多了，总之他理解我们，理解每个星族，太了不起了。什么叫天才，什么叫大师？路高阙就是！"

路家兄妹对视了一眼，掩饰不住目光中的惊奇。爸爸在地星之外竟然有这么大的名气！路予恕甚至眼中含泪，她现在才明白父亲比她以为的更加了不起。可惜在大恒帝国内部，他的成就被大大地压制了，就像他那些消失的论文和著作一样。就连他的亲生子女，都没能充分了解父亲的成就。

司机继续说道："可惜啊，恒国政府这么多年来一直没有重用他，真是屈才。一定是那些门阀贵族故意打压白派。对了，听说前几天龙吟阁出大事了，四杰都成了通缉犯，不是真的吧？"

"很遗憾，是真的。"路予悲说道，"只有晁八方没被通缉。"

芒格司机摇了摇头："错了，大大地错了。"随后警惕地看了二人一眼，似乎在揣测他俩是不是路高阙的敌人，然后便沉默了。路予悲想要解释，但是被妹妹用眼神制止了。

接下来的一路上，路予悲不断为车窗外的景观所震惊。一尘不染的街道，繁华喧嚣的商区，鳞次栉比的楼群，还有点缀其间的一片片不知名的树木和一座座华丽的科技设施，都和路予悲预先设想的野生动物园完全不同，遑论垃圾场。那些奇特的建筑物更是匪夷所思！天罗人的房树让人拿不准是把树改造成了房子，还是把房子伪装成了树；幻星人的建筑多是尖塔形，而且大到离谱；凡星人造的房子则经济实用得多，只是外接的管道和附件多得莫名其妙；摩明人的建筑朴素原始，多尔人则根本不在地面上居住。

在这各式各样的楼宇之外，空气中一直弥漫着一种奇特的雾气，导致能见度不太高，看一切事物都有些模糊，像是眼前被蒙上了一层薄纱。所以到处都亮着灯，发出柔和的光芒。明明是正午，却让路予悲感觉有种傍晚五六点钟的错觉。

"这雾好奇怪。"路予悲皱眉说道。

"因为加了一种特殊的微粒。"芒格司机解释道，"可知道，每个星族对空气成分都有不同的要求。你们地星人需要的氮气最多，其次是氧气，别的星族也有自己的需要。这种微粒可以起到调节作用，让所有星族都能生活。"

"原来如此。"路予悲僵硬地说，他一点也不想和其他星族一起生活。

"主要还是照顾到你们地星人，其他星族都要定期吃改善剂呢。我也不是怪你们啦,谁让你们地星人最多呢?呵呵。"

飞车终于抵达了目的地,这是一大片科技开发区,建筑风格颇为张扬,每栋楼都像是一件巨大的艺术品。楼的外表覆盖显像材料,循环播放巨幅广告。联星太空运输集团占有好几座楼,其中最高最华丽的一座大楼就是路予悲他们要去的地方。这座楼由两个巨大的球体构成,每个球体十层楼高,足以容纳上千人办公。令人惊讶的是一个球体建在地面,另一个球则斜斜探向空中,两个球体通过一条细长的通道相连。从远处看,这座楼就像一个斜立在地上的巨大哑铃。路予悲被这种建筑技术震住了,暗叹这样的一座楼竟然不会倒掉。

芒格司机戴上一副单片目镜看了二人一眼,然后摘下来说道:"好了,二位的身份代码我已经扫描了,等你们有了新星货币,我这边会直接扣款十尼克,可以吗?"

"可以。"路予恕点了头。司机帮他们把行李拿下来,然后挥手道别。

看着飞车升空,路予悲才问妹妹:"这就完了?那我们后面拒绝给钱怎么办,或者他多扣了钱呢?"

路予恕叹了口气:"你这种想法真给咱们地星人丢脸。这里的支付系统是隐形的,只要买卖双方口头商量好了,钱就自动划过去了。"

"怎么做到的?"路予悲不禁纳闷。

"后台很复杂,说了你也不懂。刚才那个司机的单片目镜,连到车里的微机,能听懂我们的口头承诺。再加上后台的金融网络,就可以做到隐形支付。"

"好吧。"路予悲点点头,马上又吃惊地说,"这像是希儿才能做到的事啊，第六星的微机都和希儿一个水平？"

"那当然不可能，希儿可是智心科技，这是硬件上的差距。智心副官在这里也是天价奢侈品，没多少人买得起。第六星这套消费系统是通过强大的软件水平实现的。你把希儿拿出来，让她评估一下。"

路予悲左顾右盼了好一会儿，才从箱子里取出希儿。

"好的，主人，我需要探测任意一台设备。"听了路予悲的需求，希儿答道。

路予悲走到一台公用万能机前面，看起来跟地星的有五分相似。他挥手让希儿滑进去。过了半分钟左右，希儿完成了评估："这台设备上的硬件水平和地星基本一致，软件水平从功能性、可靠性、易用性、运行效率等几个角度来评价的话，普遍领先于地星。"

"领先于地星？这个鬼地方？"路予悲愣了一会儿才问希儿："领先多少？"

希儿又计算了1分钟："按照地星软件技术的进化速度，大概三年后可以追上第六星现在的水平。"

"好了，别傻站着了。"路予恕推了一下呆住的哥哥，"进去找人。"

6

兄妹俩走进联星大楼，对接待员说要找廉施君之后，那位摩明接待员上下打量了他们一番，然后接通办公室，报上了二人的名字，当然还有他们父亲的名字。很快就有另一位热情的地星助理带兄妹二人上楼。他们坐进一架奇怪的电梯向斜上方滑行，穿越狭长楼体进入高处的球形建筑。说起来，这位带路的助理是路家兄妹在第六星第一次打交道的地星同胞，竟然有种他乡遇故知的亲切感。兄妹俩通过这位助理才知道，廉施君是这家公司的董事，也是财务官。对于一家上千人的公司来说，地位已经相当高。二人进入一间宽敞的办公室，终于见到了那位老人。按地星标准历算，他今年已经六十五岁，一头白发梳到头后，下颌的白须修剪得十分整齐，遍布皱纹的脸上有一双深陷的眼睛，穿着第六星常见的灰色双领正装，体形虽然已经发福，但整体还是给人一种老年绅士的从容感。

老人起身热情地拥抱他们，然后让他们坐在宽大的浮动沙发上。

"是吗，高阙竟然没法一起过来。"听完路予悲的讲述，老人布满皱纹的眼角垂得更低了,"他之前确实跟我提到过这种最坏的可能,但只提到了一句,像是开玩笑一样。结果没想到黑派真的动手了,堂堂龙吟阁竟然落到这般地步。"

他静静思考了几分钟,然后用苍老但有力的嗓音对戴在左耳的智心副官下达了一连串的命令:"燕子,叫厨房做两份午餐,马上送上来。跟老白说,把咱家那栋闲置的小楼清理干净,贵客今晚就要入住。招一名用人和一名厨子,对,都要最好的。买两块手表,男款女款各一块,对,卡兰德。再建两个新星账户,绑定他们的身份代码。"老人示意二人拿出地星证件,让他的智心副官看一眼就可以。

路予悲急忙说:"廉先生,怎么好意思让您这么破费。我们也还有些钱,可以自己租房子……"

"你们的地星账户已经被冻结了。"廉老人指指自己的智心副官,"燕子刚才已经查过了,你们的钱已经不是你们的了,很遗憾。"

"那爸爸也……"路予恕马上想到父亲。

廉老人边思考边说:"他也一样,既然已经被通缉了,自然不可能取出钱来。不过你们不用担心,既然有人接应他,一定不会让他饿肚子。"

路予悲又说道:"希儿……我的智心副官,没法连上第六星的网端,现在什么消息都收不到。"

"这个简单,燕子,给他的副官注册备案,还有微机。序列号让燕子看一下就行。"廉老人不慌不忙地说,"但是你们不能再用原来的地星身份代码连接副官和微机,否则你们做的一切都可能会被恒国安全局看在眼里。"

路予悲点了点头，又问希儿："希儿，如果我换了第六星的身份代码和你连接，你还能认得出我吧？"

"只要予恕小姐认得出您，我就认得出。"希儿的声音一如既往的甜美，"只是需要花点儿时间适应一下第六星的网端接口和知识库。"

午餐送到了，兄妹俩早已经受够了客舰上的单调食物，这个时候见到异常丰盛的美味，虽然想尽量表现出涵养，但还是忍不住狼吞虎咽起来。

廉施君看着年轻的兄妹俩，开口道："你们先吃，我稍微解释一下。高阙和我已经有快二十年的交情，他在这里的那两年……"

"两年？"路予悲停下咀嚼问道，他知道爸爸年轻的时候周游六星，但不知道在第六星住过那么长时间。

"是啊，他没跟你们说过？"廉老人思考了片刻，像是明白了什么事，"啊，他可能有他的用意。总之那时候我们认识了，互相赏识，算是忘年交吧。所以他回地星之后这十几年，我们也一直都有联系。最近几年大恒帝国发生了很多事，我一直在提醒他，黑白两派对立尖锐，他身边也危机四伏，还是早来新星为妙。但是很明显，他还是低估了形势的严峻。即使像他那么出色的人物，也没法扭转大势。"

"爸爸也说，要顺势而为。"路予恕问道："您了解大恒帝国的局势吗？我想知道更多的事。"

廉施君看着路予恕，语重心长地说："孩子，我知道你在想什么。但是政治是一门非常复杂的学问，像是一盘棋，又像是一个大旋涡。在六星七族里，地星人的政治敏感度最高，参与政治这盘棋的人最多,而且每个参与者都不简单。我看得出来,你非常聪明。但是你想想,成百上千个像你这样聪明的人凑在一起,会发生什么?每个人都在棋盘里有自己的动作,棋局的走势将会何等复杂。"

路予恕没让沮丧持续太久,很快又说:"即使这样,我也想多知道一些事情。您位高权重,一定知道很多内幕吧。"

廉施君呵呵笑道:"我可算不上位高权重,只是个商人而已。托盟会的照顾,生意还算不错。对,如果你想了解大恒帝国的局势,首先要了解黑白谱系和盟会的格局。是的,我知道你们了解一些,但真实的情况更为复杂。恒国的政治战可不只有时大人、贵族和龙吟四杰,还有七八个盟会的几十位高层都举足轻重。他们都是'房子'里的人。我这辈子是挤不进这幢房子的,顶多能站在大门口。严格来说,你们父亲也是房子外面的人。"

路予悲和路予恕面面相觑。

廉施君叹了口气:"唉,六星和平已经维持了一百五十多年,也许脆弱的平衡真的要被打破了。奥莱卡真言塔有言:'六星宇宙已从盟会时代迈入了盟战时代。'"

"盟战时代……"路予悲喃喃地重复。

路予恕想到了另一个问题:"那些黑派的人,地星联合战线也好,宇内一心会也好,他们总会查出我和路予悲来了第六星,对吧?"在得到老人肯定的答复后,她进一步问,"如果他们想把我们抓回地星,第六星会保护我们吗?"听妹妹一问,路予悲才想到,这个问题真的很重要。

"你们还没看到详细通报吧。"老人思考了一会儿才开口,"恒国安全局已经下令通缉你们的父亲。但是对你们两个,安全局的裁决是：开除星籍，驱逐出星。孩子们，你们已经不是恒国人了。"

兄妹二人震惊得无以言表，只能用沉默来表达一切。

开除星籍……我不再是大恒帝国的人了。路予悲惊讶地发现自己并没有想象中那么难过，他只是在想：梦离会怎么看……哦，在我无情地抛弃了她之后，这点小事已经不重要了。他苦涩地摇了摇头，继续吃饭。

路予恕则说出了更多的事实："开除星籍……这表示他们放过了我们，不会对付我们了。"

廉施君点了点头："罪不及子女，他们摆出了这样的姿态，也是为了平息一些民意吧。还是有很多偏白的人在替高阙，替龙吟阁发声的。"

"但开除星籍也算是一种惩罚，就像是古时候的流放发配。一百年前，贵族就是这样对待政治犯的。"路予恕面无表情地说。

"一百年后，新星已经是个好地方。这种'流放'已经算不上惩罚了。"

"确实，但它的意义依然在。为这个，很多恒国人会鄙视我们。"路予恕耸耸肩，"那也无所谓。啊，还说什么驱逐出星。所以我们跑到第六星这件事，就成了他们故意为之，而不是因为疏忽才放跑了我们。"

"你是我见过的最聪明的人之一。"廉施君赞许地说，"小天才，也许将来有一天，时大人会后悔放了你一马。"

路予恕腼腆地笑了笑，低下头继续吃饭。路予悲虽然嘴上总说妹妹"脑筋错乱，走火入魔"，其实心里也是承认她的才智的。从小到大他也见惯了别人称赞妹妹，早就不会因此而感到嫉炉了。父亲也一直告诉他，每个人的才能不同，他应该找到属于自己的那片森林，而不是看着别人的花园生气。

"有我爸爸的消息吗？"路予悲突然想起。

"没有。"廉施君承认，"没有才是好事，说明他藏得很好。"

兄妹俩吃完饭后，老人吩咐助理买的表也送到了，一望便知价格不菲。

"这是凡星原产的表，我很喜欢这个牌子，送给你们就当见面礼吧。"老人把两块表分别递给兄妹二人，"它也很有用，你们看，上面的刻度是一圈是14小时，比地星计时多两格。你们知道吧，新星自转一圈的时间是地星的28小时再多几分钟，所以为了忽略掉那几分钟，让一昼夜能按照28小时均分，就把每个小时都拉长了一点，每一秒也比地星的一秒长一点。这个差别很小，你们马上就能习惯，但是一天28小时的生物钟恐怕就没那么容易适应了。"

路予忽略带俏皮地说："每天早上应该能多睡5分钟吧？"三人都笑了，路家兄妹离开父亲后第一次展露笑容，毕竟有了依靠，感觉像是落难小舟在风暴中遇到了搭救的大船。

"还有，只要按住表盘上的这里，刻度就会变回地星的12格，指针也会指向地星的时间。下面这行数字代表地星标准日期。"廉老人边说边给他们演示。

"哇，表盘竟然是电子屏吗，我还以为是金属材料。"路予悲惊叹道。

"就是金属材料，不是电子屏，那些变化是凡星的机械工艺。"

路予悲瞠目结舌地看着这块灰蒙蒙的机械造物，第一次对凡星工艺产生了敬畏感。

"看到了吧,每个星族都有自己的独到之处。"路予恕不失时机地说。

路予悲问妹妹:"为什么叫星族,不叫种族或者人种?"

"种族和人种是一个意思,是同一物种内的细分。比如我们跟南大洲的伊甸红人是不同种族,但你跟胖头兔能叫不同种族吗?"路予恕在路予悲发作前继续解释道,"五大行星的七大文明已经是不同物种了,'人'这个概念都不通用。比如摩多尔星的摩明人和多尔人,对立了几万年,根本不承认对方是同等的'人'。后来七族融合,就不好称之为七大种族或者民族,所以才有了星族这个新叫法。唉,你还是多看看书吧。"

路予悲不满地哼了一声,又问:"现在摩明人和那个什么多尔人还是不认为对方是同等的人吗?那要怎么在这里共存?"

"在新星的摩明人已经开明多了,没有那种仇恨和偏见,当然承认对方是人。但是在摩多尔母星,还是遵循古道。至于多尔人嘛,鬼才知道多尔人是怎么想的。"

"予恕懂的真不少。"廉施君忍不住夸赞道,"天芒星则是另外一种情况,天罗人和芒格人虽然也有万年仇恨,但也互相敬重,跟摩多尔星完全不同。"

路予悲似懂非懂地点点头,又想到另一个问题:"所有这些……人……都会说恒语?"

"是的,只是在你们听来恐怕不那么标准,也有一些奇怪的口音。"老人笑呵呵地说,"连我也一样。"

"您太谦虚了。"路予恕礼貌地说,"跟您说一会儿话,我都觉得像是回家了一样。"

廉施君又告诉他们,一百五十多年前,五大行星刚刚停战,开始共同开发第六星的时候，地星来的开拓者最多，占到半数以上。所以第六星就以地星的度量衡为标准，以地星的两大语言——恒语和伊甸语为标准语，人人都会说。现在经过路高阙改良后的六星语已经成为官方语言，但恒语依然通用。"

"你们也可以学学六星语，就不会像个外来者了。"廉施君建议。

路予悲心里没底，他连伊甸语都说得很一般。但是路予恕拍着胸脯说："没问题，我可是路高阙的女儿。"

廉施君呵呵地笑了起来，他的智心副官燕子说道："路先生的智心副官已经完成注册备案，现在可以联网了。你叫希儿是吗？我会把第六星的资料库和方案库传给你，这里的智心适用度大概在80%。"

"十分感谢，燕子姐。"希儿礼貌地回应。

"80%？这么高？"虽然路予悲有了一些心理准备，还是吓了一跳。这个比例在大恒帝国只有不到50%，也就是说有一半以上的公共智能设施是智心副官无法连接的，只能用普通的智能微机。

"燕子，给他们的账户里各打十卡拉。"廉施君抬起一只手，阻止了兄妹俩开口，"十卡拉不算多，但足够你们在这里正常生活两个月。初来乍到嘛，难免想买点衣服什么的。我家有栋空房子已经在收拾了，你们可以直接住进去，但也要稍微布置一下才有家的感觉。还要添置一些自己喜欢的小玩意，买些适用的寝具和碗碟什么的。"

路予恕惊叹于老人的心细程度远胜父亲，甚至妈妈活着的时候都不一定能在这么短的时间内策划得这么周全。

"所以这个月给你们十卡拉购置家用,以后每个月八卡拉。唉,我只有一个儿子,比你们大一点,但是……实在太不争气,不提也罢。所以你们就像是我的孩子,给你们零花钱是应该的,不用跟我客气。"

路予悲和妹妹感动得说不出话,只好向廉爷爷表示感谢。

希儿对路予悲说:"主人,已确认收入十卡拉,同时被划走五尼克车费,剩余九卡拉九十五尼克。予恕小姐的账户应该也是这样。"

路予悲想起刚才的车费是十尼克,后台系统居然自动平摊到兄妹俩各一半。他有心做个测试,便大大方方地对妹妹说:"那点车钱就全由我出了吧。"

路予恕看了他一眼,明白了他的意思,微微点了下头。希儿马上说道:"系统识别出新的交易分配,已经调整过了,您的余额变为九卡拉九十尼克,予恕小姐的账户变回十卡拉。"

路予悲默然无语,这个功能看似简单,但考虑到每时每刻都在发生着海量交易,要想每一笔交易都及时迅速且准确无误,这套金融系统背后的硬件和软件性能如同冰面下的深海,不显其形却令人畏怖。

"不如把你的九卡拉九十尼克都给我吧。"路予恕调皮地说。路予悲瞪了她一眼,知道自己只要一点头,钱就过去了,心里还是有点儿发虚。

老人脸上露出了微笑:"好了,都是一家人我就不见外了。我这边也还有很多事情要办,唉,明明早该退休喽,没办法,新星的政策是能者多劳。真是不公平啊。我让司机先送你们回家,雇的用人和厨师明天去你们那里面试。你们也困了吧,先休息休息。有什么问题咱们晚上再说。"

从联星大厦出来,有司机带他们上了一辆宽敞的私家飞车,朝地星住宅区飞去。

"至少钱的问题解决了。"上车之后,路予悲终于松了口气,似乎不介意被司机听到。

路予恕整理了一下裙摆,瞪了哥哥一眼:"真没出息,就算没有廉爷爷,你就不能争口气,自己去挣钱吗?还哥哥呢。"

"我是没你本事大。"路予悲毫不留情地还击,"你去要饭不就可以挣钱了?还记得吗,你要饭肯定天下第一,现在证明你自己的机会来了!"

"只有你这种蠢蛋才需要证明自己。"路予恕气得小脸微红,"要是爸爸听到你说这种话……"

"你去跟爸爸告状啊。"

一提到父亲,兄妹俩都沉默了。身在异乡相依为命,吵架也只好点到为止。

又过了一会儿,路予悲终于忍不住问希儿:"希儿,连上网络了吧,梦离和老夏有没有……跟我说过什么?"

希儿停顿了几秒,略带不忍地回答:"没有。"

路予悲的心一下沉到湖底:我失踪了十天,最好的两个朋友竟然不闻不问。果然如妹妹所说,他们已经和各自的家族一样,成为我们的敌人了吗。

路予恕反而轻松地说:"不错,没联系最好,这说明他们还拿你当朋友。"

路予悲一怔,随即明白了。如果两个朋友真的完全听命于父母,这时一定会发来各种虚假的关心,设下陷阱,等他跳进去。

特别是方-夏梦离,如果表现出被他抛弃的悲伤,哀求着问他到底为什么走,现在又在哪儿,下一步有什么打算等等,他一定会控制不住自己,说出不该说的话。

想到自己抛下梦离,一句话都没留下,就不负责任地跑到这个遥远的星球,路予悲自感亏欠她太多太多,这一生都难以还清。巨大的负罪感连同数日来的疲累与焦虑,宛如决堤洪水一般将他淹没。

7

住进新家之后的头三天,路家兄妹很谨慎地没有出门。还好第六星的网上购物比地星还方便快捷,又让路予悲惊讶了一把。

第四天吃早饭的时候,路予悲终于沉不住气了:"其实廉爷爷也没有不让咱们出门,对不对?咱们都跑出半个六星系了,到了这么个穷乡僻壤,谁还会对付咱们呢?"

路予恕知道哥哥对第六星的偏见还没完全根除,也懒得再纠正他。其实她比哥哥还想出门,整个第六星对她来说都像是一个未知的游乐园,她想去的地方、想看的东西实在太多了。犹豫了一会儿,她只跟哥哥说:"你嘴这么欠,每个新星人恐怕都想揍你。"

"新星?"路予悲疑惑地说,"你已经把这当家了?爸爸说过,几年之后咱们可能还会回去呢。好了我知道咱们已经被开除星籍了,但爸爸也说了,时移世易,等时大人失势,我们得势,政府可以再请我们入籍嘛。"

路予恕白了哥哥一眼:"你把六星政治当过家家呢?我看你只是还没死心,还想着有一天能娶方-夏公爵的女儿吧,真是个大蠢蛋！"

"小魔头你……"路予悲刚要发作，路予恕比了个休战的手势："好了，你想出去就出去吧。戴好希儿，有危险就报警。"

路予悲转怒为喜，站起身就想往外走，说不清为什么，路予恕的批准对他来说还真的很重要。但他犹豫了一下，又回头试探着说："你呢？你是不是也要出去？"

路予恕没有说话，算是默认了。

"好哇，小魔头，你明明自己想出去玩，还假装拦不住我。到时候廉爷爷一问，全是我的错，对不对？"

路予恕不得不承认，哥哥也不是真的傻。她耸耸肩："好啦，无所谓，算是咱俩一起决定的行不行？"她实在是太想出去玩了，想到不得不跟哥哥妥协，简直是有辱尊严。

路予悲想了想，从耳朵上摘下希儿放在桌子上："你戴着她吧。"不等妹妹回答，路予悲已经拿上微机出了家门。路予恕拿起希儿，心里流入一丝暖意。

路予恕很清楚，哥哥现在最想做的事情，就是找到一个能打模拟战的地方，尽情沉溺在虚拟的太空战场中杀个痛快。事实上他也正是这么做的。路予悲已经提前研究好了路线，出门后搭上一辆出租飞车，直取鼯鼠区的一家游戏中心。诺林市的空中交通比中都市好得多，看起来不近的目的地，只用了20分钟就抵达了。

这家游戏中心的规模相当大，形如巨龟，有着明显的恒国古风。路予悲离得老远就看到楼顶上浮现出一个硕大的"唐"字立体影像，想必老板姓唐，自然是恒国裔。楼外的全息电屏正展示着一个年轻男子帅气的动态影像，配字是一行六星语，路予悲看不太懂，还好下面有恒语翻译：恭贺初少通过学院初试。他自然不知道初少是谁，只觉得这么大幅的宣传让人感到不爽。但他也不得不承认，这男子确实很帅。

离近了看，这座建筑更显巨大，似乎还融入了幻星建筑的风格。他下了飞车，跟着几个外星人进了大门，穿过一条宽阔的长通道抵达了一楼的中央，这是一个纵贯三层楼的开阔大厅，喧哗混乱，热闹非凡，周围遍布数不尽的大小隔间，空中浮现出各式全息屏，像一块块彩色补丁。最让路予悲感到窒息的当然是各个星族的外星人混杂一堂，用他听不懂的奇怪语言乱糟糟地叫喊、争吵，空气中的味道也很奇怪，他严重怀疑是某种外星人的体味。

路予悲就像是掉进动物园熊坑的游客，蹑手蹑脚地贴着大厅边缘移动。这里有上百台开放式模拟舱，还有两倍于此的客人，像个热闹非凡的集市，贩卖着星际战斗的快乐。抬头还能看到一些二楼和三楼的客人，靠在围栏上对着下面的大厅指指点点。最上方高高的玻璃穹顶上画着一幅巨大的抽象画，描绘的似乎是一场星际战争，画中间是一个醒目的巨大"唐"字。路予悲还没有适应这种到处都是外星人的场面，差点被几个天罗人的翅膀扫到，又撞上了一个矮小的凡星人，对方的目光让他头皮发紧。在这种喘不过气的环境下，他见到一条狭窄的过道，逃难般地滑了进去，顿时感觉安静了很多，外星人和喧嚣都留在了外面的世界。

他无意识地沿着过道往里走，路过几间人满为患的包房。按照他在地星的经验，越偏僻的包房越高级。他虽然手头不算宽裕，但实在不想和外星人混在一起，只想找个安静的角落，悄悄地过过手瘾,哪怕为此多花点钱也无所谓。最终,他找到一间宽敞明亮的包房,精致的白色房门虚掩着,他没有多想,推门走了进去。

正如他所料,这个房间看起来颇具档次。他虽然不知道墙上的金属线条是哪个星族的特色,但不得不承认看上去还挺漂亮。房间周围有不少全息图板,一看便知是研讨战术用的,可以用微机接入。最醒目的当然是五台封闭驾驶舱,呈弧形摆在房间一端,比大厅那些开放舱要高级,从数量上看是专供小队作战的。路予悲心里一热,这种布置很像他曾经的小队训练室,只是驾驶舱的档次低了一些。他不由感叹,上次和夏平殇、方-夏梦离一起作战是什么时候了,十年前?

这个房间让路予悲很满意,但可惜的是,房间里已经有四个人了,而且都是外星人。首先吸引路予悲目光的是一位身材高挑的幻星女士,比他还高一点点。她站在窗边,听到路予悲的脚步声,转过头好奇地打量他。她的皮肤焕发出白金色彩,若隐若现的白色条纹如电路般附着其上。她的眼睛很漂亮,和地星人不同的是,幻星人的眼白部分是淡黄色,瞳孔则是亮金色,就像两点熔化的黄金。她的长袍是银、白、灰三色组成的真实色,上半身贴身束紧,勾勒出迷人曲线,下半身宽松飘逸,向两侧微微敞开,露出两条长腿和白色旋棱靴,长袍和靴子都是典型的幻星服饰。那头长卷发是由红、橙、黄三色组成的流焰色,是她全身最惹眼的色彩,对路予悲造成巨大的视觉冲击。

她也是第一个走上前来和路予悲打招呼的,先说了几句六星语,看出路予悲听不懂之后才改说恒语:"赞美群星?终于有人来应征了?"她的恒语带有第六星特有的语法习惯和口音。

"应征？"路予悲有点儿发愣。

"前锋官？"她的语调听不出是陈述还是疑问，但这个词就像一个多年老友一般，让路予悲浑身一热，脱口而出道："对，我是前锋官！"他甚至用六星语说了一遍前锋官，这是他从父亲那学来的为数不多的六星语词语之一。

"太好了！"一个凡星大男孩凑了过来，身高只有路予悲的三分之二，"这位女士是我们的司令官艾洛丝，我叫卡卡库，是数据官。你好你好。哇，这块表可是卡兰德？让我看看，没错，没错，是真正的凡星工艺，我们凡星人都买不起的凡星工艺！真品！"

路予悲还没反应过来，卡卡库已经说了一大串话，还伸出胖乎乎的小手抚摸他的表，脸上流露出艳羡的神情。路予悲皱着眉头抬起手，把表举到卡卡库够不到的高度，勉强说了句"幸会"。那位幻星司令官也就罢了，他实在没法把这个其貌不扬的矮子和数据官联系到一起——那可是梦离的职位啊。

幻星女孩艾洛丝笑道："卡卡库，太失礼了。对了，还不知道你怎么称呼？"

"路予悲。"路予悲知道这里面肯定有什么误会，但是这两人的热情，以及想打模拟战特别是小队战的冲动，让他不急于澄清误会，"请问，这里能打小队战吧？你们正好缺一个前锋官？"

"是啊。"艾洛丝有些奇怪地说，"所以才招募前锋官嘛。唐老板叫你来的？哎哎，前锋官多是多——外面那几百人里有一半是，但是好前锋官太少了。我们本来也是有前锋官的，但是突然退出了，唉，真是……"

"说重点。"一个尖利的声音从角落里响起，"你实力如何？"

路予悲早就注意到那里有个天罗人，但一直没敢正眼去看。

此时听他说话,才不得不近距离观察这个最奇特的星族。第一眼看上去,那完全就是一只体形巨大的雕。仔细看时,才发现天罗人的脸其实与地星人还是颇为相似的,只有长长的嘴部——或者说是喙——比较突兀。他那平坦的面部覆盖着一层灰白色的短毛,双眼暗黄,瞳孔漆黑,头顶长着数根长长的羽毛,被称为"发羽",头后和两侧也有。天罗人很注重发羽的染色和塑形,就像地星人注重发型一样。当然,最引人注目的还是那对巨大的翅膀,平时收拢在体侧,展开时才能看出翼长超过身高。其挥动起来的力量之强,能轻松地带起天罗人数十千克的身躯翱翔在空中。俗话说,只有见识过天罗人飞翔,才能真正理解何为飞翔。

天罗人普遍比地星人矮一头左右,但是他蹲踞在一座一米多高的立柱上,就比路予悲高出许多了。这种栖柱在第六星到处都是,形状各异,扭曲古怪,是天罗人专用的立足之处,其材质和气味都颇有讲究。

路予悲看得出来,面前的这位天罗人很年轻,但目光坚定,神情傲兀,长嘴上刻了两串精致的黑色花纹,头顶的五缕发羽染成墨蓝色向上直立。他穿着一件深棕色短衫,材质不像是布料,更像是某种较为细腻的树皮,短衫下露出的两条腿也比雕隼长很多。最后,那双巨大的爪子稳稳抓住支柱顶端的横梁。如果被这双巨爪抓一下,路予悲怀疑自己会直接没命。

"这位是我们的刺杀官索兰。"艾洛丝介绍道,"也是我们队里的王牌,很厉害的,真!"他们习惯在句尾加一个真字来表示强调。

路予悲点点头:"幸会幸会,呃,这位……索兰……问我的实力如何?还行吧,练过几年。"索兰听了只微微地点了下头。

这是路予悲第一次与天罗人交流，严重的异化感让他觉得浑身不适，而这种不适至少要持续一个月才能慢慢消失。

房间里的最后一个外星人是位摩明人，身材魁梧，肤色灰白，面如顽石，棱角分明。虽然长相也十分可怖，但在路予悲看来比天罗人和之前见过的芒格人要亲切得多。此时他主动开口道："我是护卫官休。请问，你能控几艘舰？"他的问法就更直接了。另外三人也盯着路予悲看。

路予悲看得出这四人都是懂行的，控舰数是前锋官能力最直观的体现。他不知道自己的水平在这里能不能拿得出手，只好先说出自己的最佳状态："呃……八艘吧。"

面前的四个人对视了几眼。数据官卡卡库干脆扑哧一声笑了："这么厉害？我这辈子还没见过能控八艘舰的前锋官呢，咱们玩的不是同一个模拟战吧？"语气中的嘲讽不加掩饰。护卫官休也缓缓摇头表示不信。

路予悲心里来气，也不甘示弱地回击："那只能说明你还太年轻，见得太少。"

"看来我们，有新王牌。"索兰昂着头说。他的恒语发音古怪，而且似乎不爱说长句子。路予悲只能大概猜测他也有挑衅的意思，索性顶回去："没错，他们之前都叫我王牌战神。"他并不十分喜欢这个外号，但此时一冲动便脱口而出。

索兰、卡卡库和休同时发出了各不相同的诡异笑声。

艾洛丝还保持着礼貌："久仰久仰。是这样，为了更快地了解你的实力，我们希望能先旁观一下你的实战，可好？"

"求之不得。"路予悲早就想赶紧开打了，跃跃欲试地说，"对手呢？"

"今天这里正好有前锋挑战赛，是每个月一次的盛事。你去外面随便找一台开放舱就能参加。如果你说的不假，至少先打到靓标吧。"

"还是要去外面吗？"路予悲掩饰不住脸上的失望，"我不喜欢开放舱，这里的封闭舱不能用吗？"

"不能。"卡卡库有些骄傲地回答，"这是我们这样的专业小队训练用的。为了公平，挑战赛都用开放舱，你用封闭舱不是欺负人吗？等等，你之前难道都是用封闭舱训练？那也太烧钱了吧。我们每次来这儿训练可不便宜哦。"

"我都是用真空舱训练。"路予悲回答。四名外星人又互相看了看，露出路予悲看不懂的表情。零重力真空舱是最顶级的模拟舱，与真实的太空作战环境也最为接近。但模拟零重力环境需要的超导底座造价十分昂贵，普通人根本接触不到，他们四个这辈子还没有碰过。卡卡库又轻笑一声，显然是并不相信。

五个人来到外面喧闹的大厅，可能是挑战赛的缘故，根本没有空着的开放舱。索兰跟一位坐在舱里的天罗人玩家说了几句，那人看了路予悲一眼，让出了自己的舱位。路予悲坐了进去，另外四人站在他两侧观战。

刚一上手，路予悲就暗暗叫苦，这种舱比客运舰上的游戏舱强不了多少，屏幕上显示的画面凌乱又粗糙，何况还有很多外星文字。他好不容易才建好一个新账号，在艾洛丝的指点下才找到前锋挑战赛的入口。

正式开打之后，路予悲抑制不住激动的心情，双手竟微微发抖。卡卡库在他身后暗暗摇头，一个劲朝休使眼色，连艾洛丝都不易察觉地叹了口气。路予悲的第一个对手显示了一个黄色标志，他不懂第六星用颜色划分级别的系统，刚才艾洛丝说的靛标他也不明白，他能做的只有尽力打好每一场战斗，赢过尽量多的对手，才能尽情释放胸中的苦闷，也为证明自己没有吹嘘实力。

卡卡库正跟索兰耳语着什么，再看路予悲的屏幕时，发现他已经赢下了第一场。卡卡库愣了一下，再看旁边的艾洛丝和休，脸上的惊讶之情溢于言表。

"现在的黄标这么不堪一击？"卡卡库说道。第六星用颜色划分等级，是因为各个文明对数字、符号和表音字母的使用习惯各有差异，但对于可见光的分解则都是一样的光谱。黄色是第三等，属于中等偏弱的水平，仅强于红色的入门级和橙色的新手级。

"看这绿标，"索兰紧盯着屏幕，"也输了。"

"而且输得好快。"休补充道。

前锋官对战是最简单的玩法，规则也最粗暴：每人操控十艘前锋舰互相攻击，直到一方把另一方全部消灭。星域地图有十种，障碍行星和辅助机关各有差别。通常每局战斗耗时5到8分钟，但是路予悲只用了4分多钟就拿下两局，排除掉进入战斗和退出的等待时间，实际的战斗时间不到2分钟。

"他刚才同时控了几艘舰？"艾洛丝问休，"你看清了吗？"

作为护卫官，休也对控舰能力颇有研究，但此时只是摇摇头，说道："很多，但肯定没有八艘。"

"那当然了！"卡卡库的语气总是很夸张，"控八艘那是什么厉害的人物！能稳定控五艘我们就得求着他进队了！"

接下来，路予悲又打赢了两个黄标选手和一个绿标选手，转眼就已经赢了五场。在下一场比赛开始前的间歇里，他伸了伸懒腰，说道："开放舱的操作体验简直是灾难，需要花点时间适应。"

卡卡库惊道："你刚刚是在适应操作？"

"是啊。"路予悲坦诚地说，"没有超导悬浮和射击振动，操作反馈也和我之前用的完全不一样。说实在的，像是游戏机一样。幸好智能敌人都很弱，什么时候让我跟真人打？"

看着他诚恳的表情不像演戏，四个外星人都沉默了。最后还是索兰简短地说道："你继续。"

接下来的一个小时里，不断有人聚集到路予悲周围。有的是路过看了几眼就走不开的人，也有他打败的对手，还有这些人叫来的伙伴，很快便把路予悲的开放舱层层围住，水泄不通。有人去向分区主管汇报，分区主管来看过之后又向大老板汇报。

最后整个游戏中心的客人都听说了一楼有个新来的，今天新注册的账号，以前从来没见过。但是强得不像话，已经在挑战赛里连赢了四十场，而且越战越勇，越打越强。蓝标和靛标都不是对手，紫标高手也纷纷败下阵来。经验较丰富的老手更惊讶于他的体力，连战四十场之后竟丝毫不显疲倦，一直稳定在控四到五舰的高水平。也有人注意到他的操作堪称精确，而且失误极少。有些时候看起来像是失误了，其实是机器跟不上他。

"这个水平已经快赶上初少了吧。"

"我看差不多。"

"别胡说了，初少可是职业级的，会玩零重力舱，游戏舱发挥不出全力。"

围观者窃窃私语。路予悲已经完全沉浸在一场场的战斗中，额头虽然微微见汗，但手感已经很热。对他来说，这种低级舱的操作空间比零重力舱小得多，但失误空间也小得多，真正的高手用这种设备恐怕很难分出胜负。他已经发现对手都是真人了，也摸索出了颜色级别的规律。他遇到过两次灰标对手，确实比较难缠。最厉害的是一名黑标，他不得不拿出了点真本事才获胜。

"已经快五十场了，要破纪录了吧。"卡卡库对索兰说，语气既兴奋又惊骇。

索兰用六星语说道："这小子来头不小。这个水平在圈子里不可能默默无名。"他说六星语毫无障碍，比说恒语流利很多。

按照挑战赛的赛制，路予悲的积分越升越高，连胜更是加速了这一过程，能与他一战的对手也越来越少。终于在赢下第五十二场之后，路予悲迎来了一个白标对手。他心下暗想：白标是什么意思，比红标还低的级别，还是比黑标更高？

他不知道的是，这一战的画面已经被投映到游戏中心里全部公共大屏上，几乎所有客人都停下了手头的游戏，屏息观看这场比赛，这是今天前锋挑战赛的决赛。

一见到对面的阵型排布，路予悲就看出这是个值得一战的对手，于是打起精神，边调动战舰走位边活动手指。

卡卡库惊讶地跟艾洛丝说："你看他的手。"

艾洛丝点点头："他还没有用出全力。"

短暂的试探后，双方短兵相接，第一波交手后各损失了两艘前锋舰。路予悲心里暗赞，这人的控舰实力很强。在他五年的模拟战生涯里，不是没遇到过比眼前对手更厉害的前锋官，但恐怕不超过五个。这人的走位稍显生硬，迷惑性不强，操作上也没有达到开放舱的上限，只要自己不出现失误，要赢他也只是时间问题。

果然，第二波交战之后，双方又各损失了一艘舰，但对方的本舰已经被路予悲凭经验锁定，这个优势是巨大的。在接下来的战斗中，路予悲掌握了主动权，时而集中火力攻击对方本舰，时而佯攻本舰实则消耗其他舰。路予悲想起夏平殇的话：优势稳定的时候可以拖延时间，等对方先沉不住气。果然，在鏖战了十几分钟之后，对方终于因为一次暴躁冒进而多损失了一舰。高手过招，一舰的差距已经难以翻盘。路予悲转攻为守，滴水不漏。对手也干脆地主动认输。

路予悲这才松了口气，摘掉了隔音头盔。忽听得周围爆发出热烈的欢呼声，吓得他几乎从舱里跌出来。

"怎么回事？"他这才发现周围站满了陌生的外星人，正朝他热情地呼喊着各种他听不懂的语言。就连二楼和三楼的人也在朝他挥手、鼓掌。

卡卡库挤进来，在他耳边大声说："你赢了挑战赛，你是新的前锋之王！"

路予悲茫然地点点头，他本想证明一下自己真的可以控八艘舰，但直到最后也没施展出来，就连决赛他也只是控六舰就赢下了，毕竟开放舱的战斗还是太简单了点。前锋之王？这名号好土，还是王牌战神好点。

在众人的簇拥之中，路予悲突然感觉到某个异样的目光，让他打了个冷战。他抬头环视，找到了那目光的来源。一个女子站在三楼的栏杆内侧，面无表情地看着他。她也是地星裔，年龄似乎与路予悲相近，看不清容貌，但是那一双紫色的眼睛投来的凌厉目光让路予悲浑身发冷。欢呼的人群围在路予悲身边，不断有人跟他说着什么，或是拉着他的手看来看去。但那个女子与众不同，身周一丈内空无一人，那股凛冽之气如同一把冰锋利刃，似乎能切开一切，连时间也为之冻结——这就是路予悲对初暮雪的第一印象。

索兰也凑过来，告诉他："你打败了初少，这里最强前锋官，初耀云。"

路予悲愣了一下，才想起楼外那幅张扬的宣传图，忍不住问道："就是他通过了那个什么初试？那很难吗？"

"对你来说应该不难。"艾洛丝在他另一侧出现，"我们小队征召前锋官，就是为了组队参加学院初试，也就是第六星太空军军官学院入学测试。现在是一年一度的测试开放期，七天后就是初试的最后期限了。"

"军官学院？"路予悲吃了一惊，"就是军校？"

"没错，毕业之后就是少尉。"卡卡库表情夸张地说，"军官的社会地位和待遇，你应该懂的吧？"

路予悲麻木地摇了摇头，小声地嘀咕："第六星的军人？不行，我不能……"

"你说什么？"艾洛丝没听清。

路予悲正要再解释，忽然微机轻轻振动起来，表明有通话请求。他戴上电耳，里面传来希儿的声音："主人，予恕小姐出事了！"

8

与满脑子模拟战的哥哥不同,路予恕的好奇心太强,第六星有太多新鲜的东西,她想去的地方太多,实在难以选择先去哪里。最后还是决定先去最大的购物区逛逛,看看这里的流行风向,再买几件衣服和饰品,才有底气去探索更多的地方。

第六星的首都诺林市是一个极为多样化的城市,七大星族各有自己的生活区和盟会活动区,而商业区、工业区和娱乐休闲等则混杂在一起。对路予恕来说,每个星族不同的建筑风格、餐饮特色、服饰潮流和社交文化都像是等待被挖掘的宝藏一般。她最想去的其实是位于地下的永夜城,那是摩多尔星的多尔人的地盘。他们是夜行族,有着独特的道德准则和行为方式,一百五十年的时光也没能与其他星族真正融合,充其量只能说是休战共存。在第六星建立之初,其他星族就尊重多尔人的意愿,让他们在地下开辟生活的城市——或者说是把多尔人赶得远远的,唯恐避之不及。路予恕虽然想去永夜城,但也暂时不敢,因为多尔人那"独特的道德准则"其实最主要的一点就是凶狠好斗,普通人独自进入永夜城与自杀无异。

她戴好希儿出了廉家大门，先享受了一会儿第六星独有的氪氙光雾，鼻腔里充满了淡淡的花草香气。她改变了主意，决定先在新家附近走一走，熟悉一下周围的环境。廉施君虽然有钱，但十分低调地在地星住宅区的边缘安家。这里房屋十分稀疏，人口密度也低，大街上经常一眼望去空无一人，来往的车辆也不多。路予恕沿路走了一会儿，路过每一家店都忍不住进去看一看，许多新奇的玩意儿都是她从未见过的。

路过一家蛋糕店时，路予恕像一只小猫一样盯着橱窗里的蛋糕看了好一会儿。这里连蛋糕都与地星明显不同，制作工艺差别巨大，看起来像是一整套塑料玩具，味道则不知道会有怎样的差别。她正饶有兴致地研究一个墨绿色的塔形蛋糕，突然感觉左耳被人轻轻扯了一下，下一秒才反应过来——希儿已经不在她耳朵上了！她猛地回头，只见一个人正发足狂奔，连衣兜帽罩着头，看不到相貌，想必就是他抢走了希儿。这一下大大出乎路予恕的意料，她在地星活了十六年，也没有当街被人抢过东西，怎么第六星竟然如此野蛮？难道路予悲对第六星的偏见很有道理？

她来不及感慨，立刻追了过去，同时大喊："站住！"好在她的身体素质其实很好，今天又没穿裙子，跑起来不比同龄男生慢。转眼间追出几条街，那个人还在她前方不远处，看动作便知是个男子。

路予恕边追边大声呼喊，可惜路上的行人实在太少，而且多是老年人，只是愣愣地看着他们一前一后地跑过去。天上偶尔过去一辆飞车，也对她毫无回应。那男人也发现路予恕追得很紧，一拐弯钻进小巷。路予恕心里暗暗叫苦，全然陌生的环境，小路宛如迷宫。她咬着牙追进去，说什么也不能把希儿弄丢。智心副官价格不菲是一方面，但更令她不能接受的是，弄丢了希儿的话，以后在哥哥面前还怎么能抬得起头来？不过她也有一定信心，智心副官在这种情况下会自动做出判断，即使不用路予恕下令，希儿也会在第一时间报警，而且很有可能已经联系上路予悲了。

"救命！救命！"她没有喊抓小偷，而是选择喊救命，用的还是六星语，这是她从父亲那学来的词语之一。当时怎么也想不到，有一天真的能派上用场。

那兜帽男子也大感意外，他本以为路予恕这样一个瘦弱的小女孩，被抢了东西只会站在原地发呆，或者是跑不了几步就哭着放弃了。没想到他全力奔跑了10分钟，这女孩竟还顽强地紧紧撵在他后面。他也已经气喘吁吁两腿发热，速度也慢下来了。

突然间砰的一声，兜帽男子一头撞上另一个人，被震得退开两步，头脑发昏。那是个高大的摩明人，一身黑衣，身材像座小山，体重至少是他的两倍，被撞之后纹丝不动，还一把抓住了他的胳膊。兜帽男子试图挣脱，却发现抓住他的这只手异常有力，怎样也挣脱不开。

"浑蛋，别管闲事！"兜帽男子开口骂道，声音听起来还很年轻。话音刚落，摩明人伸腿轻扫他的下盘，同时抓住他肩膀向下一按，利落地把他按在了地上。

路予恕此时已经追了上来，见此情形大为欣慰，暗想外星人看来也懂得见义勇为。

"谢……谢谢！"她停住脚步，弯着腰边喘气边道谢，眼前的摩明人却毫无反应。路予恕这才发现他脸上戴着一整块黑色目镜，宽度过掌，不仅遮住了双眼，连两边的耳朵都遮住了。这种目镜在第六星似乎很流行，但是会让人显得异常冷酷。

让路予恕感觉更加不好的是，另外两个黑衣人出现在她身后，一个是小个子凡星人，一个是胖胖的地星人，而且都戴着同样的黑色目镜，和面前的摩明人一样，怎么看都不像是一般的热心市民。

摩明人蹲在地上，一只手按着兜帽男子，另一只手掀开他的帽子。路予恕有些意外地发现，这个小偷竟然很年轻，比自己大不了几岁，一头黑发，脸上有一道明显的疤，眼神充满怨毒，形貌戾气颇重。

路予恕正想说什么，忽然发现身后的两名男子已经走到自己两侧，同时出手按住路予恕瘦小的肩膀。那个凡星人比路予恕还矮一些，但手臂相当有力。

"等等，你们干什么？"路予恕有点儿糊涂了，"是他抢走我的东西，你们别碰我！救命！"她努力晃动身体，却比那个少年还要无助。

"路予恕小姐，请你配合一点，跟我们走一趟。"抓住他右肩的地星胖子开口说道。路予恕心里凉了半截。他们竟然知道她的名字，原来是冲自己来的，根本不是什么见义勇为。

"你们是什么人？"她的声音有些发颤，同时迅速判断局势。这个地星胖子像是三个人里的头目，摩明人和凡星人是他的手下。

"你会知道的，但不是现在。"胖子说道，恒语颇为标准，"只要你听话，我们就不会伤害你，也不会让别人伤害你。"

路予恕自负一向聪慧过人，没想到刚到这个星球一天的时间就两次遇到靠头脑难以解决的麻烦。她既猜不出这三个人的来头，也不知道他们的目的，而且三个大男人的力量胜她十倍，在这种情况下她的高智商毫无用武之地。他们身处一块较为偏僻阴暗的空地，既隐蔽又安静，不太可能有路人经过。眼前唯一的办法就是暂且听他们的，假装顺从地拖延时间。希儿应该已经报警了，警察肯定已经有所动作。路予悲呢，是不是也被抓住了？她打心眼里希望大蠢蛋不要做什么傻事。

"好，我跟你们走。"路予恕看了一眼被按在地上的小偷，希儿还在他身上藏着，"他呢？"

"放了我！"少年也用恒语喊道，"我什么都没看到，什么都不知道，什么都不会说出去！"

三个黑衣人用六星语叽里咕噜地讨论了一番，路予恕从没像现在这么后悔没有跟爸爸好好学六星语，只能勉强听懂几个词。他们似乎认识这个小偷，他父亲似乎也是个大人物。他们不想节外生枝，但也不想放走他。地星胖子又用电耳向什么人请示了一番，大概是他的上级。

最后，胖子用恒语问少年："你刚才从她身上抢了什么东西？"

少年恶狠狠地瞪了路予恕一眼，似乎想要交出希儿，以报复路予恕把他卷进这件麻烦事里。路予恕则暗暗祈祷这个年轻的小偷有点儿头脑，不要说实话。如果希儿被这三人搜了去，自己最后的希望也就化为了泡影，对小偷来说也是一样。

"这个东西。"少年从兜里掏出一个普通的电耳，不甘心地说，"我一直靠倒卖这个挣钱。"

胖子拿起电耳看了看，没有任何特殊之处。凡星人在旁边说："这小子确实是偷电耳的惯犯，还想卖给我来着。"

胖子再无怀疑，冷笑了一声："哼，你老子那么有钱，你却偷这种不值钱的玩意，丢人显眼。"说完把电耳扔在地上，一脚踩碎了。

路予恕松了口气,看来这个小偷还算有点儿头脑。只要希儿还在,警察就一定能跟着希儿的信号找到自己。如果路予悲没被抓住的话,应该也会有所动作。但那个大蠢蛋可不要一个人冒冒失失地跑来啊!

三个黑衣人把小偷和路予恕塞进一辆宽大的飞车里,然后堂而皇之地开上空中道路。飞车自动驾驶,地星人从怀中掏出一把小型震击枪,警觉地观察着车子四周。

三个人又用六星语聊了起来,路予恕半听半猜,听出了大恒帝国、龙吟阁、龙吟四杰甚至路高阙等词,似乎在说她的事。此外还反复提到一个第六星盟会,似乎叫星什么会,还提到了战争即将到来。

忽然,他们头顶传来越来越响的轰鸣声。地星人打开飞车的天窗,发现竟是一架中型低空飞机飞过他们上方。

"警察?"凡星人惊道,"是冲我们来的!"

摩明人则说道:"是外警的徽章。恐怕是'尸狼'也闻着味了。"路予恕听说警察来了,眼睛里顿时有了希望的神采。

"厄姆?"地星人也慌了,急忙用电耳联系上司,却发现通信已经失灵,"他们开了屏蔽场!"这是犯罪者和警察行动前通常采用的手段,通信越来越发达,反通信的手段也随之升级。

低空飞机飞到他们前方开始下降,目标是一座矮楼的楼顶,同时向他们的飞车打出信号,示意他们的飞车也要跟着降落。三人显然不敢在星际警察面前耍花样,乖乖地降落到飞机后面。

地星胖子用六星语对两名手下交代了几句,两人齐声答应。

一个便装男子从前面的低空飞机上下来，右眼戴着白色目镜，左眼闪烁着傲慢的光芒。他身后跟着两个手下，都穿着便装，但一看便知都不是好对付的角色。

"云景组长？"三个黑衣人下了飞车，胖子用六星语恭敬地说，"是您啊，厄姆组长也来了吗？"

"这种小事不用组长出马。"名叫云景的男子是星际警局一组的副组长，组长厄姆外号"尸狼"，是第六星赫赫有名的人物，"你们车上好像还有别人吧？"

胖子瞥了一眼后座的路予恕，知道云景是在明知故问，只好面露难色，尽量拖延时间："真是什么都瞒不过您啊。我们没有别的意思，就是请这位小妹妹去喝茶而已。旁边那个小弟是计划之外的。"

"我看你们还是跟我一起回局里喝茶吧。"云景半仰着头，用鼻孔看着三人，"看在你们盟主的面子上，我不会对你们怎么样，但是你们也不要自找麻烦，可明白？"

"这是……组长的意思？"

"废话，还能是你的意思？"

"明白。"胖子头上冒汗，知道星际警局要的是路予恕，逼他们三个一起去是为了不走漏风声。星际警察向来不好惹，眼前这一关无论如何也过不了，于是示意两名手下把少年和路予恕带下车。

路予恕一下车便朝云景大喊救命，但云景哈哈大笑，脸上尽是鄙夷和嘲弄的神情。路予恕心里一凉，知道这个所谓的星际警察恐怕不是来搭救自己的。她脑子一转便想到，这是两伙不同阵营的人在抢自己，而且明显后来者更强，现在的情况也许更危险了。难道这就是希儿呼叫来的第六星的警察？这是个什么样的不法之地啊，又被路予悲说中了？

云景的低空飞机多了五个人，还有富余的座位。起飞后，三个黑衣人交出震击枪，又交出电耳，云景这才解除了通信屏蔽，然后用自己的电耳接通了组长，用六星语说道："一切顺利，把他们全带上了，对，没有引起多余的注意。"路予恕能听懂一部分，事到如今也只能听天由命了。

"是，是，小女孩没什么大碍。什么？智心副官？"

云景看了看路予恕的两侧耳朵，又伸手过来摸了摸，确认没有副官，随即转头厉声问地星胖子："她的副官呢？你们敢跟我耍花样？"

胖子吓得直冒汗："什么副官，我们没看到啊，她藏在身上了？啊，难道是这小子……"

众人一起转头盯着小偷，少年此时全无凶狠和戾气，看起来都快哭了，只好拿出希儿："我……我不小心捡到的。"

路予恕暗暗叫苦，希儿看来要保不住了。

云景一把抢过希儿，脸色凝重地对自己的电耳说："确实是智心副官，恐怕一直在发定位，而且内警那边应该也……喂？老大？"

他敲了敲已经没反应的电耳，然后突然醒悟："通信屏蔽！谁干的？"

"我。"一个尖锐的嗓音从他们头顶传来。几人猛地抬头，飞机顶部的天窗突然碎裂，玻璃簌簌掉落。一个黑色的身影张开双翼，遮住了阳光。

"天罗人？"此时的云景就像刚才的胖子一样惊慌，"你想干什么！"

"救命！救命！"路予恕又用六星语喊，猜测这个天罗人可能是真的警察。

"把女孩和副官交给我，放你们活路。"天罗人没有理会路予恕，黄色的圆眼睛紧盯着云景。

"敢威胁警察？"云景打开左臂上的粒子盾，随时准备开战。

天罗人嘎嘎笑了几声，说道："区区粒子和波雾，只能防住懦夫的武器，可防得住天罗人的利爪？"说罢突然从天窗中跳下，迅捷无比地踢开云景的枪，顺势把他踩在舱板上，左翼从他手中抢过希儿，右爪踢开冲上来的摩明黑衣人。最后打开随身携带的一个小箱子，把希儿装了进去，盖上了盖子。这几下迅捷无比，极其干脆利落，毫无多余的动作。云景和摩明人挨了这两下，伤口血流如注，已经失去了反击的能力。面对如此凶悍的敌人，机舱里的几个人根本无力与之对抗。

"星河陪审团不做无谓杀戮，感谢你们各自的神灵吧。"天罗人傲然说道。

听到"星河陪审团"五个字，他们最后一丝反抗的勇气也消失了，连云景也不敢多说一句话。

只有路予恕没听清，她缩在后排，正想问天罗人为什么把希儿装进箱子，突然眼前一花，天罗人已经出现在她面前。她刚意识到不妙，只感到脖子左侧微微一痛，再看天罗人正把一个细细的针筒收回胸前口袋。她想大声叫喊，却发不出声音，意识也渐渐模糊了。她不知道自己是不是要死了，最后一个念头竟然是祈祷哥哥能活下去。

天罗人突然后退一大步，转身用另一只巨爪猛地踢中控制台，锋利的巨爪划开金属。机身的稳定系统被破坏，开始不受控制地下降。云景等人大声惊呼，再看那个天罗人已经飞出天窗，两只爪子抓着昏睡的路予恕瘦小的身躯。如果路予恕此时没有睡着，恐怕也会吓得昏厥。

飞机失控向前俯冲，好在前方是一大片低矮的摩多尔幽灵蔓草田。天罗人似乎是看准了时机才出手的，料定飞机会落进草田里。他们也许会受些伤，但应无性命之忧。

此处是一片农业种植区，几乎完全机械自动化，没有人注意到空中的这场战斗。天罗人在空中掉转方向，飞出一段距离后迅速降落到地面，关闭了他随身携带的屏蔽设备，任务的第一步已经完成。虽然比想象中多费了一番工夫，但大体还在计划之内。接下来就是带着路予恕逃离诺林市了，这一步会更难。他召唤来自己的飞车，把路予恕放进车里，驱车飞往天罗人的贸易区，那里有上级接应他出城。

过了好一会儿，微机轻轻振动，他接通电耳，用天罗语说道："是我，猎物还挺抢手。先是个小偷，然后是伊弥塔尔，之后外警也来了。我抢过了任务目标，打了昏睡针，现在在路上。"

对面传来一个冰冷的声音："你也被人盯上了。"

"什么？"天罗人下意识地看了一圈四周和天上，"谁？"

"副官报了警，还通知了她哥哥。她哥哥好像刚认识了一批朋友，正在全力围剿你。"

"副官我已经屏蔽了，现在又开车飞了这么远，他们追踪不到我。"

"我正在监听他们的线路。"那个声音说，"他们刚刚提到了手表。"

天罗人心里一惊，回头看路予恕，左腕果然戴着一块做工精致的表。"卡兰德的高端货，有定位功能。是我粗心了。"他用天罗语骂了一句粗口。但事已至此，只能想办法解决。

他摘下路予恕的表，从车窗扔了出去，然后继续通过电耳和对面的人对话："情况不妙，你说怎么办。"

"一队天罗人正从空中逼近你现在的位置，还有不少芒格人开飞车包抄，警察也已经把守了交通要道。"

"怎么会这么厉害？"他观察四周，这里是天罗人商业区，房树稀疏，相当冷清，难以藏身。

"他哥哥不知从哪找到一批帮手，有个号召力很强的天罗人，还有个幻星人指挥调度，再加上一个数据专家配合分析。"

"据我所知，你也是数据行家。"

"没错，以我的计算，你带着女孩大概率逃不掉。留下她，你自己装作平民，还跑得掉。"

天罗人思考了片刻，最终还是相信他的判断："好，那我先带走副官。"

"不，只带走副官没用，干脆也留下吧。我已经想到了另一个方案，把副官留给他们反而比较好办。你撤退吧。"

天罗人果断地停下飞车，把路予恕和装着希儿的箱子抱下车，留在街角的阴影处，再开动飞车在周围兜了个圈子。2分钟后，寻找路予恕的各路人马纷纷抵达。神秘的天罗人也混入其中，随后趁没人注意时悄悄离开。

过了不知多久，路予恕昏昏沉沉地睁开眼睛，迷迷糊糊地看到哥哥近在眼前，他们似乎是在一辆疾驰的飞车上。

"你找到我啦……哥……"路予恕几年来第一次这样称呼

他,声音十分虚弱。

　　路予悲把妹妹紧紧搂在怀里,不让她看到自己眼里的泪光:"没事了,予恕。"他也是很久没有这样叫她了,"没事了,没事了,没事了。"

9

当天下午，路予恕住进了地星居民区最大的医院。经过一系列检查后，确认她的身体并无大碍，只是脖颈处有一个明显的针眼。

"这种极速休眠针见效奇快，五秒内就能让人睡着，曾经是很普遍的犯罪工具。"在路予恕的病房里，一位多尔医生向路予悲他们解释。来自摩多尔星的多尔人大部分生活在地下的永夜城，只有极少数在地面上与其他星族一起生活。

"曾经？"路予悲不太明白。

多尔医生点点头，一张阔嘴里都是尖牙："最近十几年没怎么出现了，因为这种针主要依靠某种植物提取的毒素——说了名字你也记不住。我们新星人二十年前就开始给新生儿的综合疫苗里加入这种毒素的抗体，所以新星人早就免疫这种休眠针了。"

路予悲马上明白了医生的意思："就是说，这种针只对我们外来者有效？这说明他们就是冲着我妹妹来的！"

"这就不是我的领域了。"医生耸耸肩，双眼忽红忽紫。多尔人乍看之下和地星人很像，但仔细看时处处不同，处处透着可怖。

"我想我没什么事了。"路予恕勉强支起上半身，想要下床,"现在就可以出院。"

"别逞强。"路予悲把妹妹按回床上,"你就在这多待一会儿吧。医生说你身体里还有毒素,需要休养。"

医生点点头,一头像针一样尖的短发微微晃动:"没错,晚上再化验一次,也许明天就可以出院。好了,已经没有什么我能做的了。先走了。"

路予恕的病房很宽敞,除了他们兄妹,廉施君也赶来了,还有艾洛丝和她的小队成员们,索兰蹲在天罗人专用的栖柱上。本来还有两位警官,要向路予恕核实案情。但是一听到她说星际警局和云景,两个人对视了一眼,表示要回去向上级请示一下。

"警察大概不会管这件事了。"艾洛丝说,"星际警局和星内警局的关系很复杂,多数情况是互不干涉。既然云景他们也盯上了你,内警就要慎重一些了。"

"唉,是我的疏忽。"廉施君摇着头,老人表情极为沮丧,"伊弥塔尔是我们的老对手了,我早该想到他们会对你们出手,不应该让你们出门的。没想到连星际警局也掺和进来。唉,还有那个神秘的天罗人。都是我的错。"

通过路予恕的讲述和希儿的录影,这件事的经过已经还原了大部分。小偷,三个黑衣人和云景等人的影像都被希儿记录下来。但是天罗人出现后,希儿很快就被装进了屏蔽箱,所以关于这个天罗人的线索最少。很明显,路予恕被他控制过一段时间,好在救援及时赶到,所以他被迫放弃了。路予恕被发现的时候,周围没有可疑的人。

"怎么会是您的错呢。"路予悲诚恳地说,"是我们自己决定出去看看的。我们总不能永远待在房子里啊。"

"至少应该雇个保镖跟着你们。"廉施君沮丧地摇摇头,"哦,对了,十分感谢这几位朋友的强力帮助,这次多亏了你们!要不然我真是……愧对他们的父亲啊!"

路予悲朝他们深深鞠了一躬:"谢谢你们。"路予恕也在床上尽力向他们鞠躬致谢,艾洛丝急忙迎上去扶住她,让她再次躺好。

卡卡库和休站起来,连声说不用感谢。索兰也礼貌地从栖柱上飞落地面,回礼后又飞了回去。

路予悲真心感激:"没有你们的话,小魔……我妹妹已经被抓走了,我也……唉,如果没有了她,我不知道怎么活着,真的。"

路予恕看了哥哥一眼,一种奇怪的感觉油然而生,有点儿尴尬,又有点儿温暖。

回想当时的情况,希儿被小偷偷走后,因为路予恕还在视野内,所以希儿并没有第一时间触发报警机制。直到路予恕被三个黑衣人抓住,希儿才报了警,同时通知路予悲:"予恕小姐出事了!"

路予悲当时还在被众人簇拥着,沉浸在胜利的喜悦中,听了这句话,脑海中顿时一片空白,好一会儿才恢复思考能力。他慌忙掏出微机,把手掌大的光子屏幕拉开成书本大小,在地图上找到希儿的位置,离他目前所在的区域有一个小时以上的车程。这么远的距离,他自己过去搭救妹妹肯定是来不及的,只能想办法求助。他刚刚来到第六星,除了路予恕举目无亲,环顾四周,一个认识的人都没有。

艾洛丝看出他的表情突然变得慌张无助,于是主动问他是不是有麻烦。在得到肯定的答复后,她抓住路予悲的胳膊,带着他挤过人群,回到了小队专用训练室。索兰和卡卡库等人也跟在后面。

听说她妹妹出事了，四个外星人马上行动起来，应变能力比路予悲强得多。艾洛丝第一时间联系警方，卡卡库迅速计算事发地点周边的最短路径，索兰发动在那附近的天罗人同伴，按照卡卡库提供的路线，从不同的方向朝路予恕的所在围拢。天罗人一向乐于助人，索兰在诺林市的天罗人里颇有名气，一声令下能动员上百同族。此时事发地点附近有二十多个天罗人响应他的呼唤，还有十几个热心的芒格出租飞车司机，闻讯也开着飞车赶来。

廉施君接到路予悲的通信，也放下手头的工作，带领一批手下迅速出发。警方在接到卡卡库联系之前已经接到希儿的报警，也即刻派出警力开始封锁周围的交通要道。艾洛丝分析了各方位置数据之后有条不紊地调动人马层层包抄，地毯式搜索路予恕和犯罪者，连警方也佩服她的调度能力。

但希儿突然失联，让路予悲刚刚放下的心又悬了起来。

摩明人休不爱说话，但他经常能发现别人忽略的细节。他想起之前卡卡库赞叹过路予悲戴的手表是卡兰德出品的高档货，便问路予悲他妹妹是不是也有这样的表。经休一提醒，卡卡库也查到这块手表带有定位功能，路予恕的自然也一样，之后的事情便简单多了。

最后路予恕能平安获救，出过力的人着实不少。让路家兄妹更为感动的是，那些被索兰临时召集的天罗人和芒格人后来都默默离开了，竟然丝毫不求回报。

"伊弥塔尔是什么？"向这几位恩人表达谢意之后，路予悲问廉施君。

廉施君站到窗边，看着空中来往的飞车："是地星裔的三大盟会之一，成员遍布各行各业，势力非常大。那个黑衣胖子是伊弥塔尔的人，隶属特别行动组，就是专做一些不法勾当的小组，另外两个人大概是雇佣关系。和地星一样，新星也有黑白谱系，我们星统会偏白，伊弥塔尔偏黑，就这么简单。"

路予悲恍然大悟，原来地联和时悟尽在这里也有朋友。路予恕说道："我好像是听他们提到星统会，原来是廉爷爷的盟会。那星际警局又是怎么回事，那个叫云景的人真的是警察吗？"

廉施君叹了口气："唉，这件事很复杂。云景确实是外警一组的副组长，他们的组长叫厄姆，外号尸狼，是个手段狠辣的凡星人，也是警界最偏黑的人。外警就是星际警局的简称，负责抓捕星际罪犯。"

"所以他们认为我是罪犯？"路予恕不解地问，"还是星际罪犯？"

"如果有真凭实据，他们就会拿着逮捕令直接来抓人了。"廉施君说，"就是因为没有正当理由，他们又很想抓你，才故意等到伊弥塔尔的人绑架你之后才出手。这样既能抓到你，又不会被认定为非法行为，表面上看还是救了你。"

"太卑鄙了！"路予悲咬着牙说道，"他们明明就是非法拘留，路予恕可以指认，还有其他几个人呢？"

廉施君用微机调出几张全息影像给大家看："根据我的情报，云景那架低空飞机在几个街区外的一处草坪上紧急着陆，机上人员都只是轻伤，现在都在星际警局。所以想要追究云景的责任，需要星内警局的高层去跟他们交涉。想想也知道，这很难。"

"听起来确实很难。"路予恕说道。

廉施君轻轻摇了摇头："而且你们不是第六星公民，只是外星游客。内警更不会为了你们跟外警作对。"

大家沉默了一会儿,艾洛丝突然问道:"对了,那个小偷呢?"

"想必是被外警一起抓了。"路予悲说,"只有这家伙的目的最单纯,吃点苦头也好,说不定能改邪归正。"

路予恕扯了扯鬓角:"但是希儿查不到他的资料,竟然有信息保护,而且是在外警介入之前就查不到。"

卡卡库耸耸肩:"自从冰堡建立以来,快有五分之一的人在网端查不到信息了。说不定他是哪家的富二代呢。最重要的还是那个神秘的天罗人。他到底是什么人?"

廉施君的表情愈加沉重:"那个天罗人留下了装着希儿的箱子,我让人拿去调查了。虽然他擦掉了所有痕迹,但可以确定这种高级屏蔽箱不是第六星出产的。我悄悄联系了警局里的自己人,发现多年前的星石失窃案里出现过同样的箱子。"

"星石失窃案?"路予悲一脸迷惑。

艾洛丝说道:"我记得那件案子,犯罪手法非常高明。如果传闻是真的,那次的犯罪者是……"

"星河陪审团。"索兰冷冷地说。

这句话让整间病房的气温都似乎降到冰点。在场的每个人都听说过这个组织,路家兄妹也不例外。星河陪审团是六星宇宙里游荡着的十二路宇宙海盗之一,是专做盗窃和绑架的犯罪团伙。他们神出鬼没,手法高明,几十年来做下不少大案,六大行星都束手无策。有人说他们的老巢是一艘巨型战舰,也有说是二十多艘分散小型舰,在太空中东躲西藏。跟其他宇宙海盗相比,他们的优点是从不滥杀无辜,据说是因为杀人的价码过高,没人出得起。

"没错。"廉施君说,"如果真的是陪审团,予恕能被救下来真是太幸运了,他们很少有失手的时候。"

路予悲有些茫然地说:"为什么陪审团要绑架我妹妹?他们一向是拿钱办事,据说价码极高。这次的雇主难道是……"

"大恒帝国的人。"路予恕平静地说。

"你怎么确定的?"路予悲虽然也有这种预感,但是想听听妹妹的理由。

"首先是希儿。在天罗人出现之前,那些找我麻烦的人都忽略了希儿,不知道她能报警和录影。"路予恕认真起来的样子与其十六岁的真实年龄极不相称,"只有陪审团的人一出手就把希儿屏蔽了,还带着专用的屏蔽箱,可见他充分了解希儿的信息。但是他忽略了我的表。我猜他后来之所以放弃,就是因为发现了我的手表可以发送位置,这不在他们的预料之内。因为手表是廉爷爷刚刚送给我的,他们还不知道。"

众人听得不住点头,特别是卡卡库,一脸钦佩地说:"没错没错,他们那么了解副官却忽略了手表,确实像是你们的地星同胞提供的信息。"

廉施君也同意:"很好,我们暂时就这样认为吧。恒国明面上把你们开除了星籍,暗中却想抓你回去,大概是想逼你父亲现身。这就说得通了。伊弥塔尔和外警那边的动机我会继续追查。眼下最棘手的问题还是陪审团。"

卡卡库愁眉苦脸地说:"如果真是陪审团,那简直糟透了。我听说过一句话,被陪审团盯上的猎物还不如死了算了,因为一生都没法再睡个安稳觉。"

"我也听过这句话。"休点点头,"恐惧才是他们引以为傲的武器。"

路予恕双手紧紧抓住被子，眼神有些慌乱。她有生以来第一次遇到这么大的麻烦，头脑再聪明也不可能保持镇定。

索兰突然说道："我族老人说，陪审团乃天罗人所创，现今仍占多数。天罗人有人脉网，我去查查，或许有盗贼情报。"

"能查到吗？"路予悲眼睛一亮。

索兰的语气有点儿不确定："天罗人盟会，罗克夏，恒语名'暗爪'。开荒年代曾为犯罪组织。后经营黑市，最终成为盟会，但还做武器交易、情报买卖。议会也知晓，但比较放任。"

路予恕点点头："明智的选择。把他们端掉可能会滋生更多隐蔽的黑市，还不如让一个相对知根知底的组织经营。"

索兰微微一愣，因为路予恕随口说出的一句话，他曾经花了不少时间才理解。

路予悲急切地问道："这个暗爪盟会和陪审团有来往？"

索兰点点头："据我所知有，但极少。我会去问。"

艾洛丝有些焦虑："当务之急是想办法保护路予恕小姐。"

"没错。"廉施君接道，"安全起见，予恕最近先不要出门了。我也在家里多添一些安保人员。"

"可是……我不能一直躲着啊。"她摆出一副非常委屈的样子，"我还想……上学呢。"路予悲瞪了妹妹一眼，知道她真正想的是到处疯跑。

"如果只去人多的地方，陪审团就无从下手了吧？"路予悲问道。

廉老人摇摇头："只要出去，一定会有落单的时候。还是要有人保护才行。"

索兰说道:"有实力的保镖,一人足矣。"

卡卡库补充道:"一个人保护,总比七八个人围住要现实得多。如果陪审团再来,只要像这次一样发出求救,人一多他就会撤退了。"

大家都觉得很有道理。艾洛丝发愁地说:"但是这样的保镖去哪找呢?"

一直沉默的休突然说道:"你们可以加入新星籍。"

路予悲有点儿不解地问:"那有什么用?"

艾洛丝解释道:"新星的安全级别是星内公民高于外来者。加入新星籍之后,星内警察就有更大的义务保护你们,应急响应也会更快。虽然不知道他们能出多少力,但肯定比现在强。"

"外警也会有所顾忌。"索兰说道。

"确实如此。"廉施君也面露喜色,"如果加入新星籍的话,我可以试着推荐你们加入我在的盟会星元统合会,能多给你们提供一重保护。至少伊弥塔尔的人我们对付得了,星统会的势力比伊弥塔尔更强。"

"还有第三重保护。"卡卡库也兴奋起来,"军官学院!你加入的话,你妹妹就是军属了,必要的时候可以申请军队的特殊照顾。"

"卡卡库。"艾洛丝有些严厉地说,"你这是乘人之危!"

"你不想让他跟我们一起考核吗?只剩七天了!"卡卡库小声反问,其实每个人都听得到。

索兰用生硬的恒语严肃地说:"参军不是儿戏。路予悲是外来者,还有可能离开,回他的星球。"

"你还回去?"卡卡库看着路予悲,"他们把你除名,还要绑架你妹妹，还有你父亲似乎也有大麻烦对不对？这样你还想回去？"

路予悲的心里有一部分确实幻想着将来有一天风平浪静之后，父亲可以洗清罪名，东山再起，他自己也可以回到恒国，再和梦离共度一生。但是父亲也说过，这是非常非常难的事情，就当作永远都回不去了比较好。卡卡库说的都是事实，他无法反驳。

路予恕问道："要加入第六星籍也没有那么容易吧？"

卡卡库已经从微机上调出了一系列文件，边看边说道："应该没问题。新星开放度很高，一百多年来一向来者不拒。曾经逃犯都可以随便入籍，现在还是要审查一下。你们年纪小，审查手续比年长者少得多，又刚被地星除籍，最快不到三天就可以入籍。"

路予悲又问廉施君："您说的星元统合会里应该有很多能人吧？有没有专业的保镖，能保护我妹妹的？"

廉施君想了想："好像有。我得跟大姐确认一下，她手下有几位文武双全的亲信。我说的大姐是……嗯……以后再慢慢介绍吧。"

休说道："军官学院的事怎么办，你到底要不要跟我们一起考核？"他总是能切入重点，也经常导致冷场。这次也不例外。大家都静了下来，一齐盯着路予悲。

"我……"路予悲把纠结写在脸上，"艾洛丝，索兰，卡卡库，休，今天我妹妹能得救，全靠你们的帮忙。光凭这一点，我就应该尽全力帮你们考进军官学院来作为报答。我知道，索兰，你想说不必如此。你看，我已经有点儿了解你了。"

他的声音越发低沉："仔细想想,我们家被逼到这一步,实在太悲哀了。我爸爸一生正直,却落得被通缉的下场;我妈妈是科学家,为军事科技部做过不少贡献,却被反科学的人杀害。我姐姐也因为妈妈的死大受打击而离家出走。现在我们两个被开除星籍,穿越半个星系流落到这里,他们居然还派宇宙海盗来绑架我妹妹……我真不明白,我们路家到底做错了什么,竟悲惨到无处容身立足……"

路予恕看着窗外,眼神暗淡,一言不发。

路予悲停下来喘了口气,继续说道:"说到底,恒国已经不要我们了,我们可以自由选择新家,对不对?"

"是的。"艾洛丝点点头,"第六星很特别,就算是有星籍的人都可以加入。《凯鲁公约》里是这么写的:只要是非战争时期,任何行星、任何星族、任何国家的非公职人员,都欢迎向第六星移民,共建新的家园。"

路予悲感激地点点头,声音也多了分底气:"对我们来说,要么作为外人,在这里苟活一辈子;要么被抓回去,被当成人质逼爸爸现身。我们虽然问心无愧,但那又有什么用呢,蒙冤难雪的人一直都有。我很想让爸爸告诉我该怎么办,但是他不在,我们只能自己拿主意。"

他转头看着路予恕:"你觉得呢?"

路予恕罕见地顺从哥哥:"我听你的。"

路予悲无奈地笑了一下。他太了解妹妹了,妹妹早就拿定了主意,只是等着哥哥说出来。他环顾在场的每个人,叹了口气,说道:"十几天前,我们的生活突然被打乱,逃到这里。说实话,我对第六星一直有很大的偏见,以为这里……很糟糕。但是认识了你们，又经过这件事，我必须承认我错了，错得很离谱。"

路予恕默默叹了口气，虽然表面上不同意哥哥的偏见，但在内心深处，她也不遑多让。

"能这么快就扭转思想，抛弃偏见，你也很了不起。"艾洛丝眨了眨金色的眼睛。

最后，路予悲有点儿不好意思地说："我这个人，从来都不是一个好哥哥，她也算不上什么好妹妹。但是今天的事让我意识到，我不能失去这个妹妹。爸爸最后也嘱咐我要多疼爱她。所以，为了保护她，也为了我们的未来……我现在看清了，真正卑劣的人，不在我们面前，而在我们身后。他们既然不要我们了，陷害爸爸，还追杀我们，那我们又何必还跪求他们？地星和大恒帝国，从此就只是故乡，仅此而已。"他朝艾洛丝伸出手："队长，让我们一起去通过那个什么初试吧。"梦离不会因为这个看不起我的。我相信。

10

路予恕恢复得比预想的要快，第二天，血液中的毒素已经彻底清除，可以出院了。艾洛丝小队和廉施君都来接她。当天下午，兄妹俩就去市政厅提交了加入星籍的申请，不出意外的话三天内就能通过，加入盟会的申请在那之后才能递交。

廉老人又送给路家兄妹一人一个波雾粒子盾："这是带波雾源的最新款，既可以防弹，也能防激光。虽然陪审团大概不会用激光，但你们还是戴着这个比较安全。对了，震击枪和短弩防不了，切记切记。"

路予悲知道这装备价格不菲，比爸爸给他们的更贵，但考虑到妹妹的安全问题，也只能感激地接受了。

"不要怕浪费粒子，觉得有危险就打开。"廉施君提醒他们，"我会定期给你们更换粒子匣。"

两天后，他们的申请便通过了。正如卡卡库说的那样，第六星的开放度很高，一百五十个地星标准年以来一直都欢迎各个星族的外来者加入。他们参加了一个宣誓仪式之后，就正式成为第六星的公民了。接着他们又提交了加入星元统合会的申请，在廉老人的帮助下也顺利通过了。

加入盟会也有一个宣誓仪式，廉施君作为引荐人，带他们来到盟会区里一座比市政厅还宏伟的建筑——星元统合会诺林市总部。

七大星族在新星都有盟会，而星元统合会是罕见的七族盟，成员近十万。盟主和三位副盟主都享有很高的声望，也都非常繁忙。但路家兄妹的入盟仪式上，竟然有一位副盟主出席，是非常罕见的情况了。

初六海副盟主是位年近七旬的老夫人，也是第六星举足轻重的人物。路家兄妹知道初这个姓氏源自大恒帝国，到现在也还是大恒帝国的一支贵族。初六海正是出自这支贵族的旁系。四十多年前，她还在大恒帝国某个小部门里任闲职，某一天像是突然顿悟了什么，抛下家里安排的未婚夫，只身离家来到第六星打拼。几十年间，她在商界和政界都有过一番作为，爬到了相当显赫的地位。能有这样的成就，与她强势霸道的个性分不开。从政界退休后，她被推选为星元统合会的副盟主之一，性格倒变得温和了许多。现在年近七十的她，看起来只是个慈眉善目、人畜无害的老奶奶。

初六海副盟主亲自出席路予悲和路予恕的入盟仪式，引来不少成员一起观礼。廉老人事先告诉他俩，星元统合会大部分成员是六星教徒，信仰六星之主。这一宗教起源于幻星，也是幻星最主流的宗教，至今已有上千年历史。六星纪元开始后，六星教逐渐传入其他五星，在第六星也已成为第一大宗教。

"我们也需要加入六星教吗？"路予悲问廉施君。

"不用。你们应该是和高阙一样信仰大恒帝国的龙女神教吧?"廉施君和颜悦色地说,"在新星也有龙女神教的信徒。"

路予悲和路予恕对视一眼,他们的信仰谈不上坚定。这种"浅信者"在六大行星都很普遍,也不是什么大不了的事。

廉施君也看出来了,说道:"总之改不改信仰是你们的自由。说起来,龙吟四杰里的印无秘,为你们龙女神教和我们六星教之间的交流调和做了不少贡献。"

"对的!"路予恕也想起来了,"印叔叔经常去幻星和六星教交流教义。"

仪式正式开始后,二人不由得紧张起来。大厅里各星族的人都有,但与活力躁动的游戏中心不同,这里的人们安静且和谐。路予悲和妹妹还是第一次接受这么多外星人围观,难免产生一种格格不入的异类感。在平复了心情之后,二人一起发下誓言:"六星之主,请聆听我的话语,同胞星元,请见证我的誓言……"誓言并不长,但铿锵有力,最后的结束语是:"……我将忠于家族,忠于新星,忠于星元统合会。"路予悲既紧张又激动,虽然还无法彻底融入眼前的环境,但感觉到心里有一个地方变得坚实起来。他注意到誓词中"忠于家族"是放在第一位的,并为此感到庆幸和感激,开始认真考虑改信六星教了。

宣誓之后,副盟主把两枚徽章交给引荐人廉施君,再由他把徽章佩戴到兄妹胸前。徽章的主体是一个金色太阳,六颗小星环绕周围,闪耀着微光。徽章的做工非常精细,里面装有特制芯片。如果路予恕再遇到上次那种危险,希儿可以通过徽章触发盟内专属的求救信号,短时间内能集结几十位盟友的救援,比报警的效率还高。

"路予悲,路予恕,我代表星元统合会十万兄弟姐妹,接受你们的效忠,也将给予你们保护。"初老夫人的声音虽然苍老,但能温暖人心,"星海浩渺,人若浮尘。星元统合,万灵共生。"

"六星之主,看护我等,惩戒我等,宽恕我等。"兄妹二人齐声应道,入盟仪式宣告结束。

之后,廉施君有急事先离开了,初老夫人在自己的工作间私下接见路家兄妹。

"路高阙教授是个高尚的人,龙吟四杰的名号,在我们盟里也是有口皆碑。路教授的子女有难,我们不会坐视不管。"初六海说完喝了一口茶,示意兄妹二人坐在她对面的沙发上。一位天罗人站在初六海身后,是她的私人保镖,表情严肃,头上有七根蓝色发羽。

路家兄妹对视一眼,兴奋之情溢于言表。

"感谢初副盟主的帮助!"路予悲诚恳地说。

路予恕则眨眨眼睛说:"我可以叫您初奶奶吗?"

"当然可以。"

路予恕露出开心的笑容,心里暗想:他们靠着廉施君这层关系才有幸能和初六海面对面谈话。这是真正的大人物,用廉施君的话说,是"房子"里的人,很多人一生也没机会结识这样的人。而他们既然来到了这里,就一定要把握这个机会。

初六海说道:"听说哥哥要考军官学院?"

路予悲有些紧张地点了点头,从秘书手中接过一杯咖啡,忙不迭地道谢。尝了一口之后,他忍不住皱了皱眉。

"喝不惯吧?这是新星的特产,药草咖啡。"初老夫人慈祥地说。

"哦哦。"路予悲又尝了一口,仔细品味之后抬了抬眉毛,

"很有意思。"

"大蠢蛋，注意场合。"路予恕小声责怪。

"廉老对你的模拟战水平大加赞赏，听他的意思，我还以为是云将军转世了呢。"初老夫人微笑着说，语气里没有任何讽刺的意味。

路予悲自然不知道云将军是谁，只好用求助的目光看向妹妹。路予恕淡定地喝了一口茶，看都不看哥哥一眼，对初六海笑道："云将军是伟大的'新星之子'，战功赫赫，史上无双。路予悲只是个普通人，和云将军的相似之处大概只有性别了。况且他如果是云将军转世，那我可是云玲夫人转世？"

她的声音清脆而有力，竟还学着加入了一些新星口音。初六海不由得把眼睛睁大了一些："原来如此，妹妹才是一家之主。小妹妹，我问你，你觉得云玲夫人是个怎么样的人？"

路予恕知道这是初老夫人对她的考验，思考了片刻才谨慎地回答："对云玲夫人的评价一直有两种说法，而且截然不同。在恒国流传的说法是，云玲夫人毒死了丈夫蓝司令，背叛了夫家和恒国，窃取了情报，才让哥哥赢得了摩多尔第二战役。新星的说法则是蓝司令想杀死云玲夫人，却被夫人的护卫反杀。"

"你相信哪种？"

路予恕耸耸肩："我都不相信，我觉得事情恐怕没那么简单，历史不是那么容易还原的，真实的情况可能已经不可考了。总之，我相信云玲夫人绝对是一位伟大的女性。"

初六海脸上的笑容渐渐消失了。有那么一瞬间，路予悲确信妹妹说错话了。但是路予恕勇敢地直视着这位比她年长五十多岁的老人，看起来毫不紧张。

初六海又喝了一口茶，才缓缓说道："听廉老说，妹妹正在挑选合适的高中，依我看不必了。"她脸上又现出笑容，皱纹似乎比刚才少了，"你可以直接报考大学。"

"大学？"路予恕眼睛亮了一下，"可是，我才十六岁，好像没有达到会考的最低年龄要求。"

"如果你不介意考取诺林和平大学的话，我可以跟校长谈谈，校长早就有意取消入学年龄限制了。"

"诺林和平大学……"路予恕兴奋起来，"那不就是第六星最好的大学？如果真的可以的话，就太感谢您了！"

初六海似乎想到了什么好玩的事，露出愉悦的表情："三个月后就是会考，我很期待你的表现。吓他们一跳吧，那一定很有趣。"

"我会努力的！"

"好好准备吧，会考还是有些难度的。我听廉老说了，眼下的当务之急是妹妹的安全问题。陪审团是个可怕的组织。说实话，有能力保护你的人不好找，但我恰好认识一个。他叫克萨，已经在外面等你们了，一会儿你们出去就能见到。"

兄妹二人对视一眼，路予悲犹豫着问："是职业保镖吗？"

"比职业保镖更能干。"初六海说。

"是星统会的人？"路予恕问道。

"不是，克萨不属于任何盟会，也不为任何人效力。但他和我家关系匪浅，所以会帮我。以他的本事，即使是陪审团的盗贼，也要避让三分。"

"太感谢您了！"路予悲由衷地说，"没有您的帮助，我们真不知道怎么对付那些家伙。"

初六海沉吟道:"你们的敌人恐怕不止是星河陪审团而已。"

路予恕说:"我知道,伊弥塔尔也不好对付吧。"

"伊弥塔尔想抓你的原因,我大概能猜到。"初六海喝了一口茶,沉默了一会儿才说,"伊弥塔尔是我们星统会的老对手了,现在新星议会里,我们的议员仅比他们多一人。下一次议员竞选快到了,各大盟会都开始准备,手中也都有一些筹码。简单地说,这场选举一半看民意,一半看筹码。"

"您是说,我是他们想要的筹码?"路予恕问道,"为什么?"

"这就说来话长了,你们知道什么叫望星族吗?新星虽然是个独立的国家,但还是有一小部分人对母星有着憧憬。就拿地星恒国裔的人来说,有些人一心想要恢复恒国和新星的外交和商业往来,达到双赢的目的,这些人就被称为望星族,具体来说是亲恒派。拿黑白谱系来说,你们知道白色就代表六星共存主义,所以新星人自然都有白派底色,但这些亲恒派还是会向黑色那端靠近。"

"这样的动机好像也没错。"路予悲犹豫着说。路予恕皱着眉瞥了他一眼。

"动机是没错,"初六海承认,"但恒国一直很高傲,根本不把新星当成平等的外交对象。几十年前我来的时候,地星总是想把新星纳为下属星,甚至恒国飞地,现在连这种想法都不屑有了。但亲恒派依然低三下四地去巴结恒国,甚至不惜牺牲新星的利益和尊严,这就不是双赢的态度了。

"伊弥塔尔和星际警局都是亲恒派,他们把我们叫抗恒派,但我们也并非抗恒,只是……唉,这里面很复杂,总之是维持一个微妙的平衡吧。最近恒国的政局变动,黑派上台,再加上你们兄妹俩的到来，这个平衡就被打破了。亲恒派想抓你们，是想借这个筹码和恒国谈判，有可能推动两国恢复外交，甚至能为新星争取一些外交优势。这样亲恒派在议会的地位也会更加强势了。伊弥塔尔的商业体系也依赖于……啊，说得有点儿远了。"

路予悲早就听得有点儿晕，但还是努力去理解："总之，这些亲恒派是偏黑的，是我们的敌人，抗恒派是我们的朋友？"

"不完全是，但你就先这样认为也无妨。六星政治是一门很复杂的学科，你父亲最清楚这一点，但对你们来说可能还有点儿早。"初六海说道，虽然语气中并无轻视，却让路予悲有些失落。

三个人沉默了一会儿，路予恕知道今天的谈话已经结束，便主动起身告别。

"啊，对了，"兄妹俩离开之前，初六海又补充了一句，"我的孙子孙女也刚刚通过军官学院的初试，予悲也要加油哦，希望你们能成为同学，呵呵。"

兄妹俩走出统合会总部，高墙之外，一个高个男子已经在等他们了。

"我是克萨，很荣幸认识二位。"男子彬彬有礼地说，路家兄妹赶紧与他握手。二人都知道，克萨在伊甸语中意为鹰，是古伊甸较常见的名字。

这个男人看起来三十多岁，又瘦又高，一头红黑色卷发略有些杂乱。脸颊微微凹陷，法令纹比较明显，下巴上的棕色胡须修剪成三道手指宽的竖线，显得优雅干练。他身穿一件烟灰色长衣，料子是朴素的伊甸合成布，但简洁大方，干净利落。最让人印象深刻的是他薄薄的嘴唇和深陷的嘴角，构成一抹天然的微笑。

"初老夫人想必介绍过我了。"他低沉的嗓音富有磁性,恒语带有一点伊甸口音。

"是的。"路予恕说道,"但我还是想看一下您的铭卡,希望不会冒犯到您。"

"当然不会。"克萨微笑着说,"你们有这样的警觉度,我的工作也轻松许多。铭卡已经发给你们的副官了。"

路予悲跟希儿确认的时候,路予恕上下打量这个男人,问道:"请问您有配枪吗?"

"有一把震击枪。"

"给我看看可以吗?"

克萨从怀中掏出一把银色的阔口短枪,递给路予恕。

路予恕接过枪,二话不说,将枪口指向克萨便扣下扳机。但克萨似乎早料到她有此一招,手指根本没有完全离开枪身,此时只是微微向上一拨,路予恕这一枪就打空了。震击枪未击中物体则不发出声音,所以这一下短暂的交手并未引起行人的注意。

"干什么?"路予悲还没明白发生了什么,克萨已经轻巧地夺过震击枪收回怀里。

"我猜是一个小小的测试?"克萨微笑着说,好像路予恕只是朝他扔了个石子,"但最好不要再做尝试,我不敢保证每次都能控制好力度。"

路予恕的手腕和手指都在隐隐作痛,克萨夺枪的手法她根本没有看清。这是她第一次对人开枪,后坐力比想象中小,但心理负担则严重得多,身上出了一层冷汗。

"失礼了,请原谅。"路予恕心悦诚服地说,她已经认可了这个男人的头脑和力量,"我这条命就托付给你了。"

"你的命还是你自己的。"克萨说道,"我只是尽力确保这一点。"

路予悲终于明白了妹妹已经完成了一次危险的试探,皱眉说道:"真是胡闹,如果你打中人家怎么办,至少是脑震荡,要进医院的。"

路予恕还没说话,克萨已经替她回答了:"那她就可以名正言顺地让初老太太换个保镖人选了,对不对?"路予恕故作调皮地吐了吐舌头。

在回家的飞车上,路予恕半躺在座椅上,摆出一副天真的样子问克萨:"克萨先生,你们第六星人都很擅长打架吗?"

"是格斗。"克萨边操控飞车边回答,"在大开荒的那几十年,环境很恶劣,设备也简陋,开拓者经常要靠武力抢夺食物。天芒星人和幻星人还好,从小就有训练的习惯,其他星族的人也必须跟上,才能生存下来。所以格斗术在这里是一门必修课,近几十年来更是上升为一门艺术。"

"到今天也是?"路予悲问,"如果考进军官学院,我也要学习格斗吗?"

"那是当然。"克萨回头说道,"要知道,新星的粒子盾普及率很高,还有波雾,所以枪和激光都很难派上用场了。"

路予恕若有所思地说:"这些幻星科技真的很厉害,难怪幻星的犯罪率那么低。但是传授给其他五星之后,却并没有降低犯罪率。"

"因为坏人也更难对付了。"路予悲说。

克萨耸耸肩:"想降低犯罪率,靠什么科技都没用。要知道,恒国军事科技部和国防部还有官员主张禁用粒子盾。"

"为什么？"路予悲诧异地问，"这东西多好啊。"

"好归好，但你妹妹刚才也说了，这是幻星科技。"克萨耐心地解释，"内阁外阁都有仇幻派，宣称幻星人传授这种技术是假意示好，一旦真的开战，幻星人就会拿出秘密武器，轻松破解粒子盾。"

路予悲觉得有点儿好笑："这也太阴谋论了吧。"

路予恕瞪了他一眼："大蠢蛋，不要低估了阴谋论啊。如果大部分人相信，那它就是真的。"

路予悲回瞪了妹妹一眼，又转向克萨："大恒帝国的事你怎么知道得这么清楚？"

"略有研究罢了。"

"另一个问题，你有智心副官？"

克萨不动声色地反问："为什么这么想？"

"我看出你在让副官开车。"路予悲早已盯着克萨的左耳看了一会儿，隐约看出一些不对劲的地方，试探着问，"难道是……电幻迷彩？"

这就是路予恕不擅长的领域了，但她懂得闭嘴，绝不暴露自己不如哥哥的地方。

"好眼力。"克萨称赞道，"卡维尔，解除涂装吧。"话音刚落，他的左耳上赫然显现出一条黑色的金属，向前蔓延到鬓角和眼角，像一根带叶子的黑色枝条。

路予悲虽然听说过有这样一门技术，可以让智心副官几乎隐形，但是在地星从没有见到过。没想到第一次见到居然是在第六星的一个保镖身上。

"这种迷彩是在哪里做的？"路予悲眼馋了，"我也想给希儿弄一个。"

"我自己做的。"克萨微笑着说。

"好弄吗?"

"需要一些时间,而且要给我至高主权才行。"

"这样啊。"路予悲犹豫了。希儿的至高主权一直在路予悲这里,路高阙和路予恕只有一般主权,可以被至高主权下发或收回。虽然他觉得克萨不大会趁机霸占希儿,但还是有些尴尬地笑着说:"我再考虑考虑吧,不急。"他早已把希儿当成了亲密的朋友和知己,甚至有一点伴侣的感觉。至高主权意味着绝对的占有,即使只是短暂地移交给别人,对他来说也不是个轻松的决定。

路予恕则注意到另一个问题:"你懂智心研发?"无论在哪个行星,智心技术都是当下最前沿的科技,从业者的门槛很高,待遇优厚,特别是研发学者。

"学过几年。"

"在哪儿学的?"路予恕追问,"据我所知,因为实验室耗资太大,开设这门课程的学校并不多。"

"你们的好奇心可真旺盛。"克萨耸耸肩,投降似的说,"和平大学智心科学院,我曾是那里的学生。"

路予恕惊讶地抿了抿嘴唇,过了一会儿才说:"原来是高才生,真是文武双全啊,一个人怎么可能什么都会?"

"过奖了。"克萨谦虚地回答,"智心和格斗,我只是恰好在这两方面有一点点天赋而已,别的就都不行了,做饭都做不好。"

"我做饭还可以。"路予悲插了一句。

"一点点天赋。"路予恕略带讥讽地说,"初奶奶是派你来当我的保镖,还是家庭教师,难不成是人生导师?"

"都有。"克萨微笑着说,"你想考和平大学的话,我确实可以给你一些帮助。"

"希望我有幸能成为你的师妹。"路予恕诚心地说,她最钦佩有真才实学的人。

路予悲也知道,和平大学的入学考核一定很难,如果是他自己参加,必然通过不了,以路予恕目前的知识储备恐怕也希望渺茫。但是如果让这个小丫头拿出真本事,全力准备三个月的话……女神也不知道她会考出什么分数。

11

接下来的几天，路予悲继续和艾洛丝小队一起训练。虽然时间有限，但他不需要再磨炼技术，只是要适应团队的协作。几天下来，他也渐渐摸清了几位小队成员的水平。最让他印象深刻的是刺杀官索兰，他的水平比路予悲曾经的刺杀官队友大猫要强，具体强多少还说不好，但和墨渊龙相比的话，又明显还有差距。

司令官艾洛丝的指挥水平算得上高明，从容不迫、调度有方，但和夏平殇相比的话就……算了，太欺负人了！

数据官卡卡库第一次见到路予悲戴着的希儿就哇哇大叫："智心副官！这是真的智心副官吗？能让我摸摸吗？那句广告词怎么说的来着：方寸之间，深不可测！"几天下来，路予悲已经适应了卡卡库的穷酸思维和大惊小怪。这位数据官的水平比梦离差得远，只能说基本合格，最大的问题还是太啰唆了。随着卡卡库日复一日地喋喋不休，他越来越难以回想起梦离做数据官时的样子了，实在令人不快。

护卫官休也只是普通水平，人也冷冰冰地不爱说话，但不招人讨厌。

路予悲回想自己在地星的贵族学校——总的来说，里边的学生都是阔少爷和阔小姐，纵然有夏平殇和方-夏梦离这种优秀的人，也有很多乌合之众。贵族子女多少都有些臭毛病，况且模拟战只是一个科目，大多数人并不想成为军官，也就不会下苦功夫。所以在战场上有毫无合作精神喜欢单干的，有一打输就推卸责任指责队友的，有老实厚道但水平奇差的，有水平凑合但自许天才的，甚至有惯于花钱买通对手演戏的，等等，种类之多不计其数。

再看眼下这支第六星的小队，虽然水平还欠火候，配合也说不上专业，但每个人都积极认真，对通过初试有着毫不动摇的信念。所以跟他们一起练习，路予悲也并不觉得无聊。

转眼便到了考核的当天，考核的时间是下午16点。上午的常规训练结束后，艾洛丝提醒路予悲："别忘了，下午正式考核时用的是零重力舱，顶级的那种，对手是五名真人考官，不是智能敌人。"

"嗯，我记得。"

"考生不能使用智心副官，所以别戴希儿。"

"很合理，戴了希儿的话，你们四个都不用上场，我也能赢。"路予悲打趣地说，"对不对，希儿？"

"听您这样说，我很荣幸。"希儿的声音一如既往的甜蜜。

"赞美群星。"艾洛丝依然掩饰不住声音里的紧张。

"如果能考进军院，有智心副官的学员会得到一些优待。"卡卡库解释道，"军队里也没配备多少智心副官，这是稀缺资源，或者说是一种武器。拥有智心副官的学员，军队都要哄着，生怕他退出。唉，有钱真好啊！"

索兰说道:"对了,你曾说,你惯用零重力舱。我们的封闭舱,不能发挥实力,一会儿就能见识你的真实水平了。"

"放心吧。"路予悲放松地说,"零重力舱的操作对我来说已经是肌肉记忆了,这辈子想忘都忘不掉。但是我一直搞不懂,你们为什么要用封闭舱训练?就算买不起零重力舱,租五台总可以吧?对考核时的发挥有质的提升啊!"

卡卡库耸耸肩,答道:"不是贵不贵的问题,而是根本租不到。你想,哪有游戏室会花比封闭舱高一百倍的价钱去买零重力舱,怎么收费也回不了本嘛。而且,说实话,嘿嘿,我们家里也不大买得起哩。"

"哦。"路予悲淡淡地说。

"不好笑吗?"卡卡库似乎不太甘心,"我刚才说的可是个笑话呢,你可太没幽默感了。"

"哪句?家里不大买得起?"路予悲知道这个凡星人的见识少和穷酸病又犯了,而且尚不自知,还以此为幽默,"梦离……咳,我原来有个队友,她家里出钱,在学校附近建了个练习室,买了六台零重力舱放在里面,专门给我们小队练习用,其中一台是备用的。"

四名队友都沉默了,他们这辈子还没摸过零重力舱。

"你说的可是真的?"连艾洛丝都露出羡慕的神色,"那得花多少钱啊。你们地星人都是富豪对吗?都买得起智心副官和零重力舱,对吗?"

"还买得起卡兰德的表!"卡卡库激动地重复了一遍之前说过的话,"这可是真正的凡星工艺,连我们凡星人都买不起的凡星工艺!"

"不,梦离是个特例,她家……嗯,确实有钱。"他说着说着,突然再次意识到方-夏家族富可敌国,梦离要嫁给自己,家里一定会反对吧。

"梦离?"索兰突然开口了,他正用自己的微机看地星新闻,"你说的梦离,可是这位新娘子?方-夏梦离。"

新娘子?路予悲脑子里轰的一声巨响,眼前一阵发黑:梦离结婚了?不可能!跟谁?他迈开僵硬的双腿,走过去看索兰的光子屏。

硕大的一幅动态全息影像映入眼帘,方-夏梦离身着绝美白纱,挽着一个年轻男子,朝画面外挥手、微笑。那男子是……墨渊龙?他们最后一场对战的敌人——墨家的二少爷。

墨渊龙,娶了梦离?

离开梦离之后的这十几天来,路予悲每个夜晚都在思念与自责之间痛苦地挣扎,入睡变得困难。他反复提醒自己,是他抛弃了梦离,深深地伤害了她。但另一个声音又在说,他也是不得已的,是父亲有危险,才让他和妹妹来第六星避难。他会回去的,会用一生的爱去好好补偿梦离的!

但无论如何,他也知道几年内都不可能再见到梦离,所以强迫自己把这份思念和自责埋进心底最深处。他还有一个妹妹要照顾,还有不知何时才能团聚的父亲。于是他在心中筑起一座堡垒,像爸爸说的那样上了锁,里面存放着和方-夏梦离有关的一切,以及自己那千疮百孔的感情。

但是现在,身裹白纱的方-夏梦离,美得令人心碎。她犹如一只网中的白鸳鸟,又似戴着镣铐的天使,仅仅用了一个微笑,就把路予悲辛苦建造的堡垒轻易碾得粉碎。那些被他刻意雪藏的美好记忆,那些共度的快乐时光,无一不在狠狠地撕开他的伤疤,大声嘲笑他的无能。在那个紫色的夜晚,路予悲离开金色的方-夏庄园,梦离站在大门口的微光下,默默看着他离开。那个富含深意的微笑,欲言又止的神情,和现在这张全息影像里的笑容竟重合在了一起。

那是多么孤独的笑容,眼神里饱含柔情,眉间与唇边却只有悲伤。

希儿突然说道:"主人,予恕小姐要跟您说话。"

路予悲维持着麻木的表情,微微点了下头,希儿接通了语音。

"大蠢蛋。"妹妹的声音意外的平静。

"你知道了。"路予悲不是在提问,只是陈述一个事实,"而且你知道我刚刚知道。哦,你悄悄给希儿下了命令,一旦我知道了,她就会通知你,对不对?"

"咦?"路予恕很惊讶,哥哥突然变得聪明是一回事,更让她没想到的是,受到这样打击的路予悲反而比平时更冷静。

"你以为我会怎么样。"他的语气毫无波澜,像是在说梦话,"大哭一场,甚至跑到太空港,要回去找她?"

路予恕没说话,她确实想到过这些可能。

艾洛丝他们也大概猜到了路予悲和这位新娘子的关系,都静静地看着他。

路予悲感受着自己如常的心跳。原来人在这样的时刻,反而是哭不出来的。

"不会的。过去的事都结束了。"没有人知道这句话有多难说出口,而他还是说出来了,像是吐出一缕灵魂。

他突然想起多年前父亲和他的一段对话。那天他输了一场模拟战，在家里大发脾气，甚至把希儿摔在了地上。

父亲狠狠地批评了他半个小时，而在最后却摸了摸他的头，说道："每个男孩都有成为男人的一瞬间，就像跨过了一条小溪。我希望你早点跨过去，又不希望。"

"为什么？"

"因为那不会是什么愉快的经历。"

男孩好奇地问："那到底是什么？我觉得我已经跨过很多小溪了，怎么知道哪条是您说的？"

"你会知道的。"路高阙把希儿戴回儿子耳朵上，"等你跨过了那一条，你就会知道的。"

回想起那番话，路予悲感觉到一道泪水流进喉咙。他对妹妹说："好了，我要准备去考核了，等我好消息吧。"

"我差点忘了，你一打起模拟战就会把别的都忘了。"

"哈哈，没错。"他强迫自己笑了笑。

下午16点整，艾洛丝小队进入考核会场。路予悲本来以为自己多少会有些紧张，结果却出奇的镇静。只是心里一直有一抹苦涩的滋味，像半杯消化不掉的咖啡。

先是一个小时的笔试，正如艾洛丝他们所说，试题并不难，以路予悲在恒国积累的知识功底可以轻松考过。最后的三道大题是模拟战分析题，对他来说更是小菜一碟。

之后就是重头戏，模拟战考核。对手是五名考官，同时还有三名主考官在场外观战，将由他们决定五名考生是否通过。理论上考生只要表现合格，就算队伍输掉比赛，也可以有某几个人通过考核。但如果队友太拖后腿，可能原本能通过的考生还没来得及表现，比赛就结束了。

再次坐进零重力真空舱,路予悲的心潮开始翻涌。零重力的操控感很熟悉,驾驶服和头盔都是陌生的触感,面前的电子屏和操作界面也有许多差别,但足以把路予悲带回那个回不去的训练室,回不去的小队。老夏、梦离、果子、大猫。今生还有机会和你们并肩作战吗?在我驰骋战场、冲锋陷阵的时候,还会有你们在我身后默默的支持吗?就算我能消灭每一个敌人,赢下每一场战斗,却再也不能和你们一起欢呼,又有什么意义呢?我竟来不及好好地感谢你们,不曾热烈地拥抱你们,甚至还经常朝你们发泄怨气,是我没有珍惜,我现在知道错了,朋友们,你们愿意原谅我吗?

比赛开始后,艾洛丝小队布开阵型。除路予悲外的四个人都是第一次进入零重力舱,需要快速适应环境,这不是件简单的事。所以考官也会贴心地给他们一些时间,交手时也只会拿出合理的实力。

路予悲平复了心情,又等了一会儿,不见考官那边发动进攻,已经猜到了其中原因。15分钟后,休派出的探测舰发现考官舰队几乎留在初始位置没动。

"前锋官,刺杀官,发动进攻。"艾洛丝下令,"数据官辅助护卫官排布水雷。"

"是。"小队成员齐声回答。

路予悲早在开战之前已经跟考官询问过,考核模拟战的影像会对校内学员开放,以保证考核结果公开透明,但是队内的语音交流则不会保留。他突然想调皮一下,让考官们见识见识自己的实力,但又不让校内学员发现。

他一边操纵前锋舰群向前推进,一边留神观察每位队友的操作。他打了五年多模拟战,除了前锋官,另外四个职位也都尝试过,确定都能胜任之后,就专心磨炼前锋官的技艺了。此时他虽然身处前锋舰,但压力不大的时候尝试兼顾司令官的视野,很多细节前所未有地清晰起来。

很快,对方的前锋舰群和他稍作接触便绕开,似乎要采用直冲旗舰三角阵的策略。艾洛丝的应对是让路予悲回防,只剩刺杀官索兰孤军深入。

很正确的判断。路予悲暗想:这样能尽量拖延战斗的时间,给全队尽量多的表现空间。如果是以前的自己,一定大呼小叫地让老夏他们自己挺住,他则直接去干掉对方旗舰。想到那些日子,他不由得苦笑。

咦?我不是一打模拟战就什么都忘了吗,怎么现在还会想到那些有的没的?路予悲发现自己经过这几周的洗礼,似乎和以前不一样了,但他不知道这是好事还是坏事。

10分钟后,大战在艾洛丝的旗舰附近爆发,路予悲很快便摸清了前锋考官的实力,或者说是考官拿出的实力。他也维持着和对方同等的实力,藏好自己的本舰,不慌不忙地观察队友的情况。

艾洛丝比他想象得还能干,把阵型安排的井井有条。休有些手忙脚乱,卡卡库发挥也不好,似乎还没能适应无重力环境。

观战的三位主考官也在和路予悲做同样的事情,得出的结论相差无几。

"不错的队伍。"一号考官说,"听说是在游戏中心训练的,有这样的水平不容易。"

二号考官是位比较严格的天罗女人:"那也不能特殊对待,目前的表现还不足够,需要再观察。"

"司令官我觉得可以了。"三号考官是位凡星人,"她已经做出了十几次正确判断,刚才的主炮差点拿下刺杀官,相当漂亮。"

"同意。"一号考官说。

二号考官又盯着艾洛丝的操作视角看了一会儿,也点了头:"同意,司令官通过。"

随即,另一个声音在小队通信频道响起:"艾洛丝,你的表现很好,很可能已经通过考核了。"

什么?三个主考官同时一惊,听出那个声音来自场内的前锋官考生路予悲。

"检查一下线路。"三号考官说,"我们的声音怎么会传进考场里?这可是从来没出现过的问题。"

技术人员马上给出回应:"报告长官,各位的声音绝对不可能传进考场。"

三个考官面面相觑,也就是说,路予悲是在观察了队友的操作之后,得出了和考官一样的结论,时间都相差无几,这怎么可能?

"碰巧的吧,别走神。"一号考官说,"这个前锋官虽然不错,但也只有控四舰的水平,在合格线上下徘徊。格里娜,你怎么看?"

二号考官天罗人格里娜早就在重点观察路予悲,此时又默默地注视了一会儿,才说:"他这控四舰,恐怕不是简单的控四舰。"

"那是什么?"

"是'我只让自己控四舰就够了'的控四舰。"

"你想太多了,哪有这样的考生?"三号考官笑道,"这可是入学考核,是决定他们命运的关键时刻,他还在优哉游哉地隐藏实力?"

三名考官说了几句之后,再度集中精神观察战场。路予悲剩余的前锋舰始终保持在比考官一方多一艘,每当护卫官休压力过大时,他就分出两艘舰去帮忙。数据官卡卡库忙得焦头烂额,却始终不得要领。索兰的刺杀舰表现不俗,已经消灭了四艘护卫舰,但自己的影舰也被击毁。

"干得漂亮,索兰。"路予悲由衷地称赞,"你应该也通过了。有机会刺杀旗舰的话先别下手,卡卡库和休还没通过。"

"又被他猜中了。"一号考核官说道,他们刚刚作出索兰通过考核的决定,"奇怪,他是怎么连我们的考核标准都猜中的?"

"碰巧的吧。啊,这个数据官太紧张了。"三号凡星考官说,"这样下去他可过不了。"

话音刚落,路予悲也在队聊频道说道:"卡卡库,别紧张,拿出你本来的实力,现在这样可通过不了考核。"

"啊?"卡卡库备受打击,声音里带着哭腔,"那怎么办?"

"你对零重力系统还不适应,所以心理压力也大了。"路予悲用尽量温柔而坚定的语气说,"首先你要相信我们能赢。深呼吸,放松一点,我很清楚你的实力不只如此,让考官们也见识见识吧。"

"我……我试试。"卡卡库果然做了个深呼吸,"我出了好多汗,在我眼前飘呢。"

"你右手第三排第二个按钮是换气除湿模式。"

"哇,真的!"卡卡库精神一振,"好,我觉得好多了。"

接下来的几分钟,考官们也看出卡卡库的状态有所好转,计算速度明显提高,数据精确度也保持稳定,一次次把优先击破路径和回避概率传送给护卫官,休的状况也得到了缓解。

"恒国人会用'裁判下场'形容不公平的比赛。"一号考官说,"这家伙是正相反,选手兼任裁判?"

"大局观确实很好。"三号考官承认,"但如果他一直维持这个水平……"

二号考官格里娜面无表情地说:"他也明白这一点,看,开始发力了。"

"很好,卡卡库,你也应该通过考核了。别兴奋,保持住这个水平。"路予悲说道,"休,你应该也通过了。我们准备收工。"

三名主考官默然无语,确实如路予悲所说,卡卡库和休都刚刚通过了及格线。连续四次准确判断,谁也不能说是巧合了。

路予悲稍微提高手速,但又没有提高太多。10分钟后,对方前锋舰被全部歼灭,而他还剩五艘舰,战局也基本分出了胜负。普普通通的一场比赛,没听队内通信的人一定这样以为。

"怎么样?"他像是在自言自语。三位考官却都明白他没说出的下半句:考官们,我这样就算通过了吧?

"从表现分的角度来说,他毫无疑问地通过了。"三号考官说,"但从个人角度,我不喜欢这家伙,太狂妄了。"

"表现分通过,就是通过。"一号考官做出评判,"格里娜,你怎么看?这个路予悲很可能会是你的学生。"

军事学院前锋官教官格里娜露出罕见的微笑,头顶的发羽微微颤动:"可知道,他是我见过的最强的考生,说不定将来也会成为最强的学员。"

战斗结束后,路予悲静坐在舱内。很遗憾,整场战斗中他都没有忘记梦离嫁人的事实,这不像之前一开打就什么都不管不顾的他。胜利的喜悦也没能冲淡他心里的伤感,但他眼前似乎出现一丝光芒。那不是希望的光芒，更与成功和胜利无关——是一种未知的光芒。通常情况下，未知是常态，是每时每刻都驻留在他心里，不会呈现光芒的。但在那个时刻，在他的心被梦离结婚的打击和考核通过的喜悦夹击之下，在他感受到绝望和希望的麻木的间隙，竟恍然引入了一丝未知的光芒。那是一种让他感到安心的未知，让他慢慢相信，无论未来怎样变迁，无论还有多少痛苦在前方等待，他都能走下去，甚至是拥抱那无尽永恒。

12

　　第六星星卫军太空军军官学院（简称太空军院），一百多年来一直在向太空军输送优秀人才。学院坐落于首都诺林市的郊区，深入群山环抱之中。占地面积甚广，足能容纳上万人，但实际上，学员、教官和后勤人员加起来人数还不足一千。按照校规，学员大部分时间要住在学院内。宿舍十分充裕，足够每人独占一套，卧室、客厅、厨房和卫生间一应俱全。各星族的特殊风格都有，每位学员可以自由选择。学员每周上五天课，周末两天可以自由活动，但离校必须申报。有一部分家在诺林市的学员周末可以回家，但大部分学员来自第六星其他市镇，只有长假才会回家。

　　第一个周末，路予悲毫不犹豫地回了廉施君借给他们的新家。进了家门冲进房间就倒在床上，一动也不想动。

　　"学院的生活怎么样，爽吗？"和往常一样，路予恕没敲门就闯了进来。她今天穿了一件凡星款式的白色工装，领口和袖口都有金属装饰，既精神又文雅。

　　路予悲就不那么精神了，更跟文雅不沾边。他四肢摊开躺在床上,双眼无神地盯着天花板,似乎连说话的力气都没有。

"很累?"路予恕坐在他床边,尽量不让自己声音里表现出关心,"累就对了,你脑子里的蠢想法太多,只有耗尽你的力气,才能让你少做蠢事,比如大晚上的不睡觉,想着方-夏梦离,做一些可耻的事。"

路予悲的脸一下子就红了,用仅剩的力气咬牙说道:"小魔头,下流……"

"下流的是你,还怕我说?既然这么累,还回来干吗?"路予恕打断了他的抱怨,明知故问地说,"周末老是往家跑,小心被队友看不起,觉得你太恋家。不过也难怪,家里有这么可爱的妹妹,任谁都会恋家的。"

"别自恋了,小魔头。"路予悲从牙缝里挤出几个字。不过路予恕也没有说错,他回家的最大原因确实是放心不下妹妹。

"那个叫克萨的家伙怎么样?"路予悲刚才见到克萨在楼下的客厅里悠哉地边喝凡星咸咖啡边看书。

路予恕说道:"挺可靠的。我们都认为陪审团暂时不会再轻举妄动了。"

"为什么?"

"你还不知道吧,因为那次的事,整个诺林市的预警级别都提高了。现在很多地方要做身份验证,而且警方会突击排查可疑分子。"

"哦。"路予悲呼了口气,感觉放心了不少,"伊弥塔尔和星际警局呢?"

"克萨说,初奶奶用她的人脉暂时压下去了。"路予恕神往地说,"知道吗,那位老太太比我们想象得更了不起,能跟国防部长说上话。国防部长是抗恒派，跟星统会关系密切。但财政部长和情报部长是亲恒派，情报部长是星际警局的上司。上次星际警局吃了亏，初奶奶就趁机通过国防部长向他们施压……喂，你在听吗？"

路予悲的眼睛都闭上了，这时候猛地睁开："哦哦，国防部长。好吧，没事就行。"

"所以你还是担心自己吧，别太快被学院劝退了，那样的话连我都要跟着丢脸，以后在这个星球都不好混了。谁让我跟你名字这么像，人家一看都知道我是你妹妹。唉，名字是爸爸起的，我要改个名字的话他会不会生气？改跟妈妈姓吧，沐予恕也挺好听的。或者还是你去改吧，我名声在外，不太方便……"

"闭嘴，小魔头！"路予悲实在听不下去了，从床上弹了起来，紧接着又倒了下去，发出一声痛苦的呻吟。

"你才该闭嘴，克萨听到了会以为我在虐待你。"路予恕打量了一下哥哥被晒得发黑的胳膊，"他们把你折腾得不轻啊？"

路予悲实在不愿回忆起这一周的经历。

刚刚入学的十支小队共五十名新生，等待他们的是三个月的新兵训练。所谓新兵训练和噩梦是同义词，训练场和人间地狱是同义词。变态的体能训练简直是往死里折磨人，教官刻薄的责骂更是比路予恕的嘲讽还让他难以容忍。每晚躺在床上时，路予悲都难以想象在全身都痛的情况下怎么可能睡得着，但没过几秒就失去了意识。

据他观察，每个学员都撑得很辛苦，就算是芒格人和摩明人这种体格强壮、耐力奇高的星族，也耐不住教官"因材施教"给的"额外补贴",经常多跑二十圈或者多打三场实战训练。

说到实战训练,路予悲怎么也想不明白,最近二百多年来,星际战争是最主要的战争形式,军官和士兵都是驾驶各种战舰在宇宙中厮杀。在这种战斗体系下,近身格斗术到底还有什么意义,用得着费这么大力气训练吗?

"所以你认为,我让你们做这种训练,就是单纯地为了折磨你们,是不是?"教官鲍里斯中士以反问的方式回答路予悲的问题。路予悲竟鬼使神差地微微点了点头,紧接着马上摇头,但是已经晚了。

鲍里斯中士先用粗暴的吼声回应路予悲:"愚蠢的问题,蠢到我都不想回答!但听说你是个新来的,恐怕恒国的教育程度就是这个样子。"周围响起了干笑声,初耀云的笑声最大。

"听好了,除了太空战,空间降落战和登陆战也是战争的重要组成部分,还有陆战和海战,以及潜入战和据点战,难道你们指望别的军种代替你们来打这些仗?在这些战斗中,双方都会使用巨型军用粒子护盾和波雾,只有近身格斗才是最可靠的杀敌手段。可靠,明白吗?等你上了真正的战场,就会感谢我教过你三个月了,或者是怪我只教了三个月。以你的情况看来,第二种可能性比较高。然后你会号叫着死去,而我还会在这里若无其事地教新兵蛋子。我说的不仅是他,你们这些臭水蝇都听到没有!"

"听到了,长官!"三十名男生一齐回答。

"还有,体能训练和格斗训练是为了让你们成为真正的军人,而不是柔弱的小草。你们可能会在真空舱里高强度战斗56小时,甚至84小时。或者漂流在宇宙里等待救援,一漂就是140小时。这些都是实际出现过的案例。到时候你们有没有强健的体魄，有没有幻石般的意志，就是生与死的差别了。你们这些象趾蛆明白了吗！"

"明白了，长官！"

"很好，都去跑五圈，边跑边思考。路予悲，你跑十圈！"

不，他就是单纯地想折磨我们。那天剩下的时间里，路予悲一直在脑子里强化这个结论。

所以一周之后，面对妹妹的冷嘲热讽，路予悲在心里掂量了一下，是路予恕更讨厌，还是鲍里斯中士更讨厌。最后还是妹妹获胜了，毕竟她在路予悲心里有十几年的讨厌底蕴。

但第二周之后，鲍里斯中士就成功逆袭，成为路予悲最讨厌的人。

训练时，五十名新兵男女分开，由不同教官指导。路予悲很快记住了三十名男生的星族和名字，每个人的表现各不相同，跟星族有很大关系。天罗人和芒格人的体型虽然比地星人小，但肌肉结实，动作迅猛，攻击有如狂风骤雨，异常强悍。路予悲就没少在索兰手下吃苦头，挨他一爪就像被一辆小车撞到的感觉，这还幸亏他戴着爪套，否则路予悲可能已经死了很多次了。文化课表现最突出的是凡星人，他们求知欲旺盛，对语言和数字都十分敏感。卡卡库甚至能用简单的幻星语和艾洛丝交谈。幻星人则都是好脾气，从不与教官争吵，即使被整得一样惨，也不和其他学员一起私下辱骂、诅咒教官。

而地星人……地星人是最不团结的。五十个学员中，地星人有十四个，是人数最多的星族。但他们一开始就互相看不惯，很快便分裂成了几个小团体。

总之，路予悲在地星新生里没交到什么朋友，反而从一开始就树立了不少敌人。特别是初耀云，这个男生对路予悲的敌意表现得太明显，几乎人尽皆知。理由也很简单，他就是路予悲在"唐"的前锋挑战赛里击败的初少。从那时起初耀云就对他记恨在心。他的格斗水平和体能都比路予悲强很多，所以在训练场上经常把路予悲揍得很惨。而且他还长得很帅气，几个地星女生经常悄悄谈论他。

"你这种地星的逃兵，根本不配来这儿。"在某次教训了路予悲之后，初耀云抛下这样一句话。路予悲被彻底激怒，不顾一切地冲上去，一个头槌正好撞在初耀云的下巴上，把他撞了个跟头，接着两人在地上扭打起来。

鲍里斯中士拉开两人的时候，路予悲已经被揍得很惨，鲍里斯等于救了他。

"你的直拳，打得不好。"事后索兰对路予悲说，"肩膀力量尚可，背部则没发力。"

路予悲揉着脸上的瘀青，瞪了他一眼："你说得这么专业，怎么没上来帮我打？"

索兰略带不屑地看着他："二对一太卑劣，人数对等是基本道义。我盯着他们的芒格人，他动手，我才动手。不过芒格人不至于那样堕落，凡星人倒有可能。"

休也不客气地点出："初耀云比你强得多，刚才他如果动真格的，你现在已经去找校医了。"

"你们到底是我的队友，还是初耀云的？"路予悲摇摇头，"没义气。"

艾洛丝用责备的眼光看着三个男人，拿出队长的口吻说道："训练就是训练，应该点到为止，怎么会变成打架了呢？和平才是最终极的目标,这是宇宙的真理,可明白?"

路予悲有些错愕地反问:"那你为什么要入伍,军人不就是要打仗吗?"

"你天真得像个孩子。"艾洛丝耐心地解释,"打仗只是维护和平的手段之一。"

"那如果上级命令我们去破坏和平,挑起战争呢?"

艾洛丝沉默了一会儿,回答:"有些星球可能会这样,新星不会。"

对于这起小小的打架事件,鲍里斯中士给两人的处罚很简单,第二天的训练量加倍。这一招的确狠,晚上解散之后,路予悲和初耀云又多花了三个小时才完成所有训练。回宿舍的时候路予悲几乎连路都走不了,幸亏艾洛丝和索兰还在训练场外等他。索兰一言不发,用有力的翅膀架起路予悲一条胳膊,他没有反抗,但是拒绝了另一侧的艾洛丝。

"好吧,你们还是讲义气的。"路予悲对索兰说。

同时路予悲注意到,有个女孩子来接初耀云,但他很倔强,坚持自己走。那女孩和初耀云一样有着栗色头发。她回头看了路予悲一眼,那冰冷的眼神一下就让路予悲回想起,那天在"唐"赢得了挑战赛之后,就是这个女孩在三楼冷冷地盯着他。现在她整张脸都浸在黑暗中,整个人更显得冷酷。

艾洛丝也看到了,悄悄向路予恕解释道:"那是他们队的司令官,初暮雪,初耀云的双胞胎姐姐。你要小心一点,我们女生区没有人敢惹她。大家都说,跟她弟弟相比,她才是真正的危险人物。"一直到很多年以后,路予悲都记得艾洛丝这句评价,而且承认她说得没错。

经过一个月的新兵训练，路予悲虽然受了不少伤，但也强壮了许多。但是鲍里斯中士安排的体能训练也一直在增加，他的差脾气和恶毒的言语则更让路予悲不断刷新恨意。另外，第六星一昼夜比地星长四个小时这件事也完全不是享受，反而成了麻烦。最初的几天，路予悲还觉得新奇，每天多出四个小时，让他产生一种额外的充实感。但是他的身体毕竟早已适应了24小时一天的生物钟，现在突然变成28小时，睡眠的时间却很难轻易延长，总是天还没亮就醒来。这就等于每天要额外训练四个小时，而休息不足，时间长了自然吃不消。

比这些更让他沮丧的是，他深刻地意识到自己格斗水平的不足。在这届新生里，他能打赢的对手寥寥无几，而且几乎全部是凡星人。所以第四个周末他没有回家，而是悄悄请求索兰陪他进行格斗特训，索兰也欣然同意。

太空军院地域广阔，分成多个区域。新兵区就有三座巨大的幻星风格训练楼，训练室多如繁星，大多一直空着。于是路予悲和索兰挑了一间宽敞通风的训练室，干净整洁，护具等训练用品也齐备，地板的硬度可以调节，天花板离地面有六米以上，足够让索兰尽情飞翔。

路予悲一直惊讶于天罗人的实战方式，他们不仅能像鸟类那样高速飞行，还能做出各种匪夷所思的动作，例如在空中短暂地急停一下，然后再迅速起动。而对付路予悲这种菜鸟，索兰甚至不需要飞起来，只靠两只脚爪的踢击就足以让路予悲无法招架。吃了几脚之后，路予悲发现，索兰在出腿的同时，两翼会微微向后一振，借此产生反作用力来强化速度和力量。他们对两翼的每一块肌肉都能灵活掌控，似乎天生就是格斗专家。

一顿饭的时间之后，路予悲坐在地上大口喘气，即使穿着护具，身上还是多了不少瘀青，索兰则几乎毫发无伤。

"拳速慢，步法不对。"索兰先点出他的缺点，"但你资质好，只未加磨炼。地星无格斗课？"

路予悲揉了揉脚面上踢肿的地方，有些尴尬地说："我们的运动课只练练跑和跳，还有打重力球，我打得倒是挺好的。"

"贵族运动。"索兰摇摇头，"我们玩不起，只看职业比赛。"

"无影球呢？"

"也不玩。"

"那你们从小就一直练打架？"

"无序为打架。"索兰正色道，"有序为格斗，可要分清楚。天罗人四岁开始训练，父母教，同龄孩子一起练习。"

"听起来跟我们小时候打架也差不多……好好好，你们不是打架，是格斗。"路予悲舔了舔指关节磨破的伤口。

索兰盯着自己翅膀末梢尖尖的指羽，若有所思地说："可知道，在我天芒星，天罗人，芒格人，生来就要与环境战斗。天芒星有猛兽，恒语称为剑齿象，还有恐猿、孪蛇、鬼齿鱼，和数不清的毒虫。"

"恐猿？是一种猴子吗？"

"非常敏捷，爪子比我们锋利，还有尖牙。数量多，更可怕，会协同捕猎。"

"那也只不过是一群猴子。"

"不是猴子，是恐猿。可知道，他们的智商很高，几万年后，可能成为智慧文明。"

"那现在也只是动物。"路予悲大惑不解,"你们没有枪吗?还有激光和导弹,怎么还没征服自然?"

"征服自然?"索兰提高了音量,"自然本就不该被征服!枪和激光乃'邪火',只可对付入侵者。地凡侵略时,天罗、芒格首次团结,幻星人授予邪火技艺,助我退敌。而与猛兽战斗是天道,只可循古道,不可用邪火。滥用邪火将破坏生态,有悖道义。"

"什么道义?"

"平等与平衡。天莱大神在上,其下生灵皆平等。剑齿象和恐猿,都是生灵。它们强壮、凶残,我们有智慧、更团结,所以我们用刃爪和弩箭足以与之对抗,捕猎为食。它们不至灭绝,甚至数量不减,天芒星得以保持平衡。若用邪火,则是屠杀,平等不存,平衡崩溃,最终双方都会灭绝。"

路予悲听得瞠目结舌:"我们地星人把野兽驯得服服帖帖,也没怎么样啊。"

"你错了,地星人。"索兰的语气稍微加重了点,"你们用邪火征服自然,灭绝一部分动物,圈养另一部分。但屠戮越高效,手段越残忍,生物成了奴隶,平衡不复存在。而邪火不息,必同族相残。你们不择手段屠戮野兽,自己也必将变成野兽,最终将自灭。且记,此乃滥用邪火的后果,也是自然的复仇。"

路予悲努力地理解他奇怪的用词和断句,几乎要跟不上他的思路:"所以你们宁可冒着生命危险和野兽战斗,就为了不变成野兽?"

"生命危险?不会。我族战斗水平极高,极少被野兽杀害。但是用枪炮杀害野兽,依然是重罪。我们愿和它们共存,而非奴役。"

路予悲惊道:"那你们不吃肉吗?"

"吃。在野外猎杀，或自然放牧，绝不能只为吃肉而繁育。你们地星人，把动物关进栏笼，窄小不足转身，更不能跑跳，或圈养二天就宰来吃，或强行交配繁殖。此等行为违背自然之道，我族深恶痛绝。"

"都是杀来吃，猎杀和养殖有什么区别？"

"平等共处，与压迫奴役的区别。等你明白我们的道义，明白了生灵平等，你就懂了。"

路予悲还是有一肚子疑问，这种道义听起来有点儿像地星的"人与动物平权主义"，但又有很大不同。但他想起星元统合会的盟语中有一句"星元统合，万灵共生"似乎有相似之处。

"现在你可知道，我们为何从四岁开始训练？即使来了新星，安全舒适，我族也需磨炼自己。"索兰突然想起了什么，"下个月，我不再跟你们一起。"

"为什么？"

"我是天罗人，刺杀官，有另一种刺杀之路。"他有些骄傲地说。

路予悲毫不知情："为什么，你们天罗人有专门的刺杀舰？"

"聪明，很接近了。"索兰咧嘴笑了一下，"以身体为刺杀舰，唤作卡罗卡亚，恒语为'黑翼'。"

路予悲用了好一会儿去消化这句话，配合索兰刚才说的，用身体和冷兵器与野兽战斗才符合他们的道义，他隐约猜到了一点。

索兰继续说："天芒星独特矿质'莱耶'，恒语为'黑鳞酯'，黑色，黏稠。太阳神天莱的馈赠，无法人工制造，非常稀缺。稀释后饮用，可令我辈翱翔于太空。"

"飞进太空？"

"不能从地表,力量不够。可在太空离舰,战斗几十个小时。天莱在上,黑鳞酯让我们无须呼吸,也不惧怕气压差,皮肤坚硬,体能倍增。"

"这么厉害?我都想试试了。"路予悲的语气里有七分惊讶,三分怀疑,如果不是了解索兰不爱开玩笑的性格,他肯定一个字都不会信。

"很遗憾,你们不可。只有天罗人可以,芒格人也可,但他们不会飞,只能提升力量,或长时潜海。其他星族都不可,莱耶有毒,喝下即死亡。"

"为什么?"路予悲失望地问。

"因为你们不懂道义,不尊重生命。天莱大神不予馈赠。"

这不科学啊。路予悲没说出口。他很难想象天罗人可以凭肉身在宇宙的真空里战斗:"对了,宇宙里没有空气,翅膀不就没用了,还怎么飞?"

"聪明,黑翼需要动力装置,还有专用武器。"

"什么武器?"路予悲也正想问,"要想击毁战舰,只靠你们的身体不够吧。"

"不够,要用'纳茹',恒语为'蓝锂石'。稀有矿石,撞击金属产生高温,令金属轻微形变。制成武器,可令战舰瘫痪,但不伤性命,符合天罗道义。我将接受莱耶和纳茹试炼,成为黑翼。"

"还有这样的刺杀官。"路予悲闻所未闻,既觉得很酷,又无法想象,"每个天罗人刺杀官都这样吗?"

"并非。也可选择刺杀舰,不做黑翼。以身体为利刃,付出的代价,比你想象中大。"他制止了想继续追问的路予悲,"很复杂,以后再讲。"

路予悲点点头，沉吟了一会儿又开口道："我还以为你们只是外表跟我不同，没想到……有这么大的差别。"

"正常，每个星族都有，其他星族不理解。"索兰说，"幻星人也是，你可知道他们的爱情？"

"不知道，有什么特别？"

"去问艾洛丝，我不是老师。"索兰活动了一下四肢，"休息好了？继续训练。记得步法，全速出拳，再练一千次。"

当天的训练结束后，路予悲的手也磨破了好几处，两条胳膊都几乎废掉了。但是他能感觉到自己的提升，就像一把剑知道自己正在越磨越利。

晚上，艾洛丝组织小队一起吃晚饭，因为索兰下周就要暂时离队了，这顿饭算是给他送行。路予恕第一次在学院过周末，这才知道原来学院旁边有一大片商业区，平时只有学院的工作人员去采购商品，但一到周末，几乎所有留在学院的学生倾巢而出，小队聚餐、情侣约会、兄弟狂欢，整片街区就像塞满小孩子的游乐场一样热闹。

艾洛丝特地选了一家天芒星特色的餐厅，路予悲看着门口的巨型剑齿象招牌，犹豫着走了进去。

"象肉丸子是这里最出名的。"卡卡库看出了路予悲的疑惑，解释道，"丸子里塞有甜香草和紫辣椒，确实是美味。而且不贵，一碗只要四卡拉！"

直到真正吃进嘴里，路予悲才承认卡卡库说的没错。炸的焦黄的丸子外层酥脆，香气四溢。象肉极有弹性，香草和辣椒则巧妙地中和掉了象肉刺鼻的气味。索兰补充说，剑齿象肉是天芒星人最常吃的肉食之一。这种象的体形比地星的大象要小一圈，繁殖周期短且成长速度快,所以数量众多。天芒星人相信吃象肉能让他们更强壮有力,还不会增重影响飞翔。象肉唯一的缺点是肉质很硬,要先煮一天再捶打半天才能咬得动,再经过很多道工序才能得到最佳口感。索兰自己吃的丸子和路予悲他们吃的截然不同,不仅大了一圈,而且半生不熟,香料也少很多。天罗人尖锐的牙齿就连生象肉也能撕开,所以无须过度烹炸。

另一道菜是凉拌红角鸡肉碎,肉质清甜多汁,像是地星的甜虾。路予悲大为赞赏,又问索兰:"天罗人连鸡也不圈养,要去野外猎杀吗?"

索兰告诉他,天芒星人也有牧场,养红角鸡和沙牛——红角鸡像地星的兔子一样跳着走,沙牛则长得像摩多尔星的铁皮马——但是不用饲料,全部放养,产肉效率自然也比较低,价格也很昂贵。一小盘鸡肉的价格够买三大碗象肉丸子。

这里的酒也是天芒星运来的特产,天罗语叫"尤列",恒语译为"草芽酒"。酒呈琥珀色,闻起来有一股淡淡的青草味。艾洛丝给五个人都倒满酒,举杯预祝索兰特训成功。路予悲疑惑地看了一会儿酒杯,还是选择用地星饮料碰杯。

"队里能出一个黑翼,是我们的光荣。"艾洛丝诚恳地说。

卡卡库则似乎对这个话题没有多大兴趣,只是一个劲称赞美食:"这丸子如果配上地星的红芥末就更棒了!"

路予悲知道凡星人都天生热爱美食,但是他们的品味极其古怪,本土的饮食只有甜咸两种,连咖啡都要放盐。所以他们非常喜爱地星和幻星那些重辣的调味品。凡星不仅矿产和金属资源匮乏,连动植物的种类也是六星里最少的,饮食也自然比较单调——这也是他们向往外星资源的原因之一,甚至多次试图掠夺。

"你必须尝尝这个。"卡卡库端起那杯草芽酒递给路予悲。

路予悲已经被紫辣椒辣得说不出话,接过酒来喝了一大口,紧接着就后悔了,酒的味道又苦又辛辣,像是加了大蒜和红芥末的咖啡。而且刚一下肚,他就感觉到脸开始发热了。

卡卡库被他逗乐了:"哈哈哈,这酒够刺激吧,劲儿大得很,不过来得快去得也快。"

路予悲假装自己没事,但又吃了几口菜之后,实在忍不住,冲到卫生间狂呕不止。一个芒格人经过他身边,投以嫌弃的眼光,还好没有更多人看到他的丑态。

路予悲吐干净了,心想这下肚子空了,一会儿还得再吃两个丸子才行,酒是无论如何不想喝了。他站在走廊的窗边,看着窗外漆黑的夜空,脑子里突然挤进一个奇怪的想法:此生一定要去天芒星看一看,幻星也要去,凡星和摩多尔星可以晚点再说,但迟早也是要去的。这片宇宙如此让人好奇,有那么多新鲜的事物,曾经的我竟然全无兴趣。路予悲苦笑着摇了摇头。如果有个女人愿意陪我去游历这片宇宙,那该是多么浪漫的事。就像爸妈年轻时那样。

可惜梦离已经嫁人了,我大概再也无法爱上谁了。

新兵训练进入第二个月,天气变得更加炎热,训练量也在逐步加大,鲍里斯中士的面目也越来越可憎。

"路予悲,出列!"鲍里斯中士依旧特别爱找路予悲的麻烦。

路予悲乖乖向前跨出一大步。

"你是不是以为,你的格斗成绩好了一点,就可以傲慢了?"

"报告长官,我没有傲慢!"

"我听说你在背后骂我是猪头？"

所有学员都忍住笑，路予悲也没有出声。猪头鲍里斯这个外号早已传开，恐怕没有哪个男生没骂过。

"不否认？不错，还是条汉子。为这个，一会儿跑二十圈，系铅块，明白了吗？"

"明白了！"路予悲暗暗松了口气，二十圈负重跑对他来说已经不算什么严酷的惩罚。

但是鲍里斯中士的找碴儿还没结束："而且你还说过，如果是在太空模拟战里，你能打得我屁滚尿流？"

路予悲又不知道怎么回答了，他的原话并不是这么说的。当时是在餐厅里，有其他小队成员半调侃地慰问路予悲，因为鲍里斯对他的格外照顾早已是共识。路予悲当时说了一句："猪头也就在训练场上逞逞威风，要是到了太空模拟战里，嘿嘿……"

但是鲍里斯这时还加上了屁滚尿流之类的形容词，不知道是不是打小报告的人添油加醋，还是他为了找借口惩罚路予悲不惜自己骂自己。

"也不否认？不错，不错。"鲍里斯突然话锋一转，"我知道你很想打模拟战，对不对？别否认，你一定在心里抱怨，为什么我们做这么多讨厌的训练，而没有模拟战的训练？明明模拟战才是最重要的啊，打起仗来还不是要靠我这个前锋官的控舰能力，还不是要靠我王牌战神，对不对？"

路予恕本来直视前方，现在忍不住盯着鲍里斯中士看。他不得不承认，鲍里斯说出了他憋在心里一个多月的想法。

鲍里斯忽然挥了挥手："你归队吧。我今天给你们讲一段故事，全体坐下！"

"你们知道,五大行星开始打交道,也才不过最近三百年。战争则是过了很久才爆发。第一次星际大战,起因是凡星武力入侵天芒星,为了掠夺资源。没错,发动战争的人都该死!但我们已经决定不再清算过去,否则新星会一直内斗不休。说回第一次战争,后来幻星和地星加入进来,地-凡盟军对幻-天芒盟军的格局初步形成。后来摩多尔的加入更是一场悲剧。详细的历史,两个月后你们摆脱了我,有的是时间去学,我这里只讲一个小故事。"鲍里斯中士显然已经讲过很多遍这个故事,"说回战争一开始,凡星入侵天芒星。凡星太空舰队有压倒性的优势,因为天芒星那时根本没有太空舰队。按照你们的理解,这时候是不是胜负已分了?"

"不是有黑翼吗?"一位地星学员问道。

鲍里斯摇摇头:"当时天芒星人虽然已经会使用黑鳞酯武装和强化自己,但是只能在大气层内活动。所以面对凡星的太空舰队完全束手无策。"

所有学员都安静地听着,其中一部分早就知道接下来的发展,特别是天芒星的学员,脸上都带着骄傲。凡星人则都装出满不在乎的样子,包括卡卡库。

"初耀云,如果你是凡星军队司令的话,这个时候怎么打?"鲍里斯中士突然问道。

初耀云一脸不耐烦地说:"对方没有星际舰队,我会先占住近地轨道,然后用超远降临炮轰炸。"

"当时还没有降临炮。"

"那就派出对地舰队突入大气层,在地面建立基地,派出陆战车,地空配合轰炸城市。"

"没错，凡星人当时就是这么做的——只不过对地舰队火力远不如现在。但是天芒星太大了，两个原住星族都放弃了城市，开始游击战。凡星人不了解这里，误以为天芒星人都因为害怕而逃跑了，根本没有还手之力。于是他们放松了警惕，开始在天芒星建立据点。卡卡库，你觉得他们的补给能撑多久？"

卡卡库耸耸肩："撑不了多久，凡星人不会带着大量补给去打仗。他们更喜欢在当地补充物资，以战养战。"

"没错，他们试图在当地收集食材。这下好了，先给他们上了第一课的是白沙虫和孪蛇，然后是恐猿，这些我就不多说了。最后，天芒星人终于露面了。他们突然从森林和地穴里杀出来，仅凭羽翼和利爪，就消灭了一小半荷枪实弹的凡星军队。"

路予悲听得目瞪口呆，没想到自己的第一堂真正意义的历史战争课，居然是他最讨厌的老师教的，而且讲得十分精彩。

"蓝锂石。"某个小人学员小声说道。路予悲想起索兰之前说过的话，黑鳞酯和蓝锂石，是天芒星人赖以自保的两大武器。

鲍里斯中士摇摇头："他们只动用了很少量的蓝锂石，因为这种资源对天芒星人来说太宝贵了，对付星际战舰还算划算，对付飞机和战车可就亏大了，所以只有最关键的那些战斗机器被蓝锂石变成了废铁。黑鳞酯也是如此，强化过的天芒星战士不足千人，凡星人可是他们的几十倍之多，还有许多武器。天芒星人最终能打赢，还是归功于灵活的游击战术、强壮的体格和高明的格斗技巧。如果凡星人有他们的一半格斗水平，死伤也不至于那么惨重。这也是我要告诉你们的，太空舰队只能帮你们打赢一部分战争，有的硬仗还是要靠你们的肉体去打，而且你们的精神，也要通过格斗训练来打磨得坚实、锐利。你们从我这学到的东西，绝不是为了街头斗殴，而是为了在战争中活下去。好了，休息时间结束，全体起立！路予悲，去跑三十圈，系上铅块！"

"啊，不是二十圈吗？"

"我说三十圈就三十圈，快去！"

那天接下来的时间里，所有学员都训练得很卖力，就连一向懒散的凡星人，在格斗训练中都难得地专注起来。

这个宇宙里到底还有多少我不了解的东西？路予悲跑圈的时候一直忍不住在想。他突然很想再跟索兰好好谈谈，天罗人的道义像一个小火苗，在他心里顽强地燃烧，发出微弱的光亮。他想让这火苗燃烧得更旺，并不是为了改变自己，而是因为只有这样才能看清周围墙壁上神秘图案——名为天芒文明的宏大壁画。

但是索兰最近很少露面。他曾经说特训之外的时间还是可以和小队成员一起吃饭，一起自由活动，但是他现在完全淡出了队友的视线。艾洛丝和卡卡库都说瞥到过他，但是看他的样子既憔悴又虚弱，让人连凑过去慰问几句都不忍心。

"索兰明明那么强壮。"路予悲疑惑地问，"什么样的训练会让他变成这样？"

"黑鳞酯是有毒的。"休告诉他。

"我知道，但是对天罗人无害吧？"路予悲记得那种药剂，索兰说不仅要包裹全身，还要喝下去一部分。

"对天罗人也有害，只不过不会致死而已。"

"不会吧，那这不就是自残？"

卡卡库似乎不太想聊这个话题，沉默了好一会儿才说："我早跟他说过，那是疯狂的行为。不仅黑鳞酯有毒，蓝锂石的毒性更大，除了天罗人和芒格人，其他星族根本没法用。而那两个星族也要经受很长时间的……'试炼',才能耐受住那种毒性。喀,他们称之为试炼,其实你说的没错,根本就是自残。"

"注意你的态度。"艾洛丝警惕地看看四周。

"我又不傻,不会在天芒佬面前说的,他们都是死脑筋。"卡卡库似乎决心要吐槽个痛快,"在你们看来黑翼似乎都是伟大的英雄,但是如果让我说的话,那是疯子才会做的事。"

"你是凡星人,所以不喜欢天芒星人所谓的道义,对吗?"路予悲并没有责怪卡卡库,只是开始理解了一些事情。

卡卡库想了一下,摇摇头说:"就算不带星族立场,我也不能理解他们的思维模式。你想想看,明明可以有安全、高效、理智的做法,他们偏要选择冒险、浪费、愚蠢的那一边,在很多事情上是这样。比如他们坚持用冷兵器跟野兽战斗的事,你知道吧?你能说这是理智的做法吗?鲍里斯今天还没讲'三百黑翼'的故事,那简直是集体自杀。"

"三百黑翼是什么?听起来很酷啊。"路予悲问道。卡卡库只是摇头叹气,不再多说。

"这是信仰问题。"艾洛丝也无视了路予悲的问题,"信仰不同的人没法说服对方,但至少可以做到互相包容。"

卡卡库耸耸肩:"我要是不懂包容,就不会和他做队友了。倒是天芒佬,死脑筋、暴脾气、不懂变通,任何一点冒犯都包容不了。你这话应该去跟他们说。"

从艾洛丝的沉默里,路予悲知道卡卡库说的是实话。而且更让路予悲无奈的是,虽然卡卡库有各种各样的缺点,但凡星人其实是最接近地星人的,就像是地星人里很聪明狡猾又很自私贪婪的那一部分。但他们的精良工艺和契约精神又令人肃然起敬。

休突然说道:"退学考核怎么办?"

"退学考核?"路予悲用迷惑的眼神看着三人。

艾洛丝那双金色的大眼睛给了他一个责怪的眼神:"你没看新生手册吗?三个月的新兵训练之后,还会有一场最终考核。这次对手不是考核官了,而是十个小队两两一组进行比赛。"

"都比什么?"

"徒手格斗和太空模拟战,按最后的积分评胜负。"

"输了会怎么样?"

艾洛丝意味深长地看着路予悲:"输掉的五支队伍,每队至少开除一人。至于开除谁,有时候是自愿的,有时候由教官决定。甚至还有过全队都被开除的先例,所以大家才叫它退学考核。"

13

新兵训练的最后一个月,学员们终于可以开始期待已久的模拟战的训练了。每天的训练日程调整为:上午体能和格斗训练,下午每个小队可以自由选择格斗训练或者模拟战训练。因为模拟战是考核的关键,所以大部分小队自然选择下午进行模拟战训练。但鲍里斯中士又给了路予悲一次致命打击,要求他每天下午继续进行实战训练。

路予悲自然是气得牙根发痒。自从入学考核之后,他已经两个月没摸过控制台了,手痒难耐,做梦都经常梦到自己操控前锋舰群大杀四方。现在好不容易可以开始模拟战的训练,结果竟然被鲍里斯中士强行阻止。他甚至有点儿庆幸自己打不过鲍里斯,否则不知道会因为这份憎恨而干出什么来。

"报告长官!"路予悲什么都顾不得了,在其他学员解散后,他留在训练场,硬着头皮向鲍里斯提出异议,"我申请下午进行模拟战训练。"

"不行。"鲍里斯中士都懒得用正眼看他。

"还有一个月就要考核了,别的小队都在抓紧一切时间训练。"

"那又怎样？"

"如果我们不训练的话，比赛时很可能会输！"

"那又怎样？"中士像看一只臭水蝇一样看着他。

"我们都不想被开除，想赢得比赛！"

这时卡卡库和休已经把艾洛丝从女生的训练场找来，准备一起向教官求情。

鲍里斯看着他们四个，满脸不屑地说道："我只是要求路予悲不去模拟战训练，你们其他人可以去啊。我猜这位王牌战神根本不需要额外训练了，是不是？"

路予悲感觉血往上冲，简直忍不住要给这个猪头一拳，然后直接宣布退学，扬长而去，也不失为一种帅气。

艾洛丝用她那双发光的金色双眼凝视着教官，问道："请问这是长官您的命令吗？"

"没错。"

"那我们只能遵守。"艾洛丝无奈地看了看三位队员，"不要说没用的话了，去吃饭吧。"

路予悲强压心中的怒火，转身往外走。突然他想起一件事，又回头问道："只有我一个人的话，格斗训练没有对手啊，还有谁和我一起？"

鲍里斯中士咧开嘴，露出一个极其惹人讨厌的坏笑："你的对手是我。中午记得少吃点饭，干脆不吃也行，免得浪费。"

"我觉得他可能是想公报私仇。"吃饭时，卡卡库认真地说，"战神，你可是入学之前就跟他有仇？或者回去翻翻祖籍，你们都是地星裔，搞不好二百年前结过仇。"

路予悲憋着一肚子气，摇了摇头："我刚从地星来这儿没几天，怎么可能……啊！"他突然想起初六海说过的话，"他一定是亲恒派，跟伊弥塔尔或者星际警局是一伙的！"

艾洛丝摇摇头："鲍里斯在军队已经有十几年了，军人虽然可以加入盟会，但不会把盟会的立场看得太重。"

"为什么？"路予悲问。

艾洛丝解释道："军人要服从的只有上级的命令。如果每个人都想着为自己的盟会争取利益，那军队内部就乱了。"

路予悲恍然大悟，看来自己想得还是太少，换作小魔头一定早就想到这些了。

"曾经军人是禁止加入盟会的，好像是十年前才可以。唉，听说现在很多高级军官被各大盟会拉拢，但是有的人会换来换去，没什么忠诚度。"艾洛丝补充道。

"模拟战训练的事怎么办？"休把话题拉回正轨。

"下午我们三个先开始。"艾洛丝说道，"反正索兰也还没法一起训练，再少一个路予悲也没关系。我们最需要的是适应零重力舱的超导悬浮，这个你已经不需要了。"

"索兰什么时候才能回来？"卡卡库忍不住问道。路予悲发现，卡卡库和索兰虽然经常对立，但卡卡库的优点是对事不对人，这一点连索兰都做不到。也许是凡星人太理智了，把观念差异和私人交情分得很开。

休回答道："我问过索兰，他说最后两个星期可以和我们一起训练。"路予悲又发现，休虽然话不多，像他的皮肤一样又硬又冷，但实实在在地关心着每个队友。

"希望到时候鲍里斯也能放你一马。"艾洛丝无奈地对路予悲说，"你尽量表现好点，别故意激怒他，也许最后两个星期还有机会合练。"

路予悲不情愿地点了点头。

但是下午到了训练场,他马上就把艾洛丝的叮嘱抛到脑后。鲍里斯下手太重,把路予悲揍得毫无还手之力,险些真的把午饭都吐出来。好在他最近挨的打实在太多,抗击打能力倒也提升得很快。

"你太弱了。"鲍里斯又一次把路予悲放倒之后,嘲笑道,"可知道,初耀云要是动真格的,三拳就能把你打死。明智的话,你应该低声下气地向他臣服。"

路予悲咬紧牙关,跳起来再次发动攻击。这次他记住了索兰传授的技巧,用上了背部的力量,一拳打在鲍里斯胸前的护具上,砰的一声,沉稳有力。

"就这种程度?"鲍里斯像是没事一样,回敬了一拳,打得路予悲后退了好几步,"你的力量太弱了。"

路予悲又试了几次,结果还是伤不了鲍里斯分毫。

教官继续嘲讽他:"直说了吧,我觉得你的基础太差,根本不适合参军。你自己退出吧,或者在考核之后被开除,然后滚回地星去。听说你们那里的军官都是你这种娇生惯养的少爷和小姐。是不是啊,路少爷?"

路予悲突然想起了方-夏梦离,还有夏平殇:不知道他们现在怎么样了。梦离嫁给墨渊龙之后还能继续上学吗,毕业之后还会去军校吗?

想到这些,他心里一阵酸苦,像喝了一整桶草芽酒。

我不会被开除,我会坚持下去给你们所有人看。

想到这儿,路予悲忍着胸口的剧痛再次摆开架势,把满腔怒火和苦涩化成力量,向鲍里斯中士冲去,然后毫不意外地再一次被踢翻在地。

在路予悲咬牙坚持的同时,路予恕那边也进入了和平大学入学考试前的最后冲刺阶段。克萨给了她不少有用的建议,让她少走了很多弯路。

"这本《天罗文明建筑艺术考》真的不用看?"路予恕指着微机问道,"这不是《六星文化基础》的一部分吗?"

"是,但是不会考。"克萨说。

"为什么?我对房树和修石艺术还挺感兴趣的。"路予恕不无失望地说。

"考点少一些,你应该高兴才对。"克萨说道,"如果非要解释的话,这跟天罗人的道义有关。一方面,他们要求六星文化课程中包含自己星族的文化,而且篇幅不能比其他星族短,这事关他们的荣誉。但另一方面,他们又不希望把这些文化作为考试的考点,变成筛选考生的手段,这也是他们的荣誉。"

"这不是很矛盾吗?"路予恕甩了甩一头黑发,用束发器在头后扎起来,又套上漂亮的蓝色头饰,"不考的话,谁还会好好了解他们的星族文化?"

"不以考试为目的的相互了解,才是他们推崇的。"克萨说,"总之天罗人的思想既简单又复杂,好像自相矛盾,其实又很合理,你慢慢就了解了。"

"好吧。"路予恕跳过了那本书,又打开另一个页面,"还有这个《智心原理》,真是枯燥得要死。哦对了,你就是智心科学院出来的吧?现在的年轻人都一窝蜂地学智心。你上学那个时代,智心行业也这么热门,这么赚钱吗?"克萨比她大十几岁,她说"你那个时代"也并不过分。

克萨叹了口气,有些消沉地说:"我们那个时代,研究智心科学是要冒生命危险的。"

路予恕愣了一下,马上就想到了:"纯白教派。"

"没错。"

纯白教派是六星教的一个分支,是二十年前很流行的反智心团体,而且很狂热,信徒遍布六大行星。他们的手段不限于游行示威、恐吓威胁,甚至派人绑架过智心学者。后来最狂热的那些人屡屡犯罪,被各星族警方抓捕了不少,纯白教派也就逐渐没落,渐渐没有那么极端了,后来改叫净化教派。而六星教也早就跟他们划清界限,反而是地星的四方教和净化教派建立了一些联系。

路予恕和路予悲的母亲沐庭香就是一位智心科学家,六年前不幸被一个疯子杀害,凶手就是被净化教派除名的狂热信徒,其反智心的极端程度连净化教派也容不下他。所以路予恕和路予悲都对这些反智心、反科学的人充满恨意。

"智心科技明明利国利民,那些人为什么……为什么……"

"纯白教派那些人,大部分是出于很自私的动机才去反科学。"克萨说道,"但据我所知,有些智者也建议停止智心科技的研究。"

"为什么?"

克萨摘下自己的副官卡维尔放在桌子上:"你应该知道,最近这五十年,五大文明的科技都没有什么根本性的突破。"

路予恕确实听妈妈讲过关于基础物理停滞不前,亚光速宇航的神话破灭等事情。医学上也是如此,攻克了几种绝症,又冒出更多新的，人的平均寿命也没延长多少。智能机器人更是被判了死刑，电子机器的思考能力已被证明永远无法达到人脑的水平。

"你说的是'奈鲁极限'？"路予恕插了一句，这也是妈妈教给她的。

"对，是幻星科学家奈鲁提出的，所以以他的名字命名这个极限。在那个科学界普遍悲观的年代，人们能做的只是一次次地把五花八门的'技术'伪装成'科学'，假装一直在进步。"

克萨告诉路予恕，几十年前，他还没有出生的时候，人们就曾疯狂地追求人工智能，但只能做到整合信息后的伪创新。大多数人预测人工智能会替代人类完成90%的工作，但是最高峰时期也只替代了25%，而且此类行业全都停滞不前，又被人类夺回许多，最后定格在8%上下。

克萨说道："人工智能从未进入军事领域，智能无人机始终只能用作侦察，投入实战就等于是扔钱。有位恒国将军说了句很出名的话：'不能上战场的机器人算什么机器人？充其量只能算玩具而已。'"

"这也太极端了。"路予恕摇摇头，"能生产东西，或者开开车、送送货也不错啊。"

"那只是机器行为。"克萨评价道，"没有智力可言。战争与政治是人类智力最初也是最终的归宿，人工智能却始终无法插足其中。"

"直到智心科技出现？"

克萨点点头，喝了一口咸咖啡，说道："你知道智心技术的底层逻辑吧。科学家还做不到改造单分子，尺度实在太小了，但是数万个分子组成的聚合高分子，这个尺度现在勉强可以掌握。

三十年多前，幻星科学家成功把运动的高分子捕捉固定下来，排列出极微电路，然后是广义极微电路、集成智心内核，最终做出智心设备。"

路予恕边回想妈妈的话边说："那是个了不起的飞跃。但还没真正进入量子领域，只是碰触到大门口了吧？"

"没错。最近十几年来，智心副官已被证明可以投入战争，代替士兵和军官。只可惜智心制造工艺太复杂，没法大规模量产。要知道，一个实力雄厚的实验室，一年也只能做出几个智心内核。"

路予恕耸耸肩："所以智心设备的价格才居高不下嘛。甚至有人想把它变成硬通货呢。可是智心副官也没有突破奈鲁极限啊。"

"确实没有突破，那可是机器和人的最后界限。"克萨打了个响指，桌上的卡维尔开启了电幻迷彩，仿佛消失了一般，"如果突破了那条线，你知道会发生什么吗？"

"机器人统治人类？"路予恕嗤之以鼻，"科幻小说里的情节罢了。"

"考虑到智心的产能限制，这个可能性确实不高。"克萨说，"但是一个这样的存在，就足以引发六星宇宙最大的灾难。"

"为什么，不就是提升了几倍性能的智心副官吗？"

克萨沉默了一会才再度开口："智心副官如果进化成'人'——我们暂且称之为'人'——不是性能提升几倍的问题，那将是有史以来最强的人。他有了人的创造力，懂得策略和阴谋，配上最强的记忆力，最快的思考速度，对武器最精确的控制，人类哪是他的对手？智心副官可能是一个好的士兵，突破奈鲁极限后，他一个人就是一支军队，称之为终极兵器也不为过。"

路予恕被深深地吸引了，同时又有一种挥之不去的不安感觉。她冷静了一会儿才开口："所以你才说，有人建议停止研究？听起来确实会引起危机。"

"有的人是出于这种担忧才反对，但纯白教派里没有多少这样的人。"克萨的回答让路予恕感到安心，"杀害沐博士的人，只是纯粹的杀人凶手。"

路予恕点点头，忍不住又问道："你说，会有那一天吗？"她问的自然是智心科技突破奈鲁极限的那一天。

克萨把卡维尔戴回耳朵上："十几年来都没有人成功，而且连一点希望都看不到。就连反对者也越来越少，连净化教派也很少游行了，智心副官也渐渐成了穹顶集团的奢侈品。硬通货之说，也许会成真也说不定。"

路予恕沉默了一会儿才说："但你还是相信那一天会来？那样的'人'会出现？"

"还是不要称之为'人'了，那种存在比人强得太多。初代智心科学家给这种未来科技单独起了一个名字——超智生命。机器智慧学也被划分成了三个阶段：人工智能、智心和超智。"克萨又打了个响指，卡维尔重新出现在桌子上，"我相不相信并不重要，但如果那一天真的到来，就离六星毁灭不远了。"

"我觉得你可以去告发鲍里斯。"卡卡库认真地提议，"如果我们在比赛中输了，你被开除了，也绝对不能让他好过。上周过得好吗？"

路予悲简直不愿回想起上一周的经历，其他学员都不再出现在训练场，只有他和鲍里斯中士彻底独处。一周下来，他连中士身上的臭味都闻得习惯了。还好这考核前最后的一周，鲍里斯终于放过他，允许他跟小队一起训练模拟战了。如果再不允许，路予悲真的会向学院投诉。

"他没有打伤你吧？"艾洛丝很关心路予悲的身体状况，"让我看看你的手。"

而路予悲的状况确实不太好，除了大量的格斗训练，体能训练的量也达到巅峰，几乎要突破他能承受的极限。每一天他都在全身酸痛中度过，没有一天能幸免。周末的两天他几乎都是躺在床上过的。

"你的格斗水平，想必提升很大。"索兰猜测。他也暂时结束了特训，最后一周可以和小队一起训练了。

路予悲耸耸肩："恐怕还比不上初耀云，顶多和他姐姐差不多……"他自嘲地随口一说，却发现四名队友都惊讶地看着他。

艾洛丝睁大金色的眼睛："你可别小看他姐姐。"

"为什么？"路予悲一直对那个紫色眼睛的冷酷女孩很感兴趣，"她很强吗？"

艾洛丝犹豫着说："初暮雪的可怕不在于强不强。说实话，她大多数时间就跟普通地星女生差不多，虽然没有强得过分，但是每个女生都怕她。主要是她那股……杀气，还有拒人千里的气势。"

"你们幻星人不是更强吗？"路予悲问道，"你跟她交过手吧？"

"是对练过。"艾洛丝点点头，"但是……她让我感觉很不安。这么说吧，我既害怕被她打伤，更害怕打伤她。"路予悲皱起眉头，很难想象那是怎样的一种感觉。

卡卡库说道："你不知道，关于她的传闻很多。几年前她就在鼹鼠区很有名了——就是'唐'游戏中心那一片。有人说她同时在和五个男人交往,也有人说她只对女人感兴趣,还有人怀疑她和……咳咳。要知道,初家的势力很大,七角街有一家珠宝店就被她派人砸了,因为抢了她家的生意。还有一个和她交往过的男孩被她打成重伤,差点死了,真!有人说,她的眼神比拳脚更致命。总之关于她的传闻哪怕只有一半是真的,也足够可怕了。相比之下她弟弟算是乖巧得多。"

休也补充道:"据说她敢孤身去永夜城,毫发无伤地回来。"身为摩明人,他自然是最了解多尔人的聚居地有多危险。

路予悲打了个冷战:"她不是也才十七八岁吗,怎么会恐怖得像个女魔头?"

"你妹妹不也才十六岁?"卡卡库反问道,"没有冒犯的意思。"

"冒犯也没关系,她确实是个小魔头。"路予悲想起初耀云经常挂在脸上的那副傲兀神态,但初暮雪那双眼睛更显无情,"那就没有人管管她吗?"

艾洛丝摇了摇头:"我刚才说了,初家势力很大。她外婆你也许听说过,是你们星元统合会的高层,好像叫初六海。"

"哦——"路予悲早就有此怀疑,到现在才证实了,"初奶奶是个好人啊。"

"你认识初六海?"卡卡库坐直了身体,但还是比路予悲矮了一截。

"初奶奶是提过她的外孙和外孙女也考上军院了,但没有说别的。"

"那可是初六海啊,你能看得透她?"卡卡库看了看左右没人，才压低了声音继续说，"我听说初六海老谋深算，诡计多端，连我们凡星盟会都敬畏她三分。初暮雪是她最宠的外孙女，据说有求必应。我们刚才说的那些事，就是有老太太在背后替她撑腰。总之你可别招惹他们姐弟，我还想平平安安活到毕业呢。"

路予悲不禁想到，两个月以来，初耀云已经毫无疑问地成了地星学员中的核心。原本四分五裂的几个小团体居然都被他一一整合，这种本领想必也离不开初六海的教诲。可惜自己一直被他们排斥在外。

他想起初耀云脸上总是挂着笑容，对朋友亲切友善，确实很像初奶奶。但是对自己嘛，永远是嘲弄和鄙夷的笑。他姐姐倒是一直面无表情，生硬得可怕。

他提出这个问题，艾洛丝解释道："那是素心清颜的修行。只不过她也太年轻了。"

"素心……什么？"路予悲没听懂。

索兰说道："时间紧迫，别闲聊了，抓紧训练吧。"

开始练习前，大家先一起围观了一下索兰的新设备。黑翼需要使用特制的零重力舱，内部空间更大，索兰可以以任意姿态悬浮在舱体中央。周围的舱壁模拟出太空的景象，像完全消失一般，他如同只身飞行在冰冷的宇宙中，路予悲想想都觉得可怕。开战后，他只能用指羽上的感应片遥控胸前和背上的九向推进器来进行位移，翅膀下藏着三把特制的武器，可以模拟蓝锂刺的效果。这就是黑翼刺杀官的全部装备了。

刺杀官的要诀就是小而快，这样才难以被发现。一般的刺杀舰已经很小，但怎么说也是有三吨多重的一艘飞船。而且装备的穿刺冷爆弹还是有一点点电磁脉冲，所以要配备粒子屏障和一艘影子舰，才能避免突然死亡。而黑翼则是几乎去掉了所有附加装备，只剩一个天罗人的体型，可谓小到极致。服下黑鳞酯的天罗人，全身羽毛都会变得漆黑如夜，所以被称为黑翼。这样的一个作战单位，在广袤的黑色宇宙中如同隐形一般。推进器虽然也有电磁脉冲，但比刺杀舰少得多。所以无论通过可见光还是雷达，任何探测系统都无法直接发现他们。选择成为黑翼的刺杀官，放弃对机械装置的依赖，换来极致的隐蔽。

进入模拟战之后，路予悲发现连自己人都不知道索兰在哪儿。黑色的羽毛吸收了所有可见光和探测信号，只有胸前的小型振动传感器可以接收司令官发来的命令，在进入敌方领域后也将丢弃掉。

"这也太隐蔽了。"路予悲忍不住说道，"如果对方也有个黑翼的话，我们怎么找出他？"

"散雾弹和太空水雷，对他们来说依然可怕。"索兰已经无法说话，卡卡库替他回答，"普通的刺杀舰还有粒子屏障，加上影子舰，等于有四条命。而黑翼只有一条。只要被打中一次，就出局了。"

路予悲懂了，极致的隐蔽，代价是极致的脆弱。

当天的训练中，索兰一次也没有成功刺杀对方旗舰，只干掉了几艘护卫舰。

路予悲他们也是第一次看到舰船被黑翼刺杀的样子，小小的一把蓝锂石尖刺埋入舰身，就能让一整艘战舰瞬间因高温而产生细微的形变，内部的一切电路装置完全瘫痪。虽然模拟战里一切都是模拟出来的假象，但依然让路予悲不寒而栗。再转念一想，这是一种极为仁慈的做法，在打败对方的同时可以不杀伤舰内的生命，虽然供氧和加压系统也会失灵，但舰内的人至少有时间穿上太空服或被救援。在真实的战场上，也许很多人暗暗希望对方的刺杀官是黑翼吧。

"为什么你只带三把武器，不能多带一些吗？"一场训练结束后，卡卡库问道，"这样你可以干掉对方更多的舰船啊。就算不能刺杀旗舰和数据舰，把护卫舰全部干掉也不错。"

索兰摇摇头："莱耶和纳茹十分稀少，也很珍贵。资深黑翼可带五把尖刺，这是经验。"

"你怎么了？"路予悲察觉到索兰的气息不稳，收拢的翅膀也在不易察觉地微微发抖。

"莱耶和纳茹，还没适应。"索兰有气无力地承认，"现在只能半速飞行，视力也弱了。没有办法，只能靠时间解决。七天之后，但愿完全恢复。"

路予悲不解地问："副作用这么大？那为什么不等以后再去适应，呃，就是你们说的试炼。现在先用模拟舱训练不是也一样？"

"都这样想，战争打响前，没人会去试炼。"索兰说道，"多早都不算早，谁都避免不了，带伤参战。"

"但是这次比赛输了的话，你也可能会被开除啊。"路予悲有点儿着急。

卡卡库哼了一声："你不知道吗，自愿成为黑翼的学员已经确定不会开除了。你们已经签了正式入伍协议了吧？"

"是的。"索兰承认，"宝贵的材料，不能浪费给预备学员。"

路予悲明白了，就算他们输了，索兰也不会被开除，这也算是一种特权吧。这样看来索兰是走了捷径，几乎等于提前保送了。但是转念一想,如果自己是索兰,会选这条路吗?黑鳞酯和蓝锂石,看起来不是闹着玩的东西。得到特权意味着他们牺牲的够多,搞不好连寿命都会缩短。他决定不向索兰求证了,回去之后问问希儿好了。

"总之咱们先把这三套战术练熟。"艾洛丝总结道,"时间不多了,练太多战术也没用,还是以这三种变化为基础,现场再调整吧。此外还得看对手是哪支队伍,然后再做一些针对性的训练。"

"什么时候才能知道对手?"休问道。

"我现在就去抽签。"艾洛丝看了看时间说,"我已经提前收集了另外九个队的一些资料,先发到你们的微机上。内容有点儿多。等我回来就知道对手了,到时候再有针对性地研究吧。"她说完就转身走了。

路予悲悄悄问希儿:"怎么样,我的作战数据记录了吗,比以前下滑了多少?"

希儿用只有路予悲能听到音量回答:"没有下滑,反而提高了。"

"什么?"路予悲吃了一惊,两个多月没进零重力舱,这是过去五年从未有过的事。他本以为自己的水平会有所下滑。

"经过我的计算,您的集中力和反应速度都比以前提升了,能承受的速度也比之前提高了一点。提升最大的是体力,战斗进入后期,不再会因为体力不足而降低精确度。"

路予悲默默地站了一会儿,开始明白了一些事情。

过了一会儿,艾洛丝回来了,平静地看着四位队员,金色的大眼睛里看不出任何情绪。

卡卡库紧张地问:"怎么样,跟哪支队打?"

"有区别吗?跟谁打都是要赢。"艾洛丝说。

"当然有区别,别卖关子了,快点说吧,要不我就认为是跟初暮雪小队了。"

艾洛丝闭上眼睛,尽量平静地告诉他们:"你猜得没错。"

考核的前一天,鲍里斯中士又强调了一遍规则:"以小队为单位统计分数,单人格斗赛五场,胜一场得3分,之后是五对五的太空模拟战,胜方得5分,最后总分高的队伍获胜。明白了吗!"

"明白,长官!"所有学员齐声回答。

路予悲早已算过,在模拟战能赢的情况下,五场格斗赛至少要赢两场,否则连模拟战都不用比了。而要想在格斗赛里五局四胜也是很难的,所以说到底模拟战才是关键。

鲍里斯中士最后说:"你们也许觉得,这场考核是进入军队的最后一道坎。但实际上恰恰相反,这是你们的最后一个机会,退出军队系统的最后一个机会!对于某些人来说,退出才是正确的选择!如果让不合格的人进入了学院,对新星、对学院,还有对他个人来说都是悲剧!"他边说边不怀好意地瞥了路予悲一眼。

"所以说,不管是过关的,还是被淘汰的,今天都是你们最后一次听我训话了。祝贺你们摆脱了我,也祝贺我摆脱了你们!知道我这辈子最恨别人说什么话吗?'奇怪,鲍里斯中士是怎么把你放进来的?'所以你们都听好了,谁敢让我丢脸,我就让谁后悔,明白了吗!"

"明白了,长官!"所有学员再次齐声回答,其中相当一部分还带着笑。

晚上最后一次训练之后,艾洛丝又跟队员们重申了一遍明天的安排:"格斗赛首先根据星族来匹配对手,也就是我对幻星人伊娜，索兰对芒格人萨普，休对摩明人邱。剩下两组按体重匹配，卡卡库对初暮雪，路予悲对初耀云。"

卡卡库摇摇头："我可是输定了，你们加油。"

路予悲撇撇嘴："对方可是女孩子，你还有没有一点男人的尊严。"

"什么人会用'女孩子'三个字来说初暮雪？"卡卡库夸张地吐了吐舌头，"那可是初暮雪，她明显比我更有男人的尊严。先说好，我如果觉得生命受到威胁，一定马上投降。"

"哪有那么夸张。"路予悲笑着说，随即发现其他几名队员都很严肃。艾洛丝说道："我不想吓你，不过初暮雪有一次跟一个比我厉害的幻星女生对练，打断了她的胳膊。其实也只有一次啦，大概是巧合吧。"

虽然路予悲还没见过凡星人哭泣，但是卡卡库现在的表情看起来很接近了。

艾洛丝又说道："不出意外的话，我应该能赢伊娜。你们呢？"

"萨普不弱，一般情况，我能险胜。"索兰诚实地说，"但现在不同，试炼的副作用，情势反转。"

"我赢不了邱，那家伙毫无幽默感。"休说得好像两者之间真有因果关系似的。

路予悲算了算，犹豫着问："你们难道都指望我能打赢初耀云？"

五个人沉默了一会儿，艾洛丝叹了口气："听你们的意思，咱们根本不用打模拟战了。"

卡卡库惊讶地说："我们输定了？那会开除谁？"

"开除你，同意的举手！"艾洛丝示意另外三人把手放下，"不管你们用什么方法，哪怕是碰运气，也至少给我赢下一场！

特别是你，路予悲！你跟鲍里斯不是亲密训练了挺久吗？"

路予悲感觉艾洛丝说最后一句话时似乎在憋着笑，但是那张美丽的幻星脸蛋又让他拿不准，他只好暗自希望艾洛丝心里想的不是他以为的那个意思。至于和鲍里斯特训的那段时间，无疑会是他一生中最不愿意回想起的记忆。

"那可是初耀云啊。"路予悲皱着眉说，"他的实力如何，我训练越多就越能体会到。"

卡卡库毫不客气地指出关键："说到底，初暮雪小队是十支小队里最强的一支，是谁抽到的这支下下签？"

艾洛丝拍了拍手："不说那些了，早点去休息吧。"

路予悲听队长的话，早早就上了床，却久久没能入睡。和平时一样，先是怀念死去的母亲，然后想起父亲——不知道他现在怎么样了。又想起姐姐——父亲说姐姐在幻星，等我正式进了军校，就让希儿开始寻找她。最后，他想到方-夏梦离，极力克制住了打开微机看影像的冲动，只是默默地打开心里那把锁，嘴里似乎尝到苦涩的味道。

如果我能在第六星有一番作为的话，以后能不能和梦离再续前缘？不，她已经嫁人了，怎么能希望她婚姻不幸福呢？墨渊龙，你是我最嫉妒的人，也是我最恨的人。唉……希望你能对梦离好，拜托了。就这样胡思乱想了一会儿，路予悲终于沉沉睡去了。

14

被学员戏称为"退学考核"的最终入学考核终于来临。每年的入学考核，大约会筛去十分之一的新生，虽然不算多，但也足以令新生恐惧。但那些被劝退的人，事后往往也都承认，自己确实不适合成为军官，能通过初试是有侥幸的成分，或者沾了小队中其他强者的光。

考核的场馆带有明显的幻星风格，巨型穹顶笼罩着六块训练场地。今年的新生是史上话题度最高的一届，很多高年级的正式学员也来看台上观战。他们身着黑、白、金三色组成的星辉色制服，既帅气又不失肃穆。五十名新学员在训练场中心集合，按小队分列站好，像是在接受师兄师姐的检阅。

卡卡库和休都很明显地紧张了，艾洛丝和索兰也不禁微微冒汗，只有路予悲若无其事。几个月来，他经历了不少风浪，已经不会再因为这种场面而紧张了。他扫视看台上的人群，忽然捕捉到一张异常秀丽的脸。那位地星裔女生有着一头卷曲的酒红色长发，半遮住动人的眉眼，红润欲滴的双唇微微含笑。在她身旁的几名女生明明也都各有各的美感，但此刻都显得暗淡无光，只能充当配角，就连一向耀眼的幻星女生也不例外。路予悲心跳骤然加速，恍惚间竟有种再次见到方-夏梦离的感觉。

那女生也感觉到了路予悲异样的目光，和他对视了几秒，然后默默地看向其他新兵。

"看什么呢？"卡卡库察觉了他的目光，顺着看去，恍然大悟地说，"哦，以你们地星人的眼光看来，那位是美女吧？嘿嘿，我刚好有她的情报，你想不想听？"

"想。"路予悲脱口而出，随即有点儿尴尬。

"嘿嘿，看你的样子，活像是未知恐惧症犯了。"卡卡库坏笑着说，"她叫唐未语，比我们大两届，是数据官里的明星，连我们凡星人都没有几个比她强。"

数据官？路予悲心里一热——和梦离一样，是巧合吗？

这座大训练馆足足能容纳两三千人，路予悲不明白为什么第六星的建筑物都造得这么大，明明全校师生加起来也不足一千人。

在考核官公布了对战名单之后，考核马上开始。场馆中间有六块考核用场地，十支小队的格斗比赛在其中五块场地同步进行。

可想而知，艾洛丝小队和初暮雪小队的对战场地是最受瞩目的区域。有人专门来看路予悲，他入学考核的模拟战表现已经引起了广泛的注意，但更多老学员是来看初家姐弟的，关于他们的传闻比路予悲更多。这届新生的话题度主要来源于这三个人。有些男生露骨地对初暮雪指指点点，她微微抬头，那双冷若冰霜的紫色眼睛扫过看台，谈话声顿时小了很多。在路予悲眼里，初暮雪就像是一尊毫无人味的冰雕，让人不寒而栗。但仔细看的话，其实她也很俊美，只不过没多少人敢仔细看她。

路予悲突然想起妹妹的大学入学考试好像也是在今天,他忘了让希儿送去一句祝福。不过算了,他们兄妹之间从来没有互相祝福过。例如路予恕也明知道哥哥今天有最终考核,也没发来只言片语。对两人来说,今天都是决定命运的一天,但两人都默契地保持沉默,像是在无声地挑衅彼此——让我看看你有多少本领吧,如果你失败了,我会狠狠嘲笑你的。

两队的第一场比试就让所有人大吃一惊。初暮雪一开打就对卡卡库发动了十分凌厉的攻势,一拳一腿都朝头部攻击,完全忽略胸、腹和两肋这些得分稍低的点。卡卡库明显也被这种打法吓到了,全程抱头鼠窜,偶尔还击也难以奏效。

"喂喂,她也太野蛮了,是想杀人吗?"路予悲怒道。

还是索兰比较冷静:"正常战术,穿着护具,伤不会重。她确实强,但也有破绽。"

路予悲仔细观察初暮雪的动作,确实如索兰所说,她虽然攻势猛烈,但防守不足。卡卡库是被她的气势所震慑才看不到这些,还有身高方面也有劣势。按地星的长度单位,初暮雪的身高大概有167厘米,而卡卡库只有145厘米,比路予恕还矮一掌。

终于,卡卡库头上挨了连环两脚,摔出一段距离,顺势倒地装死。裁判读秒之后判定初暮雪获胜,卡卡库才一骨碌爬起来,迅速跑出赛场。

"你本来有希望赢的。"艾洛丝把不满写在脸上,"心理素质也太差了。"

"哼,说得简单,你试试去。她看我就像在看一具尸体。"卡卡库一边喝水一边反击,"光是站在她对面,就让我浑身发抖。反正最后也赢不了,坚持再久有什么用?还不如保留体力,模拟战才能发挥全部水平。"凡星人总是理智到惹人生厌。

"托你的福,初暮雪也可以在模拟战里发挥全部水平了。"艾洛丝讽刺道。

路予悲没有什么想说的,他的全部心思都放在下一场,他和初耀云的比试。他装作不经意地瞟了一眼看台,发现唐未语好像正在看着初耀云,时不时和旁边几个女生悄悄说些什么。

很快,路予悲和初耀云各自穿好护具,走进比赛场中,裁判示意二人走近,握手示意友好。

"地星来的老鼠,就该找个老鼠洞躲一辈子。"初耀云只伸出两根手指潦草地碰了他一下,仿佛路予悲的手带电,"希望你有点儿进步,免得我一不小心把你打死了。"

路予悲一时没想到回击的话,等想到时已经晚了。两人各就各位,裁判示意比赛开始。

路予悲摆开架势,初耀云却懒洋洋地举起左手:"我让你一只手,免得你说我欺负你。"

路予悲愣了一下,随即笑道:"那多谢了。"

艾洛丝有些惊讶:"初耀云在侮辱他啊,他居然接受了。"

卡卡库乐道:"那是当然的!初暮雪如果像她弟弟这么好心就好了,她就算让我两手两脚,我也接受!"

"毫无荣誉。"索兰摇了摇头,以天罗人的自尊,即使可以凭此获胜,他也不会选择此道。

初耀云先发制人,一套快攻打得有模有样,虽然不出左拳,也让旁观的学员们发出阵阵赞叹。路予悲连续后退、躲闪,一开局便落入下风。

索兰却看出了路予悲的变化:"他变强了。"

"路予悲?"卡卡库问道。

"之前跟我练习的时候,他可不是这个水平。"索兰评价道。路予悲不在的时候,他就用六星语和队友交流,也流利了很多。

路予悲虽然左支右绌,但其实并未用出全力,先行示弱也是他战术的一部分。他心里也暗暗纳闷:和上个月练习的时候相比,初耀云怎么变慢了?不对,是我变快了。

他突然后撤一步,看准时机身子急转,一个后摆腿擦到初耀云头盔,漂亮地拿下2分。

初耀云虽没受伤,但脸上微红,咬了咬牙,又发起一轮攻势。

艾洛丝又惊又喜:"看来鲍里斯给他单独特训还是有好处的,你看他能赢吗?"后半句是问索兰了。

索兰皱了皱眉,不太确定地说:"还不好说,技巧和经验还是初耀云强,刚才只是轻敌,才被他打个措手不及。路予悲的进步在于,学会了放松。"

路予悲也确实感觉到了自己的进步。他在三个月前刚开始训练的时候,每次和人对练都全身绷得很紧。更糟糕的是,他的每一个动作,每一次攻防都会因为这种紧绷而额外消耗大量的体力,所以踢几腿、打几拳之后就会疲惫不堪。他在地星的时候很少进行实战训练,平时也不会打架斗殴。这种紧绷和僵硬是初学者最大的障碍,也是他首先要学会克服的。和鲍里斯中士高强度一对一训练,让他成功迈过了这道坎。现在的他已经把实战当成了吃饭喝水一样的事情,不会再快速耗尽体力。从旁观者的视角看来,他既全神贯注,又从容不迫,已经看不出是个地星来的新手了。

3分钟过去,二人的得分是4比3,路予悲竟然领先,这是初耀云始料未及的。他看不起路予悲，只拿出了六成实力，原以为这就足够了。

"认真一点。"初暮雪在场边阴沉地提醒弟弟，"拿出真正的实力，他不是你的对手。"

"用不着！"初耀云不耐烦地说。从十二岁升入中学之后，他就一直是格斗课的佼佼者，训练充分，经验丰富，除了某个怪物一般的对手，他还从未输过。

果然，稍微认真起来的初耀云马上找回了优势，连续的攻击让路予悲左支右绌，很快就被取回2分。路予悲已经看清了现实，无论是速度、技巧还是经验，自己都落后初耀云一大截。猪头说的没错，要赢的话，只能死等一个机会。浑蛋猪头，如果我赢了，咱们的恩怨就算一笔勾销。

他退后一步，躲开一招横踢，又招架住另一个方向飞速而至的另一腿。该死，这家伙是怎么做到出腿这么快的！而且这力量，简直像一发炮弹打中我的护臂。冷静，盯准他的右手。

看台上的观众也都对这场比试十分感兴趣，关注的人越来越多。

"那个姓初的确实厉害啊，根本不像是新人。"

"路予悲也没有传说中那么差嘛，这不是打得挺好。"

"听说他是鲍里斯今年的'宠儿'。"

"哇，难怪。鲍里斯还是那么喜欢锄强扶弱啊。"

"快看，他好像不行了！"

路予悲此时非常被动，在初耀云新的一波攻势下节节败退，只有招架之功，全无还手之力。初耀云的分数也在上涨，已经领先了3分。

"完了完了，队长，你准备上场吧，他撑不了多久了。"卡卡库忙不迭地叫苦。

艾洛丝也有同样的想法，不管怎么说，路予悲能打到这个份儿上，谁也没法指责他不努力。艾洛丝看了一眼对面的初暮雪，她的脸上依旧毫无表情。

路予悲勉力支撑，暗中盯紧初耀云的右拳，又被逼退两步，发现自己已经被逼到了场地边缘。

"还往哪儿跑！"初耀云狞笑一声，整个人扑向路予悲，右拳迅捷无比地刺出，"下去吧，老鼠！"他相信路予悲已经穷途末路，绝对避不开也挡不住自己如此凌厉的一拳。

但下一瞬间，他竟从路予悲头顶飞了过去，像一个沙袋一样，重重砸在场外地板上。因为场内外高度差的关系，这一下摔得格外狠。观众齐齐发出一声惊呼，很多旁边场地的观众被吸引了过来。

"弗拉迪！"艾洛丝忍不住喊道。她看清了路予悲是如何避过那一拳，同时矮身急转，双臂抓住初耀云的右臂一勾一甩。

初耀云背部刚一着地，就一个利落的翻滚试图站起来，但随着一声惨叫，又单膝跪倒，表情相当痛苦。

"背部受伤，右臂脱臼。"索兰敏锐地察觉到，"他接不回去，路予悲赢了。"

凡星裁判教官上前查看初耀云的伤势，随即起身宣布："初耀云已经不能继续比试，这一场的胜者是路予悲！"

"奇迹，简直是奇迹！"卡卡库高声欢呼，但与对面初暮雪的目光一碰，整个人又畏缩下来。

"现在谁才像老鼠？"在观众的掌声中，路予悲没忘记给坐在地上的对手一个嘲讽的微笑。

艾洛丝第一个冲进赛场，热情地拥抱路予悲。索兰他们紧随其后，扶着虚弱的路予悲走下赛场。初耀云也被姐姐和另外一个队友扶了下去，他一直狠狠地盯着路予悲，可惜对方没有看到。

"弗拉迪格斗术，哪儿学来的？"艾洛丝兴奋得像个小女孩。

路予悲在椅子上坐下，接过卡卡库递来的水狠狠喝了几口，才回答说："那猪头教的，说实在打不过的时候，可以拼一把。"

"用得不错，练了多久？"索兰问道。

"三四天吧。"

索兰的一双黄色圆眼中闪过惊讶的神色："你很有天赋，真心话。"

"要是没用好，那一拳可能会打在你头上。"休冷静地说，"然后你连后边的模拟战都参加不了了。"

"现在我还参加得了。"路予悲无力地笑了笑，他其实早就明白了鲍里斯中士对他单独进行特训的用意，只是出于身体的痛苦记忆才无法坦白地感谢那个猪头教官。不知道为什么，他朝看台上唐未语所在的方位投去一瞥，发现她也在看着自己。两人对视了几秒，同时移开视线。

接下来是艾洛丝与另一位幻星女生伊娜比试。幻星人普遍很美，身材高大纤细，腿长更是惊人，动作灵活优雅，一拳一腿都带着危险的美感。所以两个幻星女生的对决是最赏心悦目的。

开打没多久，艾洛丝就占据了上风，一记弹踢击中对手的下颌，漂亮地拿下1分。

因为两人都穿着一样的运动装，发色也较为接近，路予悲有时一走神，再看时竟难以分辨哪位是艾洛丝。在地星生活惯了的人，看其他星族都是这种感觉，几乎都长一个样子。就好像人看牛一样，分不出美丑。但是新星的人不同，七族已经一起生活了一百五十个地星标准年，互相之间的熟悉程度已经非常高。所以卡卡库他们绝不会像路予悲这样分不清幻星人，甚至连审美标准也在潜移默化地互相影响。所以即使跨星族，卡卡库他们也和其他幻星人一样，认为艾洛丝在幻星女生里是最漂亮的一档。路予悲就不具备这种六星统一的客观审美。

艾洛丝又是一拳击中伊娜，但伊娜顺势抓住了艾洛丝的手腕，两个幻星女生突然贴近，开始了另一种较量。

"来了来了！"卡卡库兴奋地跳了起来，"等的就是这个！"不只他，看台上的观众也躁动起来，有的人甚至大声欢呼。

刚才路予悲用出的制胜秘技只是鲍里斯中士单独教他的一招，而这两个幻星女生接下来用出的每一招，都是她们从小就开始练习的，正宗的弗拉迪格斗术。这门武术是四百八十多年前的幻星格斗家弗拉迪创造。说创造其实不太严谨，他开创性地把几种不同的幻星古武术糅合到一起，加入一些特殊的招式和身法，形成了这门格斗技。它最大的优点在于，可以把比试双方所受的伤害降到最低限度，既能充分切磋技巧，又不致伤残肢体，这完美符合幻星人的理念。而在需要时，它又可以造成出人意料的巨大伤害，其威力取决于使用者的心态和目的。

学院里开设有弗拉迪格斗术这门选修课程，但新入学的预备学员还没开始选修。鲍里斯中士给路予悲特训的时候也只教了他一招，严格来说不算违反规定，但也是很明显的偏袒行为了。路予悲也确实靠这一招打败了初耀云。

而幻星人都是从八岁起就开始练习这种本星族的招牌格斗技。虽然比不上天芒星人四岁就开始受训,但几年下来也足以把基本的技巧都磨炼纯熟。所以幻星人之间的比试更像是同门切磋。

此时艾洛丝和伊娜不再拳脚往来,而是纠缠在一起,时而四手相握,像跳舞一样转动;时而压低身体角力,试图破坏对方的重心。艾洛丝出手迅捷,步法灵巧,很快便将伊娜摔倒数次,频频得分。伊娜虽然落于下风,但依然在顽强地坚持,展现出了顽强的意志。路予悲看得目瞪口呆,艾洛丝的每一招都是他从未见识过的。他在这三个月里拼死拼活才能勉强跟上别人,而别人原来还在隐藏实力。最后艾洛丝双臂交错,以一个奇怪的角度卡住伊娜的头颈。挣扎了几秒之后,伊娜举手示意认输。

在众人的欢呼声中,两位幻星女子拥抱了一下,这是赛后的正常礼仪。之后艾洛丝转身走下赛场面对队友,虽略显疲惫,但金色的眼睛中满含骄傲的笑意。很多观众自发地举起两根手指轻触额头,这是第六星人表示敬意的手势。

路予悲已经开始崇拜自己的队长了,但内心又有一丝不安。他刚刚对自己的格斗术产生一定信心,就发现幻星人如此强大。如果艾洛丝动真格的,想必就连初耀云和初暮雪也不是她的对手,更何况远在地星的老朋友们。他禁不住想:地星的生活会不会太安逸了,这样下去,如果真的爆发战争……

他强迫自己不要去想梦离。

下一场比赛随即开始,艾洛丝小队的天罗人索兰对战初暮雪小队的芒格人萨普。此时其他几块比赛场地也差不多到了天芒星人上场比试的赛程,大训练场的气氛火热到了顶点。

"我去了。"索兰穿好护具,走上训练场。天罗人的护具和其他星族都不一样，特别是脚爪上戴的薄胶爪套，比其他星族戴的拳套更加巨大，但因为四趾分开，也更加灵活。

比赛刚一开始，索兰便展开双翼飞上半空。

天罗人的飞行技巧已经进化到了巅峰，可以充分调动全身各处肌肉发力，做出的飞行动作堪称绚丽。他们的身高体重略胜凡星人，而且体格健壮、力量充沛，又兼具飞虫一般的速度和灵活性，攻击时利用飞行的惯性加大力量，闪避时更是灵活莫测，对其他星族来说无疑是最难缠的敌人。

路予悲也看得出，认真起来的索兰，简直像一头长翅膀的野牛。而更让他惊讶的是，索兰的对手萨普在这种攻势下竟丝毫不落下风。芒格人进入战斗后便四肢着地，确实很像一只猎豹。萨普十分冷静，任索兰在他头上盘旋，他只是微微抬头或侧头，保证索兰在他的视线范围之内，除此之外一动不动。

"他为什么不动？"路予悲忍不住问艾洛丝，"索兰为什么不攻击？"

"他们都在观察对方，寻找破绽。"艾洛丝回答，"两个人虽然没接触，但已经在暗中较量了，目前为止都没有一点失误。"

"可是索兰一直在消耗体力啊，这样下去不是很吃亏？"

艾洛丝点点头："你发现了关键，其实这两个星族的对抗中，硬要说的话，天罗人确实是吃亏的一方。"

"怎么会？"路予悲惊讶道，"会飞的竟然吃亏？"

"你看着就知道了。"艾洛丝目不转睛地盯着场中的两人，也悄悄为索兰捏一把汗。

终于，索兰发动了攻击。他的第一次俯冲是为迷惑对手，而急停后的第二次弧线俯冲才是真的攻击。只见他从斜后方一爪踢向萨普后颈，萨普抬起右手招架，天罗人却已经绕到他左侧，飞快地旋身踢出左爪。萨普也原地转了半圈，依然用右手格挡下这记爪击，同时手腕一翻，试图抓住索兰的左爪，却没能成功。一击未能得手，索兰已经重新飞了起来。

这几下过招发生在两个心跳之间，路予悲紧张得屏住了呼吸。直到索兰飞起来，他才长出了一口气："真厉害。"

"谁？"卡卡库问道。

"两个人都是。"路予悲从这一个回合就看出了一些端倪。这两个星族共享天芒星数万年，既是邻居也是宿敌。无数场大战之后，两个星族都没能消灭对方，足以说明实力非常接近。他们最了解彼此的战斗方式，也形成了比较固定的对抗套路，群体作战如此，个体的较量亦然。天罗人占据了天空固然是优势，但芒格人的力量源于大地。

转眼间，索兰又已经发起两次攻势，都被化解了，最后一次还险些被萨普抓住。

"如果被抓住会怎么样？"路予悲问艾洛丝。

"至少会先吃两拳。"艾洛丝皱着眉回答，"更严重的情况也有。"

终于，萨普抓住了一次机会，一把将索兰从空中抄下来，狠狠摔在地上，两人拆了数招之后，索兰才摆脱控制，再次飞离地面。路予悲只觉得眼花缭乱，看向计分板，赫然显示3比1，在这短暂的一次接触后，索兰被对手领先了两分。周围的观众忍不住大声喝彩，特别是芒格学员。

"如果是不穿护具的厮杀，索兰已经死了。"卡卡库评价道。艾洛丝不置可否。

休突然说道:"咱们已经赢了两场,索兰和我即使都输了,也不过是2比3,没什么关系。"

"你以为我们没想到吗?"艾洛丝瞪了他一眼。路予悲暗暗惭愧,他确实没想到。卡卡库却说:"如果索兰和你都赢了的话,我们就是4比1,连模拟战都不用打就稳赢啦!所以只有索兰输了,你才能偷懒。"

"怎么样都不能偷懒,每一场都要认真打!"艾洛丝气呼呼地说。

路予悲、卡卡库和休三个男人互相看了看,同时歪了下头。路予悲突然觉得自己越来越能融入这个小队了。

此时赛场上的二人已交手几个回合,战斗已经进入白热化。索兰飞行的速度明显变慢了,这是体力不足的征兆。萨普也伏得更低了,呼吸比刚才急促得多。现在的比分是6比4,索兰想要反败为胜已经非常困难。

只见索兰盘旋了几圈,发动了最后一次攻击。这次他从正上方猛然向萨普的背部俯冲,这是最隐蔽的角度。但萨普还是洞察了他的意图,掐准时机向一旁闪身跃出,精准地躲开这一击后马上猛扑过去,索兰借助地板的弹力也向他扑来,双爪同时蹬出,两人"砰"地撞在一起,互相吃了对方最重的一击,各自摔出几米远。

"这一下真重!"路予悲惊道,暗想如果自己是二人之一,恐怕要躺上半天。艾洛丝等人更是屏住呼吸,看两人谁能先站起来,周围的观众也都安静下来,静静地看着。

结果两个人在努力了几次之后都没能站起来,只能趴在地板上呼呼喘气。最后裁判认定比赛不能继续,因为比分是6比4,

所以芒格人萨普获胜。在观众的喝彩声中,两支小队的成员跑上来,扶着己方的队员下了台。

"真厉害!"路予悲扛着索兰的一只翅膀,发自内心地说,"要是你没受试炼的影响,肯定能赢。"

"也许是。"索兰有气无力地说,脸上肿起很大一块,让这个严肃的天罗人看起来像是在笑,"但输了就是输了。"

接下来是最后一场比试,艾洛丝小队的休对战初暮雪小队的邱。两人都是摩明人,名字都很短,发音也很接近。艾洛丝告诉过路予悲,摩明人的本名都很长,而且有的发音很难在恒语和伊甸语中找到同音的字,所以他们会取自己名字中的一两个音节,当作一个简单好记的名字。

摩明人是所有星族里最高大的,皮肤苍白而坚韧,头骨的形状比较奇怪,额头两侧凸起,像是两只没退化干净的角,两边的颧骨和下颌骨也较为突出。他们的肌肉和骨骼的密度都很高,所以休不仅比路予悲高出近一头,体重更是接近他的两倍。

这些特征让摩明人成为七大星族里最结实的一个,抗击打能力很强,但缺点则是略显笨重,身法不灵活。此时赛场上的比试就是一场拳拳到肉的互殴。两个摩明人不断地出拳、出腿、招架,偶尔才会躲闪一下。比的就是哪一方的力量更大,技巧更多,抗击打能力更强。

与之前几场比试相较,这一场的观赏性是最低的,很多观众干脆去看别的赛场了。但路予悲依然觉得新奇,他第一次看到全力战斗的休,认真的程度出乎他的意料。

越了解其他星族,路予悲越替地星人担忧。七大星族里,地星人的平均体质只在凡星人之上,比另外五个星族都要弱。虽然他还没见过几个多尔人，完全不了解那个星族如何战斗，但多尔人的危险人尽皆知，自然不会弱于地星人。他试图说服自己，地星也有很多强大的战士，一定不输给其他星族。但是转念一想，索兰他们才十几岁就已经有如此实力，那天芒星和幻星的高手会有多强呢？唉，只能说格斗水平只是实力的一方面而已，如果六星七族真的开战，主要还是靠科技，除幻星外的其他星族就都落后于地星了。

他突然发现自己又在以地星人的立场去看待这些问题，索性摇了摇头，把一切无用的担心都抛在脑后，专心看比赛。

这时两人的比分已经到了15比12，休落后3分，而且看不到逆转的可能。摩明人的对决就是这样没有悬念，比赛开始后1分钟就能预见到结果。

似乎像有某种默契一般，两人同时停手了，喘着粗气凝视着对方，然后同时点了下头。

休举手认输。

艾洛丝也无奈地叹了口气，她也没法指责休，硬实力摆在那里，再打下去确实没有意义。于是五场格斗比试，艾洛丝小队胜两场，初暮雪小队胜三场，两队比分6比9，接下来的太空模拟战获胜的一队可以得到5分，所以赢得模拟战就能赢得最终的胜利。

另外八支新生小队也陆续结束了第一阶段的考核。每个队都或多或少有人受伤，但都伤得不重。看台上的师生自发地鼓起掌，为新学员的表现致贺。

路予悲又瞥了一眼唐未语所在的方向，却没有找到她，想必是先走了。

15

模拟战定于晚饭后进行，所以学员只有中午和下午的时间可以休息和养伤，医务室里人满为患，门外也排起了长队。

"索兰伤得不轻啊，为什么不能明天再打模拟战，或者过几天？"路予悲义愤填膺地说。

艾洛丝回答道："连续作战能力也是军事战斗力的一部分。在战场上，敌人不会好心地给你休息的机会。"

索兰摇了摇头："伤不重，只体力不足，几个小时就好。"他身上有多处擦伤和撞伤，但好在没有骨折。

"没关系，对方的刺杀官也差不多是这样。"卡卡库有点儿幸灾乐祸地说，"这样我们都比较安全，不用害怕突然被刺杀掉了。"

"不能放松警惕。"艾洛丝嘴上虽然这样说，但心里其实也稍微松了口气。她和卡卡库无疑是小队里最怕刺杀官的人。

一起吃过午饭后，大家还是分头回房休息。路予悲心里盘算着初耀云的伤会不会影响模拟战，他当然希望不会。再怎么想赢得比赛也好，路予悲绝不是乘人之危的人。他刚一进房间，突然不由自主地警觉起来，房间里有人。

"你回来了。"她正坐在桌边的软木座椅上,两条长腿搭在一起,双臂自然交叠在胸前,静静地看着他,"还是自我介绍一下吧,我叫初暮雪。"

"你……怎么在这儿?"路予悲诧异地问,这个人人谈之色变的恐怖女孩总不会是走错房间了吧。

离近了看,她的脸并不娇艳,也说不上柔美,但十分俊俏。脸型如刀削斧凿出的一般,没有一丝多余,尖深的眼角颇有些男子气。整个人就像一把冷酷的兵器,轻盈顺滑的栗色长发则是兵器上的装饰。路予悲的视线在她的左耳上停留了几秒,隐约察觉到一丝异样。

她盯着路予悲看了一会儿才开口:"阿婆很欣赏你。"声音清脆有力。

"阿婆?"路予悲愣了一下才想起来,"啊,初奶奶……初副盟主!呃,你刚才说什……她很欣赏我?我……受宠若惊,对。"他竟有点儿语无伦次,而且心里十分疑惑,在重要的模拟战开始之前,对方的队长居然跑来和他攀关系,到底是什么意思。难道是想求他看在初六海的面子上手下留情?不对,别人或许有可能,这个女孩绝不会提出那种要求。那是来威胁他的?或者……直接干掉他?

"她很少这样欣赏一个年轻人,所以愿意接纳你们进星元统合会。你应该知道,这个决定伴随不小的风险。"初暮雪面无表情地说,"但是我很怀疑,你到底值得不值得我们这样冒险。"

听她说到正事,路予悲也正色道:"我和妹妹初来乍到,还什么都不懂。如果可以的话,我也不想给你们添麻烦。但是我妹妹被人袭击了,所以我们只能求得盟会的帮助。至于你说的值得不值得……怎样才能证明我值得呢?也许我真的不值得,很抱歉,但我实在没有别的选择。"

初暮雪点了点头:"我同情你的遭遇,但是我有我的顾虑。另外,你加入新星籍,又考军院,也都是为了同样的目的对吧?"

路予悲无法否认,只能点了点头。

初暮雪那双无情的紫色眼睛似乎能看穿他的灵魂:"没错,按照《凯鲁公约》,只要是非战争时期,新星都欢迎入籍,当然也可以参军,地星人不会认为你是叛徒,云将军的故事我们都很熟悉。但是我问你,你过得了自己那关吗?你想象一下,如果新星和地星现在开战,你能在战场上朝曾经的同伴开火吗?"

路予悲僵在原地,感觉胸口被重重捶打了一下。他不得不承认,初暮雪一针见血地刺破了他心里唯一的挣扎,那是连队友都没有发现的角落。

艾洛丝给路予悲看过著名的《凯鲁公约》,其中第二十二条提到:新星士兵如果必须与其星族作战,不应该也不能视为对星族的背叛。这是新星军队组建的基石,如果士兵没有在战场上对抗本星族的决心,新星军队根本无法作战。诚然,艾洛丝也不想拿起武器对抗幻星,索兰更是对天芒星十分关心。但他们已经是第二或第三代移民,算是土生土长的新星人,对母星族的感情已经淡化,为了新星,必要的时候可以与同胞战斗。虽然痛苦,但别无他法。新星星卫军的所有战士都背负着同样的宿命,没人会责怪他们,他们也不会自责。

但路予悲是个特例,他刚离开地星不久,不仅对方-夏梦离和夏平殇都有着深深的怀念,甚至连家门口的漫画店和小吃街,商业区里的咖啡馆和无影球馆,都令他魂牵梦萦。现在让他与地星作战，与方-夏梦离为敌，朝夏平殇开枪，实在不是件容易的事。就算有《凯鲁公约》背书，作用也相当有限。

"……我不知道。"面对初暮雪的质问，路予悲只能给出这样的回答，嘴里一阵阵发干，"真的……不知道。"

"至少你很诚实。"初暮雪沉默了一会儿，然后说道，"接下来的模拟战，你不妨尝试一下。"

"怎么尝试？"

"把我当成你曾经的伙伴，夏平殇还有方-夏梦离。"

她竟然知道老夏和梦离？路予悲心里一凛：这个人的强势不是虚张声势。不仅深入调查过自己，还从盟会、学院甚至战争等各个角度细致思考过。与她相比，自己反而想得太少——也许是下意识地回避吧。她说出这两个名字，就等于向路予悲摊牌，她是认真的。

初暮雪继续说道："……把比赛当做真正的战场，看你能不能对我开火，甚至杀死我。当然，就算你想，也不一定做得到。总之，如果你不能迈过这道坎，我希望你能主动退出学院和星统会，去别的盟会寻求庇护。我们不需要犹犹豫豫的半吊子，就像我一开始说的，你们不值得。"

初暮雪走后，路予悲呆坐在椅子上，久久无法平静。他知道自己现在应该睡一会儿，但是初暮雪的那些话就像电流一般，不断刺痛着他的神经，动摇着他的信念。她清脆的话语字字清晰，如刻刀般锋利，胜过初耀云的挑衅何止十倍。路予悲终于相信了艾洛丝的话，跟她弟弟相比，她才是真正的危险人物。

转眼已经到了晚饭时间，路予悲根本无法好好休息，只好带着一身疲惫离开房间。出门之后，他又折返回来，戴上了希儿。平时训练时他从不戴希儿，但是今天的模拟战是用零重力真空舱，是他最熟悉的超导悬浮环境。虽然不大可能启用副官，但不戴着希儿的话，他觉得自己不够完整。

"小魔头那边有消息吗？"他一开口，希儿自然知道是在问她，就像真人一般。

"没有，主人。"

"你觉得，她能考上吗？"

"需要我估算一下概率吗？"

"那倒也不必。"路予悲摇摇头，"你就说个大概感觉吧。"曾经的人工智能做不到这种凭感觉的事，但智心副官可以。

"我觉得没问题。"希儿甜美的声音一如既往，"予恕小姐什么时候让您失望过？"

"哼。"路予悲没再说什么，出发前往餐厅与队友们会合。

艾洛丝似乎也没有睡过，晚饭时强打精神指示队员们："我下午又仔细考虑过，现在的情况是两队的刺杀官都状态不佳，我们可以采取更大胆的战术。"

"不用伞状布阵了？"路予悲问道。

"不，还是伞状一型，不过间隔可以再大一些，你的位置也可以更靠前一点，接近二型。"艾洛丝转向休说，"你用双蛇路线索敌，我怀疑初暮雪可能会出奇招。"

听到初暮雪三个字，路予悲不自觉地颤抖了一下。

"怎么了？"艾洛丝问他。

路予悲缓缓摇了摇头，眼神呆滞地盯着地面，暗想：难道初暮雪刚才所说的话，就是一种奇招？用心理战让我动摇，就发挥不出真实水平。仔细想想，没有比这个更厉害的战术了。那个女人真的如此阴险？

"我不喜欢奇招。"卡卡库沮丧地说，"碰上不按套路出牌的对手，数据官是最累的。"

"没错，所以全靠你了。"艾洛丝半开玩笑地说，然后转向索兰，"我们也出个奇招，索兰，你先稳固后方。"

"什么，让索兰防守？"路予悲率先提出了质疑，"他可是难得的黑翼啊，千辛万苦地通过试炼，格斗赛都吃了亏，不就是为了现在能表现表现吗？"

艾洛丝冷静地说道："不管是不是黑翼，刺杀官的目的都是帮助小队赢得战斗，而不是什么'表现表现'。"

"道理我都懂，但是这也太不近人情了。"路予悲忍不住替索兰抱怨。对于刺杀官来说，深入敌方阵营直取旗舰才是最荣耀的。而缩在后方保护队友，虽然也是一种战术，但气势上就先输了，就好像承认了对方比自己更强。即使最终赢了战斗，对刺杀官来说也算不得豪迈。

卡卡库说道："好啦好啦，你看索兰自己都没说话。你说的那些他能不知道？"

"不用在意我。"索兰说道，"一半的状态，一半的水平。艾洛丝的安排，我完全赞同。路予悲，你合练得太少，要注意配合，听从司令官。"看到索兰冷峻的面孔，路予悲也只好不说话了。回想起在地星时，他总是不自觉地把"表现自己"放在"小队胜利"前面，现在想起来实在惭愧。

"没错。"艾洛丝用那双金色的眼睛紧盯着路予悲，"我再强调一遍，你是关键中的关键，所以一定要保持冷静和克制。"

"我明白。"路予悲回答。他还在琢磨初暮雪的意图,但不打算把刚才的事告诉队友。

"初耀云可能会对你挑衅,千万不要冲动。"艾洛丝又重申了一遍,"开火后最初5分钟要尽量保留实力。"

"唉,你都说过十遍了,真是啰唆。"路予悲忍不住抱怨。

"才六遍。"卡卡库不失时机地打趣道,"我数着呢。"

休也跟着笑起来,摩明人的笑声如同狮虎低吼。

模拟战的赛场是一间宽敞的椭圆形会场,两端各有五台零重力舱,位置很高,各有一条向下倾斜的长过道连接房间中央宽阔的主舞台。四周环绕观众席,四块巨大的光子屏幕悬挂在主舞台上方,用来转播比赛的实况。

类似的赛场在学院里还有很多,所以十支队伍的五场比赛可以同时进行。艾洛丝小队和初暮雪小队所在的会场是最先坐满观众的,毕竟路予悲战绩耀眼,初耀云也颇有盛名,这两支强队的碰撞,也是最有悬念和观赏性的。

就连太空军院的院长德米尔少将也出现在这间会场,引起了一阵骚动。这位幻星人身材高大,器宇轩昂,外表看起来不算年迈。但艾洛丝曾经告诉路予悲,德米尔院长已经八十多岁了,幻星人到一百岁才算进入老年,在此之前都不会显露老态。

比赛开始前,两支队伍的十名队员在中央主舞台上面对面列队,队长握手,这是基本礼仪。

初暮雪轻轻地握了下艾洛丝的手,然后看向路予悲。路予悲本想逃避她的目光,但还是忍不住和她对视了一眼。那一瞬间,他似乎看到那双紫色的眼睛里透出别种色彩。

比赛正式开始后，双方迅速铺开阵型并观察星图。星图的选择是进入比赛后才知道的，就是为了考验双方根据环境因素调整战术的能力。

"78区方向观测到小行星带。"休汇报。卡卡库根据探测舰发回的数据建模星图，比赛刚开始时最忙的就是护卫官和数据官。

"收到，旗舰向92区方向移动，远离小行星带。"艾洛丝做出反应，"数据舰和护卫舰跟着我。"

"我这里也发现一颗小行星，直径大概一千米，移速略快，但说不定可以利用。"路予悲说道，他此刻在队伍最前方，缓慢向敌方阵营前进。

索兰处于路予悲的前锋舰群和艾洛丝的旗舰之间的中点，第一次以黑翼的姿态在模拟战中翱翔。但现在的他以黑翼的标准来看只能算是个新兵，战斗力还不如之前驾驶刺杀舰的时候。而且黑翼既不能戴电耳也没有发信器，只能通过一个小型振动装置单向接收司令官的指令。

艾洛丝突然说道："路予悲，你的位置太靠前了，注意我的信号。"

"明白。"路予悲简短地回答。

卡卡库也说道："你跟我们一起训练的时间太少，数据流的节奏都对不上。"

"还不是因为那个猪头，不给我时间训练模拟战。"路予悲不耐烦地说。

"如果不是猪头教官，咱们连模拟战都不用比了。"休总是一语中的。其他人一想确如此，如果路予悲输给初耀云，第一阶段的总分就是3比12，模拟战的胜负已经无关紧要，艾洛丝小队直接告负。鲍里斯中士当然不可能计算到这一点，但是他对路予悲的特训确实至关重要。

"侦察到敌方前锋舰群。"休的声音把路予悲的思绪拉了回来。

"干得漂亮！"卡卡库赞叹一声，迅速把数据汇总整理，然后发送给所有小队成员。先在茫茫宇宙中发现对手是很大的优势。路予悲发现休的侦察路线相当怪异，在艾洛丝安排的双蛇路线基础上加了不少自己的变化。看来这位沉默寡言的摩明护卫官还是有些独特技巧的。当然，运气也不可或缺。

"根据敌舰调整位置。"艾洛丝下令道，"后方舰群整体平移，跟着我的方向。前锋舰群暂时保持不动，利用小行星做掩体。"

路予悲也正有此意，他正控制三十二艘前锋舰躲在小行星背面，一齐向己方阵营移动。这个位置利于防守，而不利于出击。他突然想起自己和方-夏梦离、夏平殇一起打的最后一仗，一开始也是类似的安排。虽然只过了三个多月，在路予悲看来却像过了几个世纪一般，梦离已经嫁与他人，自己远在半个星系之外，那段日子再也回不来了。

"侦察到敌方旗舰三角。"休自己都感到吃惊，就算再怎么超常发挥，也不可能在这么短的时间内把敌方前锋和后方舰队都侦察到，除非……

"密集阵型？"卡卡库吃了一惊，艾洛丝没有说话，路予悲知道她正在努力推演敌方的策略。

密集阵型是非常罕见的战术，所有舰队距离很近，一起行动，既像一只铁拳一般有力，又像一头巨兽一样笨拙。简而言之就是牺牲了机动性换来最强的集中火力，优点和缺点都很明显。

只要司令官指挥稍有差池，很容易被对方一网打尽。

"路予悲派一艘舰去171区方向，休去88区方向，等我的命令同时发射厄尔光束。"

"明白。"二人同时回答，很快便派出舰船抵达指定的方位。

"卡卡库？"艾洛丝用询问的语气说。

"旗舰位置已追踪刷新，准确率67.1%。"

"开火！"随着艾洛丝一声令下，两道光束同时射出，如果能击中敌方旗舰，就算不能一击制胜，也能取得巨大优势。

"打中了吗？"路予悲问道。

"不知道。"休回答，"我的探测舰已经被消灭了，第二艘正在赶过去。"

卡卡库计算出了一个概率："87.6%的概率击毁一艘护卫舰。"

"要再来一次吗？"休问道。

路予悲暗暗摇头，果然艾洛丝也回答："别，不知道对方现在的情况，不能轻举妄动，会暴露自己。卡卡库，计算他们的朝向，休继续侦察。敌方刺杀舰应该已经来了，护卫舰开始索敌。路予悲保持不动。我给索兰发预备信号。"

"明白！"

路予悲也暗暗计算了一下，敌方的速度很快，此时应该已经越过战场中心，自己所在的位置已经算是敌人的后方了。这样下去，大战将在3分钟之内爆发。

"包夹的话，我可以覆盖三个象限。"路予悲说，心里其实有点儿发虚。毕竟几个小时前才和初耀云全力搏斗，又没能好好休息，现在的他就像连续工作两个通宵，挥之不去的疲惫感一直在侵袭着他，太阳穴突突直跳。

"相信你做得到，但是不行。"艾洛丝解释道，"记得我说的吗，你的消耗不能太快。最多两个象限，交战后你可以自己行动，但是开战5分钟内不能损失十舰以上。"

"明白。"路予悲反而松了口气。

"旗舰和数据舰开始平移，朝前锋舰方向迂回。"艾洛丝继续部署，"休分一半跟我，另一半侧翼拦截，30度锐角。预计两分半后接触。"

想到对方的前锋官是初耀云，路予悲猜测他一定很想找自己报一箭之仇。至于初暮雪……她让自己把她想象成老夏和梦离，我真的要那么做吗？路予悲心里一痛，随即摇了摇头，换了个角度思考：如果她的水平比老夏差出一截，我自然没法按她所说的想象，那就不怪我了。话说回来，还真的很好奇她有多大能耐，居然敢用密集阵型这种高难度战术。

"侦测到敌方舰群！"休第一时间汇报，"确实是密集阵型！"

"前锋舰群居然回撤了一点？"卡卡库惊了，"是最极端的密集五型，这也太拼了吧！"

"准备开火。"艾洛丝下令的同时给索兰发出信号。索兰丢掉了振动装置，进入极致隐蔽的状态。

"发现疑似敌方刺杀舰，开始攻击！"休的声音和卡卡库、艾洛丝混在一起。大战开打之后，小队的通信频道经常会变得混乱，路予悲本来早已习以为常，但此时突然开始耳鸣，所以更觉得队友的声音嘈杂难忍。

"前锋舰群即将加入战斗。"路予悲隐隐有些胃痛，"开始两象限包抄。"

敌方舰群突然出现在他们的视野中。初暮雪的旗舰被护卫舰和前锋舰紧紧包围着,像一块巨大的岩石从山坡上滚下来,又如一只巨象,雷霆万钧地直取艾洛丝的旗舰。难得的是所有舰船的速度都保持一致,井然有序,丝毫不乱。同时,激光和炮弹像雨点一般倾泻出来,幸亏艾洛丝撤离得及时,否则现在已被打了个措手不及。

路予悲从后方发起攻击,但很快发现对方的防守也很出色。和他预想的不同,初耀云的前锋舰队并没有直接与他缠斗,而是和护卫舰一起有序地围绕旗舰飞行。仔细看时,对方的阵型并不像岩石那样笨重,更像是一颗匀速自转的行星。路予悲一会儿面对前锋舰,一会儿面对护卫舰,很难摸清对方的攻击模式,竟像局部一打二一般艰难。

路予悲看明白了,其他队友也陆续发现:初暮雪的调度能力实在可怕。这是教科书上一笔带过的高难度阵型密集六型阵型,俗称"行星阵型"。

在这种阵型下,索兰根本找不到突破口,而对方的刺杀官萨普已经在确实地对艾洛丝和卡卡库造成威胁。休布置的太空水雷也被敌方的密集火力摧毁了一小半。卡卡库面对陡然出现的海量数据,计算能力已经跟不上战场变化。他用凡星语骂了句粗口。

"集中火力攻击外围!"艾洛丝下令,卡卡库急忙跟上。但很快就发现这个阵型比想象中更高明,这颗巨大的"行星"并不是活靶子,而是在以共同的步调精准走位。行星不时地碰撞或收缩,并没有因为阵型密集而损失掉灵活性。

"我跟不上他们的走位。"卡卡库承认,"数据量太大了。"

"伊娜没有你强。"艾洛丝给他打气,"再加把油,卡卡库!"

"我知道她没有我强。"卡卡库委屈地说,"很明显,初暮雪在帮她，否则根本维持不住这个阵型。"他没有责怪艾洛丝的意思，只是说出了一个事实。

"我也帮你。"艾洛丝知道这是对方的节奏，但也不得不跟随。休的护卫舰很快便损失了五艘，旗舰三角被迫撤退，甚至差点被冲散。

路予悲变换了几次攻击角度，但小规模的试探攻击难以奏效。眼看着初暮雪小队攥着艾洛丝的旗舰群，就像一颗燃烧着的火球追逐一个无助的孩子。

我们要输了。有那么一瞬间，艾洛丝心里沮丧地闪过这个念头：初暮雪的本领在我之上，换作我，用不出这么漂亮的密集阵型。休和卡卡库也有类似的灰心念头，他们的状态已经开始下滑，虽然战力损失还不大，但找不到对方的破绽，一旦落入被动就很难挽回颓势。小队的通信频道不祥地安静了下来，这意味着什么，每个人都懂。

事到如今，路予悲不得不承认初暮雪的水平与夏平殇相去不远，甚至数据计算水平也不输给梦离。

唉，我从没想过，变成敌人的老夏和梦离，竟然如此恐怖，但是……我竟然有点儿热血沸腾了。

16

观战的老学员早已开始窃窃私语，此时声音越来越大，讨论的重点都是初暮雪。虽然双方刚刚接触，但已经到了第一个关键时刻，初暮雪的战术风格就像她在格斗比赛中表现出的那样，乍看之下并不惊艳，但气势雄壮、细节周密，也不失为一种华丽。在这种攻势下，抗压能力不足的小队可能瞬间崩盘。高年级的学员里的司令官也都暗暗心惊，只有一小半人自忖能抵挡住行星阵型，但想要自己用出来的话则是另一回事。这种阵型需要司令官有相当高的天赋，还有至少三年的零重力舱训练，加上一定的数据官经验。这个女孩按地星标准年计算才不过十八岁，竟然比传闻中还要强大。

"稳住，不要慌！"原本沉默的通信频道里，路予悲的声音突然响起，"这种小场面我见得多了，没什么可怕的。"他的话半真半假，现在士气不能崩溃，需要给队友信心，单靠他自己绝对无力回天。

"司令官，他们既然追你，你就专心带他们逛街，不要慌。护卫官和数据官全力保护旗舰，哪怕只是拖延时间也好，剩下的交给我。"话一出口,连路予悲自己都感到惊讶。这种话以前都是夏平殇说的,路予悲往往是大呼小叫地朝队友发泄不满的那一个。现在艾洛丝的经验尚浅,路予悲也渐渐承担起了小队核心的重任,心智也越发成熟。

他强迫自己认真起来,是那种从未有过的认真。

初暮雪,不——夏平殇和方-夏梦离,一个是我最好的朋友,一个是我最爱的女孩,现在却成了我所见过的最强大的敌人。醒醒吧,路予悲,这片战场是真实的,未来也是真实的!我的背后是第六星,是我的四位新伙伴,还有廉爷爷,初奶奶,还有我的新家和新的盟会。星元统合,万灵共生。我必须保护这些重要的人,必须报答他们的恩情!

还有小魔头,她是我身边唯一的亲人了,我不能失去她。即使是你们,也不能伤害我身后的一切!

"司令官,请向裁判申请副官参战。"路予悲冷静地说。下定了决心之后,他竟感觉到头脑里的不适感一扫而空,整个人都轻松了。原来与身体的疲惫相比,内心的挣扎才是更大的折磨。

"副官?"艾洛丝糊涂了,"他们没有智心副官,不可能同意啊。"

"他们有。"路予悲说道,"初暮雪很可能戴着智心副官,用了电幻迷彩。"他已经在克萨那里见过这种智心副官专用的新潮技术,而且敏锐地察觉到初暮雪的左耳不太对劲。

卡卡库想哇喔一声,开个玩笑,但是考虑到场合问题,还是忍住了。

"好吧,我申请。"艾洛丝也恢复了冷静,"卡卡库,休,接下来我的动作会加快,你们跟上我。"

"明白！"

路予悲并没有把希望全寄托在希儿参战上，托艾洛丝反复提醒的福，路予悲现在还保存着实力，三十二艘前锋舰还剩二十九艘，体力也没怎么消耗。而且在刚才这段时间里，他已经大概摸清楚了对方的前锋官和护卫官各自的行为模式。

"5分钟已过，司令官，我要出全力了。准备三象限围攻。"路予悲话音未落，前锋舰已经黏上对方的侧翼，瞄准一处较为薄弱的环节，火力全开，时机刚好。一艘，两艘……对方的护卫舰和前锋舰还没来得及做出反应，已经被路予悲打出五换二的局部优势，观众席上也掀起一波新的热议。

索兰，就是现在了！路予悲在心里大喊一声。黑翼队友早已断开通信，这时候只能看他的洞察力了。

索兰果然没有辜负路予悲的期待，准确捕捉到路予悲打开的缺口，终于钻入了敌人的核心舰群中。但是初暮雪的旗舰被保护得很完美，就连太空水雷的运行都安排得井井有条。

索兰在心里暗暗赞叹初暮雪的实力，决定先干掉一艘护卫舰，既能吓吓他们，也能帮艾洛丝他们减轻一些压力。他打定主意，指羽抽出一把蓝锂尖刺，虽然只是模拟的，他也能感觉到沉甸甸的重量。他贴近一艘护卫舰，猛地挥翅，尖刺没入舰身，钢铁战舰发出无声的惨叫，瞬间变成了一大块废铁。因为阵型密集的缘故，这艘失控的护卫舰还撞上了旁边的一艘，一起脱离了舰群。

凭借这漂亮的一击，索兰收入了作为黑翼的第一笔战绩。

初暮雪和邱的应对速度快得惊人，大量霰弹朝索兰所在的方向打来，一波又一波，还暗藏后手。索兰勉强避开，险些被击杀出局，只能先撤离。

与此同时，初耀云漂亮地击毁了休的护卫本舰，艾洛丝小队的护卫官宣告出局，初暮雪小队取得了人数上的领先优势。

初耀云也确实有两下子，看来果然不能轻松翻盘啊。路予悲无奈地想。

"我发信号叫索兰回防！"艾洛丝别无选择，没有了休的话，只能靠索兰回来对抗对方的刺杀官萨普了。因为索兰已经丢弃了振动装置，所以只能通过旗舰信号光来下令。

索兰注意到信号，知道后方需要他的支援。这段时间他没能找到初暮雪和数据官的破绽，虽有不甘，也只得掉转方向。

路予悲心念一动，突然改变了战术。他选择性地放过了对方的护卫舰，开始有意地攻击对方的前锋舰，以此来挑衅初耀云。他暗想：如果初耀云也和曾经的我一样好胜心切，一定马上就沉不住气了。

果然，初耀云上钩了，虽然没有脱离舰群，但开始把大量火力调度到侧翼，和路予悲正面较量，给了艾洛丝喘息之机。路予悲能想象到，对方的通信频道此时一定在争吵不休，初家姐弟在战术上出现了分歧，那么到底是司令官能维持自己原本的战术，还是前锋官坚持一意孤行呢？唉，多像是曾经的老夏和我。看来对手不仅是夏平殇和梦离，还有一个叫路予悲的莽撞蠢材。

想到这里，他自嘲式地干笑了几声，眼眶却有点儿湿润。

很快，敌方给出了答案。初耀云率领前锋舰群脱离了大部队的阵型，开始向路予悲发动歇斯底里的反扑。此时双方前锋舰的数量比是25比23，路予悲有两舰的优势，但是对方剩余的十艘护卫舰也在尽力协助，向路予悲倾泻火力，又把他推到了劣势的一面。

接下来的2分钟成了路予悲的表演时间，硬碰硬一直都是他最喜欢的，也是他经验最丰富的一环。他的打法既准且狠，眼前的三块光子屏飞快地切换着画面，控舰数量也渐渐离谱。裁判把路予悲的主视角发送到光子屏幕，现场的观众无不震惊。刚才是司令官学员们因为初暮雪的强大而惊叹，现在轮到前锋官集体炸锅了。

"好强……太快了！"

"他是在乱打吧？"

"不是乱打，这是实打实的硬功夫啊。他是怎么练出来的，从娘胎里就开始练了吗？"

有位二年级的前锋官问坐在他后面的三年级前锋官："他到底在控几艘舰？七艘？"

"好像是吧，我也不太确定。"三年级前锋官睁大眼睛，一眨都不眨地盯着光子屏幕。

最后还是他身边的一位天罗人教官说出了答案："七艘。每隔三个循环还能操控一下第八艘。"

一位名叫麦迟霜的地星女生问身边的女生："鹤姐，这个路予悲也太厉害了。"麦迟霜在学院里现有的三十二位前锋官里排名第二十一位，而她的身边的武千鹤则高居第三席，此时点着头说："单论控舰能力，他比我还强一点，但攻势变化还是有限，真打起来我也许能险胜。费尼，你怎么看？"她回头问身后的一位男学员，次席前锋官。

费尼扶了扶目镜："初耀云是我早就认识的，很清楚他的实力，足可成为今年的新芒。可惜不知道从哪儿冒出了这个路予悲，今年的新芒必然是他。而且……他冲击王座也许只是时间问题。"说完，他和武千鹤一起看向观众席的另一边。现任王座前锋官穆托是幻星人，此时那双金色眼睛紧紧盯着大屏幕，面无表情，一言不发。

坐在最后排的唐未语难得地拨开挡眼的长发，双眼闪耀光芒，整张娇脸神采奕奕。她的队友梅尔迪莎则面带微笑地看着她。

路予悲当然看不到观众席上的情况，他打出几波密集火力之后，又分散舰群变为交叉火力，稳扎稳打地把初耀云的舰船一艘艘消灭。虽然初耀云也顽强地干掉了路予悲不少前锋舰，但还是被狠狠地压制了。还没等到卡卡库计算出结果，路予悲就已经锁定了初耀云的本舰。

初耀云也发现了这一点，心里刚说不妙，本舰就被路予悲的一发厄尔光束打掉粒子护盾，紧接着又挨了一轮炮击……初耀云出局后，剩余的六艘前锋舰由护卫官邱接管。他理智地回避了路予悲的锋芒，回归舰群主体，和初暮雪再度密切配合。

"应该差不多了。"路予悲暂时松了口气，轻声说了句。

"什么差不多了？"卡卡库问道。

艾洛丝给出了答案："敌方司令官同意了副官参战，初暮雪果然有副官！倒计时10秒，9，8，7……"

路予悲心里暗暗赞叹初暮雪的高明，眼见形势已经向路予悲这边倾斜，她必须放手一搏，时机选得也很好。想必初暮雪对她的副官也颇有自信，从她的表现来看，一定经历过专业训练，想必也专门调教过副官。

可惜，如果对手不是我和希儿的话。

"……3，2，1，开始！"

"希儿！"路予悲心头一热，忍不住又想起了最后一次和方-夏梦离并肩战斗的情景。

"是，主人。"

观众席上又掀起一波热潮："什么，副官参战？居然两边都有？"

"笨，路予悲在入学考核时不是就用过副官吗。但是初暮雪竟然也有？"

"最近智心副官大减价吗？好像没有啊。"

"这场比赛看着过瘾，值了！"

双方的副官参战后，战况又发生了巨大的变化。初暮雪的副官接管了初耀云留下的六艘前锋舰来拖住路予悲，路予悲也让希儿控制六艘前锋舰接住，局部构成新的平衡，他也能腾出手来采取别的行动。他估量了一下现在的形势，敌方的刺杀官萨普已经干掉了两艘护卫舰，对艾洛丝构成巨大的威胁。所以休留下的六艘护卫舰目前由艾洛丝控制，只能力图自保，没法帮助路予悲。

艾洛丝能撑到这个地步已经很了不起了，听着她越来越急促的呼吸声，路予悲知道她的心理压力和操作负荷已经接近极限。

初暮雪也洞察了艾洛丝的状态，所以干脆地放弃了防守，连旗舰也加速冲上去火力全开，决心一波击溃艾洛丝。路予悲无法正面阻拦，只能在后边追击，同时在通信频道提醒艾洛丝小心。

艾洛丝、卡卡库和索兰也吃了一惊，他们的战斗经验还非常有限，从没遇见过双方的旗舰近距离交锋的情况。不仅是他们，观战的高年级学员也几乎没见过这种局面，一时间再次哗然。两艘旗舰一进一退，相距不足五千米，像在跳贴面舞了。很多认为路予悲已经稳操胜券的人又动摇了，似乎优势又回到了初暮雪一边。

面对这波猛烈攻势，艾洛丝小队第一个牺牲品是卡卡库。

就像格斗赛时那样，卡卡库为初暮雪的气势所震慑，反应变得迟钝，行动也变得僵硬，自然会成为对方集中攻击的目标。

正当艾洛丝为卡卡库的出局而沮丧之际，索兰突然刺杀掉了对方的数据官伊娜。原来伊娜的数据舰走位失误，贸然飞到了索兰面前。索兰当然不会放过这个好机会，蓝锂刺一击得手，对方也少了数据官这双"眼睛"。索兰暗说侥幸，如果不是双方旗舰离得这么近，他不可能有这种守株待兔的机会。这也算是初暮雪的战术的一个副作用，队友的体力也已经消耗殆尽，渐渐跟不上她的节奏了。但初暮雪也算到，索兰的三把蓝锂石尖刺已经用尽，再加上抛弃了通信器，他在场上已经形同虚设，无法再发挥任何作用。于是初暮雪不再防范刺杀官，专心追击艾洛丝，志在必得。

路予悲和希儿已经把对方的前锋舰全部消灭，护卫官邱也被击杀出局。但因为路予悲急于突围，代价也很惨重。艾洛丝把影舰分离，自己依然留在旗舰。敌方的刺杀官萨普也在击沉了艾洛丝仅剩的几艘护卫舰后，被路予悲消灭。这时双方的舰队都已残破不堪，有生力量所剩无几。回看追击的一路布满金属残骸，像是一条碎片之河。现在双方比的就是体力和精神，以及谁能够超越自己的极限。

"真不简单。"观众席上，地星首席美女唐未语对身边的梅尔迪莎说，"你发现了吗，路予悲已经先后击杀了对方的前锋官、护卫官和刺杀官。这个男人如果来了我们队里，我的王牌地位也要让给他了。"

"数据官和前锋官，你们会是一对无敌的搭档啊。"梅尔迪莎回答，"你明明知道不可能跨年级转队，看来你是真的很欣赏他。"

战场中的路予悲还不忘鼓励艾洛丝:"坚持住,艾洛丝,优势在我们这边!再坚持一下!"

"唔……好……"艾洛丝已经被初暮雪和邱追着猛攻了5分钟,她的体力极速消耗,像过了五个小时那样漫长。她在零重力舱里的战斗经验毕竟还太少,这场战斗的时长和强度都已经超出了她的极限。她现在只感觉头晕脑涨,浑身不适,几欲晕倒。

突然,初暮雪发射旗舰主炮,擦过艾洛丝的旗舰。主炮虽然发射缓慢,但威力巨大,不仅打掉了粒子护盾,还造成艾洛丝的旗舰受损,只是还没有严重到出局。艾洛丝面前的所有显示屏都变为红色,弹出大量故障告警和修复措施,巨大的恐惧感将她压垮,几乎已经无法做出任何有效操作。观战的裁判员也看出艾洛丝状况不妙,提前呼叫校医到场。

路予悲知道别无选择了,于是操纵本舰降落在艾洛丝的旗舰顶上:"司令官,我申请接管旗舰!"

"好……好的。"艾洛丝都忘了还有这种办法,她用发颤的双手下发了最后一道指令,把一切都托付给了这位前锋官。现在的赛场上,名义上是二对一,实际上已经是路予悲和初暮雪的单挑对决了。当然,还有双方的副官。

索兰、卡卡库等出局的队员都静静地观战,赛场中央的观众也都屏住呼吸。其他四个赛场的比试都已经出了结果,新学员和观众都听说了这里的情况,纷纷赶来这间赛场,里面坐不下就在门口站了好大一片。每个人都想看看这场有史以来最激烈的入学考核战到底会迎来怎样的结局。

路予悲虽然还坐在自己的驾驶舱里,但实际上已经在操纵旗舰，把最后两艘前锋舰交给了希儿。他担任过半年司令官，又经常跟夏平殇探讨司令官的技巧，所以无论从经验还是技术上讲，他作为司令官其实也是强于艾洛丝的，但是跟初暮雪相比就很难说了。

他迅速关掉所有告警信息，只对旗舰受损部位做了必要的修复。

"希儿，怎么样了？"

"15秒后到达。"

"好。"路予悲咬了咬牙，"15秒后分胜负。"

观众席上，唐未语对梅尔迪莎说道："有陷阱。"

"什么？"她的幻星朋友没反应过来。

"路予悲现在的路线不太自然，像是精心计算过的。"唐未语点评道。

"你到底在说什么呀？"

路予悲操纵旗舰发出彩色光信号，内容是：请你们住手，速速离开战场。

学员都一脸茫然，很少有人在战场上给对方发信号，更不可能因为这种信号就投降。而且"你们"是什么意思，他不知道对方只有初暮雪一个人了吗？

路予悲已经完全沉浸在了自己的臆想世界里，坐在对面的旗舰里的是夏平殇和方-夏梦离，他们真的很强，但是现在路予悲依然有打败他们的机会——或者说杀掉他们，他最好的朋友和最爱的女孩。

"希儿，还有多久？"

"8秒。"希儿回答。

他又发了一遍信号，但夏平殇和梦离没有给出任何答复，仍是步步紧逼，毫无退意。他的心突然像是被绳子勒住，跳动得十分艰难。但是他不能停下，这是唯一的机会。如果他心软，夏平殇和方-夏梦离就会杀了他，毁灭他身后的一切。

"来了，看。"唐未语小声道。

一颗小行星出现在路予悲操纵的旗舰后方，正以很快的相对速度向两舰冲来。

在观众的惊呼声中，路予悲轻巧地避开了行星。这正是他在布阵阶段发现的那颗行星，他当时就已经记下了相对速度，模拟出了轨迹，此时让希儿校正之后，准确地利用上了这个陷阱。两队的数据官早已出局，旗舰等于少了一只眼睛，所以这颗高速逼近的行星完全出乎初暮雪的意料。她凭着极限的操作终于避开了行星的撞击，但是把最薄弱的角度暴露在了路予悲的面前。

路予悲的手指早已悬在主炮的发射命令之上，恍惚间似乎看到对方的旗舰消失了，在那个位置出现了两个身着驾驶服的年轻人，漂浮在黑暗的宇宙中闪闪发光。老夏显得很疲惫，梦离早已泪流满面。

在这短短的一瞬间，仿佛一切都停滞了，耳边的喧嚣渐渐远去，变得如此安静，路予悲似乎能听到两人在对自己说话。夏平殇用老成的语气开着玩笑，梦离则哭诉着委屈和不甘。明明不久之前他们还是亲密的伙伴，现在怎么会变成这样？

我要开火吗，我能开火吗？

我们还能回到过去吗？

这些念头如惊涛骇浪拍打着路予悲的心脏，血液在翻涌，视线变得模糊。

这一关是如此艰难。也许过了一年，也许仅仅是一瞬间，路予悲做出了决定。

高能射线贯穿了虚幻的夏平殇和方-夏梦离，也贯穿了初暮雪的旗舰。比赛结束，艾洛丝小队获胜。

全场观众起立，掌声雷动。这掌声不仅献给路予悲，也献给他的对手。两队的表现都很惊艳，这场战斗可以称为军官学院建校以来最精彩的一场入学考核，后来更是能够成为教材，被每位学员反复观摩。

艾洛丝钻出零重力舱，脸上的兴奋掩饰不住疲惫。索兰、卡卡库和休也是一样，他们互相看了看，一时间难以相信他们真的赢了。

四人沿着长过道走到中央舞台，准备听裁判宣布比赛结果。

"我还以为输定了呢，哈哈！"卡卡库满脸笑意。

"那家伙真了不起。"休点着头说。

"他人呢？"索兰回头看向路予悲的零重力舱，舱门还没有打开。

卡卡库想走过去，被艾洛丝拦住了："他可能累了，让他在里面休息一会儿吧。"

初暮雪小队的成员也已经走到主舞台，除了初耀云。他在出局之后就愤怒地打开舱门，非常不礼貌地提前离场了。

初暮雪突然越过了艾洛丝小队，沿着通道径直走到路予悲的零重力舱前。艾洛丝等人疑惑地看着她，全场观众也都不明所以。

舱门打开，路予悲已经摘下了头盔，低着头坐在驾驶席上，一动不动。

初暮雪一只脚踩在舱口，俯视着他，似乎是想从他的脸上看出他是不是真的有所觉悟、下定决心。观众都惊呆了，不明白初暮雪是什么意思。索兰动了一步，被艾洛丝轻轻拦住。

路予悲缓缓抬起头，双眼布满血丝，眼神涣散无助。迟来的剧烈头痛正在折磨他，令他的头脑一片混沌，无力辨明真实与虚幻。他还没走出自己的困境，以为自己真的亲手杀死了两名挚友，生平第一次体会到什么叫痛不欲生。这痛楚如此鲜活，真像是有一把尖刀插入胸口，在他的心上留下一生都抹不去的疤痕。但只要他挺过这种煎熬，就能进化到另一个境界，那才是身为战士该有的成熟。

此时，他的眼前模糊不清，逆着场内的强光，只看到一个纤细的轮廓，穿着紧身驾驶服。好美。是她，只有她，能把这身冷寂的衣服穿得这样美。

"梦离，对不起。"他小声呢喃着，艰难地站起身来，在全场观众惊异的目光中，把女孩紧紧抱进怀里。

17

考核结束后,路予悲勉强应付了一下队友和观众的赞美,回到房间便倒在床上。进入梦境前,他没忘记另一个考场:"希儿,小魔头考得怎么样?告诉她我打赢了……明天回家……"说完不等希儿回答便沉沉睡去了,于是希儿很贴心地没有出声。

在梦里,路予悲见到了父亲路高阙,穿着他最喜欢的那件黑风衣,胡须刮得很干净,只是脸色疲惫,眼神暗淡。

"爸,我想你。"路予悲沮丧地对爸爸说,好像要把所有压力都释放出来,"你不在,我不知道怎么办好。"

路高阙一言不发地看着他,轻轻摇了摇头。

"我现在是第六星人了,还进了军院。这是你所期望的吗?"路予悲问道,但不知道为什么,他预料到父亲不会给他答案。

果然,路高阙还是什么都没说。

让路予悲惊讶的是,妈妈也出现在他梦里。

"妈,我好想你。"路予悲的声音带有哭音。妈妈的容颜还和路予悲记忆中一样秀丽,目光中除了慈爱,依稀可见年轻时的机敏。原来小魔头这样像妈妈。路予悲暗想:我一直以为我是更像妈妈的那个。

忽然，在父母背后，一阵血红的烟雾弥漫开来，像一场沙暴扑向二人。在路予悲的叫喊声中，母亲消失了，父亲则倒在地上，艰难地爬行。路予悲想冲向父亲，却被身边的人一把拉住。他气愤地看向那人，本以为是妹妹，没想到竟是姐姐。

"你不能回去。"姐姐告诉他，"照顾好自己，还有予恕。"

路予悲不知道说什么好，姐姐的容貌变得模糊起来，恍惚间变成了一个不认识的女孩，穿着银色的衣服，一头银色长发有如花枝般在风中飘逸。银发女孩用关怀且怜悯的目光看了他一会儿，转身走了。

那片血红的烟雾已经吞没了路高阙，吞没了房屋、道路、城市和星球，正在向整个宇宙蔓延。血雾像一张血盆大口，大到能吞下几个星球，并发出一阵阵刺耳的怪笑。

路予悲从梦中惊醒，眼前一片黑暗，黎明还未到来。几下心跳之后，他安定下来，这黑暗竟让他有一种安全感。和梦中的怪物相比，现实的一切都是那么美好。

就这样愣愣地躺了一会儿，刚才梦里的细节渐渐从他脑中消失，就像是被海绵吸走的水分。路予悲打开微机，翻出为数不多的几张妈妈的全息影像看了一会儿，又看姐姐的，最后是梦离的。那个银发女孩到底是谁？他心里暗暗纳闷：为什么有种熟悉感？就这样想了一会儿，他才再次睡去。

这一觉睡得格外长，路予悲已经很久没有睡足十个小时了。

"希儿，小魔头怎么说？"洗漱之后，路予悲开始吃早餐。考核结束后有三天假期，他决定回家好好休息休息，毕竟已经两个多月没有回过家了。

"她的用词有点儿粗俗,大意就是让您回家之前好好洗澡,避免体味过重。还有就是她也考过了。"

"看来那什么和平大学也不过如此。"路予悲咽下一句赞许的话,表示出不屑的样子。

"主人,艾洛丝他们来了。"希儿告诉他。

"快请进。"路予悲话音未落,门已被希儿遥控打开。

休息了一夜的艾洛丝已经恢复了往日的光芒,冲上前来给了路予悲一个拥抱:"昨天你的表现太棒了,有你在我们队里,是我们的幸运,真!"

路予悲笑了笑,他已经习惯了艾洛丝这种演讲式的发言。

卡卡库坏笑着捅了捅他:"初暮雪是怎么回事啊?你的胆子也太大了吧。"

路予悲有些尴尬:"我当时太累了,认错了人。我不是跟她道歉了吗。"

"她当时居然没有揍飞你就默默走了,不像她的风格。"休点评道,卡卡库也点头称是。

路予悲只好说:"其实她……跟我有个不算约定的约定。"他这才把初暮雪赛前来找他的事一五一十地告诉了队友。

听完后,艾洛丝幽怨地说:"我是个不称职的队长,没有早点看出你心里的挣扎,也没能帮你克服。"

"千万别这么说。"路予悲摇摇头,"本来就是我自己的事,没人帮得了我。我现在醒悟了,做人还是应该干脆果断一点,不应该拖拖拉拉的。"

"说得没错。"卡卡库摇头晃脑地说,"我就不明白这有什么好纠结的,既然已经是新星人了,该打谁就打谁嘛,有什么好犹豫的。"索兰瞪了他一眼，但是没有说话。

路予悲沉默了一会儿，然后坦然地说："我一直都太在乎别人的眼光了，怕人在背后骂我。比如有人会说，大恒帝国并没对我怎么样，而我却当了叛徒。"

"他们开除了你的星籍，"艾洛丝指出，"而且雇用陪审团绑架你妹妹呀！"

"还没有证据表明是他们干的。"路予悲无奈地摇摇头，"而且有人会说，我们有犯罪嫌疑，国家有权力抓我们回去之类的。爸爸那边，也许也能渡过难关呢。"

"你不是叛徒。"索兰肯定地说，"战时投敌是背叛，战前没有敌人，个人有自由。"

休也点点头："如果你是叛徒，那么新星的每个人都是。除非一打仗就各回母星。"

"我明白。"路予悲其实早就理解了，从五大文明决定共同开发第六星的那一刻起，这片宇宙就有了新的道德准则。

"总之我们赢了，谁都不用被开除啦。"艾洛丝换了个话题。

"初暮雪小队里谁会被开除啊？"卡卡库抛出一个问题。

艾洛丝等人也在想这个问题。初家姐弟不太可能被开除，摩明人邱和芒格人萨普也是好手，恐怕只有幻星人伊娜来背这个黑锅了。她先是在格斗比赛中败给艾洛丝，模拟战中作为数据官也表现平平，最后更是冲到索兰面前白送他一个大礼。虽然运气太差也是因素之一，但看起来确实非常尴尬。

路予悲暗想：不管是不是伊娜被开除，对初暮雪小队都是一个打击。

"你不用觉得过意不去。"艾洛丝看穿了路予悲的想法，

"不管谁被开除,对那个人来说也许是一件好事。"

路予悲点了点头,甚至觉得如果换作他们输了,被开除的是自己,也不全是坏事,他也可以接受。

索兰问道:"接下来的三天假期,你打算怎么过?"

"回家好好睡一觉。"路予悲不假思索地回答,"争取一觉睡三天。"

收拾好背包后,他先去了一趟新兵训练场。鲍里斯中士果然在那里,和其他几位教官聊得很热闹。他察觉到路予悲的到来,远远地和他对视了一眼。路予悲深深鞠了一躬。中士背过身去,假装没有看到。

走出校门后,他沿着公路径直往前走着,脑子里还在想艾洛丝他们的话。很快,一辆很亮眼的飞车从空中降落在他面前,车身银白如幻星硝晶,流线型的加长车身十分帅气。路予悲本以为是希儿叫的出租车,没想到坐在驾驶席上的竟然是初暮雪。

"你……"路予悲不知道她想干什么,但是很快想到自己应该说什么,"对不起,昨天我脑子糊涂了,才……"

"上车。"初暮雪冷冷地说。

"啊?"路予悲万万没想到她是这个反应。

"别傻站着,上车再说。"初暮雪有点儿不耐烦。

路予悲只好犹豫着坐上副驾驶位,座位软硬刚好,非常舒适。他暗想这辆飞车的价格一定相当昂贵。

飞车起飞后,沿着山间空路飞行,两边是郁郁葱葱的原始山林。路予悲打破沉默:"昨天真的很抱歉。"他当着学校半数师生抱住初暮雪,虽然很快就被她推开了,但还是在观众里引发了不小的骚动。

初暮雪沉默了一会儿，才说道："你的行为确实很冒犯。我知道你当时不清醒，可能我下午那番话害得你没休息好。所以这件事就算过去了。你很爱方-夏梦离？"

"是的。"路予悲叹了口气。

"你这个年纪的男人，很感性，经常会做出愚蠢的事。"不知道是不是错觉，路予悲竟然觉得她的话里有了些幽默感，忍不住微微一笑。

"你这个年纪的女人呢？"路予悲不甘示弱地还击，异想天开地问道，"你有没有爱过谁？"

"这个问题太失礼了。"

"你问我就不失礼了？"

初暮雪沉默了一会儿，嘴角不易察觉地动了一下。路予悲认定这是一个微笑，虽然笑容没有触及眼睛。

她索性换了一个话题："你怎么知道我有智心副官，艾洛丝发现的？"

"我见过电幻迷彩的效果。"路予悲没想到她竟然从这里开始，"看你的耳朵有点儿不自然，我就大胆猜了一下。"

"原来如此。尼克，和希儿交换铭卡。"初暮雪对自己的副官下令。

"你居然连希儿的名字都知道？"路予悲有点儿惊讶，"侦察能力也太强了吧。"

"很意外？我可是司令官，尤其注重情报能力，模拟战里如此，现实中更是如此。"初暮雪淡淡地说，"尼克，交给你驾驶了，去路予悲家，也就是廉施君家。"

"遵命，主人。"尼克的声音像是一位彬彬有礼的中年绅士。

"现在换我跟你道歉了。"初暮雪的口气缓和下来,"赛前说的那些话有些失礼,很对不住。那些话不都是真的。既然你已经是我们星统会的一员,我就不可能赶你出去。军官学院也是一样,要不要录取你,自然有教官和校长去评估,我无权干涉。"

"所以你那么说只是为了试探我?"路予悲有点儿明白了,心里既无奈又有点儿感激。这个看似冷酷的女孩,其实心思非常细腻敏感。从某种角度上讲,和路予恕有点儿像。

"我想看看你到底有多大能耐。"初暮雪转头看着他,紫色的双眼依然冰冷,"情报再多也好,真正想要了解的东西,我必须自己确认。"

"那你现在确认了,我没让你失望吧?"路予悲努力挤出一个微笑。

初暮雪哼了一声,木然说道:"如果对你失望,你现在就不会在我的车里了。说正经的,我相信你跨过了那道坎,也承认你的实力。"

"你也很强啊,强得不像话。"路予悲感慨道,语气十分诚恳,"我打过这么多年模拟战,你是我遇到过的最强的对手。真!"

初暮雪有点儿意外:"很多人都怕我,你不怕吗?"

路予悲想了想,有些疑惑地说:"说不上怕,但是……我觉得你有点儿不对劲。"

"什么不对劲?"

"我说了的话你不要怪我。"

"你说吧。"

"表面上看,你确实有点儿可怕。"路予悲犹豫着说,"但是了解你之后,就会发现你也不难接触。相反,还很大度随和。"

"你凭什么说了解我?"初暮雪反问。

"我们认认真真打过一场模拟战啊,这还不够吗?"路予悲说道,好像这是一个很显而易见的佐证,"现在我们又聊了这么久,我就更确信了。觉得你可怕的人都误会你了,可能是这双眼睛的缘故吧……对,这就是我说的不对劲的地方。你明明长得很好看,人也很好,为什么偏偏眼睛这么……奇怪?"

"长得好看,人很好?"初暮雪直视前方,僵硬地说道,"你是第一个这样评价我的人。"

路予悲没有说话,只是忍不住盯着她的侧脸,只要忽略那双眼睛带来的不适感,这绝对是一张极美的脸。

"最后那个行星轨迹,你是什么时候开始计算的?"初暮雪换了个话题。

听她居然开始向自己请教问题,路予悲马上来了精神:"希儿参战之后。其实我也是冒险拼一把,当时的剩余计算力不一定够。而且一开始我就留意到那颗行星的速度不慢,所以建了个模型……"讲到自己擅长的领域,他越说越起劲。初暮雪听得也很专心,不时地问一两句,也都是关键所在,路予悲更加兴奋。自从见不到夏平殇之后,已经很久没有人能和他如此深入地探讨战术了。再看初暮雪时,竟觉得这个冷冰冰的少女又亲切了不少,就像一位相识多年但不常见面的老友。

忽然,希儿在他耳边说道:"主人,外界通信丢失了。"

"什么?"路予悲一时间没懂,再看初暮雪也是一愣,似乎她的副官尼克也跟她说了类似的话。

一下心跳之后,飞车下方传来一声闷响,车子随之失去平衡，车身猛地倾斜，并且开始向斜前方俯冲下去。路予悲毫无防备，一下子扑到了初暮雪身上。

"对……对不起！"他努力想爬起来，结果车身一晃，他好不容易撑起来的身体又扑了下去。

"有敌人！"初暮雪虽然被路予悲挤到了车门上，双手还尽力握着方向杆，"尼克，能迫降吗？"

"成功率83%。"尼克回答道。

"很好，交给你了。"初暮雪想推开路予悲，但是下降的车身突然凌空一滞，巨大的超重感把两个人都死死按住。

终于，飞车歪斜着滑到地面上，撞击之后又向前滑行出一段距离才停住。车门打开，初暮雪利落地蹿出车外，整了整有些凌乱的衣服。路予悲双手在地上一撑，也翻身站了起来。两人飞快地对视一眼，目光碰了一瞬便马上弹开。

敌人没有给他们尴尬的时间，已经大大方方地落在了他们面前。

"天罗人？"路予悲吃了一惊。眼前这个天罗人一身黑色装扮，脸上戴一副天罗人专用的特制目镜，那双漆黑发亮的巨爪看起来无比危险。

"烦请二位跟我走一趟吧。"这位天罗人的嗓音又尖又脆，说出的话更是让二人不寒而栗，"须知，陪审团不喜欢无谓的杀戮，感谢你们各自的神灵吧。"

"星河陪审团？"路予悲尽量不让声音流露出恐惧，"上次也是你吗，抓我妹妹的？"

"无可奉告。"天罗人说道。

希儿在路予悲耳边轻轻说道："主人，就是他，没错。"

天罗人走上一步："乖乖跟我走吧，完事之后会放你们回来，完好无缺。为了你们好，还请不要抵抗。"

"你们到底想干什么？"路予悲继续逼问，想多留下一些证据，"谁派你们来的，贵族还是时大人？"

对方毫无回答之意，又朝他们走近了几步。

路予悲打开左臂上的粒子盾，淡绿色的波瓦粒子喷射而出，在他身前形成一面透明的墙。

"没用的。"天罗人说道，"我们不屑用邪火，毫无道义可言。"

希儿悄悄对路予悲说："主人，屏蔽场太强了，我这里无法报警。星统会徽章也发不出信号，必须要逃出屏蔽场的范围才行。"希儿用只有路予悲能听到的音量轻轻说，"屏蔽场发生源应该就在他身上。"

路予悲暗想：这屏蔽场覆盖半径不知道多大，想逃出范围谈何容易。还有初暮雪，说什么也不能连累她，如果我们两个只能逃走一个人的话，必须是她才行。

他环顾四周，现在是一天里雾气较重的时间，能见度不高。这里是一片荒凉的郊区，行人和飞车一概没有，目力所及只有起伏的沙地和几棵孤零零的怪异巨树。敌人一定是特意选在这个地方动手的。

"我拖住他，你快跑！"路予悲朝初暮雪小声说道，"只要跑出屏蔽场的范围……"话刚说到一半，天罗人已经毫无预警地飞到他跟前，巨爪当胸袭来，路予悲急向旁边翻滚，勉强躲过了这一击，但右臂还是被划破了一道，鲜血迸流出来。

仅仅过了一招，路予悲就明白了敌人比自己强太多：至少是学院里的导师级别，不，可能更强。不用说我们两个联手，就算再多几个人，来一支小队也不是对手。

天罗人掠过路予悲后，在空中飞出一道弧线，再度向他飞来，这次速度更快，攻势更凌厉。

"快跑！"路予悲朝一侧引开天罗人，同时大声朝初暮雪喊。

初暮雪却只是站在那里，不置可否地看着他。

"那可不行。暂时不能放你走。"天罗人一声啸叫，突然改变路线，朝初暮雪扑去，却被她轻巧地躲过了。

"咦？"天罗人飞上半空，似乎低估了初暮雪的实力。

"你快跑！"路予悲也看到了希望，"跑出屏蔽场的范围就可以报警了，还有呼唤星统会的盟友。"

初暮雪冷静地说："他很清楚你的想法，所以才说不能放我走。"

"我会掩护你，你快跑！"

天罗人此时已经飞到高空盘旋，随时准备俯冲下来。

初暮雪抬头盯着敌人，冷静地对路予悲说："你没看出他的厉害？如果乖乖跟他走，也许不会受伤。但是要反抗的话，你可能会死在这儿，至少是重伤。"

"至少要拼一把！"路予悲说，"我就算死也不能连累你！啊，来了！"

天罗人转瞬即至，速度奇快，路予悲来不及躲避，双臂交叉护在头顶，只感觉一股大力把自己挑了起来，向后旋转着飞了出去，重重地摔在地上。左臂的粒子盾发生器被划出一道深深的裂痕，已经停止工作。右臂的伤势也加重了，疼得他几乎忘了呼吸。

"你怎么样？"初暮雪跑过去把他扶起来。

听她关心自己的语气，路予悲心里一热："我没事，你怎么还没跑？小心！"他推开初暮雪。天罗人竟如鬼魅般绕到了路予悲背后，一爪重重踢在他的背部。

路予悲扑倒在地，感觉就像被一辆飞车从后面撞到，五脏六腑都在翻涌。如果对方认真要杀他，这一爪足以撕开他的血肉。天罗人没给他喘息的机会，从上方一爪踏了下来。路予悲向右疾闪，但没能完全躲开，左肩被天罗人重重踩住。他奋力一扯，挣脱了巨爪的压制，翻身站了起来。天罗人竟不追击，只是站在原地看着他。

"你的肩膀……"初暮雪表情复杂地说。

路予悲侧头看向自己的左肩，不禁吓得脸色发白。那一击划出数道伤口，皮肉翻起，深可见骨，鲜血喷涌出来，顺着胳膊流到指尖。他这辈子还从没受过这么重的伤，只觉得左肩钻心地痛，左臂无力地下垂。相比之下，右臂那道伤口倒显得没那么吓人了。

"不要再抵抗了。"天罗人落在地上朝他们走来，"我不想把你变成残废。"

路予悲心里越来越绝望。天罗人的爪尖都保养得非常锋利，索兰每次和他对练都会戴上爪套，即使不戴也会收起尖锐的爪尖。俗语有云："亮出爪尖的天罗人危险百倍。"路予悲心里的惧意越来越盛，初暮雪说的没错，他确实有可能死在这儿。想到这一点，他只觉喉头发热，心里莫名地想再见一见妹妹。

"你怎么还在……"路予悲忍着剧痛问初暮雪，"我还想托你照顾我妹妹呢，唉……"

绝望之余，他转头问天罗人："如果我跟你走的话，你能保证不伤害这位小姐吗？"

"她也必须先跟我走，确定没有追兵之后我自然会放她。"天罗人说道，"只要你乖乖按我说的做，你们两个都不会受伤。"

在这样的强敌面前，路予悲实在想不出更好的办法，为了初暮雪的安全，他只能答应天罗人的要求。

初暮雪看了看他鲜血淋漓的肩膀，说道："出血量还好，暂时没有危险。我车上有绷带，一会儿给你包扎一下。"

路予悲咬牙忍痛，心里十分感激她的不离不弃："那得看这家伙让不让。"

"他会的。"初暮雪站起来说道："我已经把信号发出去了，大概再过3分钟就会有人赶到这里。"

天罗人也听到了她的话，冷笑着说："想骗我？在屏蔽场内，你们不可能发出求救的信号。也好，用不了3分钟，你们现在就跟我走吧。"

路予悲想说什么，初暮雪给他打了个手势阻止了他，然后脱掉外衣，只穿一件白色无袖紧身训练服，又拿出一个小小的束发器把栗色长发收在头后，转身面对天罗人。

"这是什么意思，你想跟我打？"陪审团的盗贼惊讶道。

路予悲顾不得欣赏她丰满迷人的身段，急道："别逞强，你也会受伤的！"

初暮雪没理会路予悲的警告，又掏出两只暗红色的手套戴在手上，向旁边走开几步，抬起双臂摆开一个预备架势："来吧。"

"幻星莹虫丝？你以为靠这个就能对付我？"天罗人冷笑一声，猛地张开双翼朝初暮雪扑去，速度竟比刚才更快。

初暮雪看准敌人来势，在即将中爪的时候向斜后方跨出一步，巧妙地躲开了这凌厉的扑击。天罗人一击不中马上回旋，再攻过来。初暮雪故技重施，又在最后关头闪开。路予悲一句"小心"卡在嗓子里，竟来不及喊出声来。他知道初暮雪看似轻松的闪避，其中蕴含着非常高明的实战技巧，换作自己根本避不开，早就被打倒了。

三次扑击不中之后，天罗人也十分惊讶：这个小姑娘看起来年纪小，怎会有如此了得的瞳速？他渐渐收起轻视之意，也不再一味猛扑，而是双爪落地，开始与初暮雪正面过招。他用出天罗人的格斗术——撩爪、旋身、扫翅、掠指，步步紧逼，攻势猛烈，竟完全伤不到面前的女孩。初暮雪不仅身法灵活，还能用手架开天罗人的利爪，那双红色手套十分坚韧，能保护她的双手不被爪尖划伤。

两人一个退，一个追，瞬间过了几十招。路予悲只看得眼花缭乱，既惊骇于天罗人的凶猛霸道，又钦佩初暮雪的迅捷灵动。

天罗人久攻不下，心生烦躁，决定用出真功夫，数招间便要解决掉初暮雪。他宽阔的双翼忽然围成弧形，指羽乍开，封住初暮雪向两边闪避的路线，同时向前直突，左爪虚晃，右爪实攻。这一招是天罗人格斗术的高阶技巧，逼对方必须硬接下来。

初暮雪知道厉害，果然不再闪避，双手疾挥，硬生生让这一爪偏出数寸，从她脸前掠过，爪尖划过她左眼眼角，雪白的皮肤上多了一道浅浅的血痕，鬓边的头发也被削下一绺。

"小心！"虽然晚了片刻，路予悲还是忍不住喊道。奇怪的是，天罗人没有继续追击，反而向后退开几步，似乎对初暮雪颇为忌惮。

"你的眼睛……怎么了？"路予悲的声音有些发抖。初暮雪那只险些被踢中的左眼，此时竟从紫色变成了银白色。路予悲心里大恸，如果这个女孩为了救自己而失去一只眼睛，那他这辈子都无法偿还这份亏欠。

"放心吧,她没瞎。"天罗人说,"那是地幻异血的无明眼。小妹妹,你能活到这个年纪不容易,何至于为了这小子冒这么大的风险?"

"地幻异血,无明眼?"路予悲第一次听说这两个词,露出茫然的表情。

初暮雪摸了摸脸上的血迹,眼角刺痛了一下。她眨了几下眼,另一只完好的右眼也变成了和左眼一样的银白色,像冰一样晶莹剔透,折射出淡淡的流动彩色。看来她是暗中戴了什么瞳镜,以遮盖原本的瞳仁。路予悲被她这双奇特的眼睛吸引,竟无法移开视线。她之前的紫色双眼看不出任何内心感情,而现在这双眼睛却流露出许多情绪,有惊异和恐惧,也有愤怒和顽强。仿佛换了另一个人,只不过跟她长得很像。

"地幻异血,"天罗人的声音似乎饱含沧桑,"多么不幸的命运,想必你也憎恶这个世界吧。跟我走吧,我们可以聊聊,你有更好的去处。"

"感谢邀请,但我拒绝。3分钟快到了,你最好抓紧时间。"初暮雪摆出一个新的架势,身体微侧,双手微微抬起,掌心向上,五指张开,看起来像是托着两件无形的重物。

"曲势?"天罗人的脸上虽然带着目镜,但路予悲能感觉到他的态度变得凝重起来,"小妹妹,就算是虚张声势,也算得上渊博了。"

"是不是虚张声势,你很快就知道了。"初暮雪那双冰一样的眼睛死死盯住对手。

天罗人双翼一振,再度朝初暮雪扑来,虚晃一爪之后,疾风般地绕向初暮雪背后,正是之前对付路予悲时的招数,只不过速度快了一倍。

初暮雪的速度竟不输给他,目光像锁定在他身上一般,身体也随之转了半圈。

天罗人左爪点地,右爪朝初暮雪攻去,这是他今天最快的一招。初暮雪上身微晃,双手似乎在身前一错。路予悲的眼睛已经跟不上了,只看到两个人接触了一瞬间就突然分开。

初暮雪抬起左臂,小臂上多了一道长长的伤口,血溅到了白色训练服上。路予悲心里一沉,看来初暮雪再强,也不是这家伙的对手。

"果然是货真价实的曲势。"天罗人却赞叹道。路予悲这才发现,原来对方伤得更重。他的右爪微微离地抬起,整条右腿都在颤抖,虽然没有外伤流血,但想必是筋骨受损。初暮雪刚才到底做了什么,用了什么样的招式,路予悲全无头绪,只有震惊和钦佩的份儿。

此时,远处隐隐传来警笛声,还有飞车的引擎声,虽然微弱,但三个人都听到了。天罗人吃了一惊,腾空飞起,向声音传来的方向望去。空中有些雾气,能见度不高,看不到飞车的踪迹。声音也消失了,似乎被风声盖了过去。

天罗人不敢冒险,想起初暮雪说过已经传递出信号,暗想:这个地幻异血连曲势都用得出,想必信号的事也不是虚张声势。

"阁下的高招,陪审团领教了。来日再会。"他留下这句话,挥动双翼转身飞走了,很快便消失在了二人的视野,竟没有再看路予悲一眼。

路予悲虽逃过一劫,心里仍有惧意。他呆呆地看着初暮雪,有太多的问题,竟不知道该从何问起,连希儿对他说的话都充耳不闻。

在确认了天罗人已经飞远之后,初暮雪对路予悲说:"别傻站着,快让希儿叫人。"

"叫人?不是有人来了吗?"路予悲有点儿蒙。

"那是假的。"初暮雪转身朝警笛声传来的方向走了一段距离,弯下腰从地上捡起了什么东西。路予悲也走过去查看,但初暮雪手里空无一物。

"开了电幻迷彩。"她把隐形的智心副官戴上左耳,"声音是尼克模拟的,时间长了就会露馅儿。"

路予悲恍然大悟,初暮雪趁天罗人不注意时,悄悄把副官扔在地上,然后骗天罗人说已经发出了求救信号。

"你故意拉开一段距离,是为了让声音显得逼真。"路予悲猜到。

初暮雪说:"而且我需要表现一下,让他不敢小看我,才能被这声音骗过。其实我还是略弱于他,久战必败。"

路予悲大为赞服:"你从一开始就想好了整套计划吗?希儿,对,报警、联系廉爷爷、小魔头、艾洛丝。对,救护车也要,先不用召集盟友。"

"一半也是靠运气。"初暮雪摘下红色手套。

"已经很厉害了!"路予悲走到她面前,"你的胳膊没事吗?"

"还好。"初暮雪随意地擦了一下小臂伤口渗出的血,"伤得不深。"

"你在入学考核时要是拿出这样的本事,卡卡库连1秒都撑不下来。不，我也一样，没有学员能打赢你，就连教官也够呛。"路予悲越说越兴奋，像是发现了什么了不得的宝藏，"看来卡卡库的直觉没错，你要是想的话，确实能杀掉他。"

初暮雪叹了口气："虽然不是什么大不了的事情，还是希望你替我保密。你的伤怎么样，撑得住吗？"

路予悲这才感觉到肩膀依然火辣辣地疼痛，半边身体麻木不堪。

"我的飞车上有医疗箱，你自己处理吧，我先走了。"初暮雪转身要走。

"走，怎么走？"路予悲问道，"你不和我一起等救援吗？"

"智心瞳坏了一边，遮不住眼睛了。"初暮雪头也不回地说，"我不想让别人看到。"

"等一下！"路予悲绕到她面前，"你为什么要遮住这么……这么漂亮的眼睛？"

初暮雪似乎吃了一惊，有些局促地说："你说什么？"

路予悲直直地盯着她的那双眼睛，乍看下无色的虹膜，仔细看时竟似包含无穷的色彩，仿佛棱镜折射出的微光，又像是暗藏着一道彩虹，在冰封的水面下流动变幻。她的整张俏脸都因此起了变化，从前的阴冷僵硬消失不见，取而代之的是一抹从未见过的娇柔和灵动，再加上两分惊慌的神色，愈显动人。这双眼睛像是有某种未知的魔力，让路予悲不由得看呆了。

"不许这样看我，太失礼了！"初暮雪一拳打在路予悲胸口，造成了他今天最重的伤。

18

"多处擦伤和血肿,左肩的三角肌合计三处断裂,右小臂有四处划伤,背上三处,都不算太严重,已经上了医胶,这种药见效很快。胸口的骨折有点儿麻烦,但副盟主交代过,用了我们最新的骨复原技术,观察一晚,明天就可以出院,一周内不做剧烈运动的话就能痊愈。"病房内,一位凡星医生向路予悲解释他的病情,"哦对了,你背上还有一个细小的针眼,可能被注射过什么药物,提取物和你的血样都在化验。你有没有感觉到什么异样?"

"没有。"路予悲摇摇头,"针眼?那家伙确实有机会在我背后下手。但是……我没什么奇怪的感觉啊,不会还没发作吧?"

"先不要想太多,等化验结果出来吧。"医生说完,就和护士一起走了出去。

宽敞的病房里还剩下廉施君和路予悲的四位队友,以及两位警官,正是之前路予恕入院时见过的那两位。路予悲坐在病床上,受伤的部位传来阵阵痛楚。

"疼吗,要不要再吃点镇痛药?"艾洛丝关切地问。路予悲微笑表示不用。

廉施君焦急地走来走去:"是我的疏忽,早该想到你也有危险……唉……"

卡卡库也说道:"胳膊都差点被卸掉一条,到底是谁下手这么狠?还有胸口这一下也够狠的。"

"小魔头呢?"面对这些关心他的人,路予悲还是先想到了妹妹,有些紧张地说,"她没事吧?希儿?"

"她马上就到。"希儿话音刚落,病房的门打开,一位穿着时尚的少女闯了进来。路予悲足足花了5秒钟才确定她就是自己的妹妹。两个多月不见,路予恕似乎长高了一点,也比原来更加灵动可爱了一些,或许是她脸上焦急的神色让路予悲感觉到了温暖。她穿的是第六星特有的地星风格服饰,白色蓬蓬外衣搭配黑色纤细长裤,像一只长腿的兔子。

路予恕径直走到哥哥面前,边喘气边仔细打量了他一番,见他没有什么大碍,才放下心来,又换上那副路予悲觉得完全不可爱的嫌弃表情:"看你这副样子,三个月的训练没什么用处嘛。"

"小魔头……"听到妹妹的挖苦,路予悲忍不住从嘴角挤出一丝苦笑。克萨无声地跟在路予恕身后,进门之后就站在一旁。

"可以告诉我们当时的情况了吗?"两位警官之一的芒格人说道。

"或者让你的副官播放一遍当时的影像吧。"另一位警官是凡星人,似乎对希儿颇感兴趣。

路予悲扯开微机,让希儿滑入,然后投影到一整面影壁上播放。他已提前命令希儿隐藏和初暮雪眼睛有关的片段和对话,希儿做得很好,没留下任何痕迹。

看完后,凡星警官试探地问,"这位初暮雪是你的同学对吧，竟然逼退了陪审团的盗贼。会不会是他们串通好，演戏给你看的？"

"绝对不可能！"路予悲脱口而出，然后才发现自己的语气有点儿激动，只好收敛一点儿地说，"她……就是很厉害。"

路予恕用奇怪的眼神看着哥哥，但什么都没说。

凡星警官也狐疑地看着他："好吧，今天先到这儿，我们先把记录发回警局，按照你给的图像搜索嫌疑人，有消息的话会通知你。初暮雪那边我们也会派人去询问。"

"感激不尽。"路予悲点点头。

两位警察离开后，索兰说道："天罗人的影像，也发我，我拿给暗爪。"

"可以。"路予悲对希儿说，"希儿。"

"好的。"

"他是蓄谋已久的。"廉施君说道，"算到你离开学院的时间，提前埋伏在路上。"

路予悲问索兰："天罗人不是很重荣誉吗，为什么还会有这样的盗贼？"

"荣誉的含义，很复杂。"索兰回答，"天罗人犯罪率很低，可一旦出现，就格外严重。"

"为什么？"

"这些天罗人的荣誉已经变成了黑暗的荣誉。"回答的竟然是克萨，"我曾经和天罗人罪犯打过交道，他们的思想一片深黑。道义已经扭曲，在他们看来无比刚正。这样的人，会爆发出超乎想象的力量。"

路家兄妹对视了一眼，都感到了一股寒意。路予恕暗暗纳闷克萨到底经历过什么。

"确实是超乎想象的力量。"艾洛丝说道,"看了希儿的影像,我都能感受到绝望。但是……初暮雪怎么会……"

众人一齐看着路予悲。他只好勉为其难地说:"她……就是很强。考核的时候……不,在学院里她一直隐藏了实力,拜托你们也不要说出去。"可以的话,他连这个信息也不想透露给队友,但又实在无法解释陪审团的刺客为何撤退。

"绝对不敢说出去!"卡卡库第一个保证,"得罪了她,可还有命吗?感谢她的大恩大德,没有在考核时把我大卸八块!"

索兰却说:"很奇怪。她就算再强,也绝不是陪审团的对手。"

路予悲说道:"她也说过,是靠运气赢的,还有她的策略。"

"策略?"卡卡库不失时机地说道,"可能连你也被她的策略骗了呢。那位警官说得对,说不定……她是幕后主使?对了,她的真实身份可能是宇宙海盗派来的间谍!你不能因为抱过她一下就被她骗了!"

听到卡卡库提起那个尴尬时刻,路予悲窘迫地摇摇头:"不会的,她不是你想的那样的。"

艾洛丝皱眉道:"卡卡库,你对初暮雪的成见太深了。"她转向路予悲,"她对付天罗人的最后一招,如果我没看错,那可是'瓦罗萨'啊。"

"瓦罗萨?"路予悲第一次听到这个词。

"恒语怎么说,我不记得了。那是弗拉迪格斗术的古老分支,非常神秘,几乎失传了,就连幻星人也没有多少人能熟练掌握。据说那是种……残忍的杀人技巧。"

"曲势。"克萨说道。

"对。"路予悲回答,"那个天罗人说的也是这个词。"

艾洛丝困惑地皱起眉:"她怎么会用瓦罗萨呢?而且相当纯熟,不是只知皮毛。"

"也许她是假的初暮雪!"卡卡库叫道,"真的初暮雪被她杀了,现在这个是冒牌货!"

廉施君咳嗽一声,说道:"初暮雪小姐是名门闺秀,星元统合会的很多人很敬重她。你们对她的怀疑虽不是全无道理,但也应该适可而止了。至于那门功夫,大姐人脉广得很,请到什么样的老师都不奇怪。"他口中的大姐正是初暮雪的外婆初六海。

"初暮雪如果没问题的话,"路予恕看向克萨,用目光向他询问,后者朝她微微点头,"那就来说说陪审团的动机,肯定是跟父亲有关了。他们好像不在乎抓走我们俩之中的哪一个,那只能是想利用我们当人质,逼爸爸束手就擒。"

"雇用陪审团的可能是恒国贵族,也可能是某个盟会。"路予悲说。

廉施君点点头:"我也有同感。看来龙吟阁虽然失势,但是不除掉高阙,某些人不会安心。"

"爸爸有那么重要吗?"路予悲真的不懂,"他只是个教授啊。虽然是龙吟四杰之一,但并没有什么实权,跟另外三位完全不同。"

"你还不了解你父亲的影响力有多大。"廉施君点到为止,看来是不想当着外人说起这件事。

艾洛丝识趣地说:"这些我们就不懂了,也没法提供什么有用的建议。"

"你们已经帮了我很多了。"路予悲感激地说。

"接下来你打算怎么办？"卡卡库问道。

"还能怎么办，继续上学，过日子呗。"路予悲耸耸肩，牵动伤口一阵疼痛。

"陪审团怎么办？"休说道。

路予悲无奈地摇摇头："至少在学院里是安全的，也许只有周末出来的时候才危险。"

"干脆周末也不要离开学院了，岂不更好？"艾洛丝提议。

"我总不能一辈子缩在那里，担惊受怕。恐惧是陪审团最大的武器，对不对？"

"我同意。"路予恕表示赞同，"有没有办法干掉那个刺客？"她说完看向克萨，后者坦然地摇了摇头。

卡卡库说道："那你们兄妹俩一起过周末呗，妹妹来学院接送哥哥。克萨先生不会介意多保护一个人的。"路予悲听了忙不迭地摇头，被妹妹接送实在不能接受。

克萨说道："我是无所谓，但是这二位可能会介意。可能要持续相当长的一段时间。"

看着路家兄妹互相瞪眼的场面，众人都若有所思地点点头。

"所以还是再找一位可靠的保镖，保护路予悲比较好。"廉施君总结道，"如果陪审团出现，最优先的还是想办法突破信号封锁，向警方和盟会求助。从这两次事件来看，这个方法确实是最有效的。另外，咱们继续追查陪审团的线索，争取尽早拔除这根毒刺。"

"那么谁来保护路予悲呢？"艾洛丝说道，"作为队长，我必须承认自己能力不足。只能再求助星统会了。"

廉施君点点头："我再去问问大姐，还有没有像克萨先生这样的人选。"

"总是麻烦初奶奶……"路予悲心烦意乱地说。他知道合适的人选非常难找，不仅要有对抗陪审团的勇气和智慧，还要有拼尽全力保护他的意志。唉，没想到社会如此发达昌盛，他竟难以提防刺客的绑架。

"有一个适合的人选。"休突然说道。

"啊，你不会是在说……"卡卡库第一个反应过来，随即眼珠转了转，又摆出一张坏笑的脸看着路予悲。

路予悲也明白了，莫名其妙地紧张起来，背上出了一层汗珠："别逗了，堂堂初家大小姐怎么可能……"

"她这次保下你，你事先想象得到？"卡卡库不依不饶地说，"可以问问看，说不定有惊喜呢？"

路予悲沉默了，他承认自己看不透初暮雪，也许她真的会同意？

"她已经证明了自己的实力，脑瓜和力量缺一不可，还甘愿为你冒好大的风险。"也许是路予悲的错觉，卡卡库的语气似乎有点儿幸灾乐祸。

但路予悲还是摇了摇头："正是因为她为我冒险，还受了伤。我如果再得寸进尺，脸皮未免太厚了。而且她如果一直跟着我，周末都回不了自己家，那怎么行？"

"你可以住到她家去啊。"卡卡库应答的速度快得惊人，"我知道，初家姐弟都有自己的豪宅，房间多得是。别说是你一个人，就是一百个人也有地方住。"

"卡卡库，你真是个浑蛋。"路予悲假装气愤地说，"刚才还说初暮雪是什么宇宙海盗，或者是假的初暮雪呢，怎么这么快就全忘了。"如果卡卡库会脸红,也完全没有表现出来,只是满不在乎地揉揉下巴,眼珠上翻。

艾洛丝说道:"这次我倒是支持卡卡库,为了你的安全着想,你要么一直住在学院里,要么找一位比初暮雪更合适的护卫。你去问问她吧,好好求求她。"

廉施君皱着眉头说:"这是个危险的工作,大姐恐怕不会让自己的外孙女冒这个险。"

"我也有同感,我已经欠她一次了。"路予悲无奈地说,"总之还是先问问初奶奶有没有合适的人选吧。初暮雪那边……我问一下,这样可以了吧?"他的语气就像是勉为其难地应付卡卡库一样。

"好吧,那我们先走了。"艾洛丝说,"找到人选的话记得告诉我。最后实在没办法的话,我们四个可以一直跟你绑定。"

"感激不尽。"路予悲发自内心地说。

廉施君和克萨也退到房外,让路家兄妹俩单独说话。

路予恕把两条细腿搭在哥哥的病床边上,没好气地说:"好了,你到底隐瞒了什么事,可以告诉我了吧?希儿的影像是处理过的,别人或许看不出来,我可是看得很清楚。"

路予悲哼了一声:"跟你也没关系。"

"希儿,把剪掉的内容给我看看。"

"对不起,予恕小姐。主人不允许。"希儿不好意思地说,"您知道,他是至高主权,您是一般主权,我没有办法。"

"你的至高主人是个大蠢蛋。呵,连我也不能说?这个初暮雪到底是什么人物,我越来越好奇了。"路予恕阴险地一笑,"要知道,每次说起她,你就紧张得像个白痴一样。卡卡库还说你抱过她，那又是怎么回事？"

路予悲咳嗽了一声："那是……意外。总之初暮雪的事情不是重点，陪审团可不是闹着玩的。你不是聪明吗，有没有什么好主意？"

"实在不行只能我带着克萨接送你了呗，他真的很厉害。"路予恕沉默了一会儿，叹了口气，"唉，不知道爸爸怎么样了。"

路予悲也十分想念父亲。他们毕竟只是两个十几岁的大孩子，突然遇到这么多事情，越发怀念强大的父亲为他们遮挡风雨的日子。

"三个多月了，一点消息也没有。"路予悲忧郁地说，"父亲可千万不要……"

"不会的。"路予恕斩钉截铁地说，"我前天还梦到他了。"

"我也梦到了。"路予悲点点头，"还有妈妈和姐姐。我好想他们。"

兄妹俩都沉默了，这可能是他们为数不多的共同感受。路予悲没有说的是，他又梦到了那个银发少女，穿着一身银白色紧身衣，像是某种驾驶服。

病房的门被再次打开，凡星女医生和护士走了进来，廉施君和克萨跟在后面。

"路予悲，有件事要告诉你。"凡星医生郑重地说，"关于你背上的针眼，注射物的化验结果出来了，是极速催眠针，听说几个月前你妹妹也中过同样的暗算。"

"极速催眠针？"路予悲看了妹妹一样，奇怪地说，"但是我没有睡着啊。"

"是的，对你无效。从你的血液中发现了抗体，从数据来看和新星十八岁男子的抗体数据完全一致。也就是说，你在出生时已经接种过疫苗了。"

路予悲麻木的表情像是没听懂："什么意思？"

"意思就是，你应该是在第六星出生的。"路予恕替医生说出了结论。

一片沉默，病房里静得仿佛连时间都能被融化。

路予悲看看妹妹，又看看医生，勉强挤出笑容："这不可能。"

两位警官中的芒格人说道："按照你的年龄，我们在资料库里找到了疑似你的出生记录，但是相关内容都有人为篡改的痕迹，可能是冰刃干的。所以在你入境的时候没有匹配上信息。"

"冰刃是什么？"路予悲迷惑地看着所有人，"你们在胡说什么？我爸爸不是我的……那不可能，我妈妈呢？"

"你想多了。"廉施君老人忍不住开口了，"予悲，你确实是高阙和庭香的孩子，这一点肯定没错。但你也确实是在第六星出生的，其实我早就知道。但是我想你们应该先看一样东西，看完也许就不用我来解释了——你们的父亲来信了。"

廉施君拿出一块数码晶片，只有指甲盖大小。这是一种已经十分落后的存储器，市面上都买不到了，但是加密性能极好。而且这块晶片用了智心副官专用的加密算法，绑定了希儿的标识序列，整个六星宇宙只有希儿才能解锁其中的内容。

希儿连接到晶片后，告诉路家兄妹，里面只有一封信，让他们二人一起看。她把信件分别传输到兄妹二人的微机上，两人都迫不及待地看了起来。廉施君、克萨以及医护人员等人自觉地退出房间。

孩子们。

信开头的三个字就让路予悲的双眼湿润了,他仿佛听到了父亲的声音,依然明亮悦耳。

不知道这封信什么时候能送到你们手里,可能永远送不到。如果你们能看到这封信的话,我由衷感谢女神。我现在身处一个非常隐秘的地方,像一座孤岛,与外界几乎断绝了所有联系,我暂时没法去见你们,网络也完全断开,所以只能通过这种古老的方式给你们写信。

想必你们已经融入了新星的生活吧?新星是个神奇的地方。我一直坚信,多文明的融合是这片宇宙里最不可思议的美好。希望此时的你们已经放下了对其他星族的偏见,发现他们的美与善,与他们和谐共处。诚然,每个文明都不完美,我们地星人也是,但是我相信多文明共同生活,可以彼此帮助和弥补。就算没有发生这次的变故,我本来也是希望你们兄妹在三十岁后可以去新星生活,开启自己人生的另一个阶段。现在这个计划被迫提前了,也许是一件好事。

好了,进入正题吧。我一直在犹豫,到底应该怎么跟你们解释现在的局面,又该解释多少。想来想去,让你们多了解一些情况,应该不是坏事。时间有限,讲到哪儿算哪儿吧。

在分别那天,我已经跟你们说过,这场旷日持久的盟会斗争,也是黑白两派的斗争,我们输了。你们应该知道,龙吟阁创立至今已有二百余年,一直奉行六星和平共生的白派思想。在一百五十多年前的第二次星际大战结束后，各星族都无比珍惜来之不易的和平，顺应这一思潮，龙吟阁在那时成为帝国第一盟会，势力也达到巅峰。但是随着时间的推移，一百五十年后的今天，越来越多的人忘记了战争的残酷，各星族涌现的黑派就像正午过后逐渐拉长的阴影。在地星黑派眼中，幻星和天芒星都是敌人，甚至第六星也是，敌人遍布六星宇宙，甚至在帝国内部也有。于是，时大人和地星联合战线借机鼓吹幻星威胁和第六星大阴谋，宣扬战争是通往最终和平的唯一道路，"异族不灭，我族何安"。如你们所见，黑派近几年来越来越强大，已经占据了外阁西院近三分之一席位，东院和内阁贵族也被渗透。司法部、宣传部还有安全局都已渐渐被地联和宇内一心会掌控，地联下属媒体的声音已经占领了主流舆论。

路予悲想起了去方夏公爵府的那天，那些贵族子女的话中无不透露出对时悟尽的崇拜和对战争的向往。

如果不是龙吟阁根基够深，可能早就被打败了。凭借二百年来维持的人脉，我们在穹顶集团有不少朋友。虽然盟主已经实质上引退，四位副盟主沉迷于文艺创作或声色犬马，龙吟阁的十几位高层都有不同程度的懈怠和无能，西院议员大多被渗透、收买，只剩我们龙吟四杰支撑台面。嘿，说来讽刺，我们四个的名声越高，越说明龙吟阁这所谓的第一盟会已经外强中干。我们本以为还可以和地联打很多年持久战，盟会入阁只是第一阶段而已。但是我错了，时大人看出了白派的松懈，直接发动了决战。这还要说到最近一年来盟会格局的种种变化，宇内一心会向地联靠拢，万星天图紧随其后，逝水盟的态度也越发暧昧；宗教方面，龙女神教和四方教的冲突开始激化，六星教也难以独善其身；穹顶六大贵族也不得不向新锐势力做出一定让步，东西两院的议员席位也能看出这些变化趋势……原谅我无法说得更清晰，予悲可能已经在头痛了吧，予恕应该想了解更多细节。总之百年来的政治平衡就像冻结的海面，冰下暗流涌动，冰上也出现裂缝并不断扩散，而我们还要被迫在冰上跳舞。

路予悲揉了揉眼睛，不得不承认爸爸太了解他了。

最后，到了盟会入阁近在咫尺的时候，地联终于决定动用所有资源，不择手段地搞垮龙吟阁，这样黑派就能最大程度地攫取入阁的红利，还有更多难以尽述的繁杂利益。当然，他们也受到了谴责和反噬，但相比于他们得到的，实在不值一提。时大人是个百年一遇的奇才，我们一败涂地。

我们从方-夏公爵府回来的那个夜里，我和印无秘他们三个聊了几个小时，他们都听到了一些风声，而且迫在眉睫，刻不容缓。最后我们决定分头撤离，这样至少不至于被一网打尽。晁八方的资历最老，根基最雄厚，黑白倾向最不明显，敌人短时间内不敢动他，所以他自告奋勇继续留守龙吟阁，让这个盟会不至于散了。而我们三个的撤退，也是为了保留实力。等将来时移世易，地联露出破绽，我们再回来重整旗鼓，并把这番苦心昭告天下。我当然知道，很多人会骂我们临阵脱逃或贪生怕死。我们不是怕死，而是不想死得毫无意义。时大人给我们安了很多罪名，但只要我们没被抓到，就还有反击的余地。

关于这个问题，我想就解释到这里。我目前所在的位置，在文末的那串密码里，给廉施君先生看，他知道如何解密。他是太空运输的专家，有他的帮助，我一定可以早日去往新星和你们会合。

至于你们两个，予悲，予恕，你们一直都是让我引以为傲的孩子。现在我不能照顾你们了，你们兄妹俩要好好相处，互相信任。记住，信任是最最关键的。你们要去结交更多的朋友，值得信任的朋友。爸爸虽然希望你们各自都能成就一番事业，但你们也可以有自己的选择，哪怕做个小职员、小商人，在新星也可以幸福地度过一生。要知道，爸爸对你们的最大希望就是过得幸福，仅此而已，别无所求。

予悲，说到这不得不向你坦白一件事：你是在新星出生的。我和你妈妈去过新星，本打算只住一年，但期间有了你。而你妈妈又刚好生病，比较虚弱，有早产先兆。医生说如果坐客运舰回地星的话，一旦患上星旅不适征，或者早产，母子都会有危险。于是我们就留在了新星，最后你果然提前半个月降生。当时大恒帝国已经开始疏远幻天芒联盟，刚刚出台了一项政策，所有在幻星、天芒星或第六星出生的孩子，即使父母都是帝国公民，孩子也不能成为帝国公民，你就恰好属于这一类。这项政策明显与《凯鲁公约》的精神相违背，但幻星也默许了这一挑衅行为。在廉施君先生的帮助下，我们尽可能地对地星的朋友隐瞒了你出生的事情，过了一段时间才带你回到地星。为了让你能在帝国生活和学习，无奈之下，我们修改了你的出生记录。之所以一直对你保密，一是怕你守不住秘密，二是怕你产生自卑心理。毕竟地星的教育体系对新星有很大偏见，我们也没信心让你克服这一点。现在你应该已经对新星有了充分的认识，所以这件事也就不需要再对你保密了。

　　我知道，也许你会对自己的身份产生认知混乱，不知道自己到底是新星人还是地星人，抑或你已经有了自己的答案。不管是哪一种，我都想跟你分享一点我的看法，就当是爸爸唠叨了吧。

　　你也许知道，在第二次星际战争结束后，五星决定共同开发新星，并签订了《凯鲁公约》，约定只要个人不属于国家特殊机关，没有签订永久效忠协议的，在和平时期都可以向新星移民。只有在星际战争的过程中，移民到敌方星球才可能被视为背叛（那也要看情况），战争以外的时期都不受约束。这是各方博弈和妥协的结果。但最近几十年，出于种种原因，地星和新星关系恶化，全面断交，所以地星向新星移民也趋近于零。在地星的课本中，对新星的污名化越来越多。但是《凯鲁公约》没有变化，和百年前一样，地星公民依然有向新星移民的自由。虽然这种自由会产生一些争议，但所有自由都是如此，掌权者总是在手头宽裕时贩卖自由，以彰显自己的大度，又在手头紧张的时候连本带利地收回去。

　　以上这些道理也许你已经听别人说过了，那么就当爸爸再唠叨一次吧。总之，爸爸希望你记住，不管你是否选择加入新星星籍、加入新星军队，都是完全合理合法的，你可以凭自己的意志自由选择。不管怎样，爸爸都会支持你，因为你是我的儿子，整个宇宙里独一无二的路予悲。

　　予恕，在我的三个孩子中，我对你的亏欠最多。我们家并不算富裕，大部分的资金投入你姐姐的星际留学还有你哥哥的智心副官上，但你从来没有怪过我。这几年爸爸攒了一些钱，准备将来投资给你自己创业的——是的，爸爸知道你一直有这个想法。原以为盟会入阁后，我们有望跻身穹顶，我也可以好好弥补对你的亏欠，谁知道这条路刚一开始，我们就走散了。我现在最放不下心的就是你，最想念的也是你，一闭上眼就能看到你穿得像个小公主的样子。你有没有好好吃饭，有没有长高一些，是不是变得更聪明了？爸爸爱你。我甚至经常有种冲动，干脆抛弃一切，只做一个普通的父亲，既然有一个像你这样的女儿，我还有什么可不满足的？等我们将来重聚的那天，爸爸要做的第一件事，就是要好好抱抱你。

就写到这儿吧，你们不用给我回信，我的位置越少人知道越好。

父亲笔

　　读完信，路予恕早已在小声啜泣，路予悲也双眼含泪。窗外已经开始变暗，日光渐渐消隐在淡紫色的光雾之后。

　　"我好想爸爸。"过了好一会儿，路予恕才擦着眼泪说。

　　"我也是。"路予悲说，"他既然把位置告诉廉爷爷，应该很快就可以来这边了吧！"

　　"但愿如此。"路予恕叹道。

　　兄妹俩沉默了片刻，路予悲问道："你真的没有怪父亲偏心？"

　　路予恕摇了摇头："你们这些男人，自己小心眼，还以为我跟你们一样。家里既然三个孩子，当然不可能完全公平，否则智心副官一下买三个怎么买得起，又不能三个人轮流用，这点道理我还能不明白？"路予恕看着爸爸的信，"而且实话告诉你吧，我一直都觉得爸爸最爱的是我，我还担心你和姐姐心理不平衡呢。"

　　路予悲微笑着扯了扯妹妹翘起的鬓角："其实我也知道他最爱你。"

　　路予恕忍住又一波掉泪的冲动，哼了一声转开头去，过了一会儿又说起另一件事："原来你是在新星出生的，是个纯正的新星人哪！"

　　"那又有什么区别。"路予悲也已经想了一会儿这个问题，"希儿，有什么区别？"

　　"主人，非第六星出生的人，虽然可以加入星卫军，但是不能授予将官及以上军衔。"

"啊？还有这样的规定？"路予悲有点儿蒙，这种规定看起来就像是特地为他设计的一样，"不过将官什么的，本来也不可能吧。"

"还有宪法规定，非第六星出生的人，不能担任第六星议长。"

"哦，这个就更跟我没关系了。"路予悲摇了摇头，"无论在哪里出生，我都是我。"

路予恕斜着眼睛看他："刚听廉爷爷说你是在新星出生时，我还以为你其实是爸爸捡回来的孩子，不是亲生的。这倒是能解释你为什么这么蠢。"

"小魔头，你又……"路予悲突然灵光一闪，想到一个反击的角度，不假思索地脱口而出，"你这么希望我不是你亲哥哥，是不是想嫁给我？"说完他就后悔了，妹妹已经快十六岁了，这种玩笑还是不开的好。

"你……"路予恕气得小脸通红，两边翘起的鬓角上下抖动，"大蠢蛋，变态，你去死吧！"

"首先，可以确定这封信确实是高阙写的，对吧？"进来之后，廉施君问道。

"是的。"路予恕点点头，"能绑定希儿的标识，就多半不是假的。而且信里写到我们家的一些情况，不是外人能伪造出来的。"

"那就好。"廉施君露出欣慰的笑容。

"希儿，把信结尾那串密码发给廉爷爷。"路予恕说，"爸爸说用这个地址可以找到他。"

廉施君微笑着点头："很好，我这就开始制订计划，尽快把他接过来。"

"现在恒国的情况怎么样了?"路予悲问道。

廉施君无奈地叹了口气:"唉,现在大恒帝国的形势越来越复杂了。最近这三个月,黑派越来越无法无天。地联操纵执法部门打击异己,宇内一心会和高尚者同盟煽动年轻人上街游行,要求清算贵族、彻查腐败。时大人甚至还联合了一批基石民粹势力,比如民宪会和六贤堂,抨击恒国的司法、教育和星际外交等政策。这么说吧,有半数恒国人现在相信国家已经完了,内部腐朽糜烂,外部则在幻星威胁下势如累卵。而能拯救恒国的只有时大人。"

"放屁!"路予悲忍不住骂了句,"时大人才是最坏的,野心家!阴谋家!"

这三个月来,他忙于新兵训练和入学考核,对恒国盟战的所知甚少。但不管他是否关注,残酷的暗战都在时刻进行。

"他掌握着舆论的力量。"一直沉默的克萨评价道,"时大人身边有言霖霖这样的人才,这种情况只会持续下去。"路予恕听说过言霖霖,地星联合战线的宣传总长,连父亲也称赞过她。

"到了今天,内阁也终于顶不住压力,向地联投降了。"廉施君表情凝重地说。

"盟会入阁。"路予恕说道,"早就注定了吧。"

"是的,虽然是早就注定的,但跟预想的完全不同。就在几个小时前,恒国首相正式辞职,大半数内阁大臣也一起辞职。时悟尽接任首相,明天在先皇殿堂宣誓,加先皇御印。"时悟尽是地星联合战线盟主时大人的本名,随着地联势力越来越大,时大人这一尊称比他的本名更加广为人知。

"一入阁就当首相?"路予悲又吃了一惊。

路予恕也忍不住说道:"这也太快了,怎么会……我明白了,这就是他们击垮龙吟阁的红利,赢家通吃。"

"没错。我必须承认,我也低估了时大人。"廉施君有些沮丧地说,"地联的势力越来越庞大,而在地联之外,他的信徒也在迅速增加。就在现在,恒国各地都有大型游行庆典,据说已经有上亿人上街加入狂欢。"

兄妹俩同时倒吸了一口凉气,只有克萨不显得惊讶:"这自然是卡尔·布莱克森的手笔。那家伙有本事让一万人看起来像一百万人。"这次连路予恕也不知道这个人是谁了,听名字像是个伊甸人。

路予悲突然啊了一声,想到梦离的父亲方-夏公爵也是内阁大臣,急忙问道:"方-夏公爵怎么样了?"

"方-夏公爵辞去了军务大臣之职,也由时悟尽兼任。"廉施君叹了口气。

"时大人要大力发展军备?"路予悲回忆起在方-夏梦离家听到那些年轻贵族们所说的话,"他果然是个战争狂,说战争才能带来幸福什么的。"

"那是以前,现在的时悟尽得到了权力,反而避免谈及开战。"廉施君说道,"这才是他的高明之处。他接任军务大臣,说是要和国防大臣合作,大力发展国防。"

"典型的政客做派。"路予恕尖锐地点评道,"阴险狡诈,反复无常,说一套做一套。"

路予悲不由得开始担心梦离的处境,又想起夏平殇的父亲:"外交大臣秘书夏伯爵呢?"

"和外交大臣一起辞职了。"廉施君回答,"新任外交大臣也是地联的人。"

"方-夏公爵会怎么样?"路予悲攥紧拳头,"他的家人会怎么样?"

廉施君有些疑惑地看了他一眼:"可能会被贬为庶民,也可能坐牢。家人就不清楚了。"

"老内阁还剩下谁?"路予恕问道,"除了宣传部长尚公爵,我猜司法部长邢公爵也留下了?他一直是黑派,也是方-夏公爵最大的对手。"

"你猜得没错。"廉施君赞许地点点头,"邢公爵早就跟时大人勾结了,在打击龙吟阁的事情上,他虽然没有直接出面,但少不了他在幕后推手。"

路予悲在床上不安地动了动身体:"也就是说现在恒国是黑派上台了,我还是不懂,时大人为什么不主张开战了?"

"这事很复杂。"廉施君解释道,"对外,他们还没有找到开战的借口,强行开战就是师出无名,破坏六星公约,等于把摩多尔和新星这种中立势力送给对方;对内,他们要站稳脚跟,继续打击异己,龙吟阁还没彻底崩塌,由晁八方独挑大梁,此外还有很多盟会依然是偏白的。"

路予悲记得晁八方,父亲带他们兄妹拜访过晁府。那是位须发尽白的老者,但是精力旺盛,笑声洪亮。他在科技行业扎根数十年,也当过外阁西院议员,交友甚广。现在龙吟阁就靠他苦苦支撑,地联竟然不敢对他动手,反而摆出讨好和拉拢的姿态。路予悲确信,换作四杰中的另外三位,地联绝不会让他们主持大局。父亲的根基尚浅,如果没走,无疑会被直接拿下。

廉施君继续说:"宇内一心会怎么看都是地联的走狗,还有万星天图,嘿,简直是地联女性分会。至于逝水盟……只会一轮又一轮地辩论——你知道,那些人总是如此。现在真正的白派盟会除了龙吟阁,就只有春秋会了。此外,恒国要和伊甸国结成军事同盟,地星各国才能一起出兵。还有和凡星交涉,再拉拢摩多尔星大城,这些都需要时间。综合算下来,至少还有一年的准备时间。在这期间,他们要想方设法地逼幻星先开战,这样才有动手的借口,而且能拉拢中间星族,占据有利位置。"

"对了,印叔叔和曲阿姨怎么样了,还没现身?"路予恕问道。

廉施君摇了摇头,说道:"印无秘消失之后,地联战线以间谍罪通缉他,说他频繁造访幻星,表面上是传教,实际上是向幻星出卖地星情报。"

"这是污蔑!"路予悲怒道。

"冷静一点,大蠢蛋。"路予恕平静地说,"他们还说爸爸是第六星的间谍呢,毫无证据,单纯地泼脏水而已。"

廉施君说道:"印无秘身为龙女神教七位大司台之一,有不少信徒死心塌地地追随他,地联战线也要考虑到宗教团结,不大敢下杀手。曲家是法学世家,虽然也遭到削弱,甚至曲犹怜的一个表亲还被关押了,但毕竟还有些家底,要保全她一个人不算难。眼下最危险的还是高阙,还有你们兄妹俩。既然陪审团连予悲都盯上了,你的安全问题还是要尽快解决。"

路予悲点点头,见廉施君和路予恕都盯着自己不说话,只好无奈地对希儿说:"希儿,帮我联系初暮雪。"

没想到初暮雪还没听他说完,就一口答应下来。

19

第二天一早,一架银白色飞车落在医院的停车坪上,精巧轻盈,像一只华丽的机械鸟。

初暮雪平静地走进路予悲的病房,双眼已经回归麻木的紫色,丝毫看不出昨天才刚刚经历过巨大的危机。她今天穿了一件相当张扬的裙服,湛蓝底上绣有大块白色图案,就像两朵绵柔的云彩,被一条黑色腰带分开。这是第六星特有的奢侈风尚,俗称云衫,轻盈精致,价格高昂。裙摆下两条细长的小腿裸露在外,踩着一双沙色高跟凉鞋,颇为时尚。

"你的伤怎么样了?"初暮雪没打招呼,开门见山地问道。

"都是皮外伤,养养就好。"路予悲指指胸口的绷带,"这里也是。"

"哼。"初暮雪知道他在暗示自己打伤了他,扔给他一管东西,"我没控制好力度,但你也有错。这是最好的再生胶。"

路予悲脸上一红,知道自己当时盯着女孩的双眼看来看去,确实无礼。他此刻也不敢多看初暮雪露出的脖颈与一侧香肩,只是偶尔瞥一眼她的锁骨。

"我来接你出院，算是一点补偿吧。"

"谢了。"路予悲耸耸肩，"我们现在去哪儿？"

"去我家吧。我有话要和你说，这里不方便。"

"你真的愿意帮我？"路予悲有些难以置信，"为什么？"

初暮雪沉默了一会儿才开口："一会儿再说。"她头上戴着的晶石发饰发出淡淡的白光，垂下两条细链，与这身云衫是绝佳的搭配。

地星居住区是诺林市最大的一片居住区，巨大的扇形区域从市中心辐射到了近郊。第六星最不缺的就是空间，所以这里人均住宅面积是地星的两倍以上。飞车接近初暮雪的家，那是一片独立的院子，院外一侧有一条小河经过，另一侧则有一小片森林，想必都是她的私人领地。

以地星的标准看来，初暮雪的家不算很大。常规的电幻高墙圈起三幢独立建筑，伊甸风格的横楼有圆滑的轮廓和鲜艳的色彩，恒国古风的阁楼整体朴素淡雅，却在细节处彰显华贵。最惹眼的是那座幻星风格的主厅楼。在幻星建筑面前，路予悲经常产生巨物恐惧症。不仅因为楼体巨大，还有墙面微微向内倾斜的角度、楼顶的塔尖装饰，都会造成视觉上的误差，让楼显得比实际更高。三座楼之间通过空中架设的精致小桥连接，楼下没有花园，只是种了三棵古良树，这种植物相当名贵，颇具美感和品位。

飞车降落在伊甸式三层小楼的楼顶的车库，有专门的机师负责维修和保养。往下经过二楼时，路予悲看到一间模拟战训练室，里面有两台零重力舱。他们过了连接桥来到主厅楼，穿过一条上升走廊,进入一间空旷的半球形厅堂。随着他们的到来,连成一片的墙壁和穹顶展现出一派地星森林风光,几棵灰黑色的古艮树和楼下院子里的很像,在他们头顶伸开枝丫,虚拟的阳光从树叶间洋洋洒落。

路予悲对这种虚拟室内环境早有耳闻,但这还是第一次见到。这种技术看似简单,实际上要做到足以乱真的程度,其中的科技含量相当于简化版的太空模拟战。市面上的低配版都有很重的人为痕迹,和初暮雪家里的这种不可同日而语。

更让路予悲咋舌的是,房间里的桌椅沙发也自动变成与周围的环境相匹配的形状和颜色,长桌像是一截横置的粗大原木,削去了上半截,露出内部的纹理。桌子放着不少零食,其中一包波波猫薄脆饼已经打开了。

"喝点什么?"初暮雪随手藏起那包饼干,手法快得惊人,"尼克,把列表发给希儿。"

路予悲看到一座木质吧台柜上整齐地摆放着几罐咖啡豆,兴致盎然地问道:"可以自助吗?"

"可以,豆子都是新烘不久的,也养过。"初暮雪说,"有全工台,尼克可以直接……"

"等一下。"路予悲拿下几瓶咖啡豆仔细看了看,打开其中一瓶的盖子闻了闻,又拿出一颗咖啡豆,在桌子上碾碎之后放进嘴里尝了一点,面露惊讶,"这是夜影?还是智心控温烘焙的!"这种豆子非常特殊,智心烘焙的比真人烘焙的风味更加突出,售价也更高。

"这样也能尝出来?"初暮雪心里有点儿惊讶,双眼还是一如既往的平静。

"这么好的豆子，用半工台最好。"路予悲用询问的眼神看向初暮雪。

"半工台也有，在那边。"初暮雪朝另一边的"森林"一指，一座咖啡冲煮台慢慢从地板下升了起来。路予悲欢呼了一声，熟练地调整了台面上的三个刻度，又核对水箱的温度曲线，最后摆弄起压力计和架台高度。初暮雪坐在兽皮纹沙发上颇有耐心地看着他，直到他端着两杯热气腾腾的咖啡走过来。

"我总是记不住，这里的重力比地星小一点，咖啡粉和水的称重也要调整。"路予悲笑着说，"还好这次没忘，不至于糟蹋了好豆子。"

初暮雪接过杯子，咖啡呈现出略深的橙色，有如琥珀般剔透，正是这支稀有豆种的一大特征。

"谢谢。"初暮雪礼貌地说，然后抿了一口，满腔醇香让她不自觉地轻轻点头。

"我才该说谢谢。"路予悲也喝了一口咖啡，"你救了我，我永远欠你的。"

"你不欠我什么，这杯咖啡就抵了。"

"有这种好事？"路予悲调皮地一笑，"那我以后天天给你冲咖啡。"

初暮雪瞪了他一眼，路予悲赶紧移开目光。

之后的几分钟里，两人都没有说话，只是默默地喝着咖啡，欣赏着周围的虚拟景色。古良树盛开着蓝、绿、白三色花朵，这种配色也因此被称为古良花色。微风拂过，飘落一阵诗意的花瓣雨，仿佛时间也停止在了这一刻，一切的纷扰和斗争都不复存在，只有咖啡香气和古良花瓣期待着永恒。

咖啡时间过后,路予悲突然问道:"你的眼睛,到底是怎么回事?"

"你关心这个干吗?"初暮雪淡淡地问。

路予悲倒被她问住了,挠挠头说:"我们总算是朋友了吧。"

"朋友。"女孩的语气听不出是陈述还是反问。

"以后可能是同伴?想更了解你一些也很正常吧,如果是隐私问题就不用回答了。"

"是隐私问题。"初暮雪毫不客气地承认。路予悲正觉得沮丧,她又说道:"但是既然被你看到了,让你知道也无妨。地幻异血。"

"地幻异血?"路予悲重复道,那个陪审团的天罗人也说过这个词。

"没错。从字面意义上也不难猜测吧。"

"你的父母之一是幻星人?"

"没错。"初暮雪看着他,"我爸爸是幻星人,妈妈是地星裔新星人。"

路予悲睁大了眼睛:"幻星人和地星人真的能……结婚……生子?"

"可以。七大星族里,只有地星人和幻星人在理论上没有生殖隔离,早在一百多年前就被发现了。但是后来渐渐成了一种禁忌,被所有人选择性遗忘了,一百多年之后,忘得干干净净,就像从来没有这种事。"

"为什么?"

"两种基因的结合会造成巨大的缺陷,活下来的孩子很少,几十年可能才会出现一例,所以被称为软隔离。之前的发现只是一种假象,更像一种原罪,地星人和幻星人本来就是不同星族,怎么可能通婚呢?这种不洁的念头,无论是地星人还是幻星人都不喜欢,所以就绝口不提了。"

"你的眼睛就是因为这种血统吗,你弟弟也是?"路予悲想起他们是双胞姐弟。

"耀云的眼睛是正常的,只有我是这样。我们是异卵双生,基因差别较大。他的运气比较好,幻星基因只占不到10%,所以基本上算是个地星人。我的幻星基因占到85%以上,才会产生这样的缺陷。"初暮雪说,"尼克,关掉智心瞳吧。"

"是,主人。"随着尼克的回答,初暮雪的双眸褪去紫色,露出本来的冰白色。看着这双眼睛,路予悲竟想起龙女神教教经中的沫海妖龙,传说中看到其双眼的人都会被熔化成细沙。他此时就产生了一种被熔化的感觉。她一贯阴沉僵硬的神态,竟变得温和婉转,灵气袭人。有那么一瞬间,他再次捕捉到那两抹银色中暗藏的千般色彩,像一泓倒映着彩虹的湖水被风吹起层层涟漪。这光芒一闪即逝,比湖水更清,比彩虹更美。

看着她的脸庞,路予悲脑中不知从哪儿冒出"集宇之光,穷星之华"八个字,也许是在某本书上看到过的吧。他忍不住暗想:原来她竟然这样美,我怎么会一直没发现呢?不对,梦离才应该是我心目中最美的女人,我刚才的想法简直是背叛她。

他轻轻摇了摇头,赶走脑海中这些奇怪想法,说道:"这就是无明眼?"

"是的,这个词也很少有人知道了。'无明'的本意是不像普通人那样明亮,也有看不到明天的意思。"她苦笑了一下。

"不会吧?"路予悲难以置信地说,"你刚才说缺陷,这怎么会是缺陷呢？不介意的话，可否解释一下？"

"介意。"初暮雪毫不犹豫地说。

路予悲又碰了个软钉子，只好不再追问。他看着初暮雪那双晶莹剔透的瞳孔，如银如镜，波光荡漾，像是会说话一般，流露出几分伤感、孤独，为什么还有几分自卑？

"那……为什么要遮住这双眼睛？"

"虽然关于地幻异血的传闻越来越少，但很多人还是知道无明眼意味着什么，而且都很忌讳。跨星族的结合既肮脏又丑陋，是极大的禁忌，所以这种血统自然会遭到鄙视。"初暮雪努力藏起伤感，但作用不大，"他们这样想也不无道理，原因就在于我说的缺陷，也许我以后有一天会告诉你吧。总之阿婆也认为我戴着智心瞳比较好。"

"智心瞳，听起来是戴在眼球上的智心设备？"

"是的。"初暮雪点点头，"可知道，在地星人洞悉眼睛的奥秘之前，曾经使用凹凸面镜片提升视力，其中有一种就是贴在眼球上的薄镜片，智心瞳就是参考那种镜片做的。但我的眼睛比较特殊，颜色和亮度都在一直变化，只用单色镜片也会让人看出问题。智心瞳可以随着我眼睛的变化而实时调整颜色，而且有一些我喜欢的功能。"

"明白。方寸之间，深不可测。"路予悲说出这句人人皆知的广告词，眼中闪耀着对未知数码装备的憧憬，"都有什么功能？"

"能看得更远，动态调整细节，还有夜视功能、辅助数据、联动副官、虚拟现实、全息电影等。这双眼睛的夜视能力很差，智心瞳是个很好的补足。"

"哇……"路予悲由衷地羡慕，"怎么你既有副官，又有这种好东西，你弟弟却没有？"

"耀云有副官，但是他不喜欢，所以几乎不用。"

路予悲点了点头，他知道有些人确实不喜欢聪明的机器："但是打开智心瞳的时候，你会变得……呃……冷酷很多。"

"智心瞳是为了掩盖瞳色，自身的显色当然很死板，而且会让眼周皮肤微微麻木。另一方面，这种感情控制也是我自己的修行。"初暮雪打开智心瞳，眼神再次变得冷酷无情，"六星教有种古老的修行叫素心清颜，就是不把感情表露在脸上。初学者需要借助一些外部因素作为开关，比如特定的时间或特定的乐曲，我正好借智心瞳的开关作为一种信号。"

"原来如此。"路予悲早听说六星教的教徒有各种各样奇怪的修行，有些可以说是自残了，初暮雪这种故意板着脸的修行也不算很奇怪，"等一下，你能不能再关掉智心瞳？"

"为什么？"

"我们今天说的话都很重要，我希望能看到你真实的一面。"路予悲解释道，"拜托了。"

初暮雪考虑了一下，还是答应了路予悲的请求，关掉了智心瞳，再次露出银白色的无明眼。素心清颜的修行一停止，她像是松了口气，嘴角也忍不住微微上翘。

路予悲心里感到一阵温暖。平时的她是个冷若冰霜的美人，但露出这双清澈透明的冰瞳后，整个人都变得鲜活起来。特别是她的嘴格外好看。薄薄的嘴唇平时紧抿着，说不出的严厉。现在她微微一笑，所有冷酷都融化成了性感。

"谢谢。"路予悲感激地说，"进入正题吧。你真的愿意做我的保护者？你已经冒着风险救了我一次，没必要再掺和进来。"

"确实没有必要。"初暮雪点点头,突然话锋一转,"可知道我昨天为什么送你回家?"

"不知道。"路予悲突然有个猜测,"你事先就知道陪审团会攻击我?"

"只是觉得有这种可能。"

"所以你是为了保护我才特地送我?"路予悲有点儿迷糊了,"为什么?"

初暮雪沉默了一会儿才说:"有一个对我来说很重要的人,是你的亲人。我愿意帮你,不是为了你,而是为了那个人。"

"我妹妹?"路予悲迷惘地说,"不对,是我爸爸?"

初暮雪摇了摇头:"是你姐姐,路予慈。"

姐姐?

路予悲全身一热,心跳停了一拍。他已经六年多没见过姐姐路予慈,也没有她的消息。直到不久前的那个夜晚,父亲才透露姐姐在幻星。现在从初暮雪口中听到姐姐的名字,路予悲竟然恍惚间进入了一种梦幻般的状态,不知自己到底身在何方,地星还是第六星,抑或是幻星?四周的虚拟阳光也变得氤氲缥缈起来。

"姐姐。"路予悲几乎是机械式地说出这两个字,"姐姐在幻星?"

"你果然知道。"

"爸爸说的。"路予悲想起姐姐的脸,虽然不像初暮雪这样一眼看上去就是美女,也不像路予恕那样五官精致,但姐姐有另一种独特的高贵气质,让人一见就难以忘怀。特别是她的眼神,对外人十分倔强,对弟弟和妹妹又无比温柔。路予悲还很小的时候——那时路予恕还没出生——就总是黏着姐姐,甚至把她当成第二个妈妈。他甚至因此而喜欢上自己的名字，只因能和姐姐的名字连起来。六年前母亲去世后，姐姐和爸爸大吵了一架，然后就离家出走了，从此杳无音信。当时的她比现在的路予悲还小，但是比他独立、坚强太多。

初暮雪静静地看着路予悲，似乎能看到他心里的激荡思绪。

"你怎么认识我姐姐的？"

"她是我爸爸的学生，六年前到的幻星，最初的三年在我爸爸的基地学习。"

"你爸爸？哦对了，你爸爸是幻星人。这么说你和我姐姐是朋友？"

"是朋友。我每年都会去幻星几趟，每次去最开心的事，一是和爸爸训练，二是和路予慈聊天，而且经常是彻夜长谈。"想到那些时光，她的嘴角微微翘起，"她在我最低落的时候耐心开导我，我非常感激。"

路予悲很想知道初暮雪为何低落，但他强压住这股刨根问底的念头，只问道："她还好吗？"

"她很好，但是不能和你们联系。以前不能，以后更不能。"初暮雪的白色双眼流露出些许歉意，"她希望你能原谅。"

"为什么？"路予悲从小就崇拜着姐姐，最近几年更是无比挂念。

初暮雪沉默了一会儿，似乎在思考从何说起，最后才说："你知道幻星最古老的宗教吗？"

"六星教？"路予悲不确定。

"不是。幻星最古老的宗教名为'纳古萨'，据说已经存在了几千年。"初暮雪的语气充满敬畏，"其他星族很少有人知道这个教派，甚至连这个名称都没有官方译名。但是在幻星的地星人叫他们'不言存续'或者'不言者'，算是比较贴切。因为加入这个宗教的人，此生都必须与外界隔绝，不再对教外之人开口。只有教中接引者例外，但也只在必要时才说话。"

路予悲发了一会儿呆才问道："这不就跟死了差不多吗，为什么？"

"因为他们研究的都是六星最深奥的问题，深奥到一旦透露给外界，就可能会引发巨大的灾难。就连这个原因，都是在几千年漫长的岁月中一点一点渗透出来的，他们从不对外声张。"

"最深奥的问题，最高的科技吗？"路予悲实在想象不到有什么深奥的问题如此危险。

"我也不知道。"初暮雪摇了摇头，"路予慈不是第一次来幻星了，之前在幻星留学的时候，就对纳古萨着了迷。她离家出走的原因，有一半也是为了加入他们。五年前，她开始了不言者的前期修行，包括不再和自己的家人交流。她偶尔会跟我倾诉她也想家，她经常谈起她的弟弟和妹妹，给我讲过很多你们的事。她知道你们兄妹在学校里的出色表现，还说你们都是她的骄傲。她放不下你们，却又必须放下。"

"为什么？"路予悲眼眶发酸。

"她相信自己身负某种使命，要追求终极的真实。但她想要有所得，就必须有所失，你们就是她必须割舍但又最难割舍的亲情。她爱你们的父亲，但是更爱你们。三年前，她正式加入了不言者，从那时起我也再没见过她。"

路予悲闭上眼睛，脑海中全是姐姐的容貌和声音。虽然已经六年没见，但他经常翻看姐姐的影像，听姐姐说过的话。虽然那已经是六年前的姐姐,比现在的自己还要小。他深深地吸了一口气,心情十分复杂:"你是说,我再也见不到姐姐了吗?那个不言者,不能学习几年就退出吗?"

"很遗憾。据说纳古萨向来只有三百人,其中大半是幻星人。加入的人到死都不能再脱离。"初暮雪轻轻摇头,无明眼中充满无奈。

路予悲心里越来越沉重,好不容易有了姐姐的消息,竟然马上得知今生不能再见了?他盯着地板,呆呆地说:"不会的,不会的。我有种预感,我一定能再见到姐姐。"

初暮雪奇怪地看着他,像在看一个不懂事小孩子:"你最好不要抱有这种期望,因为不言者破誓的那天,据说将会是……"

"会怎么样?"

初暮雪低沉地说出一个词:"六星浩劫。"

路予悲愣了半响才说:"好吧,我会去研究一下纳古萨到底是怎么回事。这么说,你在学院看到我的名字就知道我是路予慈的弟弟了?"

"是的。"初暮雪点点头,"其实第一次见你的那天,就是你在'唐'打败耀云的那天,我就觉得你有点儿眼熟。你的眼睛很像她,特别是专注的时候,眼神非常坚定。"

路予悲心里感到一阵温暖:"谢谢。我也记得那天,我抬头看见你,被你的眼神吓了一跳,当时我就想……"他突然停了下来。

"想什么?"初暮雪好奇地问。

"算了,没什么。"路予悲赶紧换了个话题,"对了,你怎么猜到陪审团可能会攻击我?"

"只是有一种预感,我调查过你和你妹妹在恒国的人际关系，发现你俩并没有本质区别。"她说道，"所以陪审团也好，伊弥塔尔也好，甚至是星际警局，他们能对你妹妹下手，自然也可能对你下手。"

"是啊。"路予悲呆呆地说，"这么简单的事，我之前居然都没有想到。这么说你愿意保护我，是因为我姐姐？"

"是的。"初暮雪点点头，"我这个人不善交际，朋友很少。路予慈是我最好的朋友，就算再也见不到她，我也珍视这份感情。之所以没有一开始就告诉你，是想看看你会不会开口向我求助。知道吗，肯向女人寻求保护的男人不多。你的坦诚让我很惊讶，这说明你既信任我，又当我是朋友，而且没有世俗的大男子主义。"

"因为你实在太强了啊。"路予悲不好意思地笑了，"在你面前，谁有大男子主义的资格？说来也奇怪，我认识的女人都各有各的强大，而且强得离谱。"

"你妹妹知道你这样称赞她吗？"

"谁称赞她了？"路予悲倔强地否认，"我说的是姐姐，还有妈妈。当然还有你。我很崇拜你，真。"

"崇拜我？"初暮雪忍不住笑了起来，而且笑得很开朗，笑声清脆悦耳。感受着空气中逐渐升高的温度，路予悲甚至想不起来以前怎么会觉得她冰冷可怕。

初暮雪笑过之后，表情柔和地说道："所以，你真的当我是朋友？"

"当然了。"路予悲回答，"我记得刚才就说过了吧。"

"你确实说了，而且我相信不是骗我。"初暮雪认真地说，"你的友谊我接受了，同时也向你献出我的，现在你们姐弟都是我的朋友了。我会尽全力保护你。"

听到这句掷地有声的话,路予悲心头一热,脱口而出:"我也接受你的友谊,我也会尽全力保护你。"他从来没想过,交朋友也可以这样有仪式感,这样让人心潮澎湃。

"既然是朋友了,有些话我也想先说明白。"初暮雪说,"我虽然是女人,但是既不想恋爱,更没有结婚的打算。而且我的身体生不了孩子。"

"哦。"路予悲脸一红,"你说这些干吗?"

"没什么。"初暮雪说,"这么说吧,你把我当男人看待比较好。"

"明白了。"路予悲其实早就觉得初暮雪身上有股男孩子气,甚至说话的声音都带着点小男孩的清脆,又不乏柔美,像是溪水流过石子,听起来十分舒服。

"对了,初奶奶知道这件事吗?"路予悲问道,"她应该不想让你有危险吧。"

"她是不想。"初暮雪回答,"但是我决定的事,她也改变不了。"

路予悲点点头,心里暗暗祈祷不要因为这件事得罪初六海。

过了好一会儿,初暮雪才说:"但是说实话,如果陪审团再出现,我也没有信心能打得过,只能尽力拖延时间,或者突破信号封锁叫来帮手。而且我们是预备军人,可以申请最高级别的警方特殊预案,一旦我的副官信号丢失,最近的警局就会直接出动警力,保证5分钟以内到达现场。"

路予悲恍然大悟:"卡卡库好像早就说过,参军会有这样的好处,我都忘了!"

初暮雪继续说道："还有，你平时住学院，周末两天和我一起回来这里住。"

"啊，这不太好吧。"路予悲听说要住在初暮雪家，暗想还真的被卡卡库说中了，脸上的尴尬神情难以掩饰。

"只有这样才能保证你的安全。院子周围布下了无形警戒网，如果有人想悄悄潜入，尼克会第一时间告诉我。"

"初奶奶也住这吗，你弟弟呢？"

"就我一个。如果你想你妹妹的话，我也可以跟你回家住。"看到路予悲不自然的表情，初暮雪叹了口气，"我说了，你就当我是个男的。"

"说得容易……"路予悲小声嘀咕，"而且我才不会想那个小魔头。对了，初耀云很讨厌我吧，你这样帮我，他会不会不高兴？"

"他对我一直都很不满。我和他的事，说来话长，先不跟你解释了。他有自己的生活，我们互不干涉。"初暮雪毫无芥蒂地说，"他的朋友很多，家里也比我这里热闹得多——你知道，大多数人或者怕我，或者讨厌我，或者二者兼有。"

看着她的双眼，路予悲明白了，这个女孩拒人于千里之外的外表下有一颗孤独的心。关于她的传言大多很恶劣，但她既不想辩解，也没有被打败，依然心怀善良的憧憬。她希望路予悲住进她家，自然不是因为对他有超乎友情的好感——无论路予悲再怎么自恋，也不敢想象这个女孩会喜欢自己——只是单纯地想和仅有的朋友多些相处的时间罢了。

想到这些，路予悲发现自己竟无法拒绝："好吧，那就听你的，我这就搬过来。呃，睡觉的时候怎么办，我……你……"

"你想什么呢。"初暮雪脸色一沉,"那边的楼有充足的房间,我住最顶层,下面那层有三个房间,你可以任选一间。再往下一层也有房间,你妹妹和克萨也可以随时过来住。"

"你家真大,我迫不及待地想逛一逛了。"路予悲搓了搓手,"不过在那之前,还有最后一件事要向你请教。"

初暮雪猜到了:"曲势?"

"对。你那一招太帅了,教教我吧!"路予悲掩饰不住脸上的期望之情。

"我为什么要教你?"

"这……需要理由吗?"路予悲想了想,"朋友不是应该互相帮助吗?而且我们还是同学呢,就当是作业借我抄抄咯。"

"我从不借人作业抄。"初暮雪正色道,"瓦罗萨对你来说还太早了。可知道,在幻星人里,会用这种技巧的也不足千分之一。你在学院里会学到更多弗拉迪格斗术的,知足吧。"

既然初暮雪都把话说到这份儿上了,路予悲也不好再坚持,但他换了一个请求:"那你再给我演示一招曲势吧!"

"在这儿?"

"对,不行吗?"

初暮雪从没遇到过这么难缠的男人,一向不拘小节的她竟不知道怎么拒绝。只好勉为其难地站起来,抚平裙摆上的褶皱,走到摩拳擦掌的路予悲对面:"好吧,既然你这么坚持……"

路予悲突然毫无征兆地一拳打向初暮雪下颌。一个心跳之后,他发现自己背部着地躺在柔软的地毯上,右臂依然向上直直伸出,袖口被初暮雪捏在手中。

"怎么样,学会了吗?"初暮雪抬起左脚,轻轻在他胸口踩了一下。

路予悲心服口服。宇宙如此之大，强者难以计数，眼前之人就是其中之一。那个曾经的狂傲少年已经学会谦逊，曾经的虚荣心和傲慢之气，已经渐渐被敬畏取代。有些无形的界限，就算他倾尽一生也难以跨越。

"你在看什么？"初暮雪想起自己穿着裙子，于是一脚踩在他脸上。

20

让路予悲意外的是，路予恕竟然主动要求去初暮雪家里住几天。

"我对这位初大小姐很感兴趣。"路予恕通过电耳告诉哥哥，"直觉告诉我，她身上藏着很多秘密。"

"你猜得没错。"路予悲不得不佩服妹妹的直觉，"她认识姐姐。"

"姐姐？"路予恕也愣住了，"哪个姐姐？咱们的姐姐？"她的呼吸急促起来。

听路予悲讲完姐姐加入不言者的事情之后，电耳那头的路予恕沉默无声。路予悲知道她一定哭了，不得不安慰她："你先冷静冷静，等你过来这边，咱们再好好聊聊姐姐的事。"

当晚，路予恕和克萨就来到了初暮雪家。

"我是路予恕。"面对这个比自己高半头的成熟女子，路予恕挺胸抬头，"这位想必就是初暮雪小姐了？"

"我是初暮雪。"初暮雪看着面前的这个可爱的小女孩，比她想象得更加从容。

"幸会。"路予恕伸出右手和初暮雪握了一下，心里暗赞她的不俗气质，只是紫色的双眼过于冷漠，显得有些傲慢无礼。

"这是天芒竹丝？"路予恕看着初暮雪新换的裙子，有些诧异。

初暮雪摇摇头："不是，仿的。我觉得好看就买。"

"真的更好看吧？"

"太贵了，谁会买那种东西。"初暮雪的表情毫无变化。路予恕看了哥哥一眼，路予悲转开头去，心情复杂。

"这位是克萨。"路予恕向初暮雪介绍，"是初奶奶派来保护我的，想必你们认识？"

"认识。"初暮雪说。克萨朝她微微点头致意。

晚饭是一桌丰盛的幻星佳肴，初暮雪家的厨师就是位幻星女士，这一餐想必倾注了不少心血。酒蒸蓼鱼香气四溢，绿米丝绒汤甘甜爽滑，红竹酿莲豆酸甜均衡，还有一整只滋滋冒油的慢烤褐蛙——这种蛙比地星的蛙类大很多，更像是一只不长毛的鸡——肚子里塞满了幻星的七种香叶，散发出诱人的焦香。

路予悲先尝了一口绿米汤，不禁赞道："好喝！"

"别丢人了，绿米汤要饭后再喝。"路予恕用嫌弃的眼神看着哥哥。

"我偏要先喝汤，你管得着吗？"路予悲习惯性地回嘴，"汤里滑滑的东西是什么？"

"希儿，你来告诉他。"路予恕摇着头说。

"丝绒草，幻星草本植物，多长于浅水边阴暗处。"希儿自然是有无限的耐心。

初暮雪和克萨一言不发地吃饭，而且路予悲惊讶地发现那两人吃饭快得离谱。最后路家兄妹也不得不停止斗嘴，专心吃饭，免得让他们等太久。

饭后，四个人在客厅品尝凡星朱叶茶。虽然恒语译作茶，其实味道更像地星的红酒，只是没有酒精。一首奇妙的音乐在室内回荡，初暮雪说是由一位顶级的幻星全能音乐人自己用八种乐器演奏的，配以唱诗，清澈柔软。

在昏黄的灯光下，路予恕问起姐姐的事。初暮雪又讲了一遍路予慈这些年的经历，还有二人的友谊，只是略过了地幻异血的事，只说自己每年都去幻星学习弗拉迪格斗术。

路予恕的反应和路予悲一样，双眼含泪，不甘心就此见不到姐姐。她也是第一次听说幻星不言者，对这个神秘的宗教毫无了解。克萨摇了摇头，就连希儿也没有更多的相关知识。

"等爸爸来了，说不定有办法。"路予恕最后无奈地说。

路予悲突然想起初暮雪和克萨的智心副官都有电幻迷彩，忍不住问道："迷彩涂装在新星这么普及吗？"

初暮雪看了一眼克萨。克萨边喝茶边说道："说不上普及，还是颇费一番工夫的。"

"你能教我吗？"路予悲问道，他还是不想移交希儿的至高主权，所以想试试自己学着做。

"那恐怕不容易，这不是电子工程插件，而是要启用智心内核的算力，所以普通的电耳就做不了。我知道你有一些智心编程基础，但至少还需要学习一年。据我所知，你没有那个时间。"克萨用安慰他的语气说，"这不是你的能力问题。智心是一座华丽的殿堂，也是一门复杂的科学，不要低估它。"

路予悲突然睁大眼睛："我妈妈也说过一样的话。"

"我就是在复述令堂的话。"克萨说道。

"你认识我妈妈？"路予恕也惊呆了。

"凡是做智心这行的，没有人不知道沐庭香博士。"克萨解释道，"她的几本著作我都拜读过。"

听他这么说，兄妹二人都由衷地为母亲感到骄傲。路予恕有些不满地说："你怎么不早告诉我？"

克萨无奈地一摊手："你也没问过。"

在初暮雪家度过的两天假期里，路予恕已经开始提前预习大学的课程。路予悲则大部分时间在睡觉，正如他和队友所说的那样，因为前段时间他实在是太累了。

醒着的时候，路予悲忍不住又跟初暮雪软磨硬泡地请教曲势。

"你为什么这么想学曲势？"初暮雪问道，"你可以学学多尔匕首，学院里就有这门选修课。"

"我会学多尔匕首的，但我看得出来，曲势虽然是空手格斗，可练好了能反制各种兵器，对不对？"

初暮雪没想到路予悲能看出这一层，只好承认："确实可以，但要练到那种水平可不容易，要吃很多苦。"

"我很擅长吃苦，鲍里斯可以作证。"路予悲苦笑着说，随即又皱起眉，"我本来以为，这几个月我已经变强了很多，没想到面对陪审团的盗贼，根本没有还手之力。"

初暮雪想不出什么可以安慰他的话，只好保持沉默。

"我想变得更强。"路予悲坚定地说，"强到可以保护自己，也能保护小魔头。你不知道，其实她很胆小，只是装作坚强而已。"

初暮雪想了一会儿，还是松口了："好吧。但我要先说清楚,如果你的资质不够,或者练得不够用心,我都会马上停止这种无意义的教学。"

路予悲忙不迭地点头。

假期的最后一天,路予悲接到一个通信,是艾洛丝小队训练时租用的"唐"游戏中心打来的。游戏中心老板竟然也一直关注着他们小队的动向,甚至还在学院内部有眼线,所以对他们两次考核时的精彩表现了如指掌。现在他诚邀路予悲担任游戏中心的名誉顾问。路予悲要做的工作很简单,只要每个周末去打一场表演赛,即可收到十卡拉的月薪。

"十卡拉!"路予悲有些兴奋,这不是一笔小数目。廉老人每月给他们兄妹的零花钱是每人每月八卡拉,已经足够他们吃穿用度,还能有些结余。现在自己可以挣出这份钱,也就不用花廉施君的钱了。

他当场愉快地接受了这份兼职,结束通话后还兴奋地念叨:"每月十卡拉真不少,还能好好羞辱一下小魔头,划算!"

在旁边看书的初暮雪听得直翻白眼,智心瞳都差点掉出来。

路予恕出现在诺林和平大学的第一天,就引起了不小的轰动。这并不奇怪,她既是和平大学建校以来入学年龄最小的学生,又有着清纯可爱的外表,看起来甚至只有十三四岁的样子,自然会在这所宁静典雅的学府中掀起不小的波澜。

客观来说,和平大学里不乏青春漂亮的地星女孩,但是路予恕的气质自成一派。她今天选择的头饰是略有学院派气质的石榴石束带,而那身亮眼的洛克白裙是最新的不对称款,既夸张前卫，又兼具朴素内涵。她在和平大学逛了一圈，走到哪儿都会成为焦点，吸引无数目光。不仅地星人，其他星族的学生也都对她十分关注。

相比之下，克萨则低调得过分，没有跟她并肩同行，只保持在她身周三丈范围内，就像个隐形人一般无人注意。

"如我所想，学校里还是很安全的。"一起吃过午饭后，克萨说，"陪审团的人胆子再大，也不敢在这里动手。如果你不希望我跟着，我可以在校外待命。"

"你还是跟着我吧，我需要你。"路予恕笑着说，"我会给你安排别的工作。"

"别的工作？"克萨问道。

路予恕不说话了，好奇地打量起人潮涌动的中央广场。每年这个时候，学校里的各种组织都会争相拉拢新学生，补充血液。趁中午的自由活动时间，各种五花八门的组织都在中央广场上搭建起房间，大力展示自己的特点。路予恕好奇地一一看过去，宇宙计划会、矿石研究会、太空模拟战队、历史辩论会，还有少数有钱的学生才能参加的重力球队。广场的一角，一群摩明学生正在对着一个巨大的空瓶子共鸣。

路予恕突然问克萨："你以前开过公司对不对？如果我没猜错的话，是智心行业的吧。你这样的男人，一定干出过不小的事业。"

"你看人的眼光不太准。"克萨笑了笑，"我一事无成，现在只能靠拳脚功夫讨生活。"

"你骗人。"路予恕这次却不依不饶起来，"咱们都认识这么久了，你还是不够坦白。"

"咱们只认识了三个月。"

"时间长短不重要。"路予恕说,"我能考上这所大学,离不开你的帮助。你给的建议让我少走了很多弯路,我已经把你当成朋友了,朋友之间就应该无话不谈。"

他们经过六星动物研究会,一名罕见的多尔学生邀请他们参观天芒星稀有动物。路予恕微笑着回绝了,继续往前走。

"据我所知,朋友之间也有需要保密的事。"克萨回答她刚才的话。

"确实,但是你的秘密也有点儿太多了。"路予恕不满地说,"别以为我不知道,克萨是你的假名,你现在的身份都是伪造出来的。"

"我知道瞒不过你。"克萨无奈地耸耸肩,"我有我的苦衷。"

路予恕假装凶狠地哼了一声,心里却在盘算如何套问克萨隐瞒的事实。

路过沙盘同好会时,路予恕发现这里有不少学生围观,但非常安静。四名玩家正坐在一个全息立体棋盘四周,盯着飘浮在空中的全息棋子冥思苦想。她知道第六星最流行的桌面游戏就是星际沙盘,是非常高深的智力竞技。社会上每个月都有公开的赛事,专业沙盘手更是享有很高的礼遇。

"小姑娘,听说你很聪明。"一位戴礼帽的幻星男生用恒语对路予恕说,"可知道新星有句俗话,'天才或蠢材,沙盘看出来'。"

"我没研究过。"路予恕装作很弱小的样子,"听说规则很复杂?"

"是很复杂,分很多种不同的沙盘,有战争沙盘、经营沙盘等。每种沙盘又有好几种环境和细节广度。"幻星男生说道,

"他们四个正在玩的是政治沙盘，有点儿难度，但没有变量，不需要操作，你要不要试试看？"

"怎么试，这不是人满了吗？"路予恕的眼睛一直没离开过那个庞大的全息棋盘，可以粗略分为五层，分别代表王宫贵族到平民百姓等五个阶层，每层又用不同颜色表示势力割据，有议会、商会和盟会等团体。这些团体中的每个棋子都代表一群人，可以控制他们互相攻击或使用策略。同层的棋子斗争最激烈，也能影响到上层或下层，但是会受到一定制约。

幻星男生饶有兴致地说："这是一个政治残局的推演玩法，棋子和势力的初始状态已经设定好了，只要我启动进程，就会产生一系列冲突，最终达到一个平衡点。当然我不会启动进程，那就没意思了，游戏的目标就是靠脑力推演出一系列的结果。他们四个并不是各执一方，而是在分头推演那个最终结果。"

路予恕戴上她的轻巧目镜连接到沙盘，就可以自由放大每一层，看到每个棋子的详细说明，包括初始状态，行为准则和特殊能力。"结果是确定的？"

"当然，我们现实不也是如此？"

"听起来很宿命论，你是真教信徒？"

"正是，赞美真者。"幻星男生有点儿惊讶，"我叫图伦，是沙盘同好会会长。要不要来玩玩看，只要推演出一阶结果，就可以加入沙盘会。"

"一共有几阶？"路予恕飞快地查看完每个棋子，又开始浏览每个势力的详细数据。

"三阶，分别对应三个层次，平民层，盟会层和议会层。"

路予恕点点头，就连平民层都有很多大大小小的光点，各有其状态和行为属性，需要相当强的动态数据能力才能推演出结果。

一个摩明学生站起来，用低沉的嗓音对图伦说："会长，我有一阶结果了。"他的手指在空中划了一下，一个结果出现在图伦的微机上。

"很好。"图伦看着结果点点头，"同好会欢迎你的加入。"

接着又有一位天罗学生推演出了二阶结果，不仅能加入沙盘会，还获得了干部提名，于是兴高采烈地飞走了。

"如果能推演出三阶结果，有什么额外的好处？"听她这样问，另外几个沙盘会会员也停止了闲聊，抬起头看着她。

图伦挠了挠头："三阶结果？那比二阶复杂不止二十倍。可知道，就连我也需要一点时间才能算得出来。"

一位凡星玩家恰好在此时站了起来，得意扬扬地说："我推出三阶结果啦。"

图伦看了看他的推演结果，有些歉意地说："前两阶都是对的，但是三阶错得有点儿离谱。"

"怎么会？"凡星学生难以置信地说，"是哪里算错了？"

"这里。"图伦好心地给他指出，"计算议会席位时错了一点，还有这里的集会事件处理有偏差，所以后面就……"

凡星学生满面通红，自觉尊严尽失，不顾自己解出了一、二阶结果的成就，仓皇逃离了这里。

图伦朝路予恕耸耸肩："现在你知道了，你想推出三阶结果，恐怕不太容易办到。"

"不止三阶结果吧。"路予恕摘下目镜说，"我看可以有第四阶结果。"

图伦收起笑意，仔细打量了一番路予恕："能看出这一点，就说明关于路小姐的传言不虚。确实有第四阶结果，从盟会和议会推演出这个虚拟小国家的下一步变革。但是复杂度很高，需要大量计算，即使是职业沙盘手也需要一个小时以上，这还是有智心副官辅助的情况下。"

"你们允许用智心副官吗？"

"如果你要推演四阶结果，完全可以。但是我需要提醒你，那依然是很困难的。"图伦耸耸肩，"而且我们也无法提供智心副官，你知道，经费有限。"有几名会员干笑了几声。

路予恕静静地盯着沙盘，在她眼前似乎出现了大恒帝国的各方纷争，盟会入阁，贵族渐衰，王权动摇。有人因站错队而家产破败，沦为乞丐，也有人乘虚而入，大发国难财；极端主义者披挂上正义的战衣，龌龊小人伪装出政客的面孔，民意被几方别有用心的人来回拉扯利用，真正的国家栋梁遭到打击；也有无奈的智者选择明哲保身，只求苟全于乱世。她看着那一个个代表人物的小光点，似乎全都是父亲的敌人。而她竟一点忙都帮不上。

她想起幻星真言塔的评语：六星宇宙从盟会时代迈进了盟战时代。简单的一字之差，却不知道有多少人家破人亡。

"如果我推出四阶结果呢？"平静下来之后，路予恕问道。

图伦大方地说："那你可以代替我，做我们的新会长了。"他身后的几名会员听了都笑了起来，只有一位和路予恕一样娇小可爱的地星女孩没笑，只是好奇地看着路予恕。

路予恕心情复杂地看着那个沙盘，根本没把这些嘲笑放在心上。短短几分钟内，她甚至拟定了自己接下来要努力的方向。虽然前方充满未知的困难，但只要沿着这个方向走下去，也许可以擦出一点小小的火花,能稍微帮到父亲。为了这个目的,她知道眼前这小小的难关必须成功闯过。如果在这里就宣告失败,说明她也不过尔尔。

"你觉得沙盘可以推演出真实世界的政治走向吗？"路予恕头也不抬地问。

"当然不可能。"图伦耸耸肩,"无论再怎么复杂,沙盘只是游戏啊。"

路予恕没有说话。克萨知道她问的是自己,答道:"不太可能,现实的政治太复杂了。"

"可是我偏要试试。"路予恕抬起头,对图伦说道,"那我现在开始,一个小时大概就够了。"

"两个小时也可以。我们需要人才,也需要智心副官。"图伦笑了笑,"他在哪儿？"

"克萨。"路予恕说道。

"哦,那是你的副官的名字？"图伦正要笑,却看到克萨稍微侧了一下头,耳朵上赫然显现出一圈黑色的精致轮廓。

"电幻迷彩？"图伦还算有些见识,沙盘会的会员们目瞪口呆,那个娇小的地星女生也睁大了眼睛。

克萨摘下智心副官,戴到路予恕的耳朵上:"卡维尔,我正式授予路予恕小姐一般主权。从现在开始,听从她的命令。"

"是,主人。"

幻星会长的表情终于严肃了起来,伸出三根手指:"三个小时,这是合理的时间。愿圣者带给你好运。"

然而路予恕还是只用了两个小时,就在一片欢呼声中成了沙盘同好会的新任会长。

晚饭之后，克萨和路予恕回到宿舍。除了客厅和卧室，还有一间可以自由改造的房间。

"我想把这里改造成工作室。"路予恕宣布。

"做什么，沙盘？"克萨问道。

"没错。"

"我知道你想干什么。"克萨摇摇头，"你已经是六星人文学院的学生，想学政治，有足够多的知识让你学，知足吧。"

"我不知足。"路予恕摇摇头，"我想再快一点。我想帮爸爸。"

"有几位教授会布置自选政治实验，你可以试试把恒国作为实验台。"

"我是有这个打算，那些实验可以用智心副官来做吗？"

"当然不行，那属于作弊行为，而且副官也做不到。"

"这就是问题所在。"路予恕坐到沙发上，翘起一条腿，"一边是纸上谈兵不切实际，一边是空有算力无处施展。还有一种媒介明明大有可为，却只被当作游戏。"

"沙盘？"克萨坐到路予恕对面，大概明白了她的想法，"所以你想把这三者整合起来，让智心副官扮演政治角色，然后在政治沙盘上推演？我明白了，你今天不是偶然逛到沙盘社的，而是早有预谋。"

"你觉得怎么样？"路予恕睁大眼睛，满怀期待地看着克萨。她很重视克萨的看法。

"异想天开。可知道，你要的是有参考价值的真实推演，而不是游戏，那需要打穿三个领域的边界。智心副官现在还做不到那种程度的计算，两边都需要进行算法适配，比你想象的难得多。"

"但是难不倒你，对不对？"路予恕眨眨眼，"智心科学院的师兄。"

"原来你把我也算计在内了？"

"怎么能说是算计呢？记得吗，我把你当朋友，才跟你分享我的宏伟计划。"路予恕张开双臂，"要想帮助爸爸，就必须先了解敌人。我要了解地联，了解时大人……不，我要把恒国的贵族、盟会、穹顶和栋梁全部装进我的沙盘，不停地细化，不停地计算，直到把黑白谱系，把盟会战争全部装进去，就能够推算出他们的每一步行动。"

"小女孩，你在白日做梦，你不知道那有多复杂……"

路予恕从沙发上弹起来，抓住克萨的双手，直视他的眼睛："我知道，我知道！所以我需要你帮我，好吗？我只有你了。"

21

正式开学的当天早上,路予悲和初暮雪一起乘飞车前往军官学院。

"一会儿你先进去吧。"路予悲说道,"我不想让学院里的人知道我住在你家。"

"同意。"初暮雪面无表情地说。

"别误会,我不是怕别人知道你保护我,我并不觉得丢人。"路予悲以为初暮雪生气了,赶紧解释道,"我也不怕别人知道我们是朋友。"

"我明白,我没生气。"初暮雪紫色的双眼依然看不出心情。

"那就好。"路予悲将信将疑地说。

飞车停在学院大门二百米外,初暮雪先下了飞车,路予悲目送她走进学院,又等了一会儿才下车。进入学院后,他在门廊遇到的第一个学员竟是唐未语,比他大两届的数据官师姐。

路予悲再次确认,这个女孩是个不折不扣的大美女,美得难以形容,令人生畏。那双完美的芦叶形眼睛堪称艺术品,眼角微微上挑,双眸又黑又亮。红色的卷发垂至胸前,随着她的步伐极有弹性地跳动,偶尔显出蓝色或紫色光泽,不过分地张扬。她的个子在地星女生里算是相当高的,只比路予悲矮一点。星辉色学员制服穿在她身上,也显得紧俏玲珑,性感迷人。

好在路予悲有过多年和方-夏梦离交往的经验,比一般男生镇定得多,在美女面前也不会变得失魂落魄。他正犹豫要不要主动攀谈,没想到唐未语竟先开口了:"上次的比赛打得真好。"她是校内的名人,路予悲也是新晋名人,名人和名人之间即使是第一次谈话,也有一种心照不宣的默契——自我介绍的环节尽可以省去。

她的声音也这样动听,比小魔头和初暮雪都甜得多。他心里这样想着,嘴上礼貌地回答:"谢谢,有你观战是我的荣幸。"

"呵呵,真会说话。"据说唐未语的轻笑曾让一个地星男生当场落泪,"那颗小行星的轨道,是你早就计算好的?"

"算是吧。"路予悲一愣,"你当时就料到了?"

唐未语嘴角得意地上翘,笑容中的自信显然不只源自美貌。

"了不起。"路予悲由衷地说,"如果对方的数据官是你,我就输定啦。"

"谁知道呢,走着瞧吧。"唐未语说完这句意义不明的话,挥了挥手离开了。

看着她的背影,路予悲突然发现:她的酒红色长发竟然和梦离的如此相像,难怪每次见到她都有一种见到梦离的即视感。虽然梦离的长发更率性洒脱,不显刻意,但唐未语的长发更能摄人心魄。

路予悲一边回味这次短暂的对话,一边走进宿舍楼大厅,发现队友已经在这里等他了。

"怎么样？怎么样？"卡卡库开门见山地问路予悲，"别装傻，我说的是保镖的事。"

路予悲早就跟初暮雪商量过，这件事不可能瞒得住他的队友，于是只好坦白了。

"我是信任你们才说实话的，你们要发誓不告诉别人。"路予悲认真地说。

索兰、艾洛丝和休都马上答应了，艾洛丝真心替路予悲感到高兴。

卡卡库闹了一会儿别扭，这么大的新闻，他恨不得马上告诉学院里的所有人。最后在路予悲的坚持之下，他也只好同意不外传了。路予悲知道凡星人其实最有契约精神，他答应了不外传，就不会外传。

"对了，有个好消息告诉你！"卡卡库神秘兮兮地说。

"什么好消息？"路予悲想了想，"我们小队要换数据官了？"

卡卡库愣了一下，反应过来之后气得转身就走。艾洛丝一边拉住卡卡库，一边笑着告诉路予悲："你被评为'五新芒'了，不过这也是理所当然的。"

"那是什么？"

"你不知道？每一届新学员都会评出五位最强的人，模拟战的五个职位各评一个，合称五新芒。你就是其中之一，新芒前锋官。"艾洛丝耐心地解释。

路予悲点点头："另外四个人呢，司令官是你？"

艾洛丝愣了一下，随后假装生气地转身就走，一头流焰色长发甩在路予悲脸上。索兰一边拦住艾洛丝，一边说道："别装傻，新芒司令官是初暮雪。"卡卡库也不失时机地朝路予悲挤眉弄眼。路予悲假装没看见："哦，是她。"

休又精准地找到了痛处："初耀云一定很恨你抢走他的荣耀。"

路予悲哭笑不得地说："摩明人都这么擅长破坏气氛吗？"

"我破坏气氛了吗？我看你本来也没有很开心。"休耸耸肩。

"是。"路予悲不得不承认休说得对，"新学员里最强也算不得什么。我算算，每年五十个新人，五新芒是十分之一的比例，没什么好得意的。要是全校所有学员里评出五个最强职位，那还有点儿意思。"

"有啊。"索兰告诉他，"那是五王座，四年级居多。三年登上王座，就是奇才。我看你，有这个潜力。"

"谢了。五王座听起来蛮酷的。王座前锋官，嗯……"路予悲点点头，似乎那个头衔也已经触手可及了一般，"那这个新芒头衔有什么用呢？"

"学院会重点培养，给你们更多的资源，例如演习优先权。"艾洛丝说，"据说上一届的新芒护卫官向院长申请了一笔数额不小的资金，来改造他自己的专用舱。可以申请加大推进力和额外燃料舱，还有些课程可以免修，这样就有更多的自由时间了。"

"加大推进力确实不错。"路予悲若有所思地点点头。

"还有指导教官，一对一训练。"索兰补充道，"就像鲍里斯。"

"请别再提他。"路予悲忍不住全身抖了一下，痛苦的回忆涌了上来。

休突然说道："你们忘了告诉他最重要的一点。"

艾洛丝恍然大悟："哦，对了！五新芒会被授予准尉军衔，几天之后会有授予仪式。"

"准尉？"路予悲回想了一下，说道，"大恒帝国的军阶里好像没有这一档，军校毕业生直接就是少尉。"

"这一点新星也一样。"卡卡库说，"但因为新星军队规模最小嘛，所以多了一些灵活的应急策略。"

索兰接着说："如果突然开战，可知道，我们军校生，也要上战场，作为士兵，而不是军官。"

艾洛丝跟着说："那么谁来指挥这支新兵队伍呢？"

四个人沉默了几秒，然后不约而同地朝路予悲敬了个夸张的军礼："长官！"

路予悲被他们逗乐了，同时也觉得身上的责任重了一些："听你们这么说，我都有点儿害怕了。"

"往好处想，"休语重心长地说，"连鲍里斯中士都要叫你长官了。怎么样，可想去报个仇？"

星期日上午，路予悲准时来到"唐"游戏中心打工。出于安全考虑，初暮雪自然也要陪他一起来。

"真是不好意思。"路予悲有些抱歉，"其实一路上都很热闹，这里人也很多，你可以不用来。"

"这没什么。"初暮雪告诉他，"我之前也经常陪耀云来，他之前也是名誉顾问，和你现在一样。"

"那么他现在……"路予悲有不好的预感。

"他在众目睽睽之下输给你，从那天起就不再来这里了。"初暮雪若无其事地说，"多亏了你，他现在训练得很刻苦，发誓有一天要报仇。"

"我等着他。"路予悲不无得意地说。

"你去见老板吧,我去三楼贵宾区等你。"初暮雪说,"这里的怪味饼干挺好吃的。"

唐老板看起来有四十多岁,下巴上覆盖着一层红色胡须,头发茂密得不像话。他先跟路予悲热情地套了半天近乎,说早就看好路予悲小队,果然没有看走眼。路予悲不得不纠正他,小队的司令官是艾洛丝,所以他们是艾洛丝小队,不是路予悲小队。

"可是你已经是准尉了呀。"唐老板拍着他的肩膀,哈哈大笑着说,"你的军衔是小队最高的,所以说是路予悲小队也没错嘛,哈哈哈!是不是,路予悲准尉?"

路予悲一时竟不知道如何反驳,转而想到唐老板竟然连他晋升准尉都知道,消息确实很灵通。

"我这游戏中心已经开了十年了,不瞒你,这里已经出过四队通过考核的小队啦。"唐老板吸了一口摩多尔星产的苦荷烟,"不瞒你,这一片街区,数我这儿的纪录最辉煌,简直是专门为军官学院输送人才的孵化器!"听他的说法,好像艾洛丝他们都是被他从零培养起来的一样。如果真是那样的话,军官学院确实应该授予他荣誉勋章了。

路予悲勉强挤出一个笑容:"厉害,厉害。"毕竟还要从人家手里领工资呢,这点虚假逢迎他还是会做的。

"可知道,我这家店一共有二百八十五台开放舱,三十台封闭舱,六个高级大包间,啊你已经见识过了。不瞒你,明年我打算再引入十台封闭舱,很厉害吧!到了后年呢,分店也……"唐老板似乎打算把整套宏伟的商业构想都向路予悲和盘托出。

"那个……今天具体需要我做什么?"路予悲尽量温柔地打

断了唐老板的演说。

"哦，今天啊。"唐老板想了一下，"很简单，就打一场表演赛，在大厅里，会有很多人欣赏哟。"

"我的队友……还有对手，是智能机还是……"

"当然是真人啦。"唐老板狠狠吸了一口烟，用力吐了出来，"可知道，想当你队友的人多着咧，想当你对手的更多！都是我店里的常客，很有才能的小伙子小姑娘们。当然，肯定不如你有才啦。"

"是这样，我需要和我的司令官先沟通好，才能制定战术。"路予悲解释道。

唐老板用捏着苦荷烟的手指朝他点了一下："今天你就是司令官。"

"啊？"路予悲愣了一下，马上明白了唐老板的意思。如果让路予悲当前锋官，可能根本不需要队友，只靠他单枪匹马就能把对面的五位"很有才能的小伙子小姑娘"全部干掉。而让他当司令官的话，可能比赛还稍微有一点点悬念。当然，也只是一点点而已，路予悲每个位置都练过，而且都有相当高的水准，司令官完全难不倒他。当年如果不是看在夏平殇确实厉害的份上，路予悲根本不会把司令官的宝座让出去。在他心中某个角落始终觉得，前锋官再厉害也只是一个厉害的拳头，而司令官则是大脑，一个强悍的大脑才是最酷的。咦，这话是不是小魔头为了气他而说过的来着？

"怎么样，没问题吧？"唐老板拍着他的后背问。

"没问题。"路予悲发现唐老板的臂力相当不俗。

也好，就让我重温一下做司令官的感觉吧。

赛前10分钟，路予悲才见到了自己的四位临时队友，两男两女，都和他年龄相仿。两位男生都是地星人，两位女生一位是芒格人，一位是罕见的多尔人。路予悲完全记不住四个人的名字，只好以职位相称，简单安排了一套比较基本的战术，就被唐老板推进游戏舱里了。赛场在一楼的开放大厅里，十台半专业封闭舱分成两组，位列主舞台的两侧，大厅里围观的人至少有上百个，都伸长了脖子看着空中硕大的光子屏幕，等着见识路予悲的实力。

这片大厅直通到三楼，路予悲想起第一次见到初暮雪的场景，忍不住抬头向三楼看去，她果然在那儿，而且正好对上路予悲的目光。虽然她那双眼睛冰冷依旧，但路予悲的心境已经全然不同。

比赛开始后没多久，路予悲就发现四名队友水准确实不高，基本操作虽然看起来都很熟练，但是执行力以及执行的准确度都暴露出业余爱好者的本质。

路予悲暗想：也对，如果随便几个常泡游戏室的爱好者都有卡卡库他们的水准，那岂不是大多数人能考入军官学院了？这当然是不可能的。卡卡库他们已经是百里挑一的高手了。普通人想要成为军官，只能先服兵役，再转职成为职业军人，还要表现优异才能通过考核成为士官。所以考军官学院相当于抄了近路，门槛自然不低。

想到这一层，路予悲本以为对面的五个对手也必然都是业余水准。结果护卫官反馈的探路信息让路予悲大吃一惊——布阵相当专业，对面至少有一个行家，很可能是司令官。

"改变战术，注意，改变战术！"趁着还没有露出太大破绽,路予悲急忙下令,"刺杀官埋伏在83区,护卫舰向11区分散,前锋官已经偏航了,按我给的方向纠正,数据官优先计算对方前锋官路线,不用管刺杀官,交给我。"

2分钟后,两队的前锋舰群相遇,路予悲观察了几秒钟,稍微放下心来,对方的前锋官水准不高,和己方的处于同一水平。他看了一会儿就能预测到战果了,于是命令前锋舰脱离战斗,迂回前往敌人后方大本营。

下一个排除嫌疑的是对方的刺杀官。在普通玩家看来,那位刺杀官已经相当谨慎地隐藏自己,并一步步向路予悲的旗舰接近。但在路予悲眼里,那艘刺杀舰就好像咖啡里的冰块一样,尽管是透明的,依然明显的一看便知。

路予悲给芒格护卫官下了一串命令,让她象征性地捕捉了一会儿敌方刺杀官的踪迹,然后再给她确切的数据,好让她一举将其消灭。芒格女孩兴奋地叫了好一会儿,声音不比芒格男性悦耳多少,路予悲不得不调低通信频道的音量。

终于,双方的前锋舰群都进入了对方的大本营,开始与护卫舰群交火。路予悲早已操纵旗舰远远避开,而对方司令官走位也十分飘逸。路予悲基本可以确定,这位高手的水平不在艾洛丝之下。好在路予悲也是如此,这样想或许有点儿对不起艾洛丝,但事实确实如此。同样地,路予悲做数据官的水平也高过卡卡库,做护卫官的水平更是比休高得多——只有刺杀官除外,索兰成为黑翼之后,路予悲没有把握比他表现得更优秀。

路予悲稍微认真起来。虽然不是什么重要的比赛,但怎么说也是他的第一份工作的首秀,他是万万不想输掉的。

另外三名队友也感受到了路予悲的变化,他发来的指令越来越快，越来越详尽，简直像是手把手在教他们一样。三人又惊又喜，这已经不仅是表演赛，而是一堂宝贵的教学课。他们的参赛费用是两卡拉，虽然不低，但此时顿感物超所值，自然打起十二分的精神作战。

对方的司令官也拿出了一些真本事，而且似乎十分从容，并不执着于胜负。

这等好手，难道是学院里的人？我认识的人？

他在脑海中迅速过了一遍可能的名单。首先排除了初暮雪，她正在三楼的贵宾区观战呢，而且她的战斗风格不是这样的。那么是其他某位司令官？对了，也有可能不是司令官，而是跟我一样临时客串的。又不像和我一届的新生，可能是我的师兄，和我有过交流？但是我连一位师兄都不认识啊……师姐也……

他心里突然一紧。从对方优秀的数据敏感度来看，本职是数据官的嫌疑很大，难道是她？

不会吧……不会吧！如果这都能被我猜中的话，也太离谱了……路予悲突然心跳加速起来。

战斗的最终结果还是路予悲小队赢了，但是赢得并不轻松。

他迫不及待地钻出游戏舱，在观众雷动的掌声中走到舞台中央，探头看向对方司令官的舱位。

那个女孩钻出封闭舱，迈开长腿向他走来，一头酒红色卷发光彩照人，发梢扫过她的胸前，也扫过路予悲的心上。身为上上届的新芒数据官，她也和路予悲有着同样的准尉军衔。

果然是她，竟然真的被我猜中了！这一瞬间，路予悲觉得这个世界更加有趣了。

"下手好狠啊。"唐未语似笑非笑地说，性感的嘴唇微微上翘,"就算你输给我,我爸爸也会付你工资的,下次考虑一下?"

"爸爸?啊……原来你是……"路予悲不知说什么好,只能尴尬地傻笑。

初暮雪坐在三层的座位上吃着怪味饼干,饶有兴致地看着下面的两人。

路予悲本以为,他在三个月的入学训练中已经适应了军官学院的生活,不管是严酷的训练还是艰难的考核都没有击败他。但真正的学院生活开始后,他才发现自己太单纯了。学院不仅课程繁多,训练量恐怖,更可怕的是人际关系错综复杂,交际圈子层层叠叠。艾洛丝小队是最基本的小组,一起入学的新学员又是一个圈子,而学院里所有的前锋官又有自己的交流学会,这就三个维度了。而前锋官圈子内部还有不同的派别,有重操作的虎派和重意识的狐派,以及居中平衡的狼派。初耀云已被拉入虎派,路予悲虽然没有表态,但是三派都想把他拉进自己的圈子。

在这些圈子当中,路予悲主要参与两个,一个是前锋官集会,另一个是星元统合会。初耀云也在这两个圈子中,和路予悲每天都能碰面。如果两个人彼此欣赏的话,必将成为挚友。可惜初耀云对路予悲只有敌意,在很多场合有意无意地贬低路予悲,质疑他的能力和入学动机。路予悲发现初耀云有个优点,演说能力极强,很快就聚集起一批愿意听他高谈阔论的学员,其中不乏高年级生,甚至算是个小集团了。路予悲选择无视他,毕竟是初暮雪的弟弟,他不想搞得太僵。

不同星族的学员社交更为复杂。七大星族之间互有恩怨,每个星族内部还有不同的盟会、宗教、集团和家族,又分属黑白谱系上不同的位置。这么多圈子就像一个无边的迷宫，把路予悲困在其中，伤透了脑筋。他每天都会认识几个新的朋友，记住很多新的信息，又忘掉一部分。学员里既然有星统会成员，自然也有曾经对路予恕下手的伊弥塔尔一派。路予悲观察了一周，发现伊弥塔尔的学员对他没什么恶意。看来就算是亲恒派占主导的盟会，也不是人人都想对路家兄妹不利。

还有一层关系是路予悲怎么也没想到的。有位四年级的摩明人私下跟路予悲说，他非常敬仰路予悲的父亲路高阙。"路教授的成就，我们摩明人也广为传颂。"这位摩明人是位司令官，在摩明人里十分罕见，"他对六星道德观的补充非常令人钦佩，对摩明文化的传播也做出过贡献。像他这样的人再多一些就好了。"路予悲没想到连这里都有人仰慕自己的父亲，开心了一整天。

一周结束后，路予悲蹑手蹑脚地走出校门，又多走了几百米，左顾右盼了好一阵子，才悄悄上了初暮雪的飞车。

"尼克，扩大监视范围。"飞车高速飞行，初暮雪警惕地看着车窗外，"进入市区之前这段路最危险。"

"是。"

"艾洛丝他们这会儿也都盯着微机呢。"路予悲指指希儿，"希儿正在不间断地给他们发信号。如果陪审团屏蔽希儿，转眼之间半个诺林市的人都会知道。"

"尼克，飞到上一层空路。"初暮雪没有放松警惕，"也许会有什么新手段，不能大意。"

"同意。"路予悲点点头，"所以我想尽快提升自己才是最好的应对办法。"

初暮雪知道他在说曲势训练的事："好吧，到家之后我们就开始。不过我必须提醒你，被我训练是很苦的，希望你能撑久一点。"

"嘿嘿，这个你就放心吧，我可是个真正的硬汉。"

安全抵达初暮雪家之后，路予悲跟着她来到练武的道场，竟占了一层的一大半，足够容纳二百人以上。道场的地板是由幻星红软木制成，踩上去很舒服，摔上去也不太疼，神奇的是就算砸出几个坑也能慢慢复原。四壁绘有精致的幻星炼画，点缀着陨石碎片。初暮雪对尼克说了个词，朝向庭院的那面墙缓缓沉入地下，只剩四根立柱承重。这样一来就可以从道场欣赏院子里的美景，听到鸟语蛙鸣，闻到各种奇异植物的气息。

初暮雪去更衣室换了一身练功服，白色紧身上衣和黑色短裤，十分干净利落，料子柔软且有弹性，不影响任何动作。

"这衣服不错，给我也做一身吧。"路予悲边说边忍不住打量起面前的女孩。她的身材不像唐未语那么纤细，肌肉线条有着恰到好处的力量感，让人难以忽略。路予悲强迫自己挪开视线。

"低级。"初暮雪发现了他的丑态，瞪了他一眼。

"才没有！"路予悲狡辩道，"我当你是男的，是哥们儿！"说着忍不住又瞄了一眼，随即觉得自己陷入了另一种变态局面。

"开始吧。"两人穿好基本护具后，初暮雪说，"第一阶段的训练规则是：我进攻，你防守，躲闪或者格挡都行，明白了吗？"

"明白了，来吧！"路予悲跃跃欲试，但初暮雪的第一拳就把他打翻在地。

"唔，我没控制好。"就算初暮雪略有歉意，也没有在脸上体现出来。

"没关系，再来。"路予悲忍痛站起来，心里多少想要维护男人的尊严。但事实证明，在初暮雪面前，这实在不切实际。

10分钟后，他躺在地板上，脸上身上多了不少淤青，胸口剧烈起伏。如果不是初暮雪戴了拳套，他可能早就蒙女神恩召了。虽然早有心理准备，但真的被这个女孩打得毫无还手之力，路予悲心里还是感到些许的屈辱和不甘。不对，不是男人女人的问题，她已经完全超越了性别的概念。还是放下那些愚蠢的念头，把她当成女版鲍里斯吧。

"你刚才用的好像……不是曲势啊。"他冷静了一会儿才想起来。

"当然不是，我说了这是第一阶段。等你至少能避开或挡下我的一半攻击才能进入下一步。"初暮雪告诉他，"我已经放慢速度了，陪审团会更快。"

路予悲发现躺在地板上非常舒服，软硬适中。他挣扎着坐起来，牵动几处青肿，疼得他直咧嘴。

初暮雪从墙边的隐形柜子里拿出一小瓶药膏，扔给路予悲："这是消肿的，5分钟见效。"

路予悲当然知道见效之后还要继续训练，既然是他自己要求的，当然不会反对。

"有什么诀窍吗，教官？"路予悲一边涂药膏一边问。

初暮雪想了想，问道："你知道什么叫'三速'吗？"

"不知道。"

"瞳速、脑速和体速。也就是动态视力、反应速度还有肢体速度。格斗首先比的是三速，然后才是具体的招式。"

路予悲明白了："也就是说，这三种速度都要快到一定程度，才能学习曲势的招式？"

"应该说，基础条件达标，学曲势才有意义。"初暮雪说道。

"我现在还不达标，对吗？"路予悲有些沮丧。

初暮雪点了点头，又摇了摇头："你的瞳速和脑速还可以，不奇怪，太空模拟战也依赖这两项。你有天赋，又有足够的训练和丰富的经验，才能有现在的水平。"初暮雪踩了踩脚下的地板，"而在这里，你还需要锻炼体速，再积累实战经验，需要的付出不比模拟战少。"

路予悲很清楚自己这几年来在模拟战里磨炼了多久，就算有兴趣的因素和梦离的激励，也确实吃了不少苦。如果格斗训练也要付出同样的代价，那鲍里斯对他的折磨只能算是开胃菜。这样也对，如果自己轻轻松松就能变成高手，那就不公平了。初暮雪的话让他看清了现实的无奈，同时也找到了方向。

"背上涂不到。"路予悲无奈地说，"能不能麻烦你帮我一下？"

初暮雪犹豫了一下，还是接过了药膏。

路予悲想到另一个问题："在军院的时候，你是怎么隐藏实力的？"

"很简单，打开智心瞳的时候，会降低我的瞳速。"初暮雪撩起他的衣服，认真地帮他涂药膏。

"难怪你当时关掉智心瞳才能赶走那个盗贼。"路予悲恍然大悟。

初暮雪点点头："而且这个程度是可以调节的。比如跟卡卡库比试的时候，我把智心瞳的遮挡调到最高，几乎像瞎了一样。"

路予悲哈哈大笑，不知道把真相告诉卡卡库的话，他会感到冒犯还是感激？他又想到索兰和艾洛丝："天罗人和幻星人，三速是不是比地星人高？"

"你能问出这个问题，说明你之前训练时认真观察过。没错，天芒星人的三速普遍比地星人高，幻星人又在天芒星人之上。而就算是幻星人，几万个人里也才有一个能达到研习瓦罗萨的门槛，地星人恐怕要几百万人里才能出一个。这就是为什么曲势几乎失传的原因，半吊子的传承，不仅威力太弱，还会让真正的绝技变质。"

"几百万人！"路予悲吓了一跳，紧接着脱口而出，"那你是怎么……是因为地幻异血？"

"你可以这样认为，但实际情况要复杂得多。其实每个人的潜能都很高，只不过只能发挥出百分之二三十，甚至更少。"

"为什么？"

"因为'心枷'，也就是对疼痛和死亡的恐惧，让你们心存疑虑，无法发挥极限。这种疑虑是不自知的，是一种天然的自我保护。"

路予悲明白了，同时又有了新的疑惑："所以你能发挥出百分之百？"

"百分之八九十吧。"

"因为你没有心枷？你不怕疼，也不怕死？"路予悲的音量不自觉地提高。

"并非如此。"

"那是为什么？"

初暮雪收起药膏，表情麻木地说："我没有必要告诉你，你也不需要知道。"

"好吧。"路予悲已经习惯了她的不近人情，"那你弟弟呢?"

"耀云其实不算真正的地幻异血,他的三速基本相当于比较强的幻星人。如果你训练刻苦,一年内也许能赶上他。"

"一年?"路予悲有点儿沮丧,"我还以为已经差不多了。"

"不要因为你侥幸赢过耀云一次,就小看了他。"初暮雪横了他一眼,"他也是学过一点曲势的,如果认真起来,要杀掉你也费不了太多工夫。"

"好吧……但你要杀掉他,也费不了太多工夫吧?"路予悲稍微有些被刺痛,反击般地问。

初暮雪叹了口气,"可知道,耀云发现自己无论如何都赶不上我之后,就装作对瓦罗萨不感兴趣,逐渐连幻星也不去了,甚至有点儿敌视幻星人,敌视父亲,也敌视自己的那部分幻星血统。"她摇了摇头,"算了,这是我们家的家事,不应该跟你说的,你就当没听到吧。"

路予悲点点头,竟然有点儿理解初耀云了——明明是双胞胎,姐姐却比他还强大,也许他一直活在姐姐的阴影里,性格才越来越狭隘和乖张。而我呢,和他有点儿像,又不太像。我也有个了不起的姐姐,还有个……唔,自恋的小魔头,但是我并不嫉妒她们。

"这么说,你当前锋官的话也会很厉害了?"路予悲突然想到这一点。

初暮雪没有回答。

"被我说中了,对不对?"路予悲有点儿明白了,"那我继续猜一猜,其实你做前锋官比初耀云更强,但是为了不打击他,你才放弃这个位置,选择做司令官。"

初暮雪抿了抿嘴唇，说道："耀云比你更清楚，只不过我们都不说出来而已。可知道，我们姐弟之间的关系已经很脆弱，现在同处一个小队，算是最后一点交情了。"

路予悲不说话了。他忽然觉得，他和小魔头之间的关系，也许还算不错了。

22

　　三个月的大学生活，已然让路予恕成了学校里的明星。她的各门成绩都名列前茅，六星政治学课堂是她最活跃的舞台，六星社会学与六星历史学也都是政治学的基础，在克萨的建议下，她都花了不少精力钻研，也确实受益匪浅。因为爸爸的缘故，她还特地选修了六星语课，授课的凡星副教授十分崇拜路高阙，也对路予恕关照有加。就连几门运动课程，她也表现出不俗的天赋。

　　"你的三速基础不错，如果想学格斗的话，定能成为高手。"某次拳击选修课后，克萨对她说。

　　"不必了。"路予恕一边接过克萨递来的毛巾擦汗一边说，"我可没那个时间，而且我喜欢被人保护的感觉，哈哈。"

　　"果然是个天生的小公主。"克萨说道。

　　"童话里的公主都能激起骑士的保护欲。"女孩眨眨眼，"怎么样，我的骑士先生，有没有愿意为我付出生命？"

　　"看情况吧。"克萨抬头望天。

　　和平大学的主环路上树木葱郁，光雾掩映。这三个月来，路予恕在主环路上见过形形色色学生团体进行宣讲活动，电子横幅和浮空影像飞上半空，好在学生们注意控制音量，不至于造成噪音污染。

"地联的学生闹得越来越厉害。"克萨看着天上的电子横幅，"最近几乎每天都来。"他说的自然不是大恒帝国的地星联合战线，而是诺林和平大学里的地联分部。

路予恕故意对那些横幅视而不见，但心里一直很在意，像是衣服上一块洗不掉的污垢。虽然这个地联分部只有十几名成员，规模比所有盟会的校内分会都小，但仅仅是学校里存在时悟尽信徒的这一事实，就足以让路予恕感觉芒刺在背。

"他们不会是冲我来的吧？"路予恕问道。

"应该不是，只是抗议学校里的地星教授少于幻星教授。"

路予恕焦躁地闭上眼睛，她不知道是否该批评这些同胞的狭隘和愚蠢，这也许不是他们的错。即使是在第六星，星族间的隔阂也一直都在，一旦有人挑拨，就会像天芒星的鬼齿草凶猛地从地下钻出。

"放心吧，他们暂时成不了气候。"克萨像是看透了她的忧虑，安慰道。

路予恕点了点头。二人来到社团活动基地，穿过两层楼体，进入一个洒满阳光的院子，沙盘同好会的活动室就在这片宽阔草地的一边。

这三个月里，路予恕几乎每天都去沙盘同好会。前任会长图伦让位给路予恕之后，不仅没有记恨她，反而成了她的头号拥护者。

在图伦的帮助下，路予恕很快就通晓了六星沙盘的大部分规则。不得不承认，这个游戏比大恒帝国的五国军棋复杂得多。政治沙盘、商业沙盘和战争沙盘各有其复杂之处，玩法也有好几种，路予恕当时玩的是推演，此外还有玩家置身于其中的多方对抗，以及调节关键节点以求定向改变结局的解谜玩法。一局高阶推演或对抗沙盘有时需要三五天甚至更久，复杂程度难以想象。沙盘的另一大特点是开放度非常高，基本架构就有几十种，爱好者们在此基础之上不断扩展出新的棋盘、棋子、卡牌甚至玩法。新星有一句话——宇宙最大，沙盘次之，人心第三。正是因为这种高复杂度和开放度，沙盘才成了新星最受欢迎的智力游戏。无数人投身其中废寝忘食，城市里每个月都有比赛，网络上的对局也非常火爆。

路予恕今天穿了一件伊甸风格的米色露肩上衣和黑色直筒雨纹裤，配以白橄榄石发饰。她身材不高，但比例匀称，这样的穿搭也显得苗条修长，但还是略显稚嫩。她告诉克萨，在地星时，她喜欢用清纯可爱的外表来获得别人的好感，给自己带来一些便利。但现在经历了这么多事，她只想做自己，外表怎样已经不重要，只要自己舒适开心就好。克萨赞赏她的想法，同时也说，在外表上做出一些伪装来为自己赢得支持，也是七大星族俱有的天性，只要不过于媚俗就无伤大雅。路予恕思考了几天，承认克萨的态度更加成熟豁达。

当然，即使路予恕没有之前那么在意外表，还是有不少男生向她示好，甚至有好几封情书发到她的微机上。虽然她刚过十六岁，看起来更是只有十三四岁的样子，但这个时代的孩子都很早熟。

"好了，大家汇报一下这两天的成果吧。"路予恕用六星语说道，她的六星语已经相当流利。沙盘同好会的活动室是一个像帐篷一样的草绿色房间，穹顶能透进外面的阳光，是天芒星的一种建筑工艺。路予恕站在活动室中央,二十八名会员坐在她面前,在他们外侧摆放着八面硕大的微机看板,围成半个圆圈,上面显示着五彩斑斓的沙盘模拟图,戴上目镜还可看到全息图。

在路予恕的命令下,会员们依次起立汇报成果。

"我分到的是四人密室解谜沙盘,这两天新拓展了十条路径,六个附加节点。"地星女生莉莉安娜说道,她和路予恕体型相似,外貌也有相像之处,两人也很快成了朋友。

"我是模拟战沙盘,十艘前锋舰对决模式,拓展了八条路径,补充了三个因子。"芒格女生萨拉说道。

凡星学生鲁特颇为傲气地说:"人生模拟沙盘,拓展了新的一阶,包括二十三条路径,十八个节点,三十五个因子,新设计了十五张卡牌。"其他学生同时发出一声赞许的感叹。

路予恕也微笑着点头:"很出色。下一位。"

接下来的几位会员进展都不太好,路予恕也不生气,而是巧妙地鼓舞和引导。短短三个月的时间,她已经变成了一个颇有人望的领导者,赢得了会员们的真心爱戴。

最后前任会长图伦说道:"分给我的是五方政治沙盘,已经做到第五阶。这个对我来说太难了,只拓展了两条路径,反复修改了好几遍。"

"我把最难的任务交给你,你做得已经很好了。"路予恕拍了一下手,"大家都做得很好,照这么下去,我们的第一批产品很快就能问世了。"

会员们齐声欢呼。只有那位芒格女生萨拉小心翼翼地问:"我还是不敢相信,我们拓展的沙盘真的可以卖钱吗?"

"当然可以。"路予恕回答,"我调查过,现在市面上有四百七十多家沙盘设计公司,还有上千家游戏室和几万名注册主持人,再加上大大小小的竞赛组织和注册职业选手,至少有几十万人在沙盘行业赚大钱,而且发展速度很快,去年还只有现在规模的一半而已。现在市场依然供不应求,还有很大的发展空间。咱们和平大学的学生都是精英,在座各位都是沙盘高手,只要找到正确的方法,我们就能在这个大市场分一杯羹。不妨告诉大家,我已经跟几家下游公司谈过了,他们都对我们的项目很感兴趣。"

她没有说的是,只有一家下游公司愿意跟她合作,还是星元统合会的下属企业,受到过初六海的不少恩惠。

凡星学生鲁特推了推目镜,问道:"我想问问能卖多少钱。"

"请我的商务助理说一说。"路予恕看向克萨。克萨淡淡地说:"已经谈了七个合同,最大的一个总价是一百卡拉。"

"我支持会长!"鲁特虽然胆大心细,做事深思熟虑,比大部分凡星人沉稳。但一听到有这么多钱可挣,还是暴露了本性。

"我也支持。"莉莉安娜看着路予恕说,泛红的小脸十分可爱。

其他会员也交头接耳起来,一百卡拉对这些学生来说无疑是笔巨款。

"那我们怎么分这笔钱呢?"天罗女生罗兰问道。

"当然是按贡献大小分配,还有股份。"路予恕说,"不妨告诉大家,克萨先生已经帮我成立了一家公司,专门管理这些项目、合同还有资金。公司的名字嘛……就叫'沙塔创造'吧,聚沙成塔的意思,在座各位都有股份。"

会员们再次齐声欢呼,他们虽然都有过人的学识,但大部分人没想过这么早就能开始创业,哪怕只是积累经验也很值得。路予恕具备一种天然的领导者气质，说话极富感染力，三个月来已经赢得了会员们的信任和爱戴。再加上克萨也一看便知是个精明的二号人物，这两人站在一起，气质上不输给任何大公司的领导层。

晚饭之后，路予恕和克萨在校园里边散步边聊天。第六星天黑得很快，但是在大量浮空灯的照明下，城市里依然十分明亮，和平大学里更是如此，微风徐徐，风景宜人。

"莉莉真是太可爱了。"路予恕罕见地称赞别的女生。

"莉莉安娜是个真正的女孩子。"克萨总结道。

"你什么意思。"路予恕表情夸张地说，"我就是假的女孩子了吗？"

克萨微笑不说话。

"对了，莉莉还悄悄跟我打听你的事呢？"路予恕神秘兮兮地说，"她问你结婚了没有。"

"她没问过。"克萨叹了口气，"你们的所有对话我都听到了，包括……"

"别说出来！"路予恕红着脸喊，"知道吗，你有的时候一点都不浪漫。"

"请把'有的时候'四个字去掉。"

路予恕沉默了一会儿，不再谈论这个话题，而是指着不远处一座高耸的尖塔问道："这叫什么塔来着？"幻星的建筑总是如此巨大，让她深深地感觉到自己的渺小。

"维尔塔。"克萨回答，"是用小颗粒材料堆积和加固，建筑周期至少需要十五个标准年。"

"这就是我们恒国人说的聚沙成塔。"路予恕说道，"怎么样,沙盘社的同学们能帮上忙吧?"

克萨自然知道她说的帮忙是什么:"你想做的盟战沙盘,如果低耦合模块化,再用无形黑盒封装,确实可以让新手也做出贡献。他们比我想象中的新手更有用。但你要告诉他们真相吗?"

"会告诉他们一部分。"路予恕仔细地斟酌,"唔,可能有几个人会拒绝,但我相信能说动至少二十个人自愿帮我。毕竟我也给了他们不少东西。卡维尔那边怎么样?"

克萨已经把副官卡维尔留在房间里工作了很久:"你想模拟的恒国盟战太复杂,卡维尔做了几天,也只搭建了1%左右。"

"已经很快了啊。"路予恕双眼发亮。

"但上限可能只有5%。"克萨摇摇头,"采集信息的难度比你想象中更大。可知道,信息也有宏观微观之分。宏观的信息还好说,比如地联又拉拢了谁,和谁谈判了。难点在于微观,比如时大人的秘密通话,还有地联的进账有一半都查不到来源。"

"卡维尔不是冰刃吗?"路予恕问道。

"有些壁垒冰刃可以切开,有些不能。"克萨答道,"凡是核心机密,对方用的加密技术也是智心级别的。"

路予恕叹了口气:"先告诉我一些宏观信息吧,关于地联和时大人的。"

"好,那我们回房。"

路予恕把宿舍里闲置的房间改造成了工作室。正中的工作台上,一座颇为壮观的沙盘已经初具雏形。依稀可以看出这座沙盘分成三层,许多不同颜色的棋子遍布其上,像是点缀夜空的繁星。仔细看时才能发现,这些棋子都在沿着细若游丝的透明路线缓缓移动。空气中有淡淡的茉莉香味,墙上显示出柔和的浅黄色。

"好像比昨天更大了一些，卡维尔，干得好。"路予恕称赞道。

"谢谢。"副官礼貌地回应。

克萨站在沙盘旁边，示意路予恕戴上目镜，以看到更多的信息："先从重要的说起。时大人建立了一个星际安全委员会，看这里的蓝色方块。一方面为了绕开太空军总司令，直接插手军队事务，另一方面则是为了扩充安全局。他秘密豢养了一批直属于他的特警，代号'执节'，假借星际安全委员会的名义，隐藏在安全局内部。看到那些白点了吗，我把他们做成了病毒的形状。这些爪牙能力出众，手段残忍，权势极大但行事隐蔽。这几个月安全局抓捕了不少龙吟阁的人，其中很多是执节发动和带队，安全局已经成了他们的傀儡。除了报道出来的那些，他们还做出过很多肮脏的事。"

路予恕沉默了一会儿，克萨的汇报对这个十六岁的少女来说还是太过沉重。她转移话题的方式近乎逃避："地联现在有哪些盟友？"

克萨指着沙盘里一些几何形状说："首先就是宇内一心会，他们和地联牢牢地绑定了。这边是高尚者同盟，黑派狂人最多的盟会，总是干一些出人意料的蠢事。春秋会是这个方块，想必你也知道，虽然小一些，但也有影响力，他们还算是白派的，但时大人比较放任。"

"为什么？"

克萨盯着沙盘思考，似乎组织了一会儿语言，最后还是放弃了："如果你每件事都要问得这么细，这里的内容够你学一年的。"

路予恕也只好投降："好吧。我经常嘲笑大蠢蛋不懂政治，其实何止是他，连我也根本没有摸到那扇门。我只是装作很懂的样子，借此来博得别人虚假的称赞。"

克萨没有说话，他知道她还有话要说。

"但说到底，政治就是人和人之间的游戏。游戏规则虽然复杂，但并非完全无迹可寻。那些人就在那里。无论游戏规则还是人性，千百年来都没什么变化。"路予恕越说越快，"而越是处于高位的人，能做的选择其实越有限，不是吗？"

克萨点点头："能说出这番话，你已经很了不起了。这不是虚假的称赞。"

"谢谢。"

"但身处高位的人，能做的选择还是比你想象中要多得多，否则任何人都可以预测政治走向了。"

路予恕若有所思地点了点头："好吧，说回这个盟战沙盘。除了刚才说的那两家，还有别的盟会暗中支持地联，对吧？"

克萨点点头："可以说每个盟会都跟地联有一定程度的合作，就连龙吟阁也不例外。"看着路予恕不解的神情，他解释道，"比如说十英盟贷款给地联，这是卡维尔挖出来的金额，比公开的要多很多。类似的暗贷还有很多，就连冰刃也很难获取。再比如穹顶六大贵族，方-夏家族被搞垮，古家被削弱，另外四家里有两家在讨好时大人，最后两家试图控制地联。我敢说，他们很早就有这样的企图，才让时大人这么轻易地得手。"

路予恕咬牙切齿地说："这些愚蠢的贵族，想要靠拉拢的手段去控制地联，没想到是引狼入室。"

"你很聪明。但他们现在也不认为地联已经彻底脱离控制、反客为主，所以你说他们愚蠢，也还言之过早。我刚才跟你说的这些,只是棋盘一角,就像我说的——1%。现在你明白盟战这盘棋有多复杂,更多难以挖掘的信息,被我称为微观信息。坦白地讲,信息获取这一块至关重要,只靠卡维尔远远不够。"

路予恕察言观色,知道克萨还有话说:"你已经想到办法了?"

"办法在你哥哥那儿。我看过希儿的识别码,可知道,她是冰刃禁令颁布之前出产的那一批副官,最顶级的设计。现在市面上的所有副官,都比希儿差得远。"克萨不无羡慕地说。

路予恕沉思了片刻,习惯性地轻拉鬓角,最后终于点点头:"好吧,我去跟他要来希儿。为了爸爸,他不会拒绝的。解锁冰刃也和那什么电幻迷彩一样,要给你至高主权对吧?"

"是的。"克萨点点头,"而且容我提醒你一句,自从禁令颁布后,冰刃已经是非法行为。一旦使用希儿,你们也有风险,这个你明白吗?"

"咦,希儿的至高主人是你啊,跟我有什么关系?"路予恕睁大眼睛,无辜地看着克萨,"啊,六星语课要开始了,我先去换一件衣服。"

路予恕调皮地逃离工作室,穿过客厅进入自己的寝室。在自动门关闭的一瞬间,克萨突然出现在门口,伸手卡住房门,脸色凝重。

"喂,说好的,你不能进我的房间。"路予恕佯装生气,但克萨的表情让她心里一紧。

随即一个嘶哑声音自她背后传来:"反应很快,比我想象得更厉害。"同时,几根指羽搭上路予恕的肩膀。路予恕全身僵住,即使不回头,她也知道自己命在旦夕。

"彼此彼此。"克萨沉着脸说,"你也很厉害,我竟然没发现你藏在屋里。但是,偷偷钻进女孩子的闺房?陪审团的格调越来越堕落了。"

克萨说出陪审团三个字,更敲定了路予恕的猜测。她眼前一黑,双腿发软,几乎站不住。

"格调?"天罗人嘲弄地反问,"阁下曾经也是有头有脸的人物,现在居然甘愿给小女孩当仆人,你还有什么脸面跟我谈格调?现在,让开。"

"如果我拒绝呢?"

天罗人的指羽轻触路予恕白皙的颈项:"那你就准备拿她的人头去跟主子交差吧。"路予恕微微发抖,想大喊不要,但仅存的矜持让她闭上了嘴。她知道卡维尔一定被屏蔽了,星统会徽章也是一样。自己落入了敌人手中成了人质,克萨投鼠忌器,本领再高也无法施展,现在的局势无比被动。

"拙劣的人质把戏。"克萨却恢复了平日轻松的神态,"如果你真的调查过我,就不要再虚张声势,浪费我们的时间了。"

"什么意思?"

"别装傻。"克萨踏上一步,无情地说,"我的任务是不让你带走活着的路予恕,她的死活,不是我优先考虑的。杀了她,你才是没法回去交差的那一个。"

路予恕心里一凉,她知道克萨是在用计让刺客放过自己,但他的表情和语气太过逼真,让路予恕不由得怀疑自己的判断:难道他真的不在乎我的生死吗?对他来说,我只是个可有可无的累赘⋯⋯

刺客没有说话,似乎在衡量克萨的话。

"不相信?"克萨继续说,"'人质视同已死,可与罪者同击。'"

"你竟知道这条律令?"刺客很明显动摇了,那出自一个很古老的组织。

"不仅如此,我还知道陪审团的团规的一部分正是来源于此。好了,废话就到此为止吧。"率先不耐烦的竟然是克萨,他猛地掏出震击枪,同时路予恕感到一股巨力推着她向前飞了出去,撞进克萨的怀里。克萨接住女孩后迅速把她放在地上,但手中的震击枪已经被踢飞。

路予恕倒在地上,忍着后背传来的剧痛,努力撑起上半身。两道人影在她周围纵横闪烁,她只能靠着有无翅膀勉强分辨两人。即使是在狭窄的室内,天罗人也能依靠振翼提速,爪击招招致命。客厅里狂风骤起,纸屑片片飞舞。路予恕吓得双手抱头,全身颤抖,但又担心克萨的安危,忍不住抬头去看。

即使处于下风,克萨依然保持平时的冷静。路予恕看不清他如何挡下对方的进攻,只能看到滴滴鲜血飞散出来,溅到墙上、地上,还有路予恕的脸上。她不敢想这是谁的血,只能在心里祈祷女神保护克萨。

战斗结束得比路予恕想象中快。不到一杯咖啡的时间,天罗人突然后退,如一道影子般飞出房门。一切似乎都安静下来,只留下克萨粗重的喘息声。路予恕不知道敌人会不会回来,但还是壮着胆子挪到克萨身边。男子单膝跪地,两条衣袖破损不堪,双臂上数不清有多少伤口,左手血流如注,似乎已经无力抬起。最可怕的是那道长长的伤口横贯前胸,看起来像是致命伤。

"你……你……卡维尔,快叫医生!"路予恕的喊声带着哭腔。

智心副官在桌子上回答:"已经报警,并且呼叫星元统合会的盟友。"

"那些不重要,先叫医生!"路予恕尖叫。克萨胸前那一片血肉模糊,吓得她脸色煞白,眼泪在眼睛里打转。

克萨看出路予恕的担心,费力地站了起来:"只是看着吓人而已,其实伤口不深。"男子冷静的声音与伤势不符,"虽然不抱什么期望,还是试着抓住那家伙吧。卡维尔,你知道怎么做吧。"

"是的,已经通知学校实施空中管制,六个校门都已封锁排查。"

"我伤到了他左翼骨,把这个消息也提供给他们。"克萨的声音中听不出得意,但路予恕从未像现在这般钦佩他。在这样的对手面前竟然还能赢得一招半式,克萨果然和她设想的一样了不起。

"初副盟主建议您不要走动,她会尽快派人过来。"

"知道了,帮我客套几句。"

"要通知路予悲先生吗?"

"可以。"克萨低头看着路予恕:"好了,我没什么大事,不要哭了。"

路予恕这才发现自己正紧紧抱着他,脸贴在他的胸前,还不小心压到了一点伤口,她的泪水和他的血混在一起。她急忙松开手,退开两步,平时伶牙俐齿的她,此时竟不知说什么好。

"稍微……扶我一下。"克萨微笑着说。路予恕刚退开,又急忙扶住他高大的身躯,慢慢走到沙发旁边,扶着他躺下。鲜血染红了沙发和地毯,这个有洁癖的女孩却全不在意,刺鼻的血腥气息也似乎比一切花香更加甜美。

"是我的失职。如果我……直接抓住他,你们就……安全……"克萨断断续续地说着,额头的汗水证明他正忍受着相当大的痛楚。路予恕用一根手指按住他的嘴唇,含着泪轻轻摇了摇头。

接下来的一段时间,两个人什么话都没有说。路予恕坐在克萨身边,静静地看着负伤的骑士,终于完全体会到了哥哥对初暮雪的感激——危急时刻,有个人站在你面前,不惜牺牲自己,也要为你挡下灾厄,保护你的安全,你会有怎样的感动?这种激烈澎湃的感情只有体会过的人才能真正了然。

她弯下腰,轻轻亲吻了一下克萨的额头。

23

路予恕再次遇袭的事件，着实让路予悲焦虑了一段时间。在克萨养伤期间，路予悲不敢让她落单，几乎和妹妹寸步不离，当然，真正起到保护作用的是初暮雪。初六海自然派出星统会最好的外伤医生，用顶级医用再生胶为克萨治疗，不用多久即可出院。经过商议，克萨和路予恕也一起住进初暮雪家。廉施君和初六海轮番派人来慰问，也在初暮雪家的周围加派了人手执勤。初六海甚至直接与和平大学的校长对话，强调了路予恕的安全问题。按照路予恕的要求，校方没有对外公开整件事情，而是低调地当成一起普通盗窃未遂案来处理。此外，学校和诺林市政府都向路予恕赔偿了数额不小的保险金。路予恕不客气地收下了，想要全部转交给克萨，克萨不肯点头答应，转账一直未能成立。

克萨私下告诉路予恕，他怀疑陪审团的刺客在和平大学有内应。

"他没有破坏任何安全锁就能进入你的宿舍，这件事不简单。"克萨说，"我让保卫中心发来了宿舍的安保网络图，有两处关键点可能有内应帮他打开。"

"你先养好伤咱们再分析吧。"路予恕不忍心让克萨在病床上工作。

　　但克萨坚决不肯拖延。他研究了两天，最后给路予恕列出一份名单："这些学生都有嫌疑，我会让保卫中心针对他们的权限做一些调整。你也要提防这些人。"

　　"图伦？"路予恕看到沙盘社前社长的名字，"还有鲁特。好吧，鲁特已经沉迷于那些盈利的沙盘项目，图伦忙于学业和格斗训练，我不会让他们接触我的终极沙盘项目。呼，好在莉莉没在名单上。"

　　"莉莉安娜住在另一片园区，目前看来，她比较单纯。"

　　"她也很聪明。"路予恕突然坏坏地一笑，"她很仰慕你，但是又不肯采取行动。喂，我上次问你的问题你还没回答呢，你到底是不是单身？"

　　克萨没有说话，只是直视路予恕的双眼，像是想要从她的眼神中找到些什么。路予恕坚持了几秒，还是躲闪了，转而谈论沙盘开发的下一步。

　　半个月后，克萨痊愈了80%，只是左手还需要休养一段时间才能完全恢复。路予恕不顾哥哥的唠叨，决定回大学上课："你可能不在乎落下多少课程，我可是很在乎的。"

　　"你不是一直在家听课吗？还有，我没有不在乎！"路予悲完全知道妹妹的本意，但表面上还是要吵一吵，"我放心不下。"

　　"你能做的都已经做了，继续耗下去也不是办法。希儿留给我就行。"路予恕也不对哥哥客气。

　　路予悲当然没有异议，他早就决定把希儿交给妹妹，一方面是为了帮她建造什么沙盘,另一方面也是为妹妹的安全着想。希儿已经申请了紧急安全预案,一旦被屏蔽信号,警察会立即出动。初暮雪的尼克也是同样处理,所以即使把希儿交给路予恕,路予悲也不会降低保护级别。

"希儿,我现在把至高主权移交给克萨先生,我保留一般主权。"

"您确定吗,主人?"按照流程,希儿必须再次确认。

"我确定。"虽然不舍,路予悲还是点了头。

就这样,兄妹俩各自回到自己的学校。路予悲依然焦躁不安,每天都会咒骂陪审团的刺客以及幕后黑手。但警方和盟会都完全查不到凶手的身份和去向,他也只能把满腔怒火化为动力,更加投入和初暮雪练习格斗。艾洛丝他们一开始很好奇,路予悲的身上和脸上为什么总是多出新的红肿和瘀青。后来知道他在和初暮雪"秘密特训",也就不说什么了。只有卡卡库时不时调侃一下他俩非同一般的关系。

"你如果撑不住的话,随时可以放弃。"初暮雪递给他药膏。

路予悲边涂药边倔强地摇摇头:"你不记得我说过的话了?"

"什么话,你最擅长吃苦?"

"没错。"路予悲点点头,"还有,我要变强,不计代价地变强。"

初暮雪知道,路予悲并不是信口开河。除了周末回家的特训,他每天晚上还会进行大量的体能训练,甚至超出了初暮雪给他制订的计划。如果不是有非凡的韧性,再怎么咬紧牙关也不可能坚持下来。

除了体能训练,路予悲每天的另一个额外任务就是自学六星语。因为文化课的讲师普遍用六星语授课,只是偶尔用恒语跟他解释几句,他早已无法忍受这种额外的关照。六星语既是他父亲做出过重大贡献的领域,也是第六星最重要的交流方式,就连小魔头都说得像模像样了,他当然也要尽快熟练掌握。于是,在体能训练和语言学习的双重夹击下,他的休闲娱乐时间就变得非常少。路予悲相信这是他出生以来最刻苦的一段日子了,但他竟乐在其中。

除了文化课程,军事类课程对他来说也不轻松,轨道空降课和机甲驾驶课虽然有趣,但随之而来的疲劳感也是货真价实的。随着体能的提高和身体素质的增强,他的表现也越来越好,渐渐能跟上其他同学了。从教官到同学,每个人都对路予悲心生敬佩,可能只有初耀云是个例外。军事课程里他最喜欢的是战场通信学和指挥学,而他对模拟战训练的热爱超过其他课程的总和。

作为新芒前锋官,他的特权之一就是有一名专属教官,是一位天罗的叫格里娜的女士。据索兰所说,格里娜在天罗人的审美标准里并不算美貌,甚至较为丑陋。路予悲倒觉得格里娜非常帅气,头顶有七根长长的黑色发羽,翼羽则染成紫红条纹相间,亮黄色的嘴并不长,上面雕有银色花纹。

格里娜对路予悲的指导既严格又高效,总是能让路予悲在关键抉择上有新的领悟。他本以为天罗人不适合担任前锋官,但是格里娜的技术让他为自己的眼界狭隘感到惭愧。

他想起初暮雪的话,天罗人的三速普遍在地星人之上,而这是前锋官最倚赖的两项基本功。某次晚饭时,他把这些话告诉了索兰,并用还不熟练的六星语问他:"你为什么不做前锋官,而要做刺杀官?"

"能力固然适合，但风格不同。"索兰回答，"刺杀官一击决胜，避免过多杀戮。这符合我们的道义。做前锋官杀戮太多，因果失衡。"

"原来如此。"路予悲恍然大悟，"我从来没从这个角度考虑过。"

"你不懂的还多着呢，我们凡星人也不是只会当数据官。"卡卡库吃下一大口地星红芥末，这是他的零食，"云将军的故事你知道吧？他当时的司令官就是一位凡星人。"

"受教了，受教了。"路予悲诚恳地点点头。

"你的六星语进步很快。"休最后点评道。

"那当然，我可是路高阙的儿子。"

对路予悲来说最好的放松，就是每周日去唐工作。打一场模拟战对他来说乐趣远大于辛苦，赚到一些生活费更能让他多些成就感，何况还有遇到唐未语的可能。可几个月下来，除了第一次，他再也没遇到过唐老板的女儿。路予悲私下问过队友，原来很多人知道她父亲的事。根据卡卡库从数据官圈子里打听来的小道消息，唐未语似乎和父亲唐老板有很深的矛盾。唐老板巴不得女儿多来，他知道女儿的美貌和实力给游戏中心吸引来了不少顾客，如果她也每周打一场表演赛，唐的生意能比现在更好。但唐未语偏偏让父亲失望。

路予悲暗想：这么说她上次闪亮出场，不是为了父亲，难道是为了我吗……

"老爸是游戏中心老板多好啊。"卡卡库羡慕地说，"肯定能挣好多钱。"

路予悲知道卡卡库家境相当贫寒，还要用学院发的补贴养活弟弟妹妹，所以没说什么，只是无奈地笑了笑。他早就发现，游戏中心是唐老板从别人手里高价买下的，虽然收入不错，但还有巨额的贷款没有还清，利息也非常高。此外，唐老板似乎还有使用砂叶制剂的恶习，也经常出入凡星人开的赌场。也许这就是唐末语疏远父亲的缘故吧。

有天下午的战术理论课后，索兰悄悄把路予悲拉到一边："记得我跟你说过的，天罗人的盟会'暗爪'吗？"

"记得。"路予悲回想几个月前妹妹第一次遇袭之后，索兰提过那个经营黑市的天罗人盟会，渠道灵通，也许能查到一些陪审团刺客的信息。

"根据克萨先生上次补充的线索，暗爪终于查到了一些情报。"

"太好了！"路予悲大喜过望，仿佛已经把刺客正法了一般。

"他要亲自见你，才肯说情报。"

"谁？"

"暗爪情报主管。"索兰有些不安地说，"对天罗人来说，那个陪审团的刺客也是同胞。你必须先赢得暗爪的赏识，才能得到情报。"

路予悲没办法，只能跟着索兰去见那位情报主管。保险起见，他还是叫上了初暮雪。

当夜，三人离开校区，乘飞车来到天罗人娱乐区一家喧闹的餐厅。一进门路予悲就傻眼了，他从没见过带格斗擂台的餐厅。说是擂台也不准确，因为天罗人的比试都在空中进行，哪一方先落地就算输。此时就有两位天罗人在空中激战，时而缠做一团，时而分开盘旋。围观的顾客基本是天罗人，用纯正的天罗语呐喊助威，振翅鼓噪，场面相当壮观，声音也十分刺耳。

让路予悲惊讶的是，店里还有几位芒格顾客，三三两两地聚在一起。

在索兰的引荐下，路予悲在一个相对安静的角落里见到了那位暗爪的情报主管，是一位老年天罗男性，有着灰白的羽毛和深黄色的眼睛。

"叫我老金，这是我的恒语名字。"老天罗人声音铿锵有力，但恒语说得比索兰标准得多，"路予悲准尉果然仪表非凡，除了你，我还没见过索兰对哪个地星人这么推崇。"

"唔，谢谢。我……我很荣幸。"路予悲有点儿局促不安。这里的环境有着极为浓重的天罗气息——室内的装修风格粗粝且狂野，周围此起彼伏的欢呼刺耳又诡谲，纯正天罗食物特有的腥味灌进鼻腔，就连老金试探的眼神似乎也有点儿不怀好意。初暮雪也不由得皱了皱眉，不时左顾右盼。

"不必紧张。"老金的表情似乎是在微笑，"先来一杯咖啡怎么样？"他把面前的一杯墨绿色液体推到路予悲面前。说是咖啡，其实按照天罗语直译成恒语应该叫查卢果浆，为了迎合地星人才贴上咖啡这个文化标签。

路予悲这下来了精神，作为一个重度咖啡爱好者，他早就尝试过新星的各种"咖啡"，这种堪称恐怖的饮料也在其中。查卢果浆不仅味道极苦，还有股无法忽略的咸腥味，更不用说那些悬浮在液体中的渣子，都是绝大多数地星人无法接受的。但是路予悲的味觉耐受力极强，他曾跟夏平殇遍尝地星咖啡，包括一种叫"苦心"的伊甸国咖啡。苦心是地星咖啡里最苦的一种，黏稠如焦油，颜色黑得像魔鬼的血液，饮之如同自虐。两个年轻人抱着不服输的心气，半竞赛半赌气似的喝了半年苦心，竟适应了那种苦感。有了苦心的基础，路予悲后来喝药从不觉得苦，现在喝起天罗咖啡竟然也能接受。

此时路予悲看着老金推过来的咖啡，知道这是一种测试，更不说话，端起来喝了一小口，在嘴里过了一圈，用所有味蕾仔细品味之后才咽下去。然后又喝了一口，这次速度很快。

"很香。"路予悲边回味边说，"我对果浆研究不多，但应该是上等的果子，比我之前喝过的多了一种香味，我猜猜，应该是一种……花香？"

老金大笑起来，尖锐刺耳的笑声引来不少目光。索兰朝路予悲微微点了下头，路予悲知道自己算是过了第一关。

老金笑过之后，又给路予恕出了道题目："路准尉看看现在场上的两个小伙子，哪个比较强？"

路予悲回头看去，两个天罗人正在空中战斗，一个穿红色上衣，一个穿黑色上衣。路予悲看了一会儿，跟老金说道："两个人都很强，但红方更快一点，力量也更大。"

老金赞许地点点头："好眼力，看来路准尉的格斗水平也不低啊。"

"不值一提，不值一提。"路予悲谦虚地说，"刚刚开始学而已。"

"要不要下场玩一玩？"老金这句话一出，不仅路予悲心里一惊，索兰也说道："金老，不必吧。"

"确实不必，我只是随口一说。"老金点点头，"你想要的情报，我可以给你。但是我们的人也费了不少心思，需要你支付一些费用。"

听到对方开口要钱,路予悲反而安心了,天罗人向来直来直去,不会兜圈子:"需要多少,您说吧。"

金老说了个数目,索兰欲言又止,初暮雪毫无反应。路予悲在心里算了算,他自己短时间内肯定挣不来这么多钱,如果向廉施君和初六海开口又觉得不好意思,也许只能把路予恕领到的保险金挪来用,剩下的就好办了。既然是为了对付陪审团,小魔头不会不答应的。

"没问题,就按您说的。"路予悲努力表现得对钱不在意,"是个公平的价格。"

"呵呵,你想说的是,希望您给的情报值得这个价格,对不对?"金老笑道,示意路予悲不用多解释,"年轻人很有魄力,这很好。但是我比较好奇,你是怎样在加纳手下逃过一劫的。"

"加纳?"路予悲心跳加速,"就是那个盗贼吗?"

"没错。他叫加纳,母星天罗人,也就是土生土长的天罗人,今年四十五标准岁,国籍是天芒星的伊希亚。但对你来说,天芒星的国名应该都比较陌生。他曾经是伊希亚太空军的中级军官,也曾在天芒联军服役。八年前,他突然从军营消失,从此不知去向,被伊希亚以逃兵通缉。这些情报对你应该有帮助吧?"

"是的,十分感激。"路予悲回头看了一眼初暮雪,"竟然是军官出身,难怪那样好的身手。不过军人怎么会成了宇宙海盗呢?"

"中间的过程就不清楚了,想必是因为什么事改变了信仰。天罗军人叛逃的情况十分罕见,二三十年也不见得有一个。但伊希亚嘛……嘿嘿,出的乱子可多了,连天莱大神也放弃了他们。"

路予悲突然想起了什么："你说这个加纳曾是太空军军官，该不会是……"

老金点点头："没错，他曾经也是一名黑翼。"

路予悲惊得张开嘴说不出话，索兰则发出了一声低吼。初暮雪皱紧眉头说道："陪审团也有黑翼装吗？黑鳞酯和蓝锂石。"

"一直有这样的传闻，但又没有被证实。"老金用指羽轻敲桌面，"可知道，陪审团在各大行星都或多或少犯下过案子，但是从没见他们动用黑翼装。各大行星的军方警方也都在调查这件事，一直没有结果。理论上说，他们很有可能是有的。但路准尉不必担心这个，首先纳茹是专门对付机械的。至于莱耶嘛，确实能够提升速度和力量。但是可知道，只要陪审团还有一丝荣誉感，就不会对一个地星人用出这种手段。"

虽然知道老金说的没错，但路予悲还是对他的傲慢态度有点不爽。他知道天罗人都多少有点儿骄傲自负，但索兰就收敛得多。

此时餐厅里的空战也已结束，果然是穿红色上衣的天罗人赢了。

"我这里有很多了不起的小伙子，他是其中之一。"老金指着在空中盘旋的胜利者说道，"如果不是还要考什么乱七八糟的模拟战的话，他的实力足以进入军官学院。"

这句话挑衅的意味更重了，路予悲实在有点儿听不下去："模拟战……"索兰用眼神示意他冷静，不要乱说话。路予悲微微点头，继续说道："模拟战确实是雕虫小技，我在那上面浪费了不少时间。但是请问金老，您这位了不起的小伙子比加纳如何？"

"加纳？他可是军官出身，天赋极高，又训练多年。就算在陪审团里，他的实力应该也在中上。"虽然谈论的是陪审团的盗贼，老金也多少有些身为同族的自豪感，"我的这位小伙子今年才二十出头，再练二十年的话，唔……也许……能稍微……唉，很难说。"

路予悲点了点头："您刚才不是问我，怎么从加纳手下逃脱的吗？答案就在我身边。"他朝初暮雪歪了一下头，"这位初小姐是我师父，就是她独立把加纳打退的。对了，她现在还不到十九岁。"

金老好奇地打量了一会儿初暮雪，然后若有所思地点点头："确实，我能感受到这位小姐身上的速度感。唉，我真的老了，否则早该看出来。请问这位初小姐，你觉得我们这里最厉害的是哪一位？"他边说边向右轻挥羽翼，餐厅里的几十位天罗人都安静下来，一齐看向这边。路予悲只觉得头皮发麻，他知道即使自己已经训练了一段时间，但这里每个人都能致他于死地。不对，最强的也许是金老？他虽然显得很老，实际上是种伪装？不对，天罗人不擅长也不屑于伪装。

初暮雪根本没往那边看，不假思索地说："最强的当然是我身后那位。"路予悲向她身后看去，没有看到天罗人，只有一位略显苍老的芒格人坐在小桌旁独自饮酒。他身材魁梧，穿着普通的芒格服饰，戴着一副圆形目镜。

初暮雪继续说道："看他的动作，一定是受过正规训练的，大概是现役军官，而且军衔很高。希望我的话不会让他和你们感到难堪。"

金老这次是真的开怀大笑，其他天罗人也跟着笑起来。最后金老指羽轻触额头，向初暮雪致敬，同时大喊："卡契拉中将，你被人认出来啦！"

路予悲穿着和初暮雪同款的练功服，正惨兮兮地坐在地板上，哀怨地说："被你揍了四个月，在我心里你已经和鲍里斯中士差不多了。"

初暮雪面无表情地瞪着他："这样也好，你的眼睛就不会那么无礼地乱看了。"

路予悲脸上一红，爬起来说道："我哪有乱看了？好吧，偶尔有，那说明我把你当女孩子看。而且照我看，我这样的人不多吧？"

"我才不稀罕。我说过，把我当男人比较好。"

路予悲话一出口也觉得有些残忍了，这时候只好补充道："我知道你不稀罕，我只是替你觉得不公平。"

"有什么不公平？"

路予悲组织了一下语言才开口："你想想，如果你不是这么……冷冰冰的，摘掉智心瞳，露出本来的眼睛，一定会很受欢迎，能赢得很多人的青睐——不光是男生的追求啦，女生也会更愿意和你亲近，小队成员也会更爱戴你，教官也会更欣赏你。这不好吗？"

初暮雪想说什么，路予悲抢在她开口前继续说道："我知道这些对你来说都不是必需的。你一直都是靠自己的本领，没靠这些额外的关照。但是……如果你摘掉智心瞳，表现出的也是真实的你啊，又不是装出来的。展现真实的自己、最好的自己，去获得更多的青睐、更多的资源，又有什么可耻的？"

初暮雪望着庭院里的古良树，一言不发。

"而且你不想要更多的朋友吗？"路予悲乘胜追击，"我倒是觉得可能是你想多了，也许根本没人介意地幻异血的事呢？露演习持续了八个小时，包括三个小时星际行军，两个小时作战和三个小时撤退。这支小队在限定时间内成功击毁了50个标靶中的42个，对初次演习的新人来说算是很不错的结果。路予悲完成得格外出色，前锋舰群的燃料保留率很高，这是实战水平的另一个关键体现。此外，在命令执行、阵型变换、临场应变等方面，小队都得到了不错的分数。只有几位士兵的舰船被水雷击中，留下了记号和屈辱。八个小时的演习结束后，所有人都精疲力竭，只有路予悲还勉强留有一些余力。

"不得不承认，你的体力很好。"回来的升空舰上，初暮雪有气无力地说，"上次考核时也是，你就像个机器一样，怎么打都不累。还有那次在游戏中心，听耀云说你连胜了53场。"

路予悲揉着突突直跳的太阳穴说："我啊，一打起来就忘了累不累，打完才会想起来。上次考核之后我不就累瘫了吗？"想起考核结束时尴尬的一幕，两个人都不说话了。

回来之后路予悲马上跟四位队友详细地复述了演习的过程，包括真实的前锋舰驾驶感有多酷，和零重力舱有哪些微妙的差别；真实的宇宙有多么深邃冰冷，又多么浩瀚瑰丽；真实的士兵调动起来是什么感觉，又比无人舰有哪些提升。讲到初暮雪的指挥能力和应变能力有多强的时候，路予悲发现艾洛丝显得不大高兴，于是他及时地岔开话题，也跳过了对另外三位新芒队友的称赞。

演习之后不久，路予悲的格斗特训也有了进展，可以避开或挡下初暮雪半数的攻击了。

"你的天赋比我预想的还要惊人。"初暮雪承认，"我本以为你需要一年才能达到的程度，你只用了四个月就过关了。"

五十年前就已禁止建造。路予悲和初暮雪都不得不承认，这座钢铁要塞既宏伟壮观又充满美感，像一只铁皮鲸鱼，有透明的拱顶和坚实的基座。外露的复杂管道一看便知是凡星人的设计，而路予悲的前锋舰就藏在宽敞的鲸鱼肚子里。

升空舰获准飞入军事基地内部。离舰后，路予悲很快便适应了失重状态。他隐藏不住兴奋，每条寻常的通道和舱门都令他新奇，每位军官和士兵都赢得他敬佩的目光。见到真正的前锋舰时，路予悲激动得差点泪洒当场。在模拟战里见过无数次的前锋舰，此刻终于亲眼见到，亲手摸到了。就像是相隔遥远的异地恋人，相思数年后终于第一次见面。那漆黑如夜、光滑如镜的流线型舰身，蕴藏致命威力又似游鱼一般优雅，简直像一件艺术品。路予悲只想马上进入军队，拥有自己专属的前锋舰队，就可以在舰身上添加个人纹章。

教官把神驰天外的路予悲拉回现实。这次演习的内容很简单，使用威力较弱的振动弹击毁散落在太空中的标靶舰。战场上还会布置一些小型水雷，保证不会伤害到学员，只会给中弹的舰留下记号。

参加演习的不仅有五位新芒准尉，还有十五名正在服役的前锋兵，七名护卫兵，四名旗舰兵，一名数据兵和一名影舰刺杀兵，共计二十八名新兵。这让路予悲更加兴奋，他率领的前锋舰群不再是智能无人舰，其中半数将由真实的前锋兵驾驶。在真正的战斗中，真人驾驶的前锋舰比无人舰强得多，战舰的消耗也会慢很多。所以实战演习的一大目的，就是让五名指挥官与五十六名真实的士兵一起作战，从多年的"人-机战团思维"向"人-人战团思维"转换，这是艰难的一步。

24

终于，路予悲迎来了期待已久的第一次实战演习，并非地表机甲实战或高空空降战，而是名副其实的太空实战。这将是他人生中第一次驾驶真的前锋舰，对他来说自然意义无比重大。

因为演习成本高昂，所以太空实战演习的机会非常难得。新生第一次演习的机会属于五新芒，除了路予悲，初暮雪也在其中。虽然他们不算是一支小队，但毕竟都是好手，现场磨合出的团队协作也不会差。他们先乘坐小型升空舰飞出大气层，进入太空，去往第六星轨道上的三号军事基地。这里有上千驻军，是第六星重要的军事屏障之一，实战演习也从这里开始。

"你怎么这么兴奋。"在升空舰上，初暮雪问路予悲，"你很喜欢打仗吗？"

"这可是太空实战演习啊！"路予悲搓着手说，"打了那么多年模拟战，终于可以坐进真的前锋舰了！你不兴奋吗？"

初暮雪转开头，透过舷窗望向窗外的宇宙，已经可以看到军事基地了。

三号军事基地是一座太空城，自然是太空城时代的造物，出眼睛也没有什么。"

"这一点你错了。"初暮雪说,"地幻异血的缺陷之大超乎你的想象。离我越近的人,越可能被我伤害。我答应训练你,有一部分也是怕你被我……"

"怕我被你一不留神打死了?"路予悲笑着说,"就像随手打死一只臭水蝇?哈哈,你还挺幽默的。"

初暮雪没有说话。

"呃……不是幽默?"路予悲揉着眼角的瘀青,"好吧,我只是给你提供一点建议,决定权在你。对了,你有过喜欢的人吗,你给他看过你的眼睛吧?他没有嫌弃……"

"够了。"初暮雪冷冷地打断他,"我想我们还没有熟到能谈这些事。"

"好吧。"路予悲也不介意,站起来伸展四肢,"那我们继续练?是不是可以正式教我曲势了?"

"还不行,你的体速还不够。"初暮雪说,"下一阶段我会留给你反击的机会,你先用鲍里斯教的那些自由出招,希望别让我失望。还有每天的体能训练的量也要加倍,我看你还有余力。"

路予悲呆了半晌,才挤出一句:"教官都是这么令人讨厌的吗?"

第二天,一件大事在学院里传开——乌引星的冲突升级。

乌引星是一颗备受关注的小行星,天芒星和凡星都宣称这颗行星归属权在己方。这个争议已经存在了几百年,至今无法解决。因为这颗小行星位于天芒星和凡星之间,更巧的是,它的运行轨道恰好一半在天芒星宙域,一半在凡星宙域。偏偏这颗行星还是矿藏丰富的资源行星。

凡星人对矿物资源堪称狂热,天芒星则对领土概念毫不退让,所以乌引星就成了一个随时可能爆发冲突的"炸弹星"。过去的一百五十年里,大部分时间,两星都在幻星提出的《乌引公约》框架下,以"共同开发"的口号维持和平。但近年来凡星人的开采装备越发先进,开采力度也随之加大。而天芒星本来就没打算开采资源,只是领土主权不能拱手相让。现在眼见乌引星被凡星人挖得千疮百孔,天芒星人的愤怒也可想而知。

两年多以前,乌引星就已经爆发过一场小规模冲突,到底先动手的是哪一方,已经不可考,好在双方只是损失了一些无人舰,没有人员伤亡。在幻星的调停之后,凡星人收敛了许多,资源开采几乎停滞,天芒星人也就不再追究。但就在最近一个月,随着大恒帝国新任首相兼军务大臣时悟尽访问凡星,凡星又大张旗鼓地重启开采。而且以自卫为名,派遣太空军前往乌引星领域巡航。这一步简直是踩到了天芒星人的脸上,自然引起冲突升级。

天芒星的太空舰队规模不如凡星,战舰数量和续航能力都不足以维持超远距离巡航,而核心部队"黑翼军"一旦出手就是拼上性命的战斗,势必演化成两星之间的全面冲突,甚至可能引发第三次星际大战。六星的军事学家和政治学者普遍认为凡星人就是为了这个目的,才做出公然挑衅的行为。也有部分学者指出是地星势力特别是恒国在背后替凡星人撑腰,甚至鼓动凡星做出这种激进行为,以试探幻星的态度。

不出所料,幻星只好再次出面调停,但是成效甚微。现在天芒星的舰队也已抵达乌引星附近,就在几个标准时之前,已经和凡星舰队有了一轮试探性交火,据称双方都有人受伤,但无人死亡。报道传到第六星，马上就成为舆论焦点，军院的师生也都对此非常关注。

午饭的时候，卡卡库假装轻描淡写地说："依我看，这件事凡星没有错。《乌引公约》里说得很清楚，乌引星在凡星宙域的时候，凡星人有完全的自主开发权。现在不就是在凡星宙域吗。"

艾洛丝看了一眼索兰阴沉的脸色，说道："公约虽然是那么说的，但是凡星也开采得太过火了点。"

"天芒星也有一半的时间可以开采啊。"卡卡库若无其事地说，"但是他们自己放弃了，那现在就不该干预凡星的开发行为。"

"完全是诡辩。"索兰忍无可忍了，"天芒星如果也像凡星那样开采，乌引星早就解体了。"

"我看是开采不了吧。"卡卡库装作若无其事地反击，"据我所知，天芒星根本没有太空挖掘机，没有作业的能力。"

索兰加快了语速，用六星语还击："我不想争吵，但你应明白，凡星人在钻空子。《乌引公约》说资源平分，凡星可做到了？"

"你们的资源还好端端地在乌引星上啊。"卡卡库也改说六星语，"谁能证明乌引星的资源开发过半了？我看还远远没到呢。"

路予悲的六星语已经学有小成，此时可以听懂他们的大半对话。

"如果资源开采真的过半，会超过行星承受极限，行星会解体。"索兰说。

"你说的没错。"卡卡库承认，"说到底，你们干吗这么关心那颗小行星会不会解体？"

"因为它是我们的行星。"

"那又怎么样，它解体了你们就又多出无数颗更小的行星了嘛，那些可以都归你们，我相信凡星不会再跟你们争的。"

索兰气得飞到桌子上："凡星人，无耻，贪得无厌！"

艾洛丝只好又出面当和事佬，像极了在天芒星和凡星之争中幻星扮演的角色："咱们都是新星人，不要再以母星利益作为出发点了。"

"与母星无关。"索兰两只黄色的眼睛像是在喷火，"有眼睛的人都看得出，凡星人的无耻贪婪。"

卡卡库也跳了起来："这是星族偏见！"

"偏见又怎么样，我说错了吗？"索兰还在气头上。

休开口了："这次我支持卡卡库，明明在说乌引星，不要波及所有凡星人。"

"我就是要波及所有凡星人。别忘了，他们也侵略过你们！"索兰厉声指出。

"你看看，还翻旧账。"卡卡库又抓住索兰一个痛脚，"摩明人可没你们这么记仇。"

"对，我想起来了。"索兰气得双翼发抖，"摩明人石头脑，多尔人还较血性。"

"又是星族偏见。"休的脸色也不太好看，两边尖尖的颌骨微微颤动，"我们只是不像你们这么死板又固执。还有，你所说的多尔人的血性，带给我们的痛苦远超凡星人。"

艾洛丝摇了摇头："说天芒星人死板又固执也是星族偏见哦。好了好了，星族偏见根本不是什么问题。都是几千年的种族了，谁又改得了呢……"

四个人突然静了下来，像是达成了某种默契，一齐转头看着路予悲，用眼神询问他的意见。

路予悲正听得津津有味,此时吓了一跳,憋了好一会儿才用六星语说出一句:"……我新来的,什么都不懂。你们继续?"

新学年进入第五个月,所有新学员都紧张起来,他们也即将开始学院对抗赛的赛程。这是军院里的例行比赛,目前四届学员共有42支小队,军院会根据某种标准来匹配小队之间的比赛。获胜的小队可以获得积分,积分的高低就代表小队的强度,也影响下一次的对手匹配。

新入学的一年级学院,在前四个月专注于学习和训练,不安排对抗赛。但是在第五个月会一口气安排四轮对抗赛,每周一场,而且基本是新生之间的对抗。这十支新队伍目前都没有积分,在这四轮比赛之后,就会有积分和排名了,所以每场比赛都很重要。对战表出来之后,艾洛丝松了一口气,这次总算没有再对上初暮雪小队。但紧接着她又倒吸了一口凉气,因为她发现第四轮的对手竟然不是新生,而是一支二年级的小队。

"跟二年级的打?"卡卡库听说后,眼睛睁得像摩多尔湾鹂蛋一样大,"其他小队也是这样吗?"

艾洛丝苦笑着说:"只有初暮雪小队也是这样,你可有感觉好一点?"

卡卡库摇了摇头,索兰伸出两根指羽挠了挠嘴根,休还是和平时一样毫无反应。

只有路予悲还笑得出来:"这是对我们的肯定啊,怕什么,二年级的师兄们肯定压力更大。"他的六星语已经学得像模像样,有时候会主动用六星语和队友交流。

"二年级的可比我们多练了一年呢。"卡卡库也改说六星语，语速也快了起来，"在真空舱里多练一年，提升可是很大的！哦对了，我忘了某个人已经这样练了好多年了。"

"听起来像是在讽刺我。"路予悲望向窗外，"而且训练时间和实力不一定成正比。有人练五年依然很弱，也有练一年顶我练两年的天才。"

"你曾经的队友吗，比你还强？"索兰问道。

"他某些天赋比我高，水平嘛……和我差不多吧。"路予悲想了想，答道，"因为那家伙发现自己的天赋后，就开始千方百计地偷懒了。"

前两轮对抗赛，艾洛丝小队都轻松获胜。但没想到第三轮就翻车了，他们竟然输给了一支不算强大的同级小队。输的原因很简单，司令官艾洛丝被对方的刺杀官成功刺杀出局。毫无疑问，对此最感到自责的当然是艾洛丝了。

她郑重地跟队友们道歉并且做出反思之后，整个下午都沉浸在抑郁的气氛里。晚饭的时候，路予悲罕见地单独请艾洛丝出去吃饭。这次吃的是幻星菜，路予悲点了一道酸辣紫蛙腿，一道摩荷叶烤蓼鱼骨，艾洛丝脸上终于露出了笑容。

"你们司令官的课上，教官有没有讲过'曼德尔症'？"路予悲看似漫不经心地问。

"没有。"艾洛丝承认，"那是什么？"

路予悲擦掉被蛙腿辣出的眼泪，说道："就是司令官很容易得的一种抑郁症。你想过没有，每一场模拟战，其他职位都可能存活到结束，只有司令官一定会被击杀，除非投降。"

"确实。"艾洛丝点点头，"所以司令官的心理最容易出问题？"

"问题可大可小。严重的话会影响健康，也影响队友，后续的发挥越来越差，最后一蹶不振。这种心理问题是地星人曼德尔提出的，所以以他的名字命名。司令官被视为小队的心脏，似乎司令官强则小队强，反之亦然，输了都是因为司令官出局。这样想的话，精神上的压力当然是最大的，但其实不是这样。司令官的重要性也许比其他四人高一点，但也只是高一点点而已，责任也没有那么大。"

艾洛丝无言地听着，没想到竟然要前锋官来给自己讲司令官的心理问题，而且很有道理。

"当然，这种症状仅限于不成熟的司令官。"路予悲盯着盘子里的外星食物，边回想边说，"这些都是老夏给我讲的，就是我之前的司令官。当年我也做过司令官，经常因为失败而抑郁，他就给我讲了这些。老夏真是个大心脏，就算输了比赛，但一出舱，他还是原来的样子，永远不会沮丧。有时候我笑他是精神胜利主义者，你猜他怎么说？他说每个人都需要学一点精神胜利法，所谓的勇敢和坚强都来源于此。他还说过'所谓幸福，就是精确控制精神上的胜利，只保留恰到好处的痛苦'。"路予悲这才意识到，自己有多想念挚友，这些昔日的话语竟都历历在目。

艾洛丝若有所思地点点头，金色的双眼再次有了光芒："可能我们很快就会学到曼德尔症了吧。"

"也可能不会。"路予悲苦笑着摇摇头，"现在想想，我怀疑这是老夏为了开导我而编出来的，别不信，那家伙干得出来这种事。希儿，帮我查一下这个曼德尔……啊。"他说完才想起希儿已经不在自己耳朵上了。

"谢谢。"艾洛丝突然握住路予悲的双手，诚恳地说。

幻星人的体温比地星人略低一些，路予悲感觉到艾洛丝双手的温度，虽然有些不自然，但没有把手抽出来。他看着艾洛丝手背上的淡淡纹路，说道："对了，我有个问题一直想问你，你们幻星人的爱情有什么特别的地方吗？"

"为什么突然问这个？"艾洛丝的一双金色眼睛微微眯了起来。

"没什么，突然想起来的。好像是索兰之前跟我提过一句，说幻星人的恋爱比较特别。"

艾洛丝把最后一块蛙腿吃完，优雅地用餐巾擦了擦嘴，才说道："跟你们地星人相比，确实有很大的差别。"

"哦？说说看。"

"可知道我们幻星人比较长寿？"

"知道，你们的平均寿命有一百二十多岁吧。"

艾洛丝点点头："不仅如此，我们到一百岁以后才会迅速衰老，也就是说一百岁以前都不算老，都还有结合力……嗯，用你们恒语说叫性能力。"

"哇哦。"路予悲压抑住尴尬，发自内心地羡慕。

"而且幻星女性到六十岁之后，会有一个……呃，爆发期，不知道恒语怎么说。但男人的爆发期在二十到五十岁。"艾洛丝的表情有点儿不自然，"直说了吧，六十岁以上的幻星女人，通常会找二十多岁的男人，因为这样双方比较合得来。"

"哦……"路予悲有点儿脸红，但还是努力装出轻描淡写的样子问道，"那二十多岁的女孩怎么办？找老头子吗？"

"当然不是了。"艾洛丝正色道，"我刚才说了，六七十岁的男人还不算老啊，八十岁也可以。这样双方都不在爆发期，也比较合得来，而且我也可以学到很多经验。"

"你？"路予悲的脸红已经掩饰不住了。

幻星人是比较开放的星族，从不羞于谈论性爱。但是面对路予悲这样一个没常识的地星大男孩，艾洛丝还是难免有点儿害羞："我男朋友七十多岁了，我没告诉过你吗？索兰他们都知道。"

路予悲尴尬得不知道说什么好，心里一个劲骂索兰，为什么勾起自己的好奇心，还什么都不说，只让自己来问艾洛丝。

两人就这样沉默了一会儿之后，路予悲好不容易才想到下一个问题："那你到六十多岁的时候怎么办，还会找二十多岁的年轻人吗？"

"会啊。"艾洛丝说，"等我六十多岁的时候，我现在这位'长爱人'大概已经死了，我就可以找一位'少爱人'了。"

路予悲恍然大悟："哦！这样好像就循环起来了？"

"是的，而且爆发期合得来。合不来的话，比如二十岁的男性和二十岁的女性，一个在爆发期而另一个不在，简直就是互相折磨。"

爆发期。路予悲心里暗暗重复这个词。翻译成恒语大概是性欲旺盛期或者……饥渴期？他不禁想到地星人也有一些老夫少妻或者反之的例子，难道会成为一种趋势？

"我知道你在想什么。"艾洛丝说，"地星人学不来的，因为寿命太短，而且老得太快。循环不起来，这是关键所在。所以对你们来说，年龄相仿的一男一女过一辈子是最好的模式。"

路予悲深表同意。幻星这种"循环"看似对双方都好，但还是不符合地星人的道德观念。但那是幻星人几万年来一贯的行为模式,源于其本能,又对其他星族无碍,地星人又有什么权力说三道四呢?

路予悲突然想到另一个问题,忍不住脱口而出:"那地幻异血呢?"

艾洛丝脸色一沉:"你知道'菲罗尼尔'?六星之主在上,那可是绝对畸形的。地星人和幻星人怎么会相爱呢?比如你会因为我长得好看,就对我产生性欲吗?"

路予悲窘得说不出话。艾洛丝确实很好看,他有时候也会忍不住多看几眼。但是那种美更像是地星女孩画了极重的人偶妆,甚至像戴了一整个假头套一样。就算再美,他也很难对假头套产生生理冲动。

"不会的,对吧?"艾洛丝似乎松了口气,"我们幻星人对地星人也是一样,本来就是不同的生物,怎么会产生爱欲呢?就像天罗人和芒格人,在一个星球上住了几十万年,也没有通婚的可能。"

"那是因为天罗人和芒格人有生殖隔离吧。地星人和幻星人却没有?"

"我知道,这只是六星之主随性的设计,本质上还是完全不同的种族。总之一个幻星人和一个地星人生下孩子,只能说明两个人都极为不正常,孩子也几乎活不成。"

"你说几乎,也就是有能活下来的?"路予悲犹豫着说,"而且孩子是无辜的,不是吗?"

"就算好不容易活到成年,也会因为种种原因随时可能陷入疯狂。六星之主在上,你见到的话一定要远离。"

"有那么可怕吗?"

"相信我,有的。"艾洛丝正色道,"我刚才说的'菲罗尼尔',就是幻星语中对地幻异血的另一种称呼,恒语译为——被诅咒的星星。"

看着艾洛丝很少露出的嫌弃表情,路予悲开始明白初暮雪为什么要戴着智心瞳了。

2胜1负之后,艾洛丝小队下一轮即将面对那支二年级的小队。虽然这支队伍的胜率在二年级里是垫底的,但毕竟多训练了一年,就多了很多经验。想到这一点,艾洛丝紧张得像是回到了入学考核的时候。虽然有路予悲的开导,艾洛丝已经基本走出上一场失败的阴影,但幻星人的心事一向比较重。

"我觉得是这样。"卡卡库一本正经地说,"这是学院给我们的一次机会。和二年级的打,如果赢了,说明我们已经具备了二年级的水平,如果输了也不丢人。也可以理解成一种挑战资格,想想看,新生里只有两支队伍有这样的资格,其他小队肯定羡慕我们。"

"你说得对。"路予悲非常认可卡卡库的思维能力,"但是一场胜负也说明不了什么。咱们上一场不是也输了?如果咱们赢了二年级就是有二年级水平,那赢了咱们的那一队,就也有二年级水平了吗?"

索兰点点头:"你很冷静。"

艾洛丝像巡逻舰一样走来走去:"总之还是要争取获胜。一场胜利虽然不能说明问题,但十场胜利就肯定不是偶然的。我们从第一场开始。明白了吗?"

"明白!"四名队员齐声答道。

于是他们开始研究对手以往的战斗影像。看了几场之后,除路予悲之外的四个人都感到十分困惑。

"这支队伍很强啊,但为什么就是赢不了呢?"卡卡库先提出问题,"每场都是前期优势,后期崩盘。"

艾洛丝补充道:"司令官的选择都是比较正确的。"

索兰也说:"刺杀官走位很好。"

休说:"护卫官也不弱。"

四个人思考了一会儿,然后同时看着路予悲。

路予悲笑了笑:"我见过这种队伍,看起来哪儿都不弱,但就是赢不了。这种队伍被老夏称作'皮包骨'。"

"那是什么意思?"卡卡库问。

"司令官或者数据官很强,但是另外三个人的水平跟不上。"路予悲指着微机光子屏说,"看这里,他们的前锋官早早就锁定了对方的本舰,但就是打不下来。所以我猜他们强的是数据官。希儿,这位数据官的资料给我。哦,我又忘了希儿不在。"

"我查到了。"卡卡库把资料发送到每个人的微机上,"塔拉图。在全校四十二名数据官里目前排第十二位,好强!但是小队战绩这么糟糕,真奇怪。哦,我对这张脸有印象,她在数据官圈子里很积极。"

"这么说她很受欢迎?"路予悲问道。

卡卡库摇摇头:"正相反。我们凡星人只重结果,只有小队排名和个人排名都靠前,才会受人尊敬。所以你们可不要拖我后腿啊,我可不想重蹈她的悲剧。"

"我倒是很佩服她。"路予悲说道,"话说回来,我们拖你后腿?凡星人都不会脸红吗?"卡卡库气得直跺脚,索兰在一旁轻笑。休说道:"司令官,制定战术吧。"

艾洛丝已经用笔在自己的光子屏上写写画画了好一会儿,这时候抬头说道:"咱们就针对他们的弱点,明天采取多线冗余作战,让他们的数据官算力透支。"

卡卡库撇了撇嘴:"喂喂,你就不怕咱们的数据官先透支吗?"

路予悲说:"我可以教你一些预防透支的技巧,这几天你练一练,应该撑得住。"

四位队友都盯着路予悲看,像是在看一个长翅膀的地星人。

"我知道你能当数据官,"卡卡库疑惑地说,"但是没想到你还能当教官。"

路予悲笑道:"也是老夏教我的,他发明的这套偷懒大法,是为了既偷懒又不会被发现。他就是这样的人。他说过,所谓幸福,就是'必须做的事情'越来越少,最后一切都不是必须的。"

"那活着还有什么意义?"卡卡库问道。

"我也问过同样的问题,他说连活着都不是必须的。"路予悲无奈地解释。

"听起来有点儿颓废的自毁倾向。"休说道,"我们摩明人有个教盟叫'庸才',信条和这个差不多,成员自杀率居高不下。"

艾洛丝疑惑地问:"老夏不是说,幸福就是精确控制精神胜利吗?"

"听起来这位老夏很了不起。"索兰说道,"地星若是有很多这样的人,想必很令人愉快。"

路予悲沉默了,他不关心地星是否令人愉快,但是他很想念和夏平殇在一起的日子。那时的他确实很愉快,还有梦离相伴。

六天后,第四轮对抗赛到来。

按照比赛之前的礼仪，两支小队面对面握手。艾洛丝小队的五个人都在暗暗打量对面的凡星女生塔拉图。她的个子比卡卡库略矮一点，皮肤黑，眼睛小，但是有一种特殊的亲和力。

开战之后，艾洛丝摆开完全对攻阵型，并且附加了很多冗余操作。路予悲与对方的前锋舰群游斗，旗舰三角也向前压迫，和对方的旗舰短兵相接。索兰发挥黑翼的机动性，在战场的不同地方频繁现身。这些操作都是为了增加对方数据官的工作量。

"对方前锋舰锁定我的本舰了，果然厉害。"路予悲在通信频道中汇报，"我带他们飞一会儿。"被锁定的前锋官虽然陷入劣势，但只要反应够快，并不一定会马上被击毁，反而可以作为诱饵，吸引对方的火力。所以有一些对技术有自信的前锋官，会主动把自己的本舰涂装成别的颜色，再跟对方博弈。

"休，把太空水雷全部撒出去，让他们算。"艾洛丝说道，"卡卡库，你还顶得住吗？"

卡卡库忙得满头大汗，几乎无暇回答："唔，可以。"

"再坚持5分钟，就开始下一阶段战术。"艾洛丝下令。

"明白！"除索兰外的三人齐声回答。

5分钟之后，路予悲的前锋舰只损失了六艘，对方则被击毁了十艘。他保存了尽量多的舰船，就是为了一直给对方的数据官增加工作量。休也是一样的打法，双方缠斗虽久，但彼此损失都不多。

"卡卡库，怎么样？"艾洛丝问道。

"还可以。"卡卡库疲惫地说。面对铺天盖地的数据，他能坚持到现在，还是多亏了路予悲教他的偷懒大法。

"好了，进入下一阶段。卡卡库，索兰，看你们的了。"

"明白！"卡卡库突然放弃手头的海量计算，专注于计算对方数据舰的动作。索兰一直没有抛掉通信器，在战场外围等待。终于，卡卡库的计算结果发来，索兰甩掉通信器，开始干活。

只见他潇洒地从一片太空水雷中穿过，又掠过两艘护卫舰，一个翻身避开敌方的攻击，又迂回了一个小圈子，终于插入敌方腹地。

"索兰快成功了，火力掩护！"艾洛丝下令。

路予悲和休同时向对方的旗舰倾泻火力，不管能不能打中，至少要让对方的数据官无暇他顾。

几个心跳过后，敌人的反应明显慢了下来，前锋官的攻击策略逐渐跟不上路予悲了。

"索兰成功了。"路予悲断言，"对方的数据官已经出局，旗舰应该也快了。"

2分钟后，对方干脆宣布投降。

从零重力舱里钻出来后，艾洛丝兴奋地给了卡卡库一个拥抱，路予悲和休称赞索兰的刺杀一锤定音。五个人走到中央圆台上准备完成赛后礼节，却发现对方的五个人聚在一处。凡星女孩塔拉图正坐在敞开的舱内痛哭，也许是因为不甘心输给一年级的小队。而且她第一个出局，认为自己的责任最大，四个队友则围成一圈安慰她。

路予悲感觉有点儿不是滋味，卡卡库却一脸得意地说："她如果早早申请转队，就不会这么凄惨啦。现在也只能自认倒霉，输了就是输了，被别人看不起也是活该。"

"我很看得起她。"索兰说道。

"我也是。"路予悲跟上。

艾洛丝索性走到对方那边，蹲下身子和塔拉图说了些什么，然后回头指了指这边。塔拉图擦了擦眼泪，抬起一双小小的泪眼望过来，索兰、路予悲和休同时抬起右手，二指轻触眉间以示尊敬。只有卡卡库倔强地转开头去。

四轮对抗赛结束，艾洛丝小队三胜一负，在全学院四十二支队伍中排名三十二，排在塔拉图的小队和一年级的另外九支小队前面。

让路予悲更有成就感的是另一个排行榜——前锋官排名，在全校四十二位前锋官中，路予悲的名字赫然出现在第九席的位置上。初耀云排在第二十，虽然不及路予悲，也足足超过了十三名前辈。这个排名是由五位前锋官教官共同打分评定的，能客观反映学员的水平。路予悲刚入学就排进前十，这个成绩近十几年都没有出现过了。

午饭时，初耀云小集团的成员围在初耀云身边，吹捧他的成就。路予悲这边反而冷清，只有寥寥数人向他表示祝贺，包括初暮雪。她那双冷眼中看不出情绪，但说出的话让路予悲感到温暖："这学院里居然还有八个比你更强的前锋官，说实话，我不太相信。"

路予悲不好意思地笑了笑，问道："你在司令官里排多少？"

"十七。"

"我也不相信有十六个比你强的司令官。"

"谢谢。"初暮雪礼貌地回答，"你们小队晚上是不是要出去庆祝？"

"好像是。你也一起来吗？"

"不了。"初暮雪摇摇头,"我只想提醒你,别回来太晚,要坚持体能训练。"

路予悲打了个寒战:"知道了,教官。"

初暮雪转身走后,下一个过来的竟是唐未语,她似笑非笑地说:"我是来劝你不要骄傲的。"

说来奇怪,大部分地星男生做不到和唐未语对视,路予悲竟可以:"不敢骄傲,你可是数据官第三席,我还差得远。"

"但是你当司令官比我强一点。"唐未语拨弄着发梢说,"我打赌,两年之内你就会成为王座前锋官。"

路予悲摸了摸鼻子:"谢谢,我会努力的。"

"对了,有件事想问问你。"唐未语回头看了一眼初暮雪,"你跟初大小姐是什么关系?我听说你每次去游戏中心,她都跟你一起去。"

路予悲一愣,随即想到唐未语是唐老板的女儿,他和初暮雪一起出入游戏中心的事自然瞒不过她。他想了想,觉得说一半实话也无妨:"这个说来话长,我刚从地星过来,有些坏人要对我不利。初暮雪是星统会副盟主的外孙女嘛,所以有她罩着我,那些坏人就不敢动手。"

"原来如此。我还以为她是你的女朋友。"她做出松了一口气的表情,随即补充道,"别误会,我是替一个男生问的,他喜欢初暮雪,所以想知道你们的关系。"

"谁喜欢初暮雪?"路予悲喉头一热,"她……她……"

"她怎么了?"

路予悲本想说"她不像你这么受欢迎",但还是忍住了,只说道:"她有点儿可怕,不太受男生欢迎吧。"

"她挺好的呀。"唐末语嫣然一笑，"对了，我这周末会去唐。这次我做数据官，你要小心了。"她说完便转身走了，留下路予悲一个人发呆。

25

"住的不错嘛,明显比我的好。"路予悲环顾了一圈妹妹的宿舍。宽敞明亮的客厅,简洁舒适的卧室,厨卫一应俱全,还有一间可以随意改造的工作室,能容纳七八个人工作或开会,"不愧是和平大学,在这开公司都没问题了。"

"我本来就开了公司啊。"路予恕说道。沙塔创造公司成立之后,她跟克萨学习怎么打理公司,已经像模像样,跟沙盘公司的谈判也由她主导。沙盘同好会的大多数会员是公司的外聘职员,自愿帮她拓展沙盘,虽然他们并不知道这个盟战沙盘是做什么用的。渐渐地,沙盘因子和路径节点都积累出了一定规模。但这些只是外围部署,核心构建还是依赖克萨和两名智心副官。

路予悲这才注意到妹妹身后的那个女孩子,和妹妹身材相仿,长相可爱到令人不忍心盯着她看。

"这位是莉莉安娜,我的好朋友。"路予恕介绍,"这就是那个大蠢蛋了,那位是初暮雪小姐。"

莉莉安娜朝二人打招呼,笑得很腼腆。

路予悲开玩笑地说:"我还以为克萨先生给小魔头做了个替

身机器人呢。"除初暮雪外的四个人都笑了。在沙盘同好会所有成员里，路予恕最欣赏也最信任莉莉安娜，除了克萨，她还需要一个年龄相仿的挚友。莉莉对她无话不说，她也决定让莉莉参与自己所有的计划。克萨对此也表示赞同，女孩的履历简单得一览无余，心思单纯，但也有独到之处。

"这就是那个沙盘？"路予悲走进工作室，第一眼就看到了那个巨大的全息沙盘，长宽高都在一米以上，像一尊半人高的全息雕像立在工作台上，周围嵌入了八个操控板。五颜六色的沙盘简直是一座六层迷宫，布满了形状各异的棋子，又多又密，缓缓流动的样子真如同沙子一般。工作室的窗户都已经调成不透明，保证外面的人看不到里面。室内的灯光柔和，几束顶光笼罩沙盘，和数码流沙交相辉映。

"怎么样，厉害吧？"路予恕不无得意地说，"告诉你，这才只是雏形，也就完成了三分之一吧。"

初暮雪跟在路予悲身后，也对这座巨大的迷宫很感兴趣，但脸上没有表现出来。

"见过这个沙盘的只有咱们五个。"路予恕说，"不用我提醒吧，秘不外传哦。这可是我的心血。以后的历史学家会说，路予恕的伟大成就，始于盟战沙盘。"

"我看是克萨先生的成就吧。"路予悲讽刺道。

"少废话，戴上目镜。"

五人用目镜连接到沙盘，能看到更多信息和细节，也可以随意放大或缩小。路予悲双手在空中拖动，把沙盘放大了几十倍，错综复杂的全息迷宫占据了大半个房间，细密的关系网被扯开，就像一团乱麻被层层拆解。周围也慢慢暗下来，目镜中仿佛是另一个世界，一个无限大的灰暗空间中，只有他们五个人和盟战沙盘伫立其中。

克萨把沙盘里的某个闪动的红色光点分享到他们的视野中："希儿就在那里，是沙盘里最关键的动态节点。可以说这个沙盘全靠希儿提供核心计算力。"

"谢谢主人夸奖。"希儿在克萨耳朵上说道。路予悲虽然知道贡献希儿的力量是必要的，但毕竟有近六年的主仆感情，现在听到希儿管别人叫"主人"，多少还是有点儿不爽。

克萨不需要看路予悲的表情，就能猜到他的心思："当然，这多亏了路先生的协助。我的卡维尔是那个蓝色的点，负责辅助希儿。除了给沙盘提供计算力，还有一些别的重要工作也需要他们完成。"

路予悲的不满被安抚下去了大半，想了想问道："冰刃？"

"没错。"克萨点点头，"恕我不能分享技术细节，否则你们都成了共犯。"

"那你查到的东西可以说吧？"路予悲问道。

"当然。"路予恕说道，"希儿查到了很多地联内部的信息，和其他消息汇总之后，克萨说已经能初步推演出地联的战略意图了。今天叫你过来，也是因为这些话还是当面说比较好。"她犹豫地看了一眼初暮雪。

"初小姐可以信任，留在这里无妨。"替初暮雪说话的竟然是克萨，"那我们开始吧，你们坐下，听我慢慢说。上次我跟路小姐说过，时大人建立了一个星际安全委员会和代号'执节'的特警组织，想必路先生也有所了解吧？"

路予悲点点头："他们具体都做些什么？"

"秘密逮捕、动用私刑，甚至暗杀。"克萨的声音有些沉重，"希儿入侵了安全局外围，看到了一部分文件。有一位叫蓝沙沙的女孩，是你父亲曾经的学生。"

"蓝姐姐。"路予恕记得那个女生，在父亲的研究室里见过几次，高高瘦瘦的，不算漂亮，但有一双纯真动人的眼睛，"她……她怎么了？"

"这几个月来，她和几个同学一直为你父亲喊冤，宣传你父亲的观念，呼吁更多人站出来反抗时大人。就在上个月，她失踪了，至今下落不明。现在希儿查到星安局有一份秘密的名单。这份名单里有二十三个人，其中十五个备注'待调查'，八个备注'已安置'，蓝沙沙也在其中。现在这八个人都失踪了。"

"已安置？他们把蓝姐姐关起来了？"路予恕问道。

"各个警局和监狱的记录里都找不到一丁点儿线索，他们像是蒸发了一样。恐怕……他们再也不会出现了。"克萨停顿了一下，"六星之主在上，愿他们安息。"

"六星之主在上。"初暮雪小声跟诵。路予悲震惊得一时语塞，莉莉安娜则脸色发白，眼中含泪。路予恕颤抖着问道："可能性是？"

"根据卡维尔的计算，在95%以上。"

"蓝姐姐……她……她只是个学生，为什么？"

"虽然她的影响现在还很小，但她有信念、有力量，放着不管的话，未来可能会成为威胁。"克萨说道，"而且她不是什么大人物，父母都在偏僻地区，她失踪也不会造成轰动。另外那些受害者也是，执节最喜欢对这样的人下手。"

"浑蛋，无耻！"路予悲终于找回了声音，愤怒地说，"这是赤裸裸的谋杀！"

想到一个个鲜活的生命就这样被抹去，只留下"已安置"三个字，路予恕悲愤到无法思考，问道："恒国一向重视公开法治，怎么会这样？"

"中都警署是地联最先被侵蚀的，高层有一半是时大人的人。"克萨回答，"这些失踪者的家属都被草草打发，立案也无人深究。"

"那十五个待调查的人，有办法保护他们吗？"

克萨缓缓摇头："我们只是旁观者，几乎做不了任何事。就算公布这些消息，我们没有证据，地联宣传部可以轻松处理、掩盖，甚至顺藤摸瓜找到我们。"

初暮雪低声说道："恒国已经变成这样了吗，简直像是黑社会，老百姓怎么能忍受。"

"安全局的保密工作非常到位，大部分人看不到这些黑暗。如果没有希儿，我也很难发现。而且你们要先了解一下时悟尽本人。"克萨指尖轻点，时悟尽的全息影像出现在每个人的目镜里。这个男人有着一张长而冷峻的脸，一头黑发向后梳过去，露出明显的发尖。给人印象最深刻的无疑是那双大而深陷的双眼，锋利的目光令人不寒而栗，再加上高耸的颧骨和鼻梁，一望便知是个精明又严酷的人。他穿着标志性的黑色制服，身材修长，小腹平坦。他现年四十四岁，正值壮年，精力旺盛得犹如一头猛兽。

"简单来说，他的人格魅力源于学识和口才。"克萨说道，"他上学时表现平平，甚至显得有些自闭、不合群。大学的时候突然发奋，积累了不少知识，又通过激昂的演讲、精彩的雄辩表现出来。对内，他大肆贬低穹顶贵族，以赢得基石集团的好感。

对外，他宣扬地星人的高贵和骄傲，还以宇宙警察自居，责怪幻星挤压了其他五星的生存空间。这些黑派行为本身不难，难的是他坚持了十几年，很多栋梁和一些年轻的穹顶也开始认同他的大地星安全困境和幻星威胁论，全心全意地为他卖命。地联的几位骨干都是如此，比如言霖霖和卡尔·布莱克森。

"现在时大人当上首相，更是如鱼得水。他已经说服了五个北大洲小国重新成为恒国的附属国，如果外交部的机密情报可信，连一些南大洲的国家都有向他依附的倾向。这就像一针一针的兴奋剂，让他的信徒们一直处于近乎疯狂的状态。支持时大人的人认为这是最好的时代，即使不支持的，也以为乖乖闭嘴就能平安无事。简而言之，一部分人发自内心地信任他，甚至是盲从，另一部分人明哲保身，顺应时势。可知道，时大人内阁的民众支持率高达75%。与这样的人为敌，首先需要坚定不移的决心和排除万难的勇气，你们做得到吗？"

"当然。"兄妹俩异口同声地说，目光十分坚定。路予恕补充道："现在又多了一个理由，要为蓝姐姐报仇。"

"简直是个职业煽动家。"初暮雪冷静地评价，"我还以为这个职业已经绝迹一百多年了呢。"

路予悲突然想到了初耀云，他的才能和手段都有时悟尽的影子。诚然，与时悟尽相比，现在的初耀云还是个咿呀学语的孩子，但是如果给他二十年、三十年，又会怎么样呢？

"职业煽动家一直都有，只不过现在是黑派最好的时机。"克萨指着沙盘中的一个绿色棋子，"地联的宣传总长言霖霖也厥功甚伟，能把大地星主义鼓吹到这个程度，超出了很多人最大胆的预期。年轻人不懂得战争的卑劣，只把战争当成国与国之间的游戏,既好玩又刺激。再加上青春期的躁动不安,情绪极容易被煽动。恒国这几十年来故步自封,贵族政治也走到尽头,这一切都给极端思想的疯长提供了土壤。在这大好时机,时大人出现了,用他的黑暗才华,让贵族放松警惕引狼入室,又对年轻人夸大六星的危险和恒国的无能,再加入一点恰到好处的暴力主义,迎合年轻人的慕强思想,再引导他们把残忍嗜血美化成英勇无畏。"

路家兄妹听得瞠目结舌。克萨的语气固然平淡内敛,但这番精辟的分析和流畅的阐述,让他像是在发光一般。莉莉安娜望着克萨,崇拜之情溢于言表。

克萨似乎也发现自己表现得有点儿过头,于是轻轻咳嗽两声,话锋一转:"不仅如此,时大人当上首相后,又有了另一副面孔。"

"什么面孔?"路予悲问道。

"比如说,他也做出了一些实在的政绩。他承诺会让恒国经济再次腾飞,让恒国人更加富裕,人人用得起智心副官,并且提高就业率。这些承诺已经实现了一部分。"

"怎么做到的?"路予恕有些意外,她本以为时悟尽只是个徒有其表的战争狂。

"说起来比较复杂,主要是两方面原因。"克萨手指在空中滑动,四人的目镜中出现了层层报表,"第一,他动用国库大力扶持智心科技企业,又在行业标准上动了手脚,调低了纯度和性能。虽然智心副官大幅降价,但老百姓买到的只是半吊子的残次品。第二,有很多金融参谋在帮他操控市场和货币,强行推动经济增长。说白了,他在制造泡沫,或者说是一种延迟发作的通货膨胀。但不得不说手段很高明，做得非常隐蔽，我也是用卡维尔反复计算才发现其中的奥秘。"

"不义之举必不能持久。"初暮雪说道，"他迟早会自己犯错误，露出破绽。"

"初小姐说得对。"克萨微笑着说，"无论是煽动情绪，还是经济手段，都是短期内收益很高，但难以长期维持下去的做法。时大人必须尽快做出更大的成就，才能维持住高支持率。就拿经济来说，他要想维持泡沫不破，失业率不下滑，必须入侵其他国家的金融市场，操控货币汇率来填补恒国空洞。"

路予悲恍然大悟："所以他收服附属国，就有这层目的！"

路予恕也懂了："而要维持住信众的盲目狂热，他也必须一直注射新的兴奋剂。比如制造乌引冲突，挑战幻星宗教，甚至宣称要打击宇宙海盗，都是为了维持这股狂热……"她停顿了一下，又有些疑惑地说，"但恒国人也不是都吃这一套吧，应该有很多人能看清他的本来面目。"

"没错。"克萨点点头，"时大人的这套做法主要是煽动基石集团，宇内一心会早就和民宪会、六贤堂这些基石公会有所勾结。"所谓基石集团就是收入最低的人群。恒国早已没有贫困人口，但贫富差距很大。这些穷人被大盟会拒之门外，只好自发组织成公会，以博取更多资源和空间。他们的影响力虽然不强，但人数众多，高达另外两大集团的几十倍。"希儿查到，时大人派幕僚与很多基石公会代表暗中接触，正在商议一套高社会福利政策的细节，也是讨好基石集团的手段之一。但穹顶集团大部分人是政治精英和金融精英，自然明白他在做什么，所以他用别的手段与之周旋，这个说起来就是另一大块内容了。"

"他的最终目的是战争，还是就这样保持恒国在他的掌控之下？"路予悲问道。

"二者都有。"克萨回答，"要想长时间独揽大权，光靠现在这些小利小惠难以持久。他很可能想要制造一场星际战争，并且打赢。"

"怎样才能打赢？"路予恕有些不安，"对手可是幻星啊。"

"这就说到另一个重点了。"克萨说，"希儿还有一个发现，时大人正以振兴经济为掩护，大力研发秘密武器。"

"秘密武器？"兄妹俩异口同声地问。

"从希儿拿到的数据可以看出，最近几个月，时大人暗中拨了大量军费到军用智心研究上，甚至超过了制造太空战舰的拨款。他还在拉拢智心领域的龙头企业。"

"智心领域……晁爷爷？"路予恕马上想到。

"没错，晁八方是时大人重点拉拢的对象，所以他很安全。"

"晁爷爷背叛了爸爸，背叛了龙吟阁吗？"路予悲问道。

"说不上背叛，这是正常的商业活动。"克萨解释道，"表面上看，这件事对龙吟阁的好处更大。那些军费有很多进了龙吟阁旗下的公司，当然晁八方也获利不少。"

"这么夸张？"路予悲吃了一惊，"他是想大规模生产智心副官，或者打造一支智心舰队？那确实很强大。"路予悲暗暗考量，如果一方是五人小队配合下属士兵，另一方是同等数量的希儿操控的智心舰队，打起来哪一边会赢。他很难做出乐观的预期。

"智心舰队已经是流传了好几年的课题，我看时大人的野心不只如此。"克萨的话无异于给了路予悲又一记重击，"他可能是想尽快突破奈鲁极限，制造出超越智心科技的终极兵器——超智生命。一个超智生命可以轻松操控一支舰队。而且从希儿的计算来看，如果给他几年时间，这并非不可能的妄想。"

房间里安静下来，焦躁的气氛让室温都有些升高了。路予悲眉头紧锁，听克萨分析了地联和时悟尽的方方面面，他才明白他们面对的敌人是何等强大的庞然巨物。初暮雪和莉莉安娜一直没有说话，但也在默默思考。

路予恕沉默了一会儿，问道："我们能做些什么？"

路予悲已经想到了一个策略："我们也大力发展智心，说不定能赶在他们前面！只要把这些情报告诉新星议会，他们一定会重视的！"

克萨摇摇头："这很难。你可以说这是为了阻止时大人发起战争，但从另一个角度看，这也是一种军备竞赛，各方面的阻力都会很大。如果新星先做出超智生命，一样会六星大乱。幻星这么多年都没有尽全力研究，就是这个道理。而且恒国现在是时大人独裁，能调动的资源不是新星这种盟会角力的议会制度所能比的。"

路予恕说道："能不能从恒国内部瓦解时大人的独裁？比如说公布他的肮脏手段，戳破他的伪装和欺骗？"

"你说的可以归结为宣传战，但是在恒国国土上，没有人比得过地联的宣传。"克萨摇了摇头，"而且我刚才说过，在穹顶集团内部，这些事情早已经尽人皆知，只有基石集团是真的被时大人蒙蔽和煽动的。"

虽然不服气，但路予恕也不得不承认他说得对。

一直沉默的初暮雪说道："可以等时悟尽犯错误。他虽然权势滔天，但也有很多人死死地盯着他。按你们的说法，很多穹顶势力在盘算如何利用他打击对手，获取利益，甚至随时把他拉下来。在这种情况下，想必他也不像看起来那么滋润。如果他走错一步，可能就会被人背叛、抛弃。这种不义之人的统治必不能长久。"

初暮雪的话掷地有声，义正词严。路予悲暗暗钦佩她的刚直，路予恕也确实想到了一些可能性："我想起来了，廉爷爷说过，时大人想引幻星先开战，这样那些中立星族就会站到地星的一边。那么反过来说，如果时大人先做出一些出格的举动，就会把中立星族推向另一方。"

"确实如此。"克萨点点头，"摩多尔星和新星都算中立，天芒星也有相当一部分中立的国家，恪守六星道德准则，甚至连凡星也是。但是时大人对这些都很了解，不大会犯这样的错误。地星和幻星双方都在相互试探，未来的趋势还很难说。"

莉莉安娜突然轻声细语地说："有没有可能，直接杀死这位时大人呢？"

路予悲吓了一跳，看了看莉莉安娜，又看了一眼妹妹。路予恕也睁大了眼睛，似乎没想到这个外表柔弱的女孩竟有这么硬派的作风。

莉莉安娜进一步解释道："既然他们能雇用陪审团对付我们，我们也不用太讲究手段正义对吧？我听说有几家宇宙海盗会接暗杀的任务。"

"是有，比如瓦瑞亚和星蚀。"克萨说道，"但是时大人素来谨慎，他有一队贴身护卫，每个都不比初小姐弱。他还有两个替身，五处居所。在我看来，想在这种严密保护之下干掉时大人，几乎是不可能的事。"

"那我们就什么都做不了吗？"路予悲说道，似乎所有的路都被堵死了。

"什么都做不了才是正常的。"路予恕不情愿地说，"时大人暗中筹备多年，才有今天的地位。他当上首相，就等于窃取了整个大恒帝国的国力。只凭我们五个人，如果扳得动他反倒奇怪了。"

五个人沉默了好一会儿，似乎都想不到什么有效的战术。

克萨突然说道："我们可不止五个人，还有两位厉害帮手呢。希儿，你有什么想法？"

路予悲暗暗吃惊。虽然希儿跟随他多年，在模拟战中的发挥也很出色，但智心副官毕竟还是机器人，只能帮他处理既定的事务，提供不了有创造性的建议。这时候克萨居然向希儿询问如何对付时悟尽，这绝对超出了智心副官的能力范围。

克萨看出了路予悲的疑惑，解释道："我给希儿加装了多重因果矩阵模块。卡维尔的硬件无法适配，但是希儿可以。"

路予悲完全不知道多重因果矩阵模块是什么，只是将信将疑地点点头。希儿的回答则大大超乎他的意料之外："主人，你们好像都忘了时大人害怕什么，可以从那里入手。"

"害怕什么？"路予恕扯了扯鬓角，"你是说……"

"路高阙教授。还有印无秘大司台。"希儿的声音饱满而有力，但听不出什么情感。

路予悲和妹妹对视了一眼。作为路高阙的子女，他们一直挂念着父亲的安危，想为父亲排忧解难，但确实忽略了一个重要问题——时悟尽为什么一出手就选择对付龙吟四杰，而且不惜用如此粗暴的手段？对路高阙的影响力和重要性，兄妹俩反而不像局外人那样了解。此刻经希儿提醒，他们才发现确实如此——时悟尽害怕路高阙。

克萨把全息沙盘又调大了一些，那颗代表希儿的红色光点变成了一团红云："希儿，你继续说。"路予悲还是第一次产生和希儿面对面说话的感觉，他虽然一直把希儿当朋友和助理多过机器人，但从没想过她能像现在这样，简直像个真人一般。他对克萨的智心开发能力越发钦佩，只觉得这个男子深不可测。

"是，主人。"那团名为希儿的变幻莫测的红云说道，"你们刚才提到，时大人向下煽动和蛊惑基石集团，又向上拉拢和收买穹顶集团。那么中间的栋梁集团呢？"

"我忽视栋梁，是因为我最了解这个集团。"克萨点了点头，"很多盟会的中坚力量正是这些人。他们自命不凡，又软弱善变，因为我就是其中之一，你们就当我是自嘲吧。我们有时像凡星人一样急功近利，有时又像天芒星人一样追求正义，还兼具幻星人不愿打破和平的特点。相当一部分栋梁对社会做出了贡献，但如果没有我们的话，一切似乎也都照常运转。也许在基石眼里我们算得上成功人士，但这种成功是虚假的，我们的影响力小得可怜。所以时大人忽略栋梁集团也不无道理。"

路家兄妹发现，克萨虽然大部分时间说话不错，言简意赅，但一旦进入某种情绪，就会变得口若悬河，滔滔不绝。

"为什么影响力小得可怜？"路予悲问道。

"你想想，栋梁们拼了命才争取到一点点来之不易的财富和地位，一半靠努力，一半也是靠运气，自然要好好珍惜。即使能意识到时大人的手段，但只要还能维持住栋梁的地位，就不会站出来反抗，更不要谈什么牺牲。相比之下，穹顶的硬实力强大百倍，为了保住现在的地位可以不择手段；基石则胜在敢打敢拼，本来就一无所有，也就没有后顾之忧。当然，在某种情况下，栋梁也能发挥作用，就是要有一个强大的领导者站出来领导我们。而且要让我们相信，自己是站在正义的一方讨伐邪恶，而且胜算很大。我明白了，希儿，你是想说，时大人正是害怕路高阙和印无秘这样的白派精英成为栋梁们的领导者，对不对？"

"是的，主人。"希儿接道，"所有盟会里，对地联威胁最大的就是龙吟阁，虽然大不如前，但已经成了白派人士的精神居所。而龙吟阁里最有可能成为栋梁领袖的就是路先生和印先生。虽然现在还不行，但只要给他们时间，就一定会有那么一天。"

克萨又问道："卡维尔，你有什么要补充的吗？"

"没有，希儿说的已经很好了，我没有她这么厉害。"

"希儿说的对！"路予恕的双眼光亮如星，"只要爸爸还在，恒国就有希望。克萨，现在沙盘对地联的分析已经相当深入，下一步就是把其他盟会也加入进来，还有龙女神教、六星教和四方教，也许我们能看清更多事实。总之就算只凭我们五个人，不，是七个人，就算推翻不了地联的统治，也要让时悟尽难受难受！"

路予悲则更大胆："推翻地联也不是不可能。我们可是路高阙和沐庭香的子女，也是六星的子女！"

如果历史记载没错，这是"六星的子女"一词第一次出现。